NIELS PETER

INSPEKTOR HERDENBEIN FRISST SICH DURCH/DER TOTE VOM SCHLUENSEE

Die Deutsche Bibliothek – CIP-Einheitsaufnahme

Peter, Niels:
Inspektor Herdenbein frißt sich durch / Niels Peter. - Simmern :
Pandion-Verl.
  Der Tote vom Schluensee. - 1999
  ISBN 3-922929-84-2

© 1999 Pandion Verlag
Gartenstraße 10 · D-55469 Simmern
Telefon/Telefax (06761) 7172
e-mail pandion@t-online.de

Titelfoto: © Pandion Verlag

Druck/Weiterverarbeitung:
Digital Printing Service - Richter, Andernach
Printed in Germany

ISBN 3-922929-84-2

NIELS PETER

INSPEKTOR HERDENBEIN FRISST SICH DURCH

DER TOTE VOM SCHLUENSEE

PANDION

INHALTSVERZEICHNIS

1. Frust und Freude

Ich freue mich, daß Sie mich begleiten, daß Sie gemeinsam mit mir den Fall lösen wollen. Gehen wir los! Wissen Sie, ich liebe das Wort „Fall". Da ist jemand gefallen, weil er von irgendeiner furchtbaren Idee befallen ist. Da liegt er nun, und ich will ihm wieder aufhelfen, ihn befreien, erlösen, seinen Fall lösen. Oder auch so betrachtet: Da ist jemand gefallen, also ein Gefallener, er liegt am Boden, er muß wieder aufrecht gehen. Aufrecht! Recht! Er muß wieder im Recht sein! Richtig sein! Gerade sein! Gerichtet sein! Nun, und wenn's im Gefängnis ist. Aber das nur ganz nebenbei.

Wenn ich gewußt hätte, daß mich am nächsten Tag eine juchzende Wasserleiche erwarten würde, wäre mein Gang durch die Straßen von Brunswik beschwingter gewesen. Wenn ich zudem gewußt hätte, daß die Wasserleiche ermordet worden ist – natürlich nicht die Wasserleiche, sondern sozusagen die Wasserleiche in ihrem Vorstadium! –, wäre mein Gang nicht nur beschwingt gewesen, sondern in höchstem Maße beschwingt. Aber, das wußte ich zu diesem Zeitpunkt noch nicht. Also latschte ich mehr oder weniger durch die Holtenauer Straße zu meinem Freund Giovanni ins „Verdi". Kiel im Hochsommer – auch wenn die Kieler Woche gerade beendet ist –, das ist ein Alptraum. Vor allem in diesem Jahr. Auch jetzt noch, kurz nach einundzwanzig Uhr, 23°C im Schatten und diese stehende Luft, die gleich einer riesigen Haube über einem hängt. Entsetzlich, nicht einmal ein leichter Windhauch von See her war zu spüren! Ich konnte mich nicht erinnern, je eine ähnliche Wettersituation in Kiel erlebt zu haben. Selbst an heißesten Tagen war normalerweise eine leichte Brise wahrzunehmen. Und dazu jene Dünste, die infolgedessen nicht aus den Straßen weichen wollen, nervende Geräusche, und dann dieser Frust! Ja, dieser seit Wochen – mir schienen es bereits Ewigkeiten zu sein! – andauernde Frust!

Seit vier Wochen kein Mord! Nun werden Sie sicherlich sagen, daß ich doch gefälligst froh über diesen Zustand in der Kriminalstatistik sein sollte. Bin ich natürlich auch, aber! Kein Mord bedeutet alte, verstaubte Akten, ungelöste Fälle, stumpfsinniges Durchackern von Schriftstücken, Beweisstücken, Indizien und Ideen, die letztlich alle schon einmal gedacht und dann verworfen worden waren. Tagtägliches Grübeln über Vergangenes, nur Kopfarbeit, der Bauch darf nicht mitdenken, und dann die frustrierende Erfahrung, daß man die Akten doch wieder zurücklegt. In über fünfunddreißig Dienstjahren ist es mir nur fünfmal gelungen, auf Grund des erneuten Aktenstudiums einen Fall zu lösen. Dabei muß ich noch zugeben, daß bei der Lösung jener Fälle der Kollege Zufall den größten Anteil an der Aufklärung hatte. Das ist in höchstem Maße unbefriedigend! Ich, Herdenbein, will doch selber wahrnehmen und erkennen. Die Wahrheit herausfinden. Zusammenpuzzeln, was zu Beginn eines Falles gar nicht zusammenpassen mag. Ich will nicht nur meinen Kopf anstrengen, auch mein Bauch soll etwas dazu sagen. Also was soll dieses immer wiederkehrende Durchackern von Verstaubtem? Ich hasse diese Art von Arbeit, bei der ich mir − in meinem düsteren Dienstzimmer − nur den Hintern breitsitze.

Ich arbeite gerne, auch gerne allein. Vor allem, wenn ich nachdenke, brauche ich keine Helfer. Das bringt mich manchmal in Schwierigkeiten, denn eigentlich ist bei uns Teamarbeit angesagt. Ich muß mich jedoch dann und wann einfach ausklinken, allein etwas tun, alleine herumwuseln, bis ich mit einem Ergebnis aufwarten kann. Da sollten Sie dann den Chef erleben, Jakob Sprenz, Erster Kriminalhauptkommissar. Der hält sehr wenig von meinen Alleingängen. Ich kann Ihnen versichern, es finden Kämpfe statt!

Aber seit einem viertel Jahr kochte unserer Kommissariat auf Sparflamme, das heißt, wir waren unterbesetzt. Und wenn das Kommissariat unterbesetzt war, bedeutete das zuerst einmal, daß ich keinen Assistenten hatte, also jeden Kleinkram − jetzt natürlich auch dieses vermaledeite Aktenstudium − selbst erledigen mußte. Das ist doch frustrierend, zu allem anderen! Oder sind Sie anderer Meinung?

Draußen scheint die Sonne, der Himmel ist strahlend blau. Ich mag gar nicht aus dem Fenster schauen! Am Morgen sind zudem die Temperaturen noch angenehm, so daß die Vorstellung von einem Spaziergang herrlich ist. Vier Wochen Schreibtischarbeit. Vier Wochen Amtsstube, Dienstzimmer, Büro. Wie man es auch nennt, es wird nicht angenehmer!

An jedem neuen Tag diesen Zwerg von Chef sehen und hören! Vor allem hören! Der Mann ist Berliner! Damit wir uns nicht mißverstehen, ich liebe die Stadt Berlin und ihre Bewohner. Aber jenen Jakob Sprenz hatte es irgendwann einmal gegen seinen Willen nach Kiel verschlagen. Und er hatte sich, mit Sturheit und Energie, zum Chef unserer Behörde hochgedient. Erster Kriminalhauptkommissar! Er ist gar nicht so schlecht, als Vorgesetzter. Wenn ich ganz ehrlich sein soll, ich mochte ihn strenggenommen schon. Überwiegend unterstützte er mich in meiner Arbeit vorbehaltlos. Im jetzt anstehenden Falle – und das sollte eine Überraschung für mich sein – zeigte er sich sogar von seiner allerbesten Seite, von seiner Sonnenseite! Aber das werden Sie noch selber feststellen können. War er jedoch schlecht gelaunt – und das kam leider sehr häufig vor! –, konnte man nur vor ihm flüchten; gut, wenn man dann eine Recherche außerhalb der Kriminalinspektion hatte. Und dann seine Sprüche, grauenhaft: „Herdenbein, als Jeistesarbeiter sind Se keene jroße Leuchte!" Das ist doch Blödsinn! Wenn ich nicht denken könnte, nicht zu kombinieren wüßte, würde ich doch keinen Fall lösen. Das weiß er auch, dennoch muß er es aussprechen, immer wieder! Merkwürdig! Was soll also dieses Gerede? Ich denke, Sie merken schon, da gab es eine gewisse Haßliebe zwischen Herrn Jakob Sprenz und mir.

Punktum. Auf jeden Fall ist die Büroarbeit nichts für mich!

Übrigens redet dieser Zwerg nicht nur großen Stuß, er ist außerdem noch ein Pünktlichkeitsfanatiker. Die Bürozeiten sollen eingehalten werden. Ich bitte Sie, bei der Kriminalpolizei! Ich fordere doch auch nicht, daß demnächst an Wochenenden – bitte schön – keine Morde stattzufinden haben! Der Bürozeiten wegen! Nun, um es noch einmal zu sagen, die mordfreie Zeit ist keine für mich. Da kann ich nicht der einsame Wolf sein (einer der vielen merkwürdigen Sprüche des Zwerges!). Damit Sie sich nicht täuschen, ich finde einen Mord ganz abscheulich, nichts daran ist großartig oder spannend! Was mich daran fasziniert, ist die für mich damit verbundene Aufgabe, die Lösung des Verbrechens: Wer hat wann, weshalb und wie gemordet. Was trieb den Täter zu seiner abscheulichen Tat, was ging in ihm vor, hatte er keine Alternative?

Wenn ich ins „Verdi" gehe, gibt es dafür vornehmlich zwei Gründe. Erstens, ich habe einen Mord aufgeklärt – dabei muß der Mörder dann aber auch ein ganz fieser Charakter gewesen sein – und gönne mir sozusagen einen italienischen, lukullischen Abend – also was ich so unter lukullisch verstehe. Wie Sie schon ganz recht vermuten, kann das in diesem Moment nicht der Grund sein, also gilt zweitens: Ich bin so frustriert, daß ich mir etwas Gutes gönnen muß.

So gönnen wir uns nun etwas Gutes und gehen zu Giovanni.

Ich esse gern. Das könnte man so stehen lassen. Mach ich aber nicht! Denn ich esse nicht nur gern, sondern auch gerne gut. Nicht viel – naja, ein kleiner Bauch ist nicht zu übersehen –, aber was auf dem Teller liegt, muß Pfiff haben. So ist selbstverständlich das „Verdi" auch keine Pizzeria, vielmehr ein mittelgroßes Restaurant oder besser Ristorante mit vielen Stammgästen und wenigen Gerichten. Das letzte scheint mir das Bedeutendere zu sein. Eine übersichtliche Karte, ohne Pizza, dafür Fisch und Fleisch immer frisch, selbstverständlich auch der Salat. Dazu ein übersichtliches, aber gutes Weinangebot. Das soll für das Lokal sprechen, sagt man. Ich bin kein Weinkenner. Wenn mir Giovanni einen Vernaccia zum Essen bringt, dann weiß ich allerdings, daß ich sehr gut bedient bin, Zufriedenheit stellt sich ein. An einem Tag wie heute ist das auch bitter nötig.

Da, die letzte Ecke wird genommen, die Franckestraße liegt vor mir, das „Verdi" wird sichtbar und die Frustrationen kleiner.

Ich habe Giovanni vor ungefähr acht Jahren kennengelernt. Ich war das dritte oder vierte Mal in seinem Lokal und hatte mich immer über den Salat geärgert. Es gab diesen wunderschönen, frischen Salat mit Dressing! Verstehen Sie? Mit Dressing! Bei einem Italiener! Bisher hatte ich nichts gesagt. Als bei einem weiteren Besuch der Salat wieder gedresst serviert wurde, konnte ich nicht umhin, dem Ober – damals gab es noch einen – mein Befremden über diesen Abstieg italienischer Eßkultur deutlich zu machen. Er schaute mich an, nahm dann wortlos den Teller mit dem unitalienisch angerichteten Salat und verschwand in der Küche. Und nun lernte ich Giovanni kennen. Mit breitem, zufriedenem Lächeln, in der einen Hand den Teller mit dem „undressierten" Salat, in der anderen Hand die Flaschen mit Essig und Öl, steuerte er auf mich zu, um den Teller und die Flaschen vor mir auf dem Tisch abzustellen. Er entschuldigte sich mit der Bemerkung, daß die Gäste im allgemeinen ein fertiges Dressing bevorzugten, ihm aber ein Gast, der Essig und Öl wünscht, tausendmal lieber sei. Buon appetito! Nun, tausendmal lieber war vielleicht ein wenig übertrieben.

Auf jeden Fall kamen wir nach dem Essen bei Espresso und – ich glaube, mit diesem süßlichen Zeug von – Sambucca ins Gespräch. Damals erschien mir Sambucca das Getränk zu sein, das man unbedingt nach einem guten italienischen Essen zu sich nehmen sollte. Das hatte bei mir wohl mit irgendwelchen herrlichen Italienreisen der Vergangenheit zu tun! In der Folgezeit hatte mich Giovanni von dieser grauenhaften Vorstellung befreit. Es muß ein sehr langes Gespräch gewesen sein. Ich war als einziger Gast übriggeblieben, und das Ristorante war schon lange geschlossen worden. Es war ein sehr schönes und später wohl auch sehr tiefes Gespräch geworden, und die Zeit hatte keine Rolle mehr gespielt. Es fiel mir schwer, mich zu erheben. Mit vereinten Kräften gelang es uns, und als ich dann anschließend mit leicht onduliertem Gang meinem Zuhause zusteuerte, wußte ich alles über ihn und er alles über mich, und wir sagten Giovanni und Jens zueinander. Unsere Freundschaft, die damals begann, half uns beiden in schweren Zeiten. Mir, als ich geschieden wurde, und Giovanni, als seine Frau nach Italien zurückkehrte.

2. Scampis ohne Reis

„Il commissario di pubblica sicurezza!" hallte es durch den ganzen Raum, als ich durch die geöffnete Tür Giovannis Lokal betrat. Ich winkte leicht betreten ab, mußte jedoch, wie immer, über diese schon rituelle Begrüßung breit grinsen. Er konnte es sich nie verkneifen, diese laute und selbstverständlich falsche Begrüßung loszuwerden. Giovanni war vierzig Jahre alt. Für mich sah er so aus, wie ein Italiener – in meiner Vorstellung – auszusehen hatte: Er war von kleiner Gestalt, hatte einen Bauch – immer gut, wenn man der Wirt eines Ristorante ist –, einen Schnurrbart, und die Halbglatze wurde immer noch von schwarzen Haaren umkränzt. Seine Augen zwinkerten meistens sehr munter, und sein Redestrom war unerschöpflich.

Er eilte auf mich zu, und wir umarmten uns: „Mußt du mich immer so laut begrüßen, durch das ganze Lokal rufen, und dann noch falsch? Ich bin Inspektor!" Auch das gehörte zum Ritual, so daß Giovanni jetzt fortfahren konnte: „Ispettore! Dio mio! Wie klingt das? Jens, bist du vom Wasserwerk? Nein! Commissario, das klingt wunderbar, grandioso!"

Natürlich lag Giovanni mit seinem Einwand vollkommen richtig! Ich war nicht Inspektor! Mit dem Commissario hatte er eigentlich den Nagel auf den Kopf getroffen. Inspektor war ich zu Beginn meiner Laufbahn gewesen (den Titel gibt es heute überhaupt nicht mehr!), und damals hatte ich mir die ersten Sporen verdient, wie es so schön heißt. Es ist gewissermaßen Nostalgie, die mich diesen Titel lieben läßt. Sie wollen meinen wirklichen Dienstgrad erfahren? Gut! Ich bin Kriminalhauptkommissar.

9

Nun aber weiter! Giovanni begleitete mich zu meinem Tisch, der Gott sei Dank frei war. Auch noch an einem fremden Tisch zu sitzen, hätte mir an diesem Tag überhaupt nicht gefallen. Es ist merkwürdig, wie man an Gewohnheiten festhält, an liebgewonnenen Gewohnheiten! Ich nehme aber an, daß es Ihnen genauso geht! Oder?

„Ich habe viel in der cucina zu tun. Trotz der Hitze ist hier drinnen alles occupato. Ich werde mich später zu dir setzen, mio amico. Was möchtest du essen, Jens?"

„Bring mir ein paar Scampi, Giovanni, neapolitanisch und ohne Reis, und dann noch das Übliche!"

„Naturalmente, signor Herdenbein. Scampi senza riso, dafür Brot, eine Flasche Vernaccia und un insalata mista mit Dressing!" Sagte es und verschwand mit breitem Grinsen. Das Dressing!

Die miese Stimmung des Tages verflog langsam. Trotz der Wärme und der knoblauchgeschwängerten Luft im Restaurant überkam mich jetzt Wohlsein, Gelassenheit, Ruhe, beinahe schon Behäbigkeit. Warum hatte ich mir nicht schon in der letzten Woche oder in der vorletzten das Vergnügen eines Besuches bei Giovanni gemacht? Lag es an der andauernden Hitze, die vernünftiges Denken – bei gleichzeitiger stupider Büroarbeit – ausschloß? Möglich ist alles!

Carlotta, Giovannis zwanzigjährige Tochter – immer heiter mit freundlichem Lächeln – brachte das Übliche: eine Flasche Mineralwasser und den Vernaccia. Sie schenkte beide Gläser ein und versprach, daß ‚papa' bald für mich da sei. Ein sehr schönes Mädchen, das sich im Laufe der Jahre wirklich prächtig herausgemacht hatte. Sozusagen eine Augenweide, sehr apart und etwas größer als ihr Vater! Sie war schon in Deutschland geboren worden und sprach vollkommen akzentfrei. Selbstverständlich war Giovanni dazu auch in der Lage. Wenn wir uns beide allein unterhielten, sprach er beinahe so akzentfrei wie Carlotta. Er meinte jedoch, sein radebrechendes Deutsch sei für das Geschäft genau richtig, es fördere den Umsatz, die Leute wollten es so. Er mochte Recht haben.

Nachdem das erste Glas Mineralwasser den Durst gelöscht hatte und der erste Schluck des Weines die Kehle hinuntergeronnen war, verstärkte sich mein Wohlsein merklich, und wenn noch irgendwo eine psychische oder auch körperliche Verkrampfung vorhanden gewesen sein mag, jetzt, sozusagen im Nu, war innere Ruhe da, und ich begann auch den eigenen Leib wieder zu lieben.

Sie haben schon gemerkt, daß ich genießen kann, die Arbeit – die richtige! – genauso wie das Essen oder den Wein, meinetwegen auch schönes Wetter oder Menschen, die ausgeglichen sind. Ja, ich fühle mich gerne wohl. Jetzt, hier bei Giovanni, fand ich es auch im höchsten Maße angenehm, mich nicht um ein Kapitalverbrechen kümmern zu müssen. Hier zu sitzen, das Gemurmel der anderen Gäste zu vernehmen, angenehm an den Beruf erinnert zu werden, gleich herrlich zu speisen, den Geschmack des Weines auf der Zunge, was kann schöner sein? Das ist platt, meinen Sie? Sei's drum!

Ich begann mich umzusehen, beziehungsweise, wahrzunehmen. Ich nehme gerne „wahr", privat oder auch dienstlich! Das Lokal war, wie Giovanni schon gesagt hatte, voll besetzt. Einige Gäste kannte ich vom Sehen. Laufkundschaft war auch da, und dazu kamen wohl noch einige wenige, die von der Kieler Woche übrig geblieben waren. Gut so! Es würde bald leerer werden.

Giovannis Ristorante war eine Mischung aus überbordender Folklore und partieller Schlichtheit. Wenn ich Giovanni auf diesen Stilbruch aufmerksam machte – ich plädierte dann regelmäßig für noch mehr Schlichtheit –, versicherte er mir immer, daß es mir früher, bevor ich bei ihm aufgetaucht sei, gewiß noch weniger gefallen hätte. Ich solle doch froh sein, daß ich mich in einem mir wenigstens einigermaßen genehmen Ambiente aufhalten könne. Und überhaupt, der größte Teil des Publikums liebe das Folkloristische. In diesem Zusammenhang erinnerte er mich dann auch stets an sein geschäftsförderndes und die italienische Atmosphäre bereicherndes Deutsch. Was sollte man da noch sagen? Also nochmals: Sei's drum!

Ah! Die Scampi kamen! Kein Reis, dafür wunderschönes, selbstgebackenes Weißbrot und der gemischte Salat, selbstverständlich ohne Dressing. Carlotta plazierte alles und wünschte „buon appetito". Jetzt ging's los! Ich löste die Scampi aus der verbliebenen Schale, schob sie genußvoll in den Mund, kaute – ja, so gefällt es mir! – und tunkte das Brot in die Soße. Der Wein floß nach, und der Salat verschwand peu à peu.

Als der Teller blank, wie abgewaschen, vor mir stand, war ich rundherum zufrieden und fühlte mich noch wohliger. Der Vernaccia war halb ausgetrunken, das Mineralwasser auch, und das „Verdi" hatte sich gleichermaßen bis zur Hälfte geleert. Ich faltete die Hände über meinem Bauch. Es ist kein großer Bauch, aber natürlich ein Bauch, den man sieht, also sage ich einmal: ein ausgeprägter Bauchansatz. Ich denke mir, wenn man ein ziemlich ausgeglichener Mensch ist, darf

11

man auch einen Bauch haben. Ich stehe auf jeden Fall dazu, wie zu meiner halben Glatze. Die restlichen Haare sind kurz geschnitten. Daß ich Jens Herdenbein heiße und bei der Kriminalpolizei in Kiel arbeite, haben Sie schon erfahren. Sie wollen noch mehr über mich wissen? Gut! Ich bin 56 Jahre alt, 170 cm groß, 75 Kilo schwer, verdiene meines Erachtens zu wenig Geld und ziehe mich bisweilen zu teuer an. Häufig gebe ich auch zuviel Geld für ein gutes Essen aus. Schlemmen ist schön! Man lebt nur einmal! Und wie John Irving so schön sagt: „Aber wenn man richtig lebt, ist einmal genug!" Mein Spitzname – ich sage das lieber gleich am Anfang – ist Fliegenbein. Eine Verunglimpfung meines Namens unter Anspielung auf das ständige Tragen einer Fliege. Mir ist das übrigens vollkommen egal, wenn man zu mir Fliegenbein sagt. Fliegenbein ist nicht schlimmer als Herdenbein. Unter einem Fliegenbein kann man sich noch etwas vorstellen, aber was soll ein Herdenbein sein, frage ich Sie? Ich wurde deshalb schon in meiner Kindheit ganz schön gehänselt. Kaum einer von den Spielkameraden oder Mitschülern sagte Jens zu mir. Und ich kann Ihnen versichern, daß Fliegenbein ein harmloser Ausdruck ist, gegenüber all jenen Wortschöpfungen, die sich die Kinder ausdachten! Eine von ihnen ist mir immer noch gegenwärtig. Irgendeines der Kinder fand die Verhohnepipelung Herdenschwein ganz toll. Sie müssen lachen? Pfui Teufel! Nun, ich gebe zu, daß ich mich heute auch eines Grinsens nicht erwehren kann, aber damals! Glauben Sie mir, ich habe ganz schön gelitten!

Wo war ich stehen geblieben? Richtig! Beim Tragen von Fliegen. Ich liebe Fliegen! Auch im Sommer? Auch im Hochsommer, auch jetzt! Manche finden das komisch, absonderlich – auch mein Chef –, aber das macht mir nichts aus. Dann bin ich eben merkwürdig. Meine Frau fand das übrigens auch höchst absonderlich und ließ sich scheiden. Nicht nur wegen der Fliege, wo denken Sie hin! Aber das ist eine andere Geschichte. Was ich in der Freizeit mache? Natürlich hat man bei der Kriminalpolizei nicht viel freie Zeit – Sie wußten, daß ich das sage, natürlich, ich gehe gerne spazieren. Ich fahre gerne an den Strand, beobachte die Möwen – und die Menschen! –, schaue auf die Kieler Bucht und in mich selbst. Ansonsten lese ich – wenn die entsprechende Zeit dafür vorhanden ist – wie ein Weltmeister und staube meine Mineralien ab, die ich einstmals vor meiner Ehe gesammelt hatte. Vielleicht waren ja auch die Mineralien der Grund für meine Ehefrau… nein, lassen wir das!

Ach ja, noch eins: In der Wohnung trage ich keine Fliege! Ich hoffe, daß Ihre erste Neugier nunmehr gestillt ist.

Es war in der Zwischenzeit spät geworden. Außer mir saßen noch zwei Paare im „Verdi", die schienen mir jedoch schon in Aufbruchstimmung zu sein. Eine halbe Stunde bis Mitternacht. Aber was soll's? Es erwartete mich am nächsten Morgen nur diese vermaledeite Büroarbeit. Giovanni hantierte noch hinter der Theke, und Carlotta setzte sich gerade – mir zuwinkend – an den Familientisch. Ich stand also auf und begab mich zu Carlotta. Giovanni bedeutete uns, auch ohne ihn den auf dem Tisch stehenden Espresso zu trinken. Er wedelte dabei mit einer Flasche Grappa. Während Carlotta und ich den Kaffee tranken, berichtete sie von der mama, die vor vier Jahren wieder nach Italien zurückgekehrt war. Heimweh! Carlotta, Giovanni und ein entfernter Verwandter, der zusammen mit dem Chef die Küche managte, betrieben das „Verdi".

„Nun, commissario, Du siehst so placido aus! Du hast alle Mörder in il carcere gebracht, bene?"

„Giovanni! Von den Gästen hört dich niemand mehr!"

„Bene, sprechen wir unser bestes Deutsch!" lachte er.

Giovanni setzte sich und füllte seinen wunderbaren Grappa in die mitgebrachten Gläser. Wir schlürften zu dritt, und ich erzählte von den letzten vier unsäglichen Wochen im Büro.

Nachdem die letzten Gäste das Lokal verlassen hatten, sperrte Carlotta die Tür zu und verließ uns mit einem doch schon recht müden buona notte. Wie saßen allein. Nun konnte auch Giovanni Trübsinn blasen, etwas, was er nie vor seiner Tochter tat. Er hatte es nie verwunden, daß das Heimweh seiner Frau nach Italien, beziehungsweise nach der recht großen Verwandtschaft, größer war als ihre Liebe zu ihm. Sie war in ihre Heimat zurückgekehrt. Ein höchst seltener Fall, sagte ich mir als Kriminalist! So hockten hier jetzt zwei Männer, die ihre Unzufriedenheit abluden, aber deren Gelassenheit und Stimmung mit jedem Glas Grappa zunahm. So mußte es unter Freunden sein!

Es war gut gewesen, den Alltagstrott hinter sich zu lassen und Giovanni heimzusuchen! Es hatte mir in jeder Hinsicht gut getan.

„Gut war's!" rief ich dann auch einige Male recht angeheitert, als ich durch die jetzt menschenleeren Straßen Brunswiks, etwas schwankend aber dennoch zielbewußt, meiner Wohnung zustrebte. Ich wohne in der Gerhardstraße, in einem ganz normalen Mietshaus, Klinkerbau aus den sechziger Jahren, vier Etagen, bürgerliche Gegend. Ich hoffe, ich habe Ihre Wißbegier gestillt, ja? Auch im Hausflur mußte ich meinen Ausruf nochmalig loswerden, allerdings etwas verhaltener! Und als ich schließlich im Bett lag, brabbelte ich meine Feststellung zum letzten Male, ganz leise, etwas benebelt aber wohlig!

1. TAG

3. Das Aufstehen als Qual

Welch ein Geräusch! Fürchterlich! War das bei mir? Das Geräusch war so fern und dennoch unangenehm. War das überhaupt ein Telefon? Vielleicht ein Telefonklingeln im Traum? Aber ich wußte schon, daß ich nicht mehr träumte. Das Läuten war Wirklichkeit, und es war mein Telefon. Es befindet sich im Flur. Mit Absicht weit entfernt vom Bett. Aber ich hörte es dennoch. Man sollte auch im Hochsommer die Türen schließen, um in Ruhe auszuschlafen! Dachte ich! Ob das Telefon schon lange geläutet hatte? Dachte ich auch! Wie spät mochte es sein? Ich schaute zum Fenster, zwischen den Vorhängen quoll Helligkeit ins Schlafzimmer. Der Wecker zeigte auf kurz nach sechs Uhr.

Es gibt einige wenige Dinge, die ich überhaupt nicht mag. Es gibt noch weniger Dinge, die ich richtig hasse. Zu den letzteren gehört das Klingeln des Telefons – am Tage – mehr noch in der Nacht, vor allem aber jetzt. Ich frage Sie, ist es menschenwürdig, einen Bürger – ich bin nicht nur Polizist! – zu nachtschlafender Zeit aus der Erholung zu reißen? Ich muß den Hörer nicht abnehmen. Als Bürger! So mußte ich mich spontan entscheiden, ob ich mehr Bürger oder mehr Polizist bin! Mir fiel auch noch ein, daß ich ja überhaupt nicht zu Hause sein mußte! Ich wollte noch nicht aufstehen!

Ich entschied mich, mehr Polizist zu sein. Es klingelte aber auch permanent, so daß ich nun - die Entscheidung Bürger oder Polizeibeamter war getroffen - das Bett verließ und in den Flur schlurfte. Ich schlurfte! Nicht etwa, daß Sie denken, ich wankte! Giovanni und ich hatten wohl doch nicht über die Maßen gebechert! Nur ein ganz kleines bißchen Übelkeit war vorhanden. Als ich den Flur erreichte und im Vorübergehen ins Wohnzimmer schaute, stellte ich fest – die Vorhänge waren hier natürlich nicht geschlossen -, daß hellichter Tag war. Die Sonne schien, der Himmel war strahlend blau. Ein schöner Tag stand bevor. Dachte ich! Nun, im nachhinein betrachtet, wurde er es natürlich auch!

Ich hob den Hörer ab.

„Ja!"

„Herdenbein! Sind Se's endlich!"

„Ja!"

„Herdenbein, Fliegenbein! Wachen Se uff! Kommen Se zu sich! Arbeet!"

„Sind Sie das, Chef?"

Es war mir schon klar, daß der Zwerg am Telefon war, doch wollte ich es irgendwie nicht wahr haben. Kurz dachte ich daran, daß ich vielleicht einen sehr frühen Termin verschlafen haben könnte. Nein, das konnte es nicht sein, Termine – auch frühe – vergesse ich nie! Abgesehen davon, hätte mich der Chef deshalb auch nie angerufen. Allerdings verschlief ich auch höchst selten!

„Ja, ja, ick bin's. Herdenbein, et wartet Arbeet uff Se! Fahren Se nach Plön, da wartet eene Wasserleiche uff Se!"

„Eine Wasserleiche?" Ich konnte es nicht fassen. „Sie rufen mich einer Wasserleiche wegen aus dem tiefsten Schlaf? Das ist doch nicht mein Ressort! Wieso kommen Sie auf mich? Da ist der Kollege Gabriel zuständig!"

„Also Herdenbein! Seit drei Wochen liejen Se mir wejen die Büroarbeet in de Ohrn! Sie wollen wat tun. Hier jibt's nun wat zu tun. In de Hufe, Fliejenbein!"

„In Plön gibt's doch eine Außenstelle der Bezirkskriminalinspektion! Warum sind die nicht eingeschaltet worden?" Ich versuchte, die Wasserleiche loszuwerden. Wasserleiche!

„Herdenbein!" Die Stimme von Sprenz klang beinahe schon drohend. Vor allem aber sprach er schriftdeutsch, und das ist kein gutes Zeichen. „Wir sind von Plön aus angefordert worden, Kriminalpolizeistelle hin, Kriminalpolizeistelle her, also übernehmen wir. Das heißt in diesem Fall, Sie!"

Ich merkte allmählich, daß es mein Chef ernst meinte und wurde langsam wach.

„Also hörn Se, Herdenbein. Se fahrn zu Sammler. Ick hab ihn zuerst anjerufen. Sammler hat allet uffjeschrieben. Seine Frau wartet auf Se und jibt Se die nötjen Informationen."

„Wieso haben Sie zuerst Sammler angerufen, Chef?"

„Herdenbein! Frajen Se nich lange, fahrn Se!"

Aufgelegt. Ich horchte, starrte dann den Telefonhörer an, horchte nochmals und behielt den Hörer in der Hand. Das gibt's doch gar nicht! Der holt mich wegen einer Wasserleiche aus dem schönsten Schlaf und schickt mich zu Sammler. Thomas Sammler war unser ‚Leichendoktor' und mein Freund. Unsere Freundschaft kochte allerdings in der letzten Zeit – in den letzten Jahren! – sagen wir einmal auf Sparflamme. Uns trennte seine Frau, Karin, eine Megäre. Das ist aber eine andere Geschichte. Sie mochte mich nicht, ich sie auch nicht. Schwamm drüber.

Wieso hatte der Chef zuerst Thomas angerufen und nicht mich? Verstand ich nicht! Aber ich verstand im Augenblick sowieso recht wenig.

Ich legte den Hörer auf, den ich immer noch in der Hand hielt und ging ins Bad. Zähneputzen, Rasieren und Duschen waren schnell erledigt. Schon wollte ich aus der Wohnung stürzen, als mir einfiel, daß die Wasserleiche ruhig noch etwas warten konnte. Ich kochte mir in aller Ruhe einen Kaffee. Den trank ich sehr bedächtig und überlegte. Das war doch alles sehr merkwürdig! Eine Wasserleiche! In Plön! Zuerst wurde der Leichendoktor – eine Bezeichnung, die er nur mir zugestand – informiert! Ich konnte mir keinen Reim darauf machen. Den Rest des Kaffees goß ich in eine Thermoskanne – manchmal benötige ich unterwegs einen kleinen Muntermacher – und verließ die Wohnung. Ich setzte mich in meinen Wagen und fuhr los. Ich fahre einen Golf. Ich erwähne das nur deshalb, weil ich weiß, daß Sie mich danach auf jeden Fall gefragt hätten.

Also, ich fuhr zu Thomas Sammlers Wohnung. Was heißt hier Wohnung? Die Sammlers besaßen ein wunderschönes Haus – mehr schon eine Villa – am Düsternbrooker Weg mit Blick auf den Kieler Hafen und mit Beinaheblick auf den Landtag und die Staatskanzlei. Wunderschön gelegen, man könnte schon neidisch werden. Arzt müßte man sein! Stimmt überhaupt nicht, er hatte es von seinem Vater geerbt! Und ‚Was du ererbt von deinen Vätern', aber das kennen Sie gewiß! Es war jetzt kurz vor sieben. Die Straßen waren noch relativ leer, so daß ich schneller als mir lieb war Karin Sammlers Gesicht vor Augen hatte. Ich weiß nicht, was Thomas an ihr reizend fand. Sie keifte, auch mit Thomas. Sie war nicht nur eine Megäre, sie sah auch so aus, eine fünfundfünfzigjährige Megäre. Ich gestehe, daß ich nicht weiß, wie eine

Megäre aussieht oder auszusehen hat – aber so sieht sie ganz gewiß aus! Sie ließ sich gehen! Thomas war fünf Jahre jünger und das genaue Gegenteil von ihr. Ruhig, gelassen, niemals aufbrausend oder keifig. Dem Aussehen nach war er ein Bär. Groß und – wie es zum Bären paßt – tapsig. Wir waren, wie schon gesagt, nur noch selten privat zusammen. Selbst, wenn wir schließlich doch einmal ein Bier trinken gingen, hockte sie, die Megäre, uns beiden unbewußt im Nacken.

Sie hatte mich erwartet. Sie mußte hinter der Tür gelauert haben. Kaum, daß ich die Klingel gedrückt hatte, öffnete sie. Sie hatte mich abgepaßt, drückte mir einen Zettel in die Hand, und schon war die Tür wieder verschlossen. Ganz verdutzt stand ich da. Nun, sie war natürlich auch recht früh durch den Chef geweckt worden, da mochte sie noch saurer auf mich sein als üblicherweise. Dann öffnete sich die Tür nochmals, und sie sagte:

„Thomas hat alles aufgeschrieben. Euer Chef hat so oft vergeblich bei Dir angerufen, daß er es dann bei Thomas versucht hat. Ich bin aufgewacht, ich!" Das knallte alles nur so heraus!

Information mit Vorwurf! Ich bedankte mich mit übertriebener Höflichkeit, drehte mich um und stieg in meinen Wagen.

4. Auf dem Weg nach Plön

Thomas hatte die Informationen, die ihm der Zwerg gegeben hatte, entweder während des Telefongesprächs oder kurz danach in größter Eile aufgeschrieben. Das erkannte man an seiner Schrift, die ich nun zu entziffern hatte. Ich mußte mich einlesen, immer wieder, schließlich war die Botschaft entschlüsselt. Da stand etwas von einer Wasserleiche, vom Schluensee, der wohl nördlich von Plön gelegen sein mußte, der Bundesstraße 430, Abzweigung nach Grebin, kurz vor Görnitz. Und dann war noch sein Gruß zu entziffern!

Ich holte die Karte heraus und suchte Plön, dann den Schluensee. Ja richtig, kurz vor Grebin gab es einen Ort mit Namen Görnitz, ziemlich klein gedruckt. Ich suchte mir einen günstigen Weg aus, um ans Ziel zu gelangen.

Ich ließ den Motor an und fuhr los. Der Verkehr war jetzt schon etwas stärker geworden, und ich benötigte doch geraume Zeit, um aus Kiel herauszukommen. Ich fuhr über den Theodor-Heuss-Ring, dann

17

über die Preetzer Chaussee, bis ich auf der Bundesstraße 76 landete. Hier wurde der Verkehr wieder geringer. Ich wollte nicht über Plön fahren, sondern kurz davor abbiegen und dann querbeet die Landstraße nehmen. Der günstigste Weg ist für mich nicht unbedingt der schnellste! Der Tag begann, mir langsam zu gefallen. War das Wecken eine höchst ungnädige Angelegenheit gewesen, sollte sie mir dennoch nicht den ganzen Tag verhageln. Sie merken schon, langsam kommt Herdenbein in Stimmung und Schwung! Der Himmel war blau – aber das habe ich schon gesagt. Warm würde es werden, wahrscheinlich sogar heiß. Das Störende war eigentlich nur die Wasserleiche. Eine Leiche gehört zu meinem Beruf, aber eine Wasserleiche! Haben Sie schon einmal eine Wasserleiche gesehen? Wahrscheinlich nicht! Das ist auch gut so! Das ist wahrlich kein sehr appetitlicher Anblick! Vor allem, wenn es eine ältere ist, ich meine, eine Wasserleiche, die schon ein paar Tage überfällig ist.

Auf der Bundesstraße 76 war es ruhig, ich fuhr also gemächlich und machte mir dabei diesen und jenen Gedanken.

Wer war schon so frühzeitig unterwegs, daß er die Leiche gefunden hatte? Wann standen solche Leute auf ? Es fielen mir eigentlich nur Bauern ein. Kurz nach sechs Uhr erreichte mich der Chef. Vorher hatte er mit Thomas telefoniert, also erheblich vor sechs. Dann mußte der oder die Tote ungefähr um fünf Uhr entdeckt worden sein. Anschließend war die Polizei in Plön informiert worden. Die fuhren nach Görnitz und riefen dann in Kiel an. Das Präsidium gab die Mitteilung an den Chef weiter, und der versuchte, mich anzurufen. Nein, die Leiche mußte noch vor fünf Uhr entdeckt worden sein. Jogger? Badende? Ein Bauer?

Jetzt hatte ich doch die Abfahrt verpaßt. Ich bremste und wendete den Wagen. Ich war durch Raisdorf und Preetz gefahren und sollte eigentlich bei der kleinen Kapelle in Sophienhof nach links abbiegen. Man sollte beim Fahren nicht zuviel denken! Ah, da war sie ja schon, die Kapelle! Ich bog von der Bundesstraße ab. Jetzt war ich auf der Landstraße. Ich liebe es, Landstraßen zu benutzen! Ich fahre dann, wenn es möglich ist, noch langsamer. Kleine Dörfer werden durchfahren – hier jetzt Lepahn –, und man sieht noch richtige, alte Bauernhäuser. Manchmal – zu entsprechender Tageszeit – entdeckt man Hase, Fuchs und Reh. Schön! Wiesen, Getreidefelder, Brachland und kleine Wäldchen finden sich rechts und links der Straße, eingepaßt in die leicht hügelige Landschaft, die in Schleswig-Holstein gang und

gäbe ist und ihr auch den verliebten Beinamen ‚Holsteinische Schweiz'
eingebracht hat. Ich fahre durch Lebrade, viele Häuser in Klinker-
bauweise sind zu sehen; hier finde ich auch den ersten Hinweis auf
Grebin. Was für herrliche Namen, vor allem, wenn man sie schön
norddeutsch ausspricht! Auf den Wiesen grasen Kühe. Kühe sind
meine Lieblingstiere! Haben Sie schon einmal in die Augen einer Kuh
geschaut?

Viele Getreidefelder sind leider schon abgeerntet. Kein Wunder bei
diesem Sommer! Dabei mag ich Getreidefelder, die sich leicht im
Wind bewegen. Wir haben hier in Schleswig-Holstein Bauern mit
einem teilweise sehr großen Grundbesitz. Wenn diese enormen Hektar
Land dann zum Getreideanbau benutzt werden, sieht man mitunter
riesige Felder mit Weizen, Hafer, Roggen und Gerste. Sie können sich
das vorstellen, wie ein solches Getreidefeld unter einem leichten Sommerwind – immer von See her! – hin- und herwogt? Schön, nicht! Wie
ein großes gelbbraunes Meer sieht das aus. Ich finde das herrlich! Ich
könnte an solchen Feldern fortwährend eine Pause einlegen und ein
Weilchen über Wiegendes und Wogendes hinwegstarren. So, jetzt haben Sie den Romantiker in Herdenbein erlebt. Das ist aber noch gar
nichts! Sie müßten mich erst einmal hören, wenn ich im Spätfrühjahr
von Rapsfeldern schwärme! Aber das gehört ja nicht hierher.

5. Die juchzende Wasserleiche

Fahrt von Kiel - über Raisdorf Pröppe - bei Sophie-hof (Kapell) links - über Lepahn - Lebrade

Jetzt näherte ich mich der Bundesstraße 430. Ein Stop-Schild ließ
mich anhalten und nach links und rechts schauen. Auf der gegen-
überliegenden Straßenseite konnte ich ein Hinweisschild erkennen,
das auf Görnitz und Grebin hinwies. Ein weiteres, braunes Schild lud
Touristen zu einem Besuch der Grebiner Mühle ein. Ich war angekommen. Ich überquerte die Bundesstraße und fuhr langsam in Richtung des Ortes Görnitz weiter. Nach der ersten Kurve war das Ziel
erreicht. Ich sah nämlich zwei Polizeiwagen etwas schräg rechts im
Gelände eingeparkt. Am Straßenrand standen zwei uniformierte Kollegen, die, nachdem sie mein Kieler Kennzeichen entdeckt hatten, winkten. Meine Lustlosigkeit, die vom ersten Telefonklingeln bis zum Verlassen Kiels besitzergreifend gewesen war, verschwand schlagartig.
Wasserleiche, ich komme!

Ich fuhr noch ein wenig langsamer. Schließlich ließ ich den Wagen neben den Kollegen ausrollen und parkte neben ihren Polizeifahrzeugen ein. Jetzt erwies sich das Gelände, von dem ich gesprochen hatte, als ziemlich großer Parkplatz, der unmittelbar an der Straße gelegen, teilweise von Gebüschen verdeckt wurde. Er befand sich vor einer Reitanlage. Ich sah zumindest auf den ersten flüchtigen Blick ein scheunenartiges Gebäude, vor dem zwei mächtige Buchen standen, und weiß gestrichene Zäune.

Ich stieg aus.

„Herdenbein, Kriminalhauptkommissar! Aber sagen Sie Inspektor!"

Der ältere der beiden Polizeibeamten zog nachdenklich seine Stirn in Falten. „Polizeiobermeister Lehmbrook", stellte er sich vor. Er starrte auf meine Fliege. „Und das ist Polizeimeister Twiete", Lehmbrook wies auf den jüngeren. Lehmbrook mußte um die vierzig sein, er war sehr hager und groß, er hatte volles blondes Haar und einen gepflegten weißen Kinnbart. Er erinnerte mich irgendwie an einen Seemann. Der jüngere konnte kaum über zwanzig sein. Auch er war hager, aber mehr schlotterig. Zumindest schien ihn seine Uniform zu umschlottern, was eigentlich nicht möglich sein konnte. Er wirkte nervös. Seine langen Arme und Beine schienen ununterbrochen in Bewegung zu sein, was mich wiederum bei längerer Betrachtung derselben unstet gemacht hätte. Seinen Kopf umwallten volle und lange blonde Haare, die er sich, mit einer zackigen Kopfbewegung, ab und an aus dem Gesicht schleuderte.

„Wir haben die Leiche auf den Strand gezogen. Das ist hier die Badestelle von Görnitz und Grebin", erklärte Lehmbrook, als wir losgingen.

Der Weg zum See war mit einer rotweißen ‚Plastikgirlande' abgesperrt worden. Einige Touristen – Neugierige, Frühaufsteher, wer auch immer – hielten sich an der Bushaltestelle auf und redeten miteinander. Einheimische waren bestimmt nicht dabei!

Der Weg zur Badestelle, links und rechts mit Zäunen versehen, führte an der Reitanlage vorbei. Es handelte sich tatsächlich um eine solche, wie ich nun feststellen konnte. Sie lag links von uns, auf der rechten Seite befanden sich hügelige Wiesen. Nach etwa zweihundert Metern erreichten wir den Schluensee. Der Weg gabelte sich, führte links um den See herum und nach rechts zur Badestelle.

„Das ältere Ehepaar, das die Leiche gefunden hat, habe ich in das Dorfgasthaus „Zur Linde" zurückgeschickt, wir können sie jederzeit herbeordern", ergänzte Lehmbrook seine angefangenen Erklärungen.

Herbeordern hatte Lehmbrook gesagt! Herbeordern! Welche Ausdrucksweise! Aber ich merkte, auch er war nervös. Und dann das Jüngelchen! Twiete, hieß er wohl, der war nicht nur nervös, der war in höchstem Maße aufgeregt. Natürlich, das war bestimmt seine erste Leiche. Zwei diensteifrige Kollegen, auf jeden Fall. Sehr schön! Der Alte und der Junge.

„Sie haben alles so gelassen, wie es war? Nur die Leiche auf das Ufer gezogen und kurz die Taschen nach Papieren untersucht?" fragte ich Lehmbrook, als wir das Seeufer erreichten.

„Wir haben nichts verändert. Zu durchsuchen war nichts, Chef" – jetzt sagte der tatsächlich Chef zu mir –, „der Mann war nur mit einer Badehose bekleidet".

Immerhin, das wußte man schon, die Leiche war männlich und hatte sozusagen im Vorleichenstadium gebadet.

Ich war kurz vor einer kleinen Bucht stehengeblieben und blickte mich suchend um.

„Die Leiche liegt an der nächsten Bucht, noch etwa hundert Meter weiter", deutete Lehmbrook meinen Blick.

Wir gingen weiter. Meinen Augen bot sich eine morgendliche Idylle. Im Hintergrund der umwaldete See, darüber ein blaustrahlender Himmel. Vom See aus stiegen die Wiesen leicht wellig empor. So weit das Auge blickte, Natur, nichts als Natur.

Wir erreichten die zweite kleine Bucht. In Wassernähe lag die zugedeckte Leiche, links und rechts von ihr standen zwei Polizisten – wahrscheinlich, um sie zu bewachen. Etwas entfernt davon saß Thomas Sammler auf einem Baumstamm und rauchte seine geliebte Stinkepfeife. Das sagt gemeinhin er, nicht ich! Ich rieche Pfeifenrauch sehr gerne. Neben ihm saß ein mir unbekannter Mann – flott gekleidet, Sonnenbrille vor den Augen, sonst aber unscheinbar, ungefähr dreißig Jahre alt – und scharrte mit den Füßen im Sand. Da er einen Fotoapparat in der Hand hielt, mußte es der Fotograf sein. Gesehen hatte ich ihn vorher noch nie. Ein neuer Kollege. Wahrscheinlich hatte ihn Thomas mitgenommen.

Ich ging auf die beiden zu, die, als sie mich sahen, aufstanden und mir entgegenkamen. Unser neuer Fotograf entpuppte sich als äußerst eifrig, vor allem aber eilig. Kaum hatte ich beide begrüßt, teilte er mir mit, daß er augenblicklich nach Kiel zurückmüsse. Er hätte alles vorschriftsmäßig fotografiert, sogar mehr als nötig, und heute nachmittag würden die Abzüge auf meinem Schreibtisch liegen. Schon war er weg. Typ: „Rasender Reporter".

„Hast Du ihn mitgebracht, Thomas?"

„Nein, er hat mir gesagt, daß ihn der Chef herbestellt hätte. Er war früher da als ich!"

Jetzt muß ich doch einmal den Zwerg, den Chef, loben. Der hatte ja schon zu frühester Stunde vollkommene Arbeit geleistet! Also, den Fotografen hätte ich an diesem Morgen vergessen.

„Wir haben auch alles ausgemessen, notiert und die Umgebung abgesucht", ließ sich Lehmbrook hinter mir vernehmen, „aber nichts Auffälliges gefunden".

„Sehr gut! Gehen wir zur Leiche", sagte ich, „und schicken Sie den Kollegen Twiete" – beinahe hätte ich gesagt: das Jüngelchen, ich mußte aufpassen! – „zur ‚Linde', er soll das Ehepaar hierher bringen".

Twiete verschwand, wenig später hörte ich – trotz der Entfernung –, wie er im Wagen davonbrauste.

Die beiden leichenbewachenden Kollegen grüßten mit der Hand an der Mütze, und Lehmbrook stellte sie als Polizeiobermeister Holtz und Polizeimeister Graumann vor. Beide mochten zwischen dreißig und fünfunddreißig Jahren sein. Graumann sah so aus, wie sein Name es schon andeutete. Ob er krank war? Sein Gesicht war von einem leidenden Ausdruck bestimmt, und seine Bewegungen waren fahrig, jedoch nicht vergleichbar mit den lebensdurstigen Schlenkern des schlaksigen Twiete. Hatte ich richtig gehört, daß der Mann Polizeimeister war? Merkwürdig, in seinem Alter noch Polizeimeister! Ist ja auch egal! Aber dann Holtz, der ältere von beiden! Eine Schönheit von einem Mann! Wie der salutiert hatte: elegant und vorschriftsmäßig. Die Uniform paßte absolut, man kann schon sagen, umschmeichelte ihn! Dunkle, volle Haare! Modischer Schnitt! Ein Strahle-Mann-Gesicht mit einem Lächeln, das jeder Werbesendung für Zahnpasta zur Ehre gereicht hätte und Burt Lancaster erblassen ließe. Ein wirklich modischer Haarschnitt! Eine wahre Zierde der Plöner Polizei! So etwas sieht man selten! Ich mußte mich zwingen, meinen Blick abzuwenden.

Thomas Sammler sagte von sich aus immer noch nichts, tat auch nichts, also zog ich selbst das Laken von der Leiche.

Ein Ertrunkener, stellte ich fest, der noch nicht allzulange im Wasser gelegen hatte. Ich umrundete in gebückter Haltung die Leiche und stellte fest, der Tote war mit einer blauen Badehose bekleidet, und es gab keine äußeren Verletzungen, die man beim ersten Augenschein erkennen konnte.

„Redest du nicht mit mir, Thomas, oder warum schweigst du die ganze Zeit?"

„Was soll ich sagen, Jens! Du siehst selbst, daß der Mann ertrunken ist und keine äußeren Verletzungen aufweist. Keine Verwundungen irgendwelcher Art sind zu sehen, auch keine Druckstellen. Ich muß ihn erst einmal in der Pathologie untersuchen. Herzversagen, würde ich vorerst vermuten".

Die drei Kollegen nickten mit dem Kopf. Das nahmen sie also auch an.

„Wie lange ist er tot?" drängte ich Thomas.

„Das ist ohne genauere Untersuchung auch nicht mit Bestimmtheit zu sagen".

Himmel noch mal! Man mußte ihm ja jedes Wort aus der Nase ziehen!

„Dann sag's mir ohne genauere Untersuchung!"

Thomas wiegte den Kopf hin und her, dann sagte er vorsichtig: „Also gut, ungefähr zwölf Stunden, mit einer Abweichung von plus-minus drei Stunden".

„Na gut! Das ist doch eine Aussage! Da kann man doch schon einmal anfangen, nachzudenken! Und das Alter?"

„Ich schätze zwischen 40 und 50 Jahren. Männer mit Glatzen oder Halbglatzen lassen sich altersmäßig schlecht bestimmen".

Dabei schaute er mich an und grinste breit.

Ich bedeckte den Toten wieder mit dem Laken und ging zum Baumstamm zurück. Die beiden Wachen wachten weiter, Lehmbrook und Thomas begleiteten mich.

Wir setzten uns. Rechts Thomas, links der Polizeiobermeister.

„Also kein Mord?" fragte ich Thomas.

Lehmbrook riß den Kopf herum und starrte mich an.

Thomas lachte verhalten: „Ich weiß, daß Du seit vier Wochen im Büro arbeitest. Du brütest über unerledigten Akten, ich weiß das. Aber, damit wird aus einer Wasserleiche noch lange kein Mordfall. Ich kann's natürlich vor der Untersuchung nicht mit Bestimmtheit sagen. Du möchtest einen Mord haben, aber hier haben wir es, zu diesem Zeitpunkt, nur mit einer Wasserleiche zu tun".

„Ich weiß, ist ja schon gut!"

Ich wandte mich an den Polizeiobermeister. „Herr Lehmbrook, erzählen Sie einmal".

„Ich hatte heute, das heißt schon gestern, Nachtdienst."

„Machen Sie es etwas knapper, Herr Lehmbrook, der Kollege kommt gleich mit dem älteren Ehepaar zurück!"

„Gut. Aus Grebin erreichte uns um 4.30 Uhr ein Anruf, daß an der Badestelle in Görnitz eine Leiche gefunden wurde. Kollege Graumann und ich fuhren sofort los und fanden einen alten Herrn am Straßenrand stehen, der uns zuwinkte. Seine Frau war noch im Dorfgasthaus ‚Zur Linde', sie hatte die Wirtin informiert und kam später wieder zurück."

„Die Personalien haben Sie schon festgestellt?"

„Ja, Chef!" Er sagte schon wieder Chef! „Der alte Mann führte uns dann zum Ufer und erklärte uns, wie seine Frau und er die Leiche entdeckt hatten."

„Gut, das sollen die beiden mir später selbst erzählen. Weiter!"

„Wir haben die Leiche aufs Ufer gezogen und dann zugedeckt. Als die Frau zurückkam, haben wir sie auch befragt. Da sich der Leichenfund in der Zwischenzeit herumgesprochen hatte, mußten wir den Weg zur Badestelle absperren. Ich habe mit der Dienststelle telefoniert, daß wir noch zwei Kollegen benötigten. Als die Verstärkung schließlich erschien, habe ich den Kollegen Twiete bei der Absperrung postiert. Ich schickte dann die alten Leute ins Dorf zurück und habe ihnen bedeutet, daß sie sich ausruhen und zur Verfügung halten sollten!"

„Das haben Sie perfekt gemacht, Herr Lehmbrook! Das langt für's Erste. Warten wir auf das Ehepaar".

Wir schwiegen.

Ich sah links und rechts der kleinen Bucht Bäume, die ihre Zweige weit über das Wasser gehängt hatten. Ganz leise und sanft plätscherten kleine Wellen auf den Miniatursandstrand. Ich konnte mir gut vorstellen, hier zu baden. Wie ich schon gesagt hatte, alles sah sehr beschaulich aus. Das einzige, was diese Idylle störte, war die Plastikplane über dem Toten, beziehungsweise der Tote selbst.

Twiete und das Ehepaar kamen den Strandweg von der Straße herunter.

„Geben Sie mir einmal Ihre Notizen, die Sie schon gemacht haben, Herr Lehmbrook!"

Lehmbrook fischte aus seiner Uniform einen Notizblock hervor, den er mir reichte. Ich las die knappen Aufzeichnungen kurz durch.

Das ältere Ehepaar war beinahe an unserem Baumstamm angekommen. Ich stand auf, ging ihnen das letzte Stück entgegen, begrüßte sie freundlich und stellte mich vor.

Die beiden sahen sehr gesund aus, richtig frisch. Während das Gesicht des Mannes einen schönen sonnengebräunten Teint aufwies, schien die Frau unter der diesjährigen Hitze zu leiden, denn ihre Gesichtsfarbe ließ auf einen permanenten Sonnenbrand schließen. Sie mußten sich umgezogen haben, denn sie trugen seriöse Freizeitkleidung, die man wahrscheinlich am frühen Morgen beim Joggen oder Spazierengehen nicht anzieht. Der Mann strahlte auch jetzt – trotz des morgendlichen Erlebnisses – völlige Ruhe aus, während seine Frau immer noch oder schon wieder recht unruhig war. Beide waren neunundsechzig Jahre alt, laut Lehmbrooks Aufzeichnungen. Wir gingen gemeinsam zum umgestürzten Baumstamm zurück und setzten uns.

Bevor ich mit meinen Fragen begann, gab ich Lehmbrook den Auftrag, einen Leichenwagen kommen zu lassen. Lehmbrook schickte Twiete zum Polizeifahrzeug.

In Anbetracht dessen, daß der alte Herr so gelassen wirkte, begann ich, ihn zuerst zu befragen.

„Herr Flensler, erzählen Sie, was heute morgen geschehen ist."

Flensler begann bedächtig zu erzählen: „Sie müssen wissen, Herr Inspektor, meine Frau und ich sind Frühaufsteher. Um halb fünf sind unsere Betten leer. Auch wenn wir zu Hause sind! Hier gehen wir gemächlich vom Dorfgasthof nach Görnitz bis zum See. Wir schwimmen eine halbe Stunde, manchmal auch länger. Wir bleiben dann noch eine viertel Stunde am See und genießen die morgendliche Stille. Anschließend machen wir immer einen Morgenspaziergang. Unser Bummel dauert solange, bis wir wieder gegen sieben Uhr am Gasthaus ankommen und dann unser Frühstück einnehmen können."

„Und das war auch heute so?"

„Heute sind wir schon gegen vier Uhr aus den Federn gesprungen. Es war schon hell, und meine Frau und ich konnten nicht mehr schlafen. Wir sind also eine halbe Stunde eher zum See spaziert. Unsere Kleider legen wir immer hier auf diesem Baumstamm ab. Meine Frau hatte heute zuerst das Umkleiden beendet und ging schon zum See. Plötzlich hörte ich einen Juchzer. Ich dachte, daß ihr das Wasser vielleicht an diesem Morgen zu kalt war. Dann juchzte sie ein weiteres Mal, ich drehte mich um und winkte ihr zu. Erst, als sie dann recht gequetscht „Heinrich" rief, ging ich zu ihr. Nicht schnell, denn ich ahnte ja noch nichts."

„Frau Flensler, war Ihnen sofort klar, was Sie da im Wasser entdeckt hatten?"

„Ja, Herr Inspektor! Ich hatte, als ich zum See ging, gar nicht auf das Wasser geschaut. Ich sah den schönen Morgenhimmel vor mir und fühlte plötzlich das Wasser an meinen Füßen. Ich wußte, daß es an dieser Badestelle seicht ins Wasser hineinging und trippelte weiter. Plötzlich berührten meine Knie etwas. Ich guckte an mir runter, und dann sah ich sie. Die Leiche. Ich sah sofort, daß der Mann tot war. Er schaukelte so merkwürdig hin und her. Das sah so unnatürlich aus, diese leichten Bewegungen im Wasser. Die Arme waren nach außen weggestreckt, es war fürchterlich. Ich trat voller Schrecken einen Schritt zurück, und dann mußte ich juchzen. Ich juchze immer, wenn ich aufgeregt bin, und dann kam ja auch schon mein Mann."

„Ja, als ich ankam", setzte Heinrich Flensler fort, „stand ich fassungslos da und starrte immerzu auf diesen toten Mann. Ich habe schon Leichen gesehen, wissen Sie, vor einer Beerdigung. Die sind aber immer so nett zurechtgemacht. Und nun das! Ich habe noch nie eine Wasserleiche gesehen! Wir waren beide ganz stumm. Dann zog ich meine Frau, die mit den Füßen immer noch im Wasser stand, zu mir. Wir gingen ein kleines Stückchen vom Ufer fort, und ich nahm sie in den Arm. Wir haben dann beide geweint."

„Dann sagte mein Mann zu mir, Elsa, schaffst Du das alleine, zum Gasthaus zurück zu gehen? Ich bleibe hier, bis jemand kommt. Ich habe genickt und bin sofort losgegangen."

„Wieso haben Sie, Herr Flensler, Ihre Frau zur ‚Linde' nach Grebin geschickt, Görnitz war doch näher?"

„Wissen Sie, Herr Inspektor, an Görnitz habe ich überhaupt nicht gedacht. Wir gehen ja auch nie an der Straße entlang, sondern immer den Weg, der sozusagen hintenherum nach Grebin führt. Ich glaube, ich konnte auch gar nicht logisch denken!"

„Aber nein, Herr Flensler, Sie haben ganz vernünftig gehandelt, als Sie Ihre Frau losschickten! Glauben Sie mir, das hätte ich nicht besser machen können!"

„Die Polizei kam sehr schnell. Meine Frau ist so schnell gelaufen, wie sie konnte."

„Ich mußte einfach laufen! Ich sah immer diesen Mann im Wasser vor mir! Gott sei Dank war die Wirtin schon in der Küche mit unserem Frühstück beschäftigt – die anderen Gäste stehen immer viel später auf. Sie hat dann sofort die Polizei angerufen."

„Frau Flensler! Herr Flensler! Ich finde, Sie haben äußerst umsichtig gehandelt und genau das Richtige getan. Ich möchte mich bei Ihnen bedanken. Ich wünsche und hoffe, daß Sie trotz dieses schrecklichen Erlebnisses hier noch einige schöne Urlaubstage verbringen können. Sie bleiben doch noch länger?"

„Ja", sagten beide – ein wenig bedrückt klang es schon.

„Wir bleiben noch zwölf Tage", erklärte Heinrich Flensler, „aber heute wollen wir hier weg. Wir wollen nach Lübeck. Das dürfen wir doch, ich meine, weil wir doch Zeugen sind?"

„Aber natürlich! Wir haben Ihre Personalien, wir wissen, wo Sie wohnen, und wenn ich noch irgendwelche Fragen habe, werde ich Sie aufsuchen."

Wir erhoben uns gemeinsam vom Baumstamm. Ich verabschiedete sie, und beide gingen zum Strandweg, ohne nochmals einen Blick auf die – immerhin verdeckte – Leiche zu werfen.

6. Einmal ist keinmal

Ich schaute ihnen etwas melancholisch nach. Das waren wirklich freundliche, alte Menschen. Ob sie Schwierigkeiten mit diesem grausigen Fund haben würden? Immerhin, sie flüchteten doch heute nach Lübeck! Ich nahm mir vor, sie nochmals aufzusuchen. Ein paar freundliche Worte wechseln, mich nach ihrem Urlaub erkundigen.

Ich war ein wenig wehmütig in diesen Gedanken versunken und hatte deshalb von der Ankunft des Wagens vom Beerdigungsinstitut überhaupt nichts mitbekommen. Jetzt schoben sich zwei Leichenträger mit einem Zinksarg in mein Blickfeld. Ich wachte auf. Da Thomas Sammler schon bei ihnen stand, rief ich ihm zu, daß er das alles für mich erledigen sollte. Er sprach mit ihnen, als sie über den Strand zum Toten gingen. Er würde ihnen erklären, wo sie die Pathologie in Kiel fänden, wenn sie es nicht schon ohnehin wüßten.

Ein Mord ist eine Sache, aber zu ertrinken! Welche Tragik für einen Mann zwischen vierzig und fünfzig! Merkwürdig, daß mich dieser Tote so berührte. Ja, ich glaube „berührte" ist das richtige Wort!

Die Männer vom Beerdigungsinstitut verschwanden soeben auf dem Strandweg, als Thomas meine Gedanken störte.

„Ich fahre jetzt auch nach Kiel zurück, Jens. Die Männer wissen Bescheid, ich mache mich gleich nach dem Mittagessen ans Werk, dann hast du gegen fünf Uhr den Untersuchungsbericht! Tschüß!"

Er folgte den zinksargtragenden Männern. Ich blieb unschlüssig – das passiert selten – stehen, als ob ich auf irgendetwas wartete.

„Chef!" sagte eine müde Stimme hinter mir. Lehmbrook! „Wie soll es jetzt weitergehen? Ich bin seit über sechzehn Stunden im Dienst".

Das war eine lange Zeit, aber dem Manne konnte geholfen werden! Was nun folgen würde, war reine Routinesache. Warum sollte er dabei sein? Ich schaute auf die Uhr. Es war in der Zwischenzeit zehn Uhr geworden. Das hätte ich nicht gedacht!

Aber was war mit Graumann, hatte er nicht auch sechzehn Stunden Dienst hinter sich? Ich wollte die Polizisten um den See herumschicken!

„Herr Lehmbrook, Holtz ist doch Polizeiobermeister, nicht wahr? Der übernimmt die Leitung bei der anstehenden Suche, und Twiete begleitet ihn. Sie gehen nach Hause und schlafen zuerst einmal. Wenn irgendetwas ansteht, ich wüßte im Moment jedoch noch nicht, was das sein könnte, rufe ich Sie an! Gute Nacht oder wie sagt man jetzt? – Noch etwas, Herr Lehmbrook, schicken Sie mir Holtz und Twiete zum Baumstamm und nehmen Sie Graumann mit nach Plön!"

„In Ordnung, Chef!" Lehmbrook ging, beinahe schon schlurfend, zum Strandweg und sprach im Vorübergehen mit Holtz. Der kam auch sofort zu mir und zwar mit einem elastischen Schritt und immer noch wohlsitzender Uniform. Na, der Zustand würde nicht mehr lange anhalten! Es war inzwischen recht warm geworden, um nicht zu sagen, heiß.

Aber er kam nicht allein. Lehmbrook hatte Twiete wohl angewiesen, die rotweißen ‚Girlanden' aufzuwickeln, denn langsam und vereinzelt, und sich immer wieder umschauend, kamen die Zaungäste von der Bushaltestelle. Sollten sie! Es gab nichts mehr zu sehen oder zu verheimlichen. Man muß ihnen auch etwas gönnen, immerhin hatten sie einige Stunden Stehvermögen bewiesen. Also sollten sie nun den Strand inspizieren.

Twiete kam zusammen mit Graumann. Nanu! Twiete war ganz aufgeregt, wahrscheinlich, weil sein Vorgesetzter nicht mehr hier war und Graumann, nun eben grau, ausdruckslos. Er beharrte darauf, weiterhin im Einsatz bleiben zu dürfen. Irgendetwas stimmte nicht mit dem Mann! Es kam mir so vor, als ob sich bewähren wollte. Ich blickte ihn zweifelnd an, doch er nickte. Nun, dann sollte er doch! Vielleicht steckte hinter seiner grauen Fassade ein wirkliches Energiebündel. Es würde noch wärmer werden! Ich mochte nicht in seiner Haut stecken.

Ich zog mein Jackett aus, nestelte an meiner Fliege herum und setzte mich dann auf den Baumstamm. Die drei Polizisten standen vor mir.

„Meine Herren, wir werden gemeinsam das Geheimnis dieser Wasserleiche lüften!" Das ist immer gut, wenn man so beginnt! Das verbindet irgendwie. Schütteln Sie nicht mit dem Kopf!

„Der Tote lag seit über zwölf Stunden im Wasser. Er war nur mit einer Badehose bekleidet, also müssen seine Kleidungsstücke irgendwo liegen. Da wir von den Strömungsverhältnissen im See keine Ahnung haben, müssen wir, das heißt Sie, das gesamte Ufer absuchen. Wo hat der Mann sich ausgezogen, wo ist er ins Wasser gegangen? Das sind die ersten Fragen, die geklärt werden müssen!"

Graumann war noch grauer geworden, Holtz knöpfte jetzt seine Jacke auf, und das Jüngelchen trat von einem Bein auf das andere und schaute zur Sonne. Ihnen wurde klar, daß kein angenehmer Spaziergang bevorstand.

„Polizeiobermeister Holtz! Sie leiten die Suche und gehen mit Polizeimeister Twiete links um den See herum. Polizeimeister Graumann, Sie gehen rechts um den See herum. Wenn Sie sich treffen, setzen Sie dennoch den vorgegeben Weg fort – es könnte ja sein, daß etwas übersehen wurde –, bis Sie wieder hier ankommen. Ich werde Sie erwarten!"

Alle drei schwiegen, dann drehten sie sich wortlos um, trennten sich und marschierten los. Das hatte ich mir schon gedacht.

„Wie lange werden Sie brauchen?", rief ich hinter ihnen her.

Holtz beratschlagte sich mit Twiete, Graumann rief etwas von vier Stunden, dann nickte mir auch Holtz zu. Sie gingen weiter.

„Halt!" Ich stoppte sie ein zweites Mal und stand auf. „Und achten Sie nicht nur auf Kleidungsstücke, vielleicht fällt Ihnen sonst noch etwas auf!"

Sie warteten noch einen Augenblick, ob noch eine Anweisung von mir käme. Als ich jedoch schwieg, verschwanden sie links und rechts, hinter Büschen und Bäumen, aus meinem Gesichtsfeld. Es war halb elf geworden.

Da stand ich nun wieder allein. Auch schön! Ich ging langsam, halbschräg nach rechts, zum Uferrand. Mein Blick umrundete einmal den See. Ich sah verschiedenartige Büsche am Seeufer, dann Wiesen, einen kleinen Wald – mehr ein Wäldchen –, dann kamen wieder Wiesen, alles in leichter Hanglage. Genau gegenüber erstreckten sich größere Wälder. Links davon konnte ich dann wiederum Wiesen und jetzt auch Felder erkennen. Ein größeres Haus lugte zwischen Bäumen hervor, der Rest war von meinem Standpunkt aus nicht einsehbar.

Ich drehte mich um und ging zum Strandweg. Die Zaungäste, die mit neugierigen Blicken alles abgesucht hatten und nun verständlicherweise enttäuscht waren, blickten mich an. Ich schritt an ihnen vorbei, erreichte den Weg zur Straße und ging zum Wagen. Ich hatte ihn überhaupt nicht abgeschlossen! Ich holte die Thermoskanne heraus und trank im Stehen einen Schluck Kaffee, obwohl es nun doch schon sehr heiß geworden war. Ein kühles Getränk wäre sinnvoller gewesen!

Nun, ich wollte es mir – nach dem unseligen Tagesbeginn – etwas gütlicher tun!

Ich schloß die Wagentür und machte mich per pedes auf den Weg nach Grebin.

Er erinnerte mich an die Aussagen des alten Ehepaares, daß sie nie auf dieser Straße wanderten, sondern untenherum gingen. Ich würde es Ihnen also gleichtun und kehrte wieder zum See zurück. Ja richtig, da war diese Weggabelung nach links. Das mußte der angenehmere Fußweg sein. Ich schritt munter aus und hatte zuerst immer den See zu meiner rechten Seite, links stieg das mit Büschen und Bäumen bewachsene Gelände leicht an. Da hier am Seerand noch Bäume standen, ging ich durch einen schattigen Hohlweg. Das war in höchstem Maße angenehm, denn die Vormittagssonne schien immer kräftiger. Etwas später blieb der See zurück, und ich mußte leicht aufwärts schreiten. Ich kam an einem riesigen Privatgrundstück vorbei, vom Weg durch einen Zaun getrennt. Das Haus, dessen ich ansichtig wurde, hatte eine beachtliche Größe. Der Weg endete schließlich auf einer Teerstraße. Eine Bushaltestelle zeigte mir an, daß ich mich an einer Örtlichkeit namens „Stilles Tal" befand und zwar auf dem Behler Weg. Ich schritt langsam weiter und konnte dann zu meiner rechten die Grebiner Mühle entdecken. Ein Hinweisschild lud mich ein, die Töpferei zu besuchen, aber das mußte jetzt nicht sein. Plötzlich, seit geraumer Zeit ging ich schon an gutgepflegten Häusern und Gärten vorbei, stand ich wieder auf der Hauptstraße, die nach Grebin führte.

Als ich schließlich des Dorfangers von Grebin ansichtig wurde, hatte ich – bei aller Schönheit rechts und links des Weges und der Betrachtung derselben (gütlich tun!) – länger gebraucht, als ich vermutete. Zu Beginn meiner Wanderung war mein Blick auf die Uhr gefallen, und nun konnte ich feststellen, daß dieser Fußmarsch siebenundzwanzig Minuten gedauert hatte. Da mir zeitweise die Sonne recht gehörig auf den Pelz gebrannt hatte, wurde ich mir einer gewissen

Schlaffheit bewußt. Dabei war ich nur spazieren gegangen. Ich dachte an die drei Kollegen und bedauerte sie.

Schade, ein kleines Kirchlein, mitten auf dem Platz, war nicht vorhanden. Es hätte die Idylle abgeschlossen! Ich bemerkte jedoch sechs herrliche große Linden vor dem Dorfgasthaus „Zur Linde", die den dort aufgestellten Tischen und Stühlen wunderbaren Schatten zu spenden schienen. Dort würde, sozusagen, der wahrhaftige Genuß des Tages beginnen. Als ich dieses schattige Plätzchen erreicht hatte, das zudem von der eigentlichen Straße noch etwa fünfzig Meter entfernt lag, und somit nicht nur Schatten, sondern auch ein wenig Ruhe spendete, ließ ich mich an einem der Tische nieder und japste.

Ich mußte in diesem Augenblick nochmals an die drei Kollegen auf Spurensuche denken. Ich konnte es mir jetzt erst einmal wohl ergehen lassen; sie stapften über Wiesen und Felder, mußten Zäune überwinden und anderes – was wußte ich! Hoffentlich ließen sie ihre Blicke, wie Hunde, über den Boden schweifen. Arme Kerle, fiel mir bedauernd ein! Ich sah mich wieder am Seeufer stehen und blickte nochmals um den ganzen See herum. Ob Sie schon irgendetwas gefunden hatten? Ich schaute auf die Uhr, es war halb zwölf.

Meine mitleidigen Betrachtungen wurden jäh durch ein neugieriges „Sind Sie vielleicht der Mann von der Kriminalpolizei?" unterbrochen.

Ich blickte auf. Neben mir stand eine gut aussehende Mitvierzigerin, bekleidet mit Jeans, weißer Bluse und Schürze. Sie hatte mir zwar eine Frage gestellt, aber sie lachte dabei und zeigte mir ihre schönen Zähne. Überhaupt mußte ich erkennen, daß vor mir eine attraktive Frau stand. Sie hatte schön geschwungene Lippen, mit einem Anflug von Lippenstift, darüber eine kleine Himmelfahrtsnase und grüne Augen mit einem leichtem Silberblick. Ich fand ihr Äußeres entzückend! Sie werden mir jetzt natürlich vorwerfen, daß ich nicht die Charakteristik einer entzückenden Frau geliefert habe, sondern eine Täterbeschreibung. Vielleicht haben Sie Recht! Aber, glauben Sie mir, das steckt einfach in einem drin! Ich stellte mich vor, und sie erzählte mir von den morgendlichen Ereignissen in der „Linde", die dem Auffinden der Leiche gefolgt waren. Sie hatte sich schon vor geraumer Weile niedergesetzt. Jetzt sprang sie auf, und entschuldigend sagte sie: „Mir geht diese Wasserleiche den ganzen Morgen im Kopf herum. Ich kann schon an gar nichts Anderes mehr denken und vergesse dabei völlig meine Pflichten! Sie müssen doch sehr durstig sein? Was möchten Sie trinken, vielleicht möchten Sie auch etwas essen? Entschuldigen Sie!"

Ich überlegte. Ein Bier schien mir der Inbegriff des Paradiesischen zu sein, allerdings, bei dieser Hitze, und es würde noch wärmer werden – ich hatte da meine Zweifel!

„Bringen Sie mir ein Alsterwasser, aber gleich ein großes!"

Gut, daß mir das noch eingefallen war! Falls Sie mit dem Begriff des Alsterwassers nichts anzufangen wissen, es handelt sich um eine Mischung aus Bier und süßem Sprudel. Köstlich!

„Ja", setzte ich nachträglich noch fort, „essen könnte ich auch eine Kleinigkeit". Mir war urplötzlich die Leere meines Magens deutlich geworden. Schließlich hatte ich außer Kaffee noch nichts zu mir genommen.

„Ich bringe Ihnen schnell ein Alsterwasser!", sie eilte durch die weit geöffnete Tür in den Schankraum.

Wenig später stand ein herrlich kühles Glas mit einem halben Liter Alsterwasser vor mir. Ich stürzte beinahe die Hälfte davon in mich hinein und, mit wohligem Behagen, setzte ich das Glas wieder ab.

Nachdem sie mir einige Speisen vorgeschlagen hatte – dabei waren frisch gebratene Maränen, eine Spezialität dieser Gegend! –, kamen wir überein, daß sie mir, in Anbetracht der Hitze, lediglich einen kleinen gemischten Aufschnitteller bringen sollte.

Maränen! Wie lange hatte ich keine frisch gebratenen Maränen gegessen? Eine Köstlichkeit!

Der Teller mit Wurst, Schinken, Käse – alles hiesig, hatte sie mit einigem Stolz bemerkt – und selbstgebackenem Brot war aber genau das Richtige.

Das zweite Alsterwasser ließ mich dann etwas schläfrig, duselig werden. Ich ließ die vergangenen Stunden Revue passieren. Fragte mich nach etwaigen Fehlern, die ich gemacht haben könnte, und war dann mit meinen Gedanken plötzlich wieder bei den Kollegen am See. Ich begleitete sie sozusagen spirituell, im Schatten sitzend, den Hunger gestillt, ein kühles Getränk in der Hand. Finden Sie das gemein von mir? Entschuldigen Sie, daß ich darauf komme, aber das sind die Vorteile höherer Dienstgrade, oder?

Mir fiel dann irgendwann etwas ganz anderes ein, beziehungsweise auf: Es gab keine Vermißtenanzeige!

Vielleicht war es dazu ja noch zu früh, das konnte durchaus sein! Doch bedenken Sie einmal Folgendes! Die wenigsten Menschen fahren wirklich allein in den Urlaub – war der Tote überhaupt ein Tourist? – oder baden alleine! Sie wohnen im Hotel, im Gasthaus oder privat, das heißt sie leben, auch wenn sie ohne Begleitung verreisen, in einem Umfeld, das sie tangieren. Wo gibt es heute wohl noch Einsiedeleien? Aber hier wurde scheinbar niemand vermißt!

Es war ruhig unter den Linden. Ich hörte entfernt Stimmen aus der „Linde", ohne freilich irgendetwas zu verstehen. Gäste schienen um die Mittagszeit – vielleicht auch nur heute – nicht zu kommen. Ich saß allein da, wurde nicht gestört und hing meinen Gedanken nach.

Als ich zum wiederholten Male auf die Uhr schaute, war es beinahe zwei geworden. Dreieinhalb Stunden waren die Kollegen unterwegs, ob ich schon aufbrechen sollte? Ich schlürfte in der Zwischenzeit schon den zweiten Kaffee. Es war wunderschön hier. Sie wissen schon, Dörflichkeit macht mich romantisch. Ich hätte jetzt noch selbstgebackenen Kuchen vertragen können, zwei Stücke mindestens. Am liebsten würde ich auch weiter aus dem Schatten in die flimmernde Hitze blinzeln. Doch ich bezahlte, nachdem ich mir noch drei Flaschen Mineralwasser und eine Tüte hatte geben lassen.

Das Aufstehen war unangenehm, das Hinausschreiten in die mittägliche Hitze noch furchtbarer. Ich dachte indessen an die Kollegen, die weit übler dran waren und marschierte, nein, spazierte gemächlich zum Badestrand nach Görnitz zurück. Ich ging jetzt allerdings an der Hauptstraße entlang. Der Weg, vermutete ich, würde kürzer sein. Ich sollte Recht behalten, ich benötigte lediglich zwölf Minuten. Als ich meinen geparkten Wagen sah, bog ich auf den Strandweg ein und ging auf die Badestelle zu. Die Situation hatte sich verändert. Es waren nun Badegäste vorhanden, nicht viele, vor allem junge Leute und Eltern mit ihren Kindern. Von morgendlicher Stille konnte keinesfalls mehr die Rede sein. Ich ging weiter am See entlang, bis zur zweiten Bucht, die weniger bevölkert war. Holtz, Graumann und Twiete waren natürlich nicht präsent. Vier Stunden waren vergangen. Sie hatten sich verschätzt, was die Zeitdauer zur Umrundung des Sees anging. Beziehungsweise nicht die eventuell auftretenden Schwierigkeiten in ihre zeitlichen Überlegungen einbezogen. Vielleicht hatte auch die im Laufe des Tages zunehmende Hitze ihre Kondition erheblich beeinträchtigt.

Der Baumstamm, der am Morgen so gute Sitzdienste geleistet hatte, lag in der prallen Sonne. Ich setzte mich etwas abseits unter eine Birke, die mehr oder minder Schatten spendete und wartete. Die drei Flaschen mit Mineralwasser hatte ich im Schilf plaziert, damit sie ein wenig Kühle behielten. Graumann war erstaunlicherweise der erste, der auftauchte. Vollkommen fertig, die Uniformjacke unter dem Arm. Nun, es war seine Entscheidung gewesen! Als er mich entdeckte, plumpste er neben mir nieder und sagte nur: „Nichts, rein gar nichts!" Ich holte eine Flasche Mineralwasser aus dem Schilf und gab sie ihm. Er setzte an und ließ gluckern, dann wiederholte er noch einmal: „Es war nichts, rein gar nichts zu entdecken!" Er legte sich flach auf den Boden, nachdem er die Flasche gänzlich geleert hatte.

Etwa eine halbe Stunde später erschienen auch Twiete und Holtz. Sie trugen ihre Jacken auch unter dem Arm. Twiete schien mir, wenn auch völlig durchgeschwitzt, am muntersten. Holtzens Schönheit war lädiert, seine modische Frisur dahin. Alle drei mußten schnell nach Hause und hatten Erholung bitter nötig, selbst ihre Schuhe und die Hosen.

Als die drei Mineralwasserflaschen geleert waren und jeder seine Beobachtungen geschildert hatte, wurde mir klar, daß ich einen bedeutenden Fehler gemacht hatte. Ich hatte ihnen gesagt, daß sie das Ufer absuchen sollten. Das hatten sie erwartungsgemäß auch getan, teilweise unter größten Schwierigkeiten. Ich hätte meinen Auftrag besser formulieren sollen. Nicht nur das Ufer, sondern der gesamte Uferbereich hätten in Augenschein genommen werden müssen. Also die ganze Suche hätte auf einer größeren Breite zum Seeufer stattfinden müssen. Ich fluchte innerlich. Sie hatten sich ohne Erfolg bemüht. Ich dankte ihnen und schickte sie nach Hause, nicht ohne ihnen vorher klarzumachen, daß es am nächsten Tag eine zweite Suche geben müsse. Sie nickten teilnahmslos – sie waren praktisch vollkommen fertig – und verschwanden mit nachziehenden Beinen zu ihrem Dienstwagen.

Einige Badegäste hatten neugierig zu uns rübergeschaut, dabei war es aber auch geblieben.

Ich hatte gepfuscht! Kurz überlegte ich, ob ich noch zur Dienststelle nach Plön fahren sollte. Ich entschied mich anders. Die Suche am nächsten Tag würde ich telefonisch von Kiel aus arrangieren.

2. TAG

7. Wer zweimal sucht, hat mehr Erfolg

Ich fuhr zum zweiten Mal die Strecke von Kiel zur Badestelle nach Grebin.

Ich war gestern früh ins Bett gekommen. Das war nach meinem fehlerhaften Auftrag und dem daraus resultierendem unerquicklichen Ergebnis auch bitter nötig. Ich machte mir Vorwürfe. Ich hatte drei dienstfreudige Polizeibeamte – bei ‚tropischen' Temperaturen – um einen See gehetzt. Umsonst!

So stieg ich am heutigen Morgen richtig erholt aus dem Bett, rasierte mich in Ruhe und trank ausgiebig Kaffee, ja gönnte mir ein Morgenei. Ich würde pünktlich um halb acht Uhr an der vereinbarten Stelle am Schluensee sein. Ich konnte jetzt sogar in beschaulichem Tempo Richtung Plön fahren. Heute durften keine weiteren Fehler geschehen!

Als ich am gestrigen Spätnachmittag in Kiel auf der Bezirkskriminalinspektion erschien und erwartungsvoll auf meinen Schreibtisch blickte, sah ich nur die alten Akten der Vortage und einen Packen Fotos des Toten. Kein Untersuchungsbericht von Thomas Sammler! Ich schaute recht ungläubig. Das gab's doch nicht! Das war noch nie passiert! Ich rief in der Pathologie an und verlangte Thomas. Der war, wie man mir mitteilte, an diesem Tag schlechthin nicht erschienen. Keine Untersuchung des Toten bedeutete zuerst einmal kein Wissen um die genaue Todesursache. Ich rief den Chef an, der allerdings auch nicht in seinem Büro zugegen war. Sagte mir jedenfalls seine Sekretärin. Naja, würde schon stimmen.

Ich überlegte einen Augenblick, dann setzte ich mich an die Schreibmaschine und tippte den vorläufigen Bericht für den heutigen Tag.

„Was ham'se rausbekommen, Fliegenbein?", erschreckte mich der Chef, in der Tür stehend.

Ich drehte mich mit dem Stuhl herum und reichte ihm den gerade fertig gewordenen Bericht. Er nahm ihn und las.

Da stand er nun in voller Größe, einhundertsechzig Zentimeter Länge über alles, den immensen Bauch etwas vorgeschoben, offenes, verschwitztes Hemd, die Ärmel hochgekrempelt, die wenigen verbliebenen Haare in einer kühnen Form über den Kopf gelegt. Da sie viel zu lang waren und gewöhnlich nicht die Form einnehmen wollten, die ihnen zugedacht war, wie auch jetzt, fielen sie ihm über die Ohren. Eigentlich sah das ganz putzig aus! Man mußte grinsen, was ihn, wenn er es entdeckte, zur Weißglut brachte. Kleine Menschen in Führungsposition sind mit Vorsicht zu genießen, er nur mit höchster Vorsicht! Es sei denn, er war, den Grund erfuhren wir freilich nie, in großmütiger Laune.

„Wie ick lese, ham'se jarnüscht rausbekommen!"

„Nee, jarnüscht", imitierte ich ihn.

Er setzte sich auf den Stuhl, der dem Schreibtisch gegenüberstand, nachdem er ihn vorher zum Fenster gerückt hatte. Er wischte sich den ganzen Kopf sehr vorsichtig mit einem Taschentuch ab – die Frisur! –, starrte mich einen Moment an, um dann ganz manierlich zu fragen: „Und wie soll et nun weiterjehn?"

„Wir werden morgen früh nochmals auf die Suche gehen, aber das steht schon im Bericht."

Er starrte mich wieder an und nickte dann mit dem Kopf. Pause. Unser ‚Gespräch' war – wie Sie schon bemerkt haben – sehr, sehr knapp. Aber das war es gewissermaßen immer!

Als ich ihn nach einer Vermißtenanzeige fragte, schüttelte er nur den Kopf. Mir fiel Thomas Sammler ein.

„Chef, ich habe noch keinen Bericht von Thomas Sammler! Der scheint nicht da zu sein."

„Een komischer Tach, Herdenbein. Morjens früh der Anruf mit de Wasserleiche. Den janzen Morjen über jarnüscht, und dann ruft um Elfe der Sammler an, det er mit seine Karre im Jraben gelandet is. Is aber nüscht passiert! Um een Uhr ruft er wieda an, det der Bauer seinen Wagen nicht aus 'em Graben ziehen konnte und er nun uff den Abschleppdienst wartet."

„Ihm ist wirklich nichts geschehen?" fragte ich nochmals nach.

„Nein, ihm ist nüscht passiert und seinem Wagen ooch nicht. Det sagte er wenigstens, als er um drei Uhr zum dritten Mal anjerufen hat, von seinem Haus aus. Ick hab' ihm jesagt, er soll sich erholen."

Nun, das erklärte alles. Wir smalltalkten noch ein bißchen, wenn man das bei Jakob Sprenz so sagen darf. Als er endlich aufstand, entdeckte er die Fotos auf dem Schreibtisch und mußte sie partout auch noch anschauen. Langsam! Ich wollte nach Hause! Naja, dazu ist er natürlich berechtigt! Trotzdem! Endlich verschwand er und wünschte einen erholsamen Feierabend. Dem wollte ich gerne nachkommen.

Ich rief die Plöner Dienststelle an und bestellte vier Polizisten für den nächsten Tag zu halb acht Uhr an die Badestelle. Sie sollten ohne Uniform erscheinen! Sie sollten Funksprechgeräte mitbringen. Die waren aber in Plön alle ausgefallen. Gibt's sowas?

Ich nahm mir vor, sie am nächsten Morgen aus Kiel mitzunehmen. Ich überlegte kurz, ob ich ein paar Fotos des Toten für den nächsten Tag einstecken sollte. Ich verwarf den Gedanken aber wieder, weil ich hoffte, ohne großes Herumzeigen der Bilder den Toten identifizieren zu können. Manchmal stimmt ja so ein Gefühl!

Ich fuhr nach Hause.

Genau zwölf Stunden war ich fort gewesen. Ich hatte nicht viel getan, schlapp war ich dennoch.

Nachdem ich mich geduscht hatte, zog ich mich hausmäßig an und bereitete mir einen Abendimbiß. Zuerst zauberte ich eine köstliche Vinaigrette. Ich nehme dazu immer feines kaltgepreßtes Öl, ein wenig Balsaminen-Essig, Kräuter der Provence und einen Hauch Senf. Dann entfernte ich den Kern aus einer Avocado, die auf meinen prüfenden Fingerdruck hin Nachgiebigkeit zeigte, und füllte die Frucht mit der Kräutertunke auf.

Nachdem ich drei Scheiben Toast geröstet hatte, holte ich mir einen Chablis aus dem Kühlschrank. Ich öffnete die Flasche mit höchstem Vergnügen und schenkte mir ein Glas ein. Das war für mich Feierabend! Die Avocado hatte genau die richtige Konsistenz, nicht zu weich, nicht mehr zu hart, der Wein die richtige Temperatur. Was wollte ich mehr?

Als es auf dem Balkon etwas kühler geworden war, setzte ich mich, mit Glas und Flasche bewaffnet, in einen Korbstuhl mit weichen Kissen und ließ den Tag Revue passieren.

Von meinem Auftragsfehler an die Kollegen einmal abgesehen, war alles so verlaufen, wie eine erste Routineuntersuchung nun eben ablief. Die Kollegen hatten richtig gehandelt! Ja, mehr als das, denn mir fiel wieder ein, daß sie auch die Badegäste an der Badestelle Kossau befragt und nach liegengebliebener Kleidung Ausschau gehalten hatten. Das war doch recht clever von den Dreien gewesen!

Eine zweite Suche an diesem Tag wäre natürlich recht sinnvoll gewesen. Allerdings war die Plöner Polizeistelle an diesem Tag – vom Dienstplan her – viel zu gering besetzt gewesen, und die vorhandenen Kollegen konnte ich unmöglich ein zweites Mal einsetzen. Die wären ja aus den Pantinen gekippt! Von Kiel aus Verstärkung anzufordern, wäre unter Umständen auch möglich gewesen. Ich war aber zu der Überzeugung gelangt, daß mir niemand wegen einer Kleidersuche von Kiel aus eine Abordnung Polizei geschickt hätte. Also verwarf ich diese Idee sofort wieder. Hätte ich allerdings gewußt, wie schnell wir zum Ziel gekommen wären! Aber ich wußte es nicht!

Merkwürdig, in höchstem Maße, war die fehlende Vermißtenanzeige. Nicht wahr, das empfinden Sie auch als seltsam? Immerhin war bis zum Verlassen des Dienstgebäudes keine solche eingegangen. Da wurde jemand vierundzwanzig Stunden lang nicht vermißt! Keiner hatte das Fehlen eines Feriengastes bemerkt! Äußerst verwunderlich!

Mit diesen Grübeleien, die Flasche Chablis war in der Zwischenzeit geleert, begab ich mich kurz nach zweiundzwanzig Uhr ins Bett. Als letztes kam mir, und ich erinnerte mich am heutigen Morgen sofort voller Verblüffung daran, die adrette Mitvierzigerin in den Sinn.

Also, ich fuhr die gleiche Strecke von Kiel bis zur Badestelle Görnitz wie am gestrigen Tage. Das Wetter war auch eine komplette Wiederholung.

Als ich nach kurzen Stop die Bundesstraße 430 überquerte und zur Badestelle fuhr, erwartete mich eine Überraschung. An der gleichen Stelle wie gestern standen die Kollegen am Straßenrand, diesmal vier. Es waren die vier! Allesamt! Und wie ich befohlen hatte, ohne Uniform. Da standen sie: Lehmbrook, Holtz, Twiete und Graumann. Jedermann im legeren Freizeitlook, natürlich war Holtz der Schönste. Als ich neben ihrem Fahrzeug anhielt, grinsten alle recht breit.

Ich stieg aus und begrüßte sie: „Ich nehme an, daß Sie alle vom Jagdfieber ergriffen sind?"

„Kriminalhauptkommissar Herdenbein, wir haben zusammen angefangen und wollen es auch gemeinsam beenden", erwiderte Lehmbrook.

„Lassen Sie mir bloß den Kriminalhauptkommissar weg!" erwiderte ich der tatendurstigen Viererbande, „bleiben wir, wie ich schon gestern sagte, beim Inspektor. Das höre ich einfach lieber!"

Ich schaute sie mir an. Sie waren nicht nur richtig für die Suche gekleidet, sondern hatten sich sogar diese neumodischen kleinen Taschen um die Hüfte geschlungen. Allerdings waren die gar nicht so klein! Wahrscheinlich hatten sie an die bevorstehenden vier bis fünf Stunden anstrengender Suche gedacht und sich mit reichlich Proviant und Getränken eingedeckt. Ich mag das, wenn man mitdenkt! Das war also in Ordnung! Warm war es jetzt schon um halb acht.

Wir gingen gemeinsam den Weg zum Strand. Zielstrebig peilten wir den Baumstamm an.

Wir setzten uns gemeinsam auf das zum Denken anregende Holz.

Ich begann: „Wir haben uns gestern nur kurz über Ihre Umrundung des Sees unterhalten. Ich würde ganz gerne noch von Ihnen erfahren, welche Art von Grundstücken haben Sie inspiziert? Herr Graumann, bitte!"

„Ich bin entgegen der Uhrzeigerrichtung gegangen. Zuerst durchquerte ich am Ufer einige Seegrundstücke, meist Weiden, von hiesigen Bauern. Anschließend folgten einige brachliegenden Wiesen, teils durch Zäune, aber auch durch Knicks voneinander getrennt. Es kam dann die Badestelle der Gemeinde Kossau."

Also, hier muß ich den Graumann einmal unterbrechen, um einen Service für den interessierten, aber nicht norddeutschen Leser einzuschieben. Knicks sind Begrenzungen zwischen zwei Feldern, bestehend aus Erde und Steinen, auf denen Büsche oder Bäume angepflanzt worden sind. Ende des Leserservices. Lassen wir Graumann weiter berichten!

„Daran schloß sich ein Privatgrundstück an, ziemlich klein, waldig, es waren wohl zwei oder drei kleine Wochenendhäuser da. Am Ufer waren Stege. Dahinter kam eine Fichtenschonung, die beinahe bis zum Ufer reichte, dann Wiesen. Hinter diesen Wiesen ist das Grundstück des Plöner Angelvereins mit Bootsstegen und Booten."

„Das wissen Sie alles noch so genau?" fragte ich.

„Graumann ist unser bester Mann, was Beobachtungen angeht", lobte Lehmbrook.

Graumann freute sich sichtlich. Warum ist der Mann nur Polizeimeister, fragte ich mich wiederum. Graumann setzte dann seine Berichterstattung fort:

„Der ganze südliche Teil des Sees ist von Wald umgeben. Die beinahe gesamte östliche Seite des Schluensees wird vom Behler Gut eingenommen. Daran schließt sich ein Pferdehof an und ein größeres Grundstück mit einem Prachthaus. Am Ende meines Rundgangs kam ich, auf einem kleinen Hohlweg gehend, am Gelände vom Evangelischen Erholungsheim für Mutter und Kind vorbei."

„Ich danke Ihnen, Herr Graumann, da kann ich mir jetzt vorstellen, welchen beschwerlichen Weg Sie alle gestern gegangen sind! Ist Ihnen, meine Herren, bei dieser Schilderung der Örtlichkeiten noch irgendetwas eingefallen, das Sie entdeckt haben, etwas Auffälliges vielleicht?" fragte ich die vier Kollegen.

Sie schüttelten, nach kurzem Überlegen, den Kopf.

„Gut", instruierte ich sie jetzt, „Sie gehen zu viert, also gemeinsam, nochmals um den See herum. Entgegen der Uhrzeigerrichtung. Sie bilden eine Kette auf hundert Meter Breite und verringern diese Breite nur, wenn Sie nicht anders vorankommen können. An der Badestelle befragen Sie nochmals die Badenden."

Ich schaute auf die Uhr, es war acht geworden.

„Ich nehme an, es werden nur ein paar Frühbader anwesend sein. Suchen Sie an dieser Stelle nochmals alles nach liegengebliebenen Kleidern ab. Hat noch jemand eine Frage?"

Sie schüttelten den Kopf.

Mir fiel der erste Fehler (wieder mein Fehler!) dieses Tages ein. Hoffentlich der letzte! Ich hatte vergessen, aus Kiel die Funksprechgeräte mitzunehmen. Verdammt noch mal und zugenäht! Ich sagte das den Männern. Sie grinsten mich an. Das gefiel ihnen wahrscheinlich.

„Und noch eins, meine Herren! Ich muß mich bei Ihnen für die ungenauen Anweisungen, die ich Ihnen gestern gegeben habe, entschuldigen."

„Nicht doch, Chef!" ließen sie, beinahe wie aus einem Mund, vernehmen.

„Also los! Ich bleibe hier noch ein bißchen und gehe dann in den Gasthof ‚Zur Linde' nach Grebin."

Die Männer standen auf und zogen los.

„Viel Erfolg!" rief ich ihnen nach. Sie winkten. Oder grinsten sie? Oder beides?

Ich stand auf und ging am Ufer hin und her. Hatte ich nichts zu sagen vergessen? Irgendeine Anweisung, ein Tip oder so? Immerhin, die Männer mußten schwer arbeiten. In zwei Stunden würde es auch wieder heiß werden. Ich hätte mich selbst beißen können, daß ich die Funkgeräte vergessen hatte. Naja, vielleicht waren sie auch überflüssig.

Nachdem ich wieder zum Baumstamm zurückgekehrt war, dort eine halbe Stunde weiter gegrübelt hatte, machte ich mich langsam auf den Weg zum Dorf, zur „Linde". Ich ging nochmals den schönen Spazierweg entlang und auch zur Mühle. Als ich dann schließlich vor der Töpferei stand, wurde ich enttäuscht. Ich hatte ja ein wenig Zeit, aber die Stätte kreativer Handwerklichkeit war geschlossen. Nun, also weiter! Zu guter Letzt erreichte ich das Dorfgasthaus und setzte mich unter die Linden. Es war neun Uhr.

8. Merkwürdigkeiten

Kaum saß ich, als unsere – oder sollte ich sagen (ich möchte ja schon!) meine – gutaussehende Mitvierzigerin erschien. Mir fiel wieder ein, daß mein letzter Gedanke am gestrigen Abend ihr gegolten hatte. Sehr merkwürdig! Sie war wieder mit Jeans und weißer Bluse bekleidet, die Haare hatte sie heute jedoch hochgesteckt. Auf mich machte sie so einen Frischer-Knackiger-Salat-Eindruck. Sie verzeihen mir hoffentlich diese Gemüsebeschreibung!

„Guten Morgen, Herr Inspektor! Soll es wieder ein großes Alsterwasser sein?"

„Auf keinen Fall, der Tag ist mir noch zu frisch", antwortete ich, dabei mit der Hand abwinkend. „Bringen Sie mir lieber einen Pott Kaffee!"

„Mache ich sofort, Herr Inspektor!"

„Und lassen Sie, wenn Sie zurückkommen, den Inspektor weg!"

Sie lachte und verschwand.

Als sie wenig später zurückkehrte, den dampfenden Pott mit Kaffee in der Hand, setzte sie sich zu mir. Ich schlürfte, wenig gut erzogen, den heißen Kaffee und bemerkte aus den Augenwinkeln, daß sie neugierig war.

„Also Frau…", ich zögerte, „wie darf ich Sie anreden?"

„Ich heiße Margarete Steinwede. Sagen Sie ruhig Margit zu mir, das bin ich gewohnt!"

„Also Margit, was möchten Sie wissen?"

„Sie haben meine Neugier bemerkt. Entsetzlich! Sie müssen wissen, ich bin furchtbar neugierig. Ich muß immer alles wissen, was hier in der Gegend passiert. Und es geschieht leider so wenig Aufregendes hier! Finden Sie das schlimm?"

„Nee", erwiderte ich prompt, „ich bin genauso neugierig und nicht nur meines Berufes wegen. Nur, was jene Wasserleiche angeht, wir wissen leider noch nichts!"

„Ist der Tote ertrunken oder ermordet worden?" fragte sie weiter.

Sehen Sie, nicht nur ich frage mich bei einem Toten, ob er vielleicht ermordet worden ist. Das hatte mir gestern Thomas Sammler bei unserem Gespräch auf dem Baumstamm sofort angekreidet. Ich denke, daß Sie sich in der Zwischenzeit auch diese Frage stellen? Nein! Mehr noch! Ich hoffe, daß Sie schon jetzt fest davon überzeugt sind, einen Mordfall vor sich zu haben.

Aber wieder zurück zur Frage von Margit Steinwede, die ich Margit nennen sollte.

„So weit sind unsere Untersuchungen auch noch nicht gediehen!", antwortete ich ihr.

Gerade wollte ich ihr ein paar Fragen zu den Flenslers stellen, als ich abgelenkt wurde. Mit quietschenden Reifen fuhr ein Wagen nach Grebin herein. Ein Wahnsinniger! Der Wagen bog – man muß schon mehr sagen, schleuderte – auf die kleinere Straße zum Gasthaus „Zur Linde" ein und bremste direkt vor uns. Twiete schoß aus dem Wagen heraus, gestikulierte mit den Armen und brabbelte etwas, das man nicht verstehen konnte. Als er zum Tisch kam, forderte ich ihn zum Sitzen auf. Er gestikulierte jedoch weiter, und schließlich konnte ich seinem Gebrabbel entnehmen, daß sie etwas gefunden hatten.

„Steigen Sie schnell ein, Chef!"

„Ich komme noch mal zurück", rief ich der Wirtin schon im Aufstehen zu, „und bezahle später."

Ich bestieg den Dienstwagen. Twiete brauste los.

„Fahren Sie langsamer, Herr Twiete!"

Twiete hörte mich überhaupt nicht, er fuhr wie ein römischer Wagenlenker.

„Sind Sie, Herr Twiete, eventuell der Schumacher des Nordens?"

Er verstand meine Anspielung nicht und fuhr in mörderischem Tempo weiter.

„Haben Sie noch eine Leiche gefunden?" fragte ich. Ich klammerte mich am Haltegriff fest.

„Wieso, Chef, noch 'ne Leiche, nee!"

„Also, Herr Twiete, jetzt fahren sie manierlich!" Ich sagte es im Befehlston.

Twiete verstand. Er wurde langsamer, erklärte immer noch aufgeregt die Situation, und an der Bundesstraße 430 hielt er sogar. Hier gab es ein Stop-Schild! Während er weiter redete, fuhren wir jetzt in Richtung Plön, allerdings nur kurz. Am Wegweiser nach Kossau bog er in die entgegengesetzte Richtung ab. Wir fuhren einen holperigen Feldweg, voller Schlaglöcher, immer am Rande eines Knicks entlang. Nach etwa einhundert Metern zweigte nach links ein Weg ab, der wohl zur Badestelle führte. Jetzt wurde Twiete noch langsamer, und wir fuhren durch ein weit geöffnetes, grün gestrichenes Metalltor. Wir waren auf einem Privatgrundstück. Hier verzweigte sich nach dreißig Metern der Weg ein zweites Mal. Twiete fuhr wiederum nach links und hielt den Wagen vor Holtz an, der sozusagen mitten im Wald stand.

Zu dritt ging wir einen abschüssigen Weg hinunter. Ein rot angestrichenes Haus lugte zwischen Büschen und Bäumen hervor. Rechts davon, etwas versteckt hinter einer hohen künstlichen Hecke aus Je-Länger-Je-Lieber, war noch ein weiteres, diesmal graues Haus zu erkennen. Vor dem roten Wochenendhaus warteten Graumann und Lehmbrook.

Ich war schon jetzt froh, daß wir einen Schritt weiter gekommen waren!

„Im Haus liegen seine Sachen", meldete Lehmbrook.

„Sie haben alles liegengelassen, nichts angefaßt?" fragte ich, alle vier anblickend.

„Selbstverständlich, Chef!" Lehmbrook schien etwas beleidigt zu sein, gab dann aber zu, die Brieftasche geöffnet zu haben.

„Ist ja schließlich kein Mord, Chef, oder?"

Ich sah ihn an und sagte, den Kopf hin- und herwiegend, dann meiner Stimme einen gewissen geheimnisvollen Ton gebend: „Man kann nie wissen!"

Ich würde mich später auf diesem Grundstück umsehen müssen.

Nein, das sollten doch die Kollegen übernehmen!

Auf den ersten Blick machte alles einen sehr idyllischen Eindruck auf mich!.

Wir gingen ins Haus. Auf einem Stuhl mit Sisalgeflecht lagen T-Shirt, kurze Hose und ein Slip. Auf einem zweiten Stuhl lagen ein buntes Oberhemd und Jeans. Mir fiel auf, daß alles sehr ordentlich über die Stühle gelegt worden war. Der ganze Raum machte überhaupt einen sehr sauberen und ordentlichen Eindruck.

Lehmbrook zeigte auf eine Brieftasche, die auf einem altmodischen Buffet lag. Als ich nickte, reichte er sie mir. In einem Fach der Innentasche steckte der Personalausweis.

Ich las laut vor: „Siegfried Nastrau, geboren am 25. März 1951 in Hannover, Deutsch, Landeseinwohneramt Berlin."

„Der Tote ist aus Berlin", bemerkte Graumann, nicht sehr geistreich.

„Nicht unbedingt", erwiderte ich, „nur der Personalausweis ist in Berlin ausgestellt worden. Er könnte doch auch einen zweiten Wohnsitz haben, oder? Vielleicht hat er auch vergessen, sich umzumelden? Auf jeden Fall, Herr Graumann, gehen Sie zum Wagen und rufen sie die Dienststelle an. Sie soll die Daten überprüfen und zurückrufen. Kommen Sie dann wieder hierher."

Graumann trollte sich.

„Sie, Herr Twiete und Herr Holtz, nehmen einmal das Grundstück in Augenschein. Vielleicht finden Sie etwas Auffälliges."

Twiete und Holtz trollten sich ebenfalls. Ich wollte das Haus etwas leerer haben. Lehmbrook und ich, das reichte fürs Erste.

„Was fällt Ihnen, Herr Lehmbrook, beim ersten Umschauen hier im Haus auf?" fragte ich.

„Die Ordnung, Chef!" kam es prompt.

„Richtig! Alles ist sehr ordentlich, sehr aufgeräumt, selbst die Kleidung über beiden Stühlen. Merkwürdig! Machen wir einen Rundgang". Ich legte die Brieftasche wieder aufs Buffet.

Wir stellten uns beide in der Tür auf und ließen unsere Blicke durch den Raum schweifen. Er war ungefähr sechs mal drei Meter groß. Links neben der Tür stand, in die Ecke hineingebaut, ein Schrank mit Lamellentüren. Lehmbrook öffnete gerade diesen Schrank: Besen, Feger, Toilettenpapier, Glühbirnen etcetera, es war ein Abstellschrank. Davor stand ein Schaukelstuhl mit Auflagen. Neben diesem befand sich ein niedriges Schränkchen mit einem Fernseher darauf. Ein Fenster folgte, darunter ein Radiator, dann eine L-förmige Sitzbank mit Polstern, davor ein Holztisch mit den beiden Stühlen. Neben der Sitzbank am Ende des Raumes befand sich ein Fenster, das jedoch durch Läden verschlossen war. Vor beiden Fenstern hingen hübsche Übergardinen. Rechts neben dem zweiten Fenster stand ein Katalytofen. An der rechten Wand vor dem Ofen ging es in ein kleines Schlafzimmer, die Tür stand offen. Daneben stand das auf alt getrimmte Buffet.

In den Regalen des Buffets befanden sich allerlei Gegenstände: Ein kleines Radio, eine Pyramide aus Marmor, Zigaretten, Feuerzeug, ein Metronom, kleine Schalen und Vasen aus Keramik, ein Windlicht. Bücher waren auch vorhanden. In den zwei Schubladen waren Krimskrams, Landkarten, Briefpapier undsoweiter. Im unteren Teil des Buffets entdeckten wir Geschirr. An allen Wänden hingen große, verglaste Bilder mit historischen Landkarten Schleswig-Holsteins.

Als wir den kleinen Schlafraum betraten, sahen wir zur Linken ein Doppelbett, darüber − über die ganze Breite des Zimmers − einen Hängeschrank mit Lamellentüren. Ein kleines Fenster war auch vorhanden, ein schmaler Kleiderschrank mit Vorhang, und rechts stand ein doppelstöckiges Bett.

Lehmbrook und ich gingen zurück zur Eingangstür, daneben befand sich eine, wie sagt man, holzverschalte Naßzelle. Rasierzeug, Parfum, Aftershave unter einem Spiegel, eine Toilette und ein kleiner Wandschrank. Alles sehr ordentlich!

Diese Ordnung, die Lehmbrook und mir sofort aufgefallen war, wurde durch die Küche übertroffen, die zwischen Toilette und Schlafzimmer lag. Rechts, wenn man hineintrat, war ein Elektroherd zu sehen, dahinter eine Spüle. Über der Spüle hing ein Regal, in dem Tassen und Teller sorgsam gestapelt waren. Teekanne, Thermoskanne,

Milchkännchen standen geordnet da. Wirklich merkwürdig! Wie geordnet? Ich kam nicht drauf.

Erst als ich das Sideboard auf der linken Seite der Küche sah, mit dem darüber angebrachten Regal, wurde mir die Gesetzmäßigkeit der Ordnung klar.

„Lehmbrook", rief ich erstaunt aus, „fällt Ihnen etwas auf?"

„Ja, die Ordnung!"

„Ja, ja, Lehmbrook, die Ordnung, das ist klar! Was fällt Ihnen jedoch an der Ordnung auf?"

Lehmbrook guckte vom Sideboard zum Regal und wieder zurück. Er kratzte sich die Stirn, dann: „Chef, der Mann muß eine Macke haben!"

„Da mögen Sie Recht haben, Herr Lehmbrook!"

In diesem Augenblick kam Graumann zurück und meldete, daß Nastrau tatsächlich in Berlin lebte und er nochmals alles notiert habe. Er gab mir seinen Aufschrieb, und ich steckte ihn in die Jackentasche.

„Hanno, was siehst Du hier?" Lehmbrook konnte sich nicht mehr zurückhalten und starrte beim Fragen Graumann an.

„Ne Küche!"

Wie aus einem Munde riefen Lehmbrook und ich. „Eine Küche!"

„Mann, Graumann, sehen Sie nicht mehr?" fragte ich ihn.

Der schüttelte den Kopf, nachdem er sich nochmals in der Küche umgesehen hatte.

„Sagen Sie es ihm, Herr Lehmbrook!"

„Hier, in der Küche, ist alles der Größe nach geordnet!"

Das war es! Die Gesetzmäßigkeit in der Ordnung bestand darin, daß alles in den Regalen oder auf dem Sideboard, der Größe nach aufgestellt war. Links standen die großen Behältnisse, rechts die kleineren. Alles war wie nach Orgelpfeifengröße geordnet. Auf dem Regal über dem Sideboard stand zum Beispiel ganz links ein Glas mit Spaghetti, während an der äußersten Rechten ein Pfefferstreuer positioniert war. Dazwischen, in abfallender Größe, Büchsen und Gläser mit Zucker, Salz, Kaffee undsoweiter. Nun frage ich auch Sie, war das nicht auffällig, irgendwie merkwürdig?

Als Twiete und Holtz auch noch zu uns stießen – sie hatten keinerlei Auffälligkeiten auf dem Waldgrundstück entdecken können, abgesehen von dem zweiten verschlossenen Haus –, wurden sie selbstredend getestet. Und Twiete versagte nun völlig, er kam einfach nicht drauf, während Holtz nach ein paar hilfreichen Bemerkungen die Orgelpfeifenordnung erkannte.

Ja, da standen wir zu fünft in der kleinen Küche und staunten. Es sah so unwirklich aus. Holtz meinte, daß es so etwas doch gar nicht gäbe, und als Twiete die Anordnung nicht nur gesehen, sondern auch die Merkwürdigkeit verstanden hatte, ließ er – aus Anerkennung für solch extreme Ordnungsliebe oder weil er es verrückt fand – einen langgezogenen Pfiff ertönen. Dabei war gar nichts verrückt, sondern alles stand an seinem Platz.

Nun, was meinen Sie? Haben Sie sich schon Gedanken über diese merkwürdige Ordnung gemacht? Wissen Sie vielleicht schon die Lösung?

Ich, zu diesem Zeitpunkt, war ratlos. Diese Ordnungsliebe schien jedoch zweifelsfrei eine Bedeutung zu haben!

Ich schickte die vier wackeren Polizisten nach Plön zurück. Sie sollten von dort aus den oder die Besitzer des Grundstückes ermitteln. Lehmbrook meinte noch, daß diese Grundstücke hier am See zur Gemeinde Kossau gehörten, aber das sagte mir nun gar nichts. Sollten sie recherchieren. Die Besitzverhältnisse zu erfahren, würde keiner großen Anstrengung bedürfen.

Als sie sich entfernten, wies Holtz noch auf das Schlüsselbund an der geöffneten Tür hin. Ich hatte ihnen bedeutet, daß ich den gleichen Weg, den sie hierher gegangen waren, nun umgekehrt zurückgehen wollte. Mir war nach einem Spaziergang zumute.

Ich hörte den Motor des Wagens anspringen, einer der Männer – Holtz wohl – gab Anweisungen, wie man den Wagen am Besten zurücksetzen könnte, dann wurde es still.

Ich ging nochmals ins Haus zurück. In der Küche öffnete ich die Türen des Sideboards. Junge, waren da Vorräte vorhanden! Auch hier alles geordnet, nach Größe – Sie wissen schon! Der Kühlschrank barst beinahe, so angefüllt war er: Milch, Käse, Wurst, Fleisch, nun, was eben in einen solchen Schrank hineingehört. Dann entdeckte ich eine runde Klappe mit eisernem Ring im Holzfußboden. Ich hob sie an. Ah ja, in einem Betonring von etwa siebzig Zentimeter Durchmesser standen Kisten mit Bier, Sprudel und einige Flaschen Wein. Hier war man, wie mir schien, auf eine längere Zeit des Urlaubs eingestellt gewesen. Vorräte für mindestens zwei Wochen, wenn man von Frischfleisch und Gemüse einmal absah.

Ich schaute nochmals in die Naßzelle und ins Schlafzimmer, ohne andere Auffälligkeiten zu entdecken.

Die historischen Drucke im Wohnzimmer waren sehr geschmackvoll.

In der Ecke auf der Umrandung der Sitzbank stand eine Keramikvase mit Feld-, Wald- und Wiesenblumen. Hübsch!

Die wenigen Romane im Regal des Buffets waren erstaunlicherweise in englischer Sprache geschrieben. Unter anderen standen dort: „Gone with the Wind", „New York Trilogy", „Sense and Sensibility" und „Passage to India". Der Tote hatte Romane in der Originalsprache gelesen! Das ist auch selten! Dazu befanden sich neben den Romanen noch naturkundliche Bücher über Vögel, Gräser in Wald und Flur sowie andere ähnlichen Inhalts.

Seltsam war auch das Metronom, das im Regal stand. Daß ein Klavier hier keinen Platz finden würde, war klar, aber auch ein Keyboard war nicht vorhanden. Abgesehen davon, daß in Keyboards, so glaube ich, Taktgeber eingebaut sind. Was sollte ein Metronom hier? Und dann noch dieser Marmorwürfel daneben. Wunderbar glatt, geteilt in eine obere und untere Hälfte. Ich berührte die glatten Seiten. Als ich dann noch den oberen Teil der Pyramide nicht nur berührte, sondern wohl auch ein wenig niedergedrückt hatte, hörte ich, wie eine quäkende Stimme sagte: „Es ist zwölf Uhr und vier Minuten!" Potztausend, eine sprechende Uhr! Phantastisch! Welch Erfindergeist! Was es nicht alles gibt?!

Ich ließ meinen Blick nochmals durch das Zimmer schweifen, dann steckte ich die Brieftasche ein und ging ins Freie.

Ich schloß die Tür ab und steckte das Schlüsselbund in die Hosentasche. Ging nicht. Das Schlüsselbund war zu umfangreich. Ich umrundete einmal das Haus. Hinter dem Haus waren zwei schmale Türen in die Rückwand eingelassen, wahrscheinlich waren hier Schuppen.

Als ich zum Metalltor kam, überlegte ich einen Augenblick, dann hakte ich die beiden Torflügel zusammen, steckte die Verriegelung in die Erde und schloß ab.

9. Erste Klarheiten, doch kein Durchblick

Ich ging den ausgefahrenen Weg entlang, bis ich zur Abzweigung der Badestelle kam. Dieser Weg führte abwärts zum See. Etwa dreißig bis vierzig Badegäste konnte ich zählen, teilweise im Wasser schwimmend, auf der Wiese liegend oder spielend. Wie ich feststellte, waren es in der Regel Familien. Die Autos parkten am vorderen Wiesenrand. Es gab eine Containertoilette, Abfallbehälter und auch einen Pfosten mit

Rettungsring und diversen Anweisungen. Es war eine sehr schöne Badestelle, die scheinbar abends auch zum Grillen benutzt wurde, da noch einige geschwärzte Feuerstellen zu sehen waren.

Ich suchte auf der linken Seite der Badewiese einen Durchlaß im Knick. Als ich endlich eine passierbare Stelle gefunden hatte, die mir einen Durchschlupf gewährte, kämpfte ich mich, unter den mißliebigen Blicken der Lagernden, durch Büsche und Bäume hindurch. Ich stand auf einer Kuhwiese, die ich nun überquerte. Das gehörnte Viehzeug nahm Reißaus. Ich stieg dann, immer in der Nähe des Ufers, über weitere Knicks und Zäune und erlebte ganz nebenbei die Mühen der vier Polizisten nach. Der Schweiß rann mir von der Stirn. So muß es den Männern gestern auch ergangen sein, fuhr es mir durch den Kopf; wahrscheinlich war es für sie noch schlimmer gewesen, da sie in voller Montur unterwegs gewesen waren.

Ich überquerte weitere Wiesen und Weiden und nochmals Zäune und Knicks. Ich mußte doch schon auf der Höhe von Görnitz sein? Niemand bemerke mich; das wäre mir allerdings auch nicht recht gewesen. Ich sah wie ein schwitzender Wandervogel aus, keineswegs wie ein Inspektor auf Spurensuche, einmal ganz davon abgesehen, daß ich überhaupt keine suchte. So erreichte ich schließlich jene Stelle, an der der Tote angetrieben worden war. Hier lenkte ich durch mein, über Zäune steigendes, Erscheinen wiederum erstaunte Blicke auf mich. Ich kümmerte mich nicht darum, sondern wankte mehr, denn daß ich schritt, auf dem Strandweg zu meinem Wagen. Eine Bullenhitze herrschte im Inneren. Ich öffnete die Türen und glaubte, die angestaute Hitze entweichen lassen zu können. Das war ein Irrtum, wie ich feststellen mußte. Also fuhr ich los und war schließlich froh, als ich diesen Backofen vor der „Linde" verlassen konnte.

Ich hatte vor, etwas zu essen, allerdings lieber in der „Linde", und so betrat ich das erste Mal die Gaststube. Hier war es angenehm kühl. Eine alte Theke nahm ein Viertel des Raumes ein. Es standen der Theke drei Holztische mit rotweißkarierten Decken gegenüber, direkt vor den drei Fenstern. Weiße Gardinen und Topfblumen versperrten ein wenig die Sicht nach draußen. Es gab am Ende des Gastraumes noch ein durch geschwärzte Holzbalken getrenntes Hinterzimmer mit einem großen runden Tisch, um den vierzehn bequeme Stühle plaziert waren. Links davon mußte noch ein weiterer Raum vorhanden sein, den ich jedoch nicht einsehen konnte, allerdings hörte ich von dort gedämpftes Stimmengemurmel.

„Ah, der Inspektor ist wieder zurück, um seine Rechnung zu beglei-
chen!" rief Margit lachend aus, als sie, wohl aus der Küche kommend,
meiner ansichtig wurde.

„Den Inspektor habe ich nicht gehört!" konterte ich. „Die Mini-
rechnung vom Morgen wird beglichen und nicht nur das. Ich möchte
jetzt wunderbar essen!" rief ich in bester Laune, ein schmackhaftes
Mahl erwartend. „Gibt es heute auch noch die Maränen?"

„Für Sie immer, Herr Insp...", sie stockte, „nein, ich hab's noch
gemerkt! Die Maränen mit Bratkartoffeln oder mit Salzkartoffeln?
Grüner Salat ist immer dabei!"

„Ich nehme sie mit Salzkartoffeln und", ich machte eine kurze Pause
und leckte die Lippen, „ein schönes, großes Bier".

Sie nickte und begann hinter der Theke das Bier zu zapfen, um dann
hurtig in der Küche zu verschwinden. Wenig später hörte ich es brut-
zeln, als die Küchentür wieder aufging und Margit erschien, um mein
Bier weiter zu bearbeiten.

Dann stand es vor mir. Ein wunderbarer Anblick! Ein Bier, wie es
sein sollte: Oben eine kunstvolle Schaumkrone und das Glas außen
schwitzend, wasserperlend! Das ist der erste schöne Augenblick eines
frisch gezapften Bieres, vor allem an einem solchen heißen Tag, wenn
es dann endlich vor einem steht. Der zweite natürlich, und das wissen
Sie, ist der erste Schluck. Er ist immer der beste, und so war es auch
jetzt hier!

Wenige Minuten später kamen die Maränen. Welcher Anblick! Vier
schön gebratene Fische warteten auf den Verzehr. Daneben lagen die
Salzkartoffeln, gelblich und richtig gekocht. Margit stellte eine Saucière
mit heiß gemachter Butter auf den Tisch und den Teller mit grünem
Salat in süßer Soße – wie in Norddeutschland üblich – dazu. Ein ein-
ladender, zum Essen anregender Wohlgeruch kräuselte sich vom Teller
hoch in meine Nase. Später stand auch noch ein Grätenteller vor mir.
Ich fing an zu essen. Ruhig, bedächtig, genüßlich; jeder Bissen war ein
lukullisches Entzücken!

Gegen Ende des Schmauses setzte sich Margit zu mir. Die Gäste aus
dem Hinterzimmer waren schon seit geraumer Zeit aufgebrochen.

„Das Essen war wunderbar, Margit. Ich habe schon lange nicht mehr
solche köstlichen Maränen gegessen!"

„Das freut mich!" Sie schaute mich erwartungsvoll an.

Nicht, daß sie nach einer Fortsetzung des Lobes heischte! Sie war,
nach meinem überhasteten Aufbruch, natürlich neugierig.

„Wir haben Erfolg gehabt", befriedigte ich ihre sichtbare Wißbegier, „der Ertrunkene ist ein Stadtmensch, der wohl des öfteren hier weilte".

„Das ist alles, was Sie mir sagen, Herr Herdenbein?"

„Ja", antwortete ich auf ihre bedauernde Frage, „das ist erst mal alles".

Sie war offenkundig enttäuscht und konnte ihr Unbefriedigtsein kaum verbergen..

„Aber ich habe auch eine Frage, Margit".

Ganz plötzlich, ohne Ursache, wahrscheinlich, weil ich mich der Wirtin gegenüber in meiner Auskunft so bedeckt gehalten hatte, überkam mich ein Gefühl, daß ich eigentlich gar nichts sagen sollte. Und als zweites, so aus dem Bauch heraus, empfand ich plötzlich, daß auf dem Grundstück am See, bei aller Ordnung, irgendetwas nicht in Ordnung war. Eine Ahnung überfiel mich, und es war wirklich nur eine vage Ahnung, daß ich eventuell noch öfter in dieser Gegend zu tun haben würde.

„Was möchten Sie denn wissen?"

„Sie haben doch Fremdenzimmer? Das ältere Ehepaar, die beiden Flenslers, wohnen bei Ihnen! Haben Sie noch ein Zimmer frei?"

„Sie wollen in der „Linde" wohnen, Herr Herdenbein?"

„Ja... nein..., ich... weiß nicht! Das ist nur so eine Idee, die gerade in diesem Moment über mich gekommen ist! Es könnte sein, daß ich unter Umständen ein Zimmer benötige".

„Es ist Saison, Herr Herdenbein, wir haben kein einziges Zimmer frei, das tut mir leid."

„Auch später nicht?"

„Auch später nicht! Ist es denn so wichtig?"

Ich überlegte. Ich schwamm jedoch noch in meinen Gedanken. Um ganz ehrlich zu sein, diese Gedanken waren überhaupt noch nicht zielgerichtet.

„Inspektor, wenn es wirklich wichtig ist", sie machte eine längere Pause, „wir haben ein Notzimmer für Familienangehörige, die unangemeldet kommen. Das könnten ich Ihnen unter Umständen geben."

„Das war nur so eine Idee von mir, ich habe gar keinen konkreten Grund, Margit. Ich habe nur aus einem recht unbestimmten Gefühl heraus gefragt. Es war wirklich nur so ein Gefühl!"

Wir plauderten dann bei einem Kaffee über den heißen Sommer, die Sommergäste und das Geschäft. Als ich zufällig auf meine Uhr sah, mußte ich mich aus diesen Annehmlichkeiten reißen. Es war vier Uhr geworden. Ich bezahlte und versprach, auch ohne dienstlichen Grund wieder vorbei zu schauen. Außerdem ließ ich mir noch die Telefonnummer der „Linde" geben, man kann ja nie wissen!

Wir gaben uns die Hand, ich schaute sie an, ich wollte noch etwas sagen, und ich ließ es. Blöder Herdenbein! Manchmal ist man komisch, nicht wahr? Man macht nicht das, was getan werden müßte. Nun ja, Herdenbein, dann hast du selber Schuld!

Ich hätte wegen der Eigentümerfrage vom Grundstück am Schluensee noch nach Plön fahren müssen, aber das schenkte ich mir. Ich würde von Kiel aus anrufen.

Ich fuhr, über die mir schon bekannte Strecke, direkt ins Kommissariat nach Kiel.

Der Untersuchungsbericht von Sammler lag immer noch nicht auf meinem Schreibtisch. Ich rief beim Chef an, da dieser manchmal solche Berichte, zum expliziten Studium, wie er sich auszudrücken pflegte, in sein Büro mitnahm. Das Büro war unbesetzt und ein Bericht auch nicht vorhanden.

Ich kehrte etwas sauer in mein Zimmer zurück und rief in Plön an. Meine Stimmung besserte sich sofort. Die Kollegen gaben mir Namen, Adressen und Telefonnummern der beiden Besitzer durch. Sie teilten mir auch mit, daß der Eigentümer des grauverschalten Hauses, ein gewisser Dr. Heisterberg, im Urlaub sei, jedoch in den nächsten Tagen zurückkehren würde.

Beim zweiten Eigentümer in Berlin hätten sie bereits einmal angerufen, allerdings vergeblich. Ich bedankte mich bei ihnen und teilte ihnen mein baldiges Erscheinen auf der Dienststelle mit.

Der Eigentümer war nicht Siegfried Nastrau, der Ertrunkene, sondern eine Frau mit Namen Nadja Schlemm. Und, hollah, beide Anschriften waren identisch. Siegfried Nastrau und Nadja Schlemm lebten zusammen! Das war doch schon einmal etwas!

Die Kollegen hatten sie bereits einmal ergebnislos angerufen, also sprach alles dafür, daß ich es nun am Abend versuchen sollte.

Nun aber zum Untersuchungsbericht. Ich wählte die Privatnummer von Thomas Sammler. Hoffentlich ging seine Frau nicht ans Telefon. Sie ging! Und sie legte gleich los!

„Du machst Dir einen schönen Urlaubstag am See, und Thomas sitzt in der Pathologie und arbeitet sich matt und marode!"

Ist das eine Begrüßung, frage ich Sie? Allerdings mußte ich auch nicht auf ihre Vorhaltung antworten, denn sie redete gleich weiter.

„Was ist das für eine Wasserleiche? Thomas sagt mir nichts! Und fort ist er auch schon wieder, gerade eben. Er will noch irgendetwas einkaufen und dann zu dir, was will er von dir? Warum sagst du nichts?"

„Ich komme ja nicht zu Wort! Thomas ist auf dem Weg zu mir? Ich bin noch im Kommissariat. Tschüß, dann muß ich mich beeilen!"

Ich legte den Hörer auf. Was konnte Thomas von mir wollen? Wieso war der Bericht nicht vorhanden? Merkwürdig, alles sehr merkwürdig!

Ich fuhr zu meiner Wohnung und stellte mich als erstes unter die Dusche. Nachdem ich erfrischt unter den herabstürzenden Wassermassen aufgetaucht war, gönnte ich mir eine Abendrasur und beklatschte, zur Feier des Tages, meine Wangen mit wohlriechendem Rasierwasser. Ich machte mich balkonfein.

Wie am gestrigen Abend zauberte ich anschließend eine Vinaigrette, teilte eine Avocado – der Fingerdruck hatte die richtige Konsistenz deutlich werden lassen – und entkernte sie. Ich öffnete eine Dose mit Palmenherzen – mir ist durchaus bewußt, daß die Gourmets unter Ihnen schon bei dem Wort „Dose" von einem mittleren Schüttelanfall heimgesucht worden sind! Ich bin aber ein ehrlicher Mensch! Oder hätten Sie mir geglaubt, daß ich noch schnell eine junge Palme gefällt hatte, um das Mark herauszupulen? Sehen Sie! – und richtete zwei Teller her. Anschließend füllte ich die Avocados mit der Vinaigrette, auf jeden Teller kam eine, dazu je eine Portion Palmenherzen, die ich mit der Soße übergoß, dann begann ich Toasts zu rösten und stellte viel Bier in den Kühlschrank. Thomas war ein großer Biertrinker!

Ich freute mich sehr, daß Thomas kam. Wieviel Zeit war vergangen, seit er das letzte Mal hier gewesen war, zwei Jahre, drei Jahre? Auf jeden Fall lag eine lange Zeitspanne zwischen seinem letzten Erscheinen und dem heutigen Tag. Vor Jahren waren wir, wie man so sagt, dick befreundet gewesen und hatten sehr viel gemeinsam unternommen. Wir zwei, manchmal war auch Karin dabei gewesen, also auch noch zu der Zeit, als beide schon verheiratet waren. Plötzlich hatte Karin ihre Eifersucht mir gegenüber entdeckt. Sie verstand es dann in der Folgezeit mit Einfallsreichtum und Geschick, unsere Freundschaft zu torpedieren. Steter Tropfen höhlt den Stein! Unsere gegenseitigen Treffen – zumeist bei mir –, Kneipenbesuche und gastronomischen Ausschweifungen wurden immer seltener, bis sie ganz aufhörten.

Sie können nachempfinden, daß ich jetzt umso erfreuter war.

Es klingelte. Ich machte auf. Langsam. Freude hin, Freude her, wer mich mit seinem Untersuchungsbericht so auf die Folter spannt, konnte auch noch einen Augenblick länger warten.

Thomas war mit einem Korb bewaffnet, in dem ich Mengen von Flaschenbier und Dosen mit Nüssen entdeckte. Wir umarmten und beklopften uns. Das Bier wurde vorläufig kalt gestellt, und wir begaben uns auf den Balkon.

„Ein Nachtmahl!" rief Thomas aus.

„Kein Nachtmahl! Ein Liebes- oder Freundschaftsmahl, wenn du so willst", erwiderte ich und stellte den Korb mit den gerösteten Toasten auf den Tisch.

Er setzte sich und betrachtete mit Behagen die vorbereiteten Teller. Thomas war ein Freund unvorhergesehenen Schlemmens. Unsere gemeinsamen Berlinbesuche waren in dieser Hinsicht Legende! Obwohl, und da gebe ich Ihnen Recht, wenn man auf den Teppich zurückkehrt, waren Palmenherzen und Avocados mit, zugegebenermaßen, pikanter Vinaigrette, keine übermäßige Schlemmerei.

„Wo ist der Untersuchungsbericht?" fragte ich ihn, als ich aus der Küche mit zwei gut temperierten Bieren zurückkehrte.

„Wodurch ist Siegfried Nastrau gestorben?" insistierte ich weiter.

„Ah, Nastrau heißt der Tote", war der einzige Kommentar, der ihm entfuhr.

Ich bugsierte vorsichtig das Bier in die Gläser. Mit Schaumkrone, wie es sich gehörte.

„Und? Was ist nun? Warum kommst du selber? Warum machst du bei deiner Frau ein solches Geheimnis um den Toten?"

Der Mann machte mich wahnsinnig!

„Ach, die Wasserleiche! Die ist nicht so wichtig! Ich habe sie als Vorwand genommen, um wieder einmal mit dir zusammen zu sein, alter Freund, ein wenig zu plaudern!" wiegelte Thomas ab.

Ich glaubte ihm kein Wort!

„Komm, Jens, hier stehen Köstlichkeiten auf dem Tisch, und du willst Untersuchungsberichte! Das hat Zeit. Prost!"

Jeder von uns trank sein Glas auf einen Zug leer.

Gibt es etwas Schöneres, als mit einem Freund nach einem heißen Tag beisammen zu sitzen und ein Gläschen zu trinken? Nun, es würden schon noch mehr werden, wie ich Thomas kannte!

Wir genossen den herrlichen Sommerabend, die gefüllte Avocado – mit einem Chablis schmeckt sie genaugenommen doch besser! –

und die Palmenherzen, knabberten an unseren Toasten, später auch an den Nüssen und tranken unser Bier.

Ich erzählte Thomas kurz von den Entdeckungen des Tages, besonders von der peniblen Anordnung der Gegenstände und Behältnisse in der Küche – hier schaute er kurz vom Essen auf – und dem wunderbaren Maränenessen im Gasthaus „Zur Linde".

Er gab dazu keinen einzigen Kommentar ab. Er konzentrierte sich absolut auf das Schnabulieren.

Dann erzählte er von den Schwierigkeiten mit seiner Frau im allgemeinen und in bezug auf mich, beziehungsweise unsere Freundschaft. Er hatte sich gestern, als wir zusammen auf dem Baumstamm saßen, dazu durchgerungen – wie er sich ausdrückte – sich der Eifersucht Karins, nicht länger unterzuordnen. Bravo!

„Aber heute abend hast du noch den Trick mit dem Untersuchungsbericht anwenden müssen, um hier zu erscheinen?" frozzelte ich.

„Man muß Weichenstellungen langsam vornehmen", bemerkte er trocken.

Wir tranken unser Bier und knabberten die Nüsse. Das war schon die zweite Dose, die wir uns vorgenommen hatten!

„Im Übrigen gibt es noch keinen Untersuchungsbericht!"

„Du hast die Leiche immer noch nicht untersucht?"

„Untersucht habe ich sie, ich habe aber noch keinen Bericht geschrieben!"

„Das verstehe ich nicht!"

„Daran ist nichts Geheimnisvolles! Ich mußte im Laufe des Morgens noch weitere Termine wahrnehmen und außerdem einen alten Bericht vervollständigen. Ich konnte infolgedessen erst am frühen Nachmittag in die Pathologie. Ich habe den Toten sehr genau untersucht. Du weißt, daß ich sehr pingelig sein kann. Alles braucht seine Zeit!"

„Ja, ja, ich verstehe, verehrter Dr. Sammler."

„Gut, du verstehst! Zur Niederschrift reichte dann die Zeit nicht mehr, schließlich will ich auch Feierabend haben, und darum sitze ich jetzt bei dir, mein lieber Jens. Ich denke doch, das gefällt dir besser, als wenn du jetzt einige Blätter durchlesen müßtest!"

„Ja, es ist gut, daß du hier bist, deine Berichte sind zudem immer reichlich trocken!"

„Trocken? Gib es zu, Jens, du verstehst überhaupt nicht, was in den Untersuchungsprotokollen beschrieben wird. Ich muß dir doch immer alles ein zweites Mal mündlich verklüsematüddeln."

Ich mußte lachen. Das stimmte, was er da gesagt hatte. Wenn ich seinen Untersuchungsbericht gelesen hatte, rief ich anschließend mit ziemlicher Sicherheit bei ihm an und mußte mir allerhand erklären lassen.

Mir fiel ein, daß ich noch nach Berlin telefonieren wollte.

„Entschuldige, Thomas, ich muß schnell noch diese Nadja Schlemm in Berlin anrufen!"

„Nadja Schlimm?"

„Schlemm, mit ‚e‘, sie ist die Besitzerin des Seegrundstückes."

Ich ging auf den Flur und wählte die Berliner Nummer, wartete vielleicht eine halbe Minute und legte den Hörer auf. Nichts! Gut, es war Samstagabend, da konnte man unterwegs sein, vor allem in einer Stadt wie Berlin. Ich würde es am Sonntag erneut versuchen.

Als ich auf den Balkon zurückkehrte, stellte ich fest, daß Thomas abgeräumt hatte.

Ich setzte mich. Inzwischen war es dunkel geworden.

Thomas kehrte aus der Küche zurück. Er brachte frisches Bier mit und die nächsten zwei Schalen mit gerösteten Erdnüssen. Wir lieben Erdnüsse! Das habe ich schon gesagt? Jetzt merken Sie erst, wie scharf wir beide darauf waren! Gesalzen oder mit Paprika versehen – Heimito von Doderer spricht von papriziert, auch sehr schön!

„Nun?" fragte ich.

„Was nun?" irgendetwas führte Thomas im Schilde.

„Wie ist Nastrau gestorben?"

„Na, wie wird er schon gestorben sein, Du hast ihn doch gesehen?"

Das darf doch alles nicht wahr sein! Ich glaube, der wollte mich verrückt machen! Er machte es so richtig spannend! Jetzt begann er auch noch seine geliebte Pfeife zu stopfen. Umständlich machte er das. Langsam, mit ungeheurer Bedächtigkeit. Zwischendurch schaute er mich auch noch richtig maliziös lächelnd an. Als er endlich sein Stopfwerk beendet hatte, zündete er die Pfeife an. Das dauerte auch noch! Maledetto!

„Thomas, warum ist er gestorben?"

„Er ist ertrunken!"

Ich warf eine Handvoll Erdnüsse nach ihm. Er sperrte den Mund weit auf, fing einige der Nüsse ein und kaute in aller Ruhe. Als er meine gerunzelte Stirn sah, grinste er nur noch frecher.

„Er ist an Herzversagen gestorben", bequemte er sich endlich zu sagen, „er muß Streß gehabt haben, und dann hat sein Herz nicht mehr mitgemacht, und daraufhin ist er ertrunken."

„Ja, das klingt logisch. Eigentlich aber furchtbar! Schließlich war er ein kräftiger Mann und auch noch nicht alt."

„Nach der Untersuchung würde ich sagen, er war so um die fünfundvierzig Jahre."

„Das hast du gestern auch schon vermutet mit deiner Andeutung zwischen vierzig und fünfzig".

„Ja, da lag ich ganz richtig! Ich habe auch den Zeitpunkt seines Todes etwas genauer bestimmen können. Nach den Untersuchungen – Mageninhalt undsoweiter – würde ich jetzt sagen, sein Tod ist vorgestern gegen sechs Uhr am Abend eingetreten, mit einer Differenz von einer Stunde, vorher oder später."

„Prost, Thomas, gute Arbeit! Stell dir vor, ich habe auch alles sofort kapiert!"

„Das ist prächtig, daß du diesmal gleich alles verstanden hast. Hoffentlich hast du noch mehr Verstand?"

„Was soll das heißen?"

„Das soll heißen, Jens, da war noch etwas!"

„Noch etwas?"

„Ja!"

„Und was?"

Thomas sog an seiner Pfeife. Er machte eine Pause. Er paffte den Rauch hinaus. Dann trank er einen Schluck Bier. Stellte äußerst bedächtig das Glas ab, nahm eine Handvoll Nüsse, schob sie in den Mund, kaute genußvoll und grinste. Und wie er grinste! Sein ganzes Gesicht verzog sich in die Breite.

„Er war blind!"

Ich hatte gerade das Glas an meine Lippen gesetzt und einen Schluck getrunken. Ich prustete alles wieder heraus. Ich mußte husten. Als ich mich wieder beruhigt hatte, starrte ich Thomas an.

Thomas wiederholte nochmals kurz und knapp: „Er war blind!"

Meine Sprachlosigkeit dauerte an. Stellen Sie sich das vor! Welche Situation! Ein Blinder geht schwimmen und ertrinkt. Ein Blinder geht allein schwimmen! Das gibt's doch gar nicht!

„Das gibt's doch gar nicht!" stellte ich dann auch laut fest.

„Siehst du doch, Jens, daß es das gibt!"

„Er war blind, Nastrau war blind!" Ich wiederholte mich, ich konnte es immer noch nicht glauben.

Thomas grinste weiterhin: „Diese Überraschung wollte ich dir persönlich überbringen!"

„Das ist dir wahrlich gelungen! Hast du mich auf die Folter gespannt! Den ganzen Abend über hältst du dich zurück. Du wußtest, daß ich überrascht sein würde. Du wolltest mein verblüfftes Gesicht sehen. Du Gauner, nicht die alte Freundschaft hat dich hierher getrieben, du wolltest meine Reaktion sehen!"

„Ja, das ist richtig! Dein saudummes Gesicht wollte ich sehen. Natürlich wollte ich auch bei dir etwas essen!" grinste dieser Schlawiner weiter.

„Natürlich war er blind!" rief ich dann plötzlich aus.

Jetzt hatte es bei mir geklickert.

„Diese peinlichste Ordnung überall im Haus. Nastrau brauchte sie, um sich zurecht zu finden! Wenn alles an seinem Platz stand, konnte er auch über einen längeren Zeitraum allein bleiben, war nicht auf Hilfe angewiesen! Phantastisch!"

„Kannst du dich noch erinnern, Jens, an die einzige Reaktion, die ich bei deiner Erzählung des Tagesablaufs gezeigt habe?"

„Richtig! Du hast nur aufgemerkt, als ich von der Ordnung erzählte."

„Und vergiß die sprechende Uhr nicht!"

„Natürlich! Nastrau brauchte die Uhr nur zu berühren, und sie sagte ihm die Zeit an!"

„Jens, ich gehe jetzt. Die Sache ist aufgeklärt", er schaute auf die Uhr und stand auf.

„Jetzt wird es doch erst spannend", wandte ich ein.

„Spannend, spannend! Was soll da noch spannend sein. Nastrau war blind, er ging baden, sein Herz versagte, und als Folge ersoff er! Fertig!"

„Vielleicht ist er ermordet worden!"

„Jens! Bleib auf dem Boden! Er ist auf Grund eines Herzversagens ertrunken, das ist alles", rief Thomas aus und wandte sich zum Gehen.

„Ich habe so ein Gefühl im Bauch, Thomas!"

Thomas schaute mich lange an und ging dann zum Flur. Sein Blick sprach Bände. Er sah in mir einen armen Irren auf dem Irrweg.

„Oh, der Inspektor Fliegenbein und sein berühmtes Gefühl im Bauch! Weißt du, Jens, dich muß man bremsen".

Ich folgte ihm, ging dann aber noch in die Küche, um ihm das Leergut in den Korb zu packen.

Wir umarmten uns auf dem Flur.

„Ich hoffe, Thomas, wir sehen uns jetzt wieder häufiger!"

„Selbstverständlich, es brechen schöne Zeiten an", unterstrich Thomas meinen Wunsch. „Übrigens, ich habe heute Abend noch einen

Kollegen aufgesucht, einen Augenspezialisten. Ich habe ihm von meiner Untersuchung berichtet, und er wird mir eine detailliertere Auskunft über das Blindsein von Siegfried Nastrau geben. Ich werde dich informieren."

Die Tür schlug hinter ihm ins Schloß.

Ich ging auf den Balkon zurück.

Der Tag passierte noch einmal Revue.

Ich ging ins Bett.

Und wenn er doch ermordet worden wäre?

3. TAG

10. Nochmals Merkwürdigkeiten

Es war dreiundzwanzig Uhr, als Thomas Sammler ging und ich mein Bett aufsuchte. Ich war zufrieden, der Tag war gut gewesen und hätte nicht besser enden können.

Wir hatten den Ort entdeckt, an dem der Tote, zu seinen Lebzeiten sozusagen, ins Wasser gegangen war. Todeszeit und Todesursache waren geklärt. Mir war ein köstliches Mittagessen zuteil geworden, und die eingeschlafene Freundschaft zwischen Thomas und mir begann sich wiederzubeleben. Ich konnte zufrieden sein und einschlafen. Einige Gedanken gingen mir dennoch durch den Kopf, den Toten betreffend.

Ich fragte mich beispielsweise, wer Siegfried Nastrau, bei einer längeren Abwesenheit der ihn begleitenden Person, auf dem Grundstück mit frischem Gemüse, Käse, Wurst oder Fleisch versorgte? Der Kühlschrank war zwar zum Bersten gefüllt gewesen, dennoch! Oder, wieso gab es kein Telefon im Haus? Als Blinder sollte man doch eine Verbindung zur Außenwelt haben? Wenn keine Telefonleitung gelegt worden war, so gab es doch heutzutage immerhin Handys? Was machte der Mann den ganzen lieben langen Tag? Ich hätte auch zu gerne gewußt, wie der Tote gekocht hatte, oder Gemüse geputzt oder Kartoffeln geschält hatte. Und dann war da natürlich noch die Frage, wenn der Mann herzkrank gewesen war, warum hatte er allein gebadet? War er aber nicht herzkrank gewesen, wieso hatte dann sein Herz versagt?

Mit diesen Fragen im Kopf schlummerte ich ein.

Mit diesen Fragen im Kopf erwachte ich!

Ich war davon überzeugt – mein Bauch sagte es mir! –, daß der Fall Siegfried Nastrau nicht, wie Thomas meinte, abgeschlossen sei! Da waren zu viele offene Fragen! Dabei ging es selbstverständlich nicht darum, wie Nastrau Kartoffeln geschält haben mochte. Nein! Dieses aus heiterem Himmel auftretende Herzversagen eines ungefähr fünfundvierzigjährigen Mannes, der in blindem Zustand schwamm, beschäftigte mich.

Ich war um sieben Uhr erwacht. Das war eine gute Zeit. So hatte ich noch den ganzen Tag vor mir. Ich wollte nach Plön fahren und die Kirche besuchen, anschließend wollte ich mich auf das Seegrundstück begeben, um mich nochmals umzusehen.

Ich hatte also viel Zeit. Ausgiebig verschönte ich im Bad meinen Körper. Ich zog mich an. Ein frisches weißes Hemd war bitter nötig, dazu meine Fliege. Sonntagszeit ist Fliegenzeit; in jedem Fall. Ich kochte mir zwei Tassen Kaffee und ein Vier-Minuten-Ei und frühstückte auf dem schattigen Balkon. Ein Ei mit Toast, ein Toast mit Marmelade. Ich hatte sogar Zeit, die Kieler Nachrichten vom gestrigen Tage zu lesen. Eigentlich lese ich nicht gerne diese Berichte vom letzten Tag. Ich habe dabei immer das Gefühl, daß alles schon weit überholt ist und ich desinformiert werde. Aber heute paßte es zur sonntäglichen, friedlichen Morgenstimmung.

Um neun Uhr setzte ich mich in den Wagen und fuhr nach Plön. Ich hätte die Bundesstraße 76 nehmen können, die direkte Verbindung zwischen Kiel und Plön, doch ich fuhr wieder bei Sophienhof nach links ab. Es war die Strecke, die ich gewohnt war, die ich schon zweimal abgefahren hatte. Nein! Nicht abgefahren, genossen hatte: Sophienhof, Lehmkuhlen, Lebrade. Ich fuhr langsam und entdeckte so in Lebrade einen Wegweiser mit der Aufschrift Rixdorf.

Als Kinder waren wir dort einmal bei einem Ausflug gewesen, ich war sicherlich nicht älter als zehn Jahre alt gewesen. Wir hatten den Gutshof besichtigt. Die asphaltierte Straße endete, und plötzlich erlebte ich holperigstes Kopfsteinpflaster. Da lag jener Gutshof aus Kindertagen. Ich hatte ihn riesig in Erinnerung, er war noch immer gewaltig groß. Zuerst kamen die Häuser der Arbeiter. Sie standen in Reih und Glied, etwas zurückgesetzt von der Straße. Dann die eigentlichen Gutsgebäude. Ich hielt mitten auf der Straße an. ‚Betreten der Gutsanlage verboten' stand auf einem Schild. Natürlich! Wenn jeder Tourist dort hineinströmen würde, gäbe es ein Chaos. Ich fuhr weiter. Schön, nach über sechsundvierzig Jahren einen Ort wieder zu entdecken, den man als Kind besucht hatte.

Rechts ging es dann irgendwann nach Rathjensdorf ab, schließlich landete ich auf der Bundesstraße 430 und befand mich, nach Überqueren einer riesigen Kreuzung, in der alten Herzogstadt.

Heute, am Sonntag, gab es keine Parkprobleme. Ich stellte den Wagen in den Garagen unter dem Schwentinehaus, gleich hinter dem Bahnhof, am Ufer des Großen Plöner Sees ab.

Als ich durch die Grünanlagen des Schwentinehauses ging, hörte ich das Eingangsläuten der Kirche und beschleunigte meine Schritte. Beim Orgelvorspiel setzte ich mich in eine der letzten Bankreihen. Die Nikolaikirche ist eine Backsteinsaalkirche, sehr schlicht – außen sowie innen – aus dem zweiten Drittel des neunzehnten Jahrhunderts. Erst wenn man den Innenraum der Kirche sieht, erkennt man die Kreuzform des Grundrisses, wobei die Seitenschiffe keineswegs nur angedeutet sind, sondern durchaus ausladende Formen aufweisen. Im ganzen Inneren herrschen graue und blaue Farbtöne vor. Die farbenfrohen Glasfenster weisen großflächige Bilder auf. Als ich meinen Blick emporhob, entdeckte ich eine Gewölbedecke, deren Verzierung aus blauen, grauen und braunen Dreiecken sowie Rauten bestand. Die Farbtöne in der gesamten Kirche machten auf mich einen stimmigen Eindruck. Im vorderen Teil der Kirche hing das Kreuz mit dem gemarterten Christus von der Decke herab.

Der Pfarrer predigte über die „Stillung des Sturmes". Sie kennen die Geschichte nicht? Steht in Matthäus 8,23-27. Er predigte schlicht, temperamentvoll und mit eindringlichen Worten über die Kleingläubigkeit des Menschen. Allerdings muß ich gestehen, daß ich an einer Stelle doch sehr abschweifte. Als die Jünger nämlich den schlafenden Jesus aufweckten und ihn anriefen: „Herr, hilf uns, wir verderben!", mußte ich an Siegfried Nastrau denken. Als dieser merkte, daß seine Kräfte ihn verließen und er ertrinken würde, hatte er Gott auch angerufen? Ich stellte mir vor, wie er mit den Armen wedelte, Wasser schluckte, vielleicht um Hilfe schrie, unterging, wieder hoch kam, um dann endgültig zu versinken. Keiner hatte ihn gehört, keiner gesehen. Ja, das war es, was mich während der Predigt ablenkte. Alles in allem war es ein schöner und feierlicher Gottesdienst, und er reihte sich in diesen wohligen Morgen angenehm ein. Hoffentlich blieb es so!

Als ich aus der Kirche heraustrat, schlug mir sofort die Hitze des Tages entgegen. Ich überlegte, ob ich sofort zum Grundstück fahren sollte? Nein! Ich entschloß mich, vorher noch zur Dienststelle der Polizei zu gehen. Ich spazierte durch die Plöner Fußgängerzone. Ich schaute in dieses oder jenes Fenster, war kurz versucht, ein Café zu betreten, ging aber dann doch weiter. Kurz nach der Fußgängerzone entdeckte ich auch das Polizeigebäude an der Hamburger Straße.

Lehmbrook hatte Dienst. Ich sah ihn durch die Glasscheibe des Wachzimmers. Er saß gebeugt über einer Schreibmaschine und tippte nach dem Adlerprinzip – machte ich auch!

Ich klingelte, da die Tür nur von innen zu öffnen war. Lehmbrook drehte sich um. Als er mich erkannte, huschte ein Lächeln über sein Gesicht. Er öffnete.

„Was machen Sie denn am Sonntag hier in Plön?" fragte er erstaunt.

„Ich wollte Ihrem Dienststellenleiter einmal meine Aufwartung machen. Ist er hier?"

„Ich sage ihm sofort Bescheid, Chef!"

„Herr Lehmbrook, sagen sie bloß nicht Chef zu mir, wenn Ihr richtiger Chef gleich anwesend ist!"

„Aber gestern und vorgestern waren Sie doch der Chef, oder?"

„Lehmbrook", rief ich ermahnend.

Lehmbrook verschwand kurz hinter einer Tür im hinteren Teil des Wachraums und kam dann mit einem etwa fünfzigjährigen Polizisten zurück, der sich als Henner Jürgens vorstellte. Er machte einen gemütlichen Eindruck, hatte ein rötliches Gesicht und volle blonde Haare. Sein Händedruck war kraftvoll, er lächelte dabei breit.

Ich stellte mich vor und sagte ihm, daß sein Team Lehmbrook, Twiete, Holtz und Graumann schwer in Ordnung sei. Er quittierte dies mit einem Kopfnicken.

„Ist es wirklich nötig, daß die Kripo in Kiel diesen Wasserleichenfund bearbeitet?" fragte Jürgens.

Ein gewisser Futterneid war seiner Stimme durchaus zu entnehmen.

„Wissen Sie, Herr Jürgens, im Prinzip natürlich nicht. Aber Sie selbst haben uns von dem Fund unterrichtet und uns um unsere Mitarbeit gebeten."

„Das ist richtig. Die Kollegen der Kriminalpolizeistelle sind durch Krankheitsfälle und andere noch nicht abgeschlossene Aufgaben so dezimiert, daß wir Kiel informiert haben."

„Gut so, Herr Jürgens! Mir kam der Auftrag gerade recht. Wir haben auf unserem Kommissariat im Augenblick einen gewissen Leerlauf. Daher bin ich von unserem Leitenden Kriminalhauptkommissar

Sprenz mit der Aufklärung dieses Unfalls betraut worden. Im Augenblick ist es auch noch ein Unfall, obwohl es da schon einige Ungereimtheiten gibt."

„Ach! Gibt es da etwas Neues, Ch..?" Lehmbrook hatte den ‚Chef' gerade noch unterdrücken können.

„Herr Herdenbein, Sie sind doch nicht Inspektor? Meine Männer reden immer, wenn Sie gemeint sind, von Inspektor Herdenbein."

Ich mußte lachen.

„Sehen Sie Herr Jürgens, ich nehme an, Sie sind Polizeihauptkommissar?" Er nickte. „Nun, Ihre Männer reden von Ihnen als ‚Chef', und ich habe die Marotte, daß ich mich gerne mit dem Titel Inspektor anreden lasse, eine Reminiszenz an meine frühen Erfolge. Aber im Ernst, ich bin Kriminalhauptkommissar."

Auch Jürgens mußte jetzt lächeln.

„Sind die anderen drei vom Suchtrupp im Hause?" fragte ich Jürgens.

„Nur noch Graumann! Warum?" Jürgens schaute mich aufmerksam an.

„Ach, ich finde Graumann sollte dabei sein. Es gibt tatsächlich etwas Neues im Fall Nastrau."

Jürgens ging zum Telefon, wählte kurz eine Nummer und sagte: „Graumann, kommen Sie mal kurz runter!"

Wenig später erschien Graumann. Mann oh Mann, sah der schlecht aus!

„Oh, Sie sind's Inspektor. Sind Sie dienstlich hier?" Er fürchtete, daß ich ihn wieder scheuchen könnte.

„Nein", beruhigte ich ihn, „ich mache mir einen schönen Sonntag in dieser Gegend. Gerade komme ich vom Gottesdienst, und ich will noch zum Schluensee auf das Grundstück. Allein!" betonte ich, Graumann anblickend.

Lehmbrook und Jürgens verstanden den Ton. Sie blickten ihren Kollegen freundlich an und nickten. Gut, sie kannten Graumann auch schon länger.

„Ja!" Jetzt machte ich es so spannend, wie am gestrigen Abend Thomas Sammler.

Ich machte eine längere Pause und schaute sie der Reihe nach an.

„Ja, es gibt etwas Neues zu berichten!"

Jürgens guckte interessiert, Graumann und Lehmbrook, da involviert, schauten mich gespannt an.

„Er war blind!" Ich kopierte Thomas Sammler.

Alle drei sagten nichts.

„Der Tote war blind!" wiederholte ich.

Ungläubiges Staunen machte sich auf den Gesichtern von Lehmbrook und Holtz breit.

„Blind?" Der Chor bestand aus drei Sängern.

Graumann und Lehmbrook schauten sich an, ich schwieg.

„Das hättet ihr eigentlich merken können", frozzelte ich, „im Haus!"

„Wieso?" fragte Lehmbrook, „was war denn im Haus?"

„Naja, die Ordnung, vor allem in der Küche!" Ich ließ sie weiter geistig tapern.

„Richtig", dämmerte es Lehmbrook, „diese Superordnung! Ich dachte, der Mann müsse eine Macke haben. Aber nein! Wahnsinn! Er war blind und brauchte die Ordnung!"

Graumann sagte nichts, aber der Gute hatte ja auch damals beim Inspizieren der Küche keine Auffälligkeit bemerkt.

„Ich laß wieder von mir hören, meine Herren. Ich wünschen einen schönen Sonntagsdienst."

Ich sagte es und verschwand aus der Wachstube. Ich wußte, sie würden jetzt heiß miteinander diskutieren.

Ich ging durch die Fußgängerzone zurück zu meinem Parkplatz. Eigentlich hätte ich gerne etwas gegessen, aber ich konnte mich auf dem Marktplatz nicht entscheiden, in welches Restaurant ich einkehren sollte. Ich kannte hier die Lokalitäten nicht. Allerdings hatte ich auch keinen überaus großen Hunger. Folglich setzte ich mich in den Wagen und fuhr in Richtung Lütjenburg aus Plön heraus.

Was wollte ich eigentlich auf dem Grundstück des Toten?

Wäre Thomas dabei gewesen, hätte er mir gesagt, daß der Fall Wasserleiche doch wohl abgeschlossen sei. Ich fuhr ziemlich langsam und dachte dabei fortwährend: ‚Was willst du dort, Herdenbein?'

Schließlich stand ich vor dem verschlossenen Doppeltor. Ich holte die Schlüssel aus der Kartentasche des Wagens, ich hatte sie dort gestern plaziert, und stieg aus. Nachdem ich beide Torflügel geöffnet und mit Steinen am Boden befestigt hatte – die Torflügel schwangen selbsttätig wieder zurück! –, fuhr ich das Auto bis zur selben Stelle, an der gestern der Plöner Dienstwagen geparkt hatte. Da ich nicht lange verweilen wollte, ließ ich das Tor offen und ging den Weg zum roten Häuschen hinunter. Und beim Hinuntergehen fiel mir dann auch der Grund für mein Zurückkommen ein. Ich wollte nochmals den Wohnraum und die Küche anschauen, jetzt aber mit dem Wissen um Siegfried Nastraus Blindsein!

Ich schloß die Tür auf. Niemand war dagewesen. Alles war unverändert. Und dennoch sah ich jetzt die Einrichtung und die herumliegenden Gegenstände mit anderen Augen an. Was war für Nastrau wichtig, was für Nadja Schlemm? Ich nahm an, daß beide auf irgendeine Weise befreundet waren.

Fernseher und Bücher waren für Nastrau bestimmt nicht interessant. Jetzt stellte sich mir zum zweiten Mal die Frage, was macht jemand, der blind ist, auf diesem herrlichen – wußte er das? – Grundstück? Ich wußte keine Antwort!

Die langen Schlüssel, die im Regal des Buffets lagen, mußten für die hinteren Schuppen sein. Die Pyramidenuhr war ohne Zweifel für Nastrau wichtig. Daneben stand das Metronom. Was machte hier ein Metronom? Was konnte man an diesem Ort im Takt tun? Ich sah Prospekte herumliegen, an der Rückwand des Regals waren Visitenkarten von Restaurants angepinnt, da waren die englischen Bücher – auch nicht für Nastrau! Oder würden sie ihm vorgelesen werden? –, und dann waren noch eine Sonnenbrille und eine Lesebrille vorhanden. In diversen Schälchen und Schalen lag Krimskrams.

Nun, wie Sie schon gemerkt haben, ich bin manchmal ein komischer, merkwürdiger Mensch. So vielleicht auch jetzt. Mir fiel nämlich etwas ein.

Ich ging ins Schlafzimmer und suchte im Wandschrank nach einem Tuch oder einem Schal. Letzteren fand ich in Gestalt von weißer Seide. Ich nahm ihn an mich und ging zur Haustür, die ich von innen schloß und drehte mich wieder um.

Ich prägte mir das Wohnzimmer genau ein. Ich nahm den weißen Seidenschal, legte ihn länglich zusammen und band ihn mir um den Kopf, so daß meine Augen verbunden waren.

Ich war blind!

Besser ausgedrückt wäre natürlich: Ich konnte nichts sehen! Der entscheidende Unterschied schien mir im Psychischen zu liegen. Ich konnte mich sozusagen jederzeit aus meinem Blindsein befreien. Nastrau nicht! Ich würde mich also letztlich anders verhalten.

Ich wartete einen Augenblick, gewöhnte mich quasi an die Dunkelheit, dann ging ich los. Streckte Nastrau die Hände vor? Ich tat es jedenfalls. Trotzdem donnerte ich sofort mit den Knien gegen den ersten Stuhl. Ich mußte bedächtiger, bewußter gehen! Also erst einmal eine Pause. Ich stellte mir die Aufgabe, mich auf den hinteren Teil der Sitzbank niederzulassen, anschließend zum Buffet zu gehen und die

Uhr in Gang zu setzen. Los denn! Trotz meiner vorwärts tastenden
Hände, stieß ich mit den Beinen gegen den zweiten Stuhl. Ich schlän-
gelte mich alsdann zwischen ihm und dem Tisch hindurch, gelangte
zum hinteren Teil der Sitzbank und setzte mich. Ich schwitzte. Natürlich war es warm im Raum, aber ich schwitzte auch vor Anstrengung.
Und es kam ein Weiteres hinzu, ich begann mich beklommen zu
fühlen. Es war mir unwohl in meiner Situation. Ich mußte mir, auf der
Bank sitzend, laut sagen, daß ich nicht blind war. Ein wenig später
beruhigte ich mich wieder und stand auf. Der zweite Teil der mir selbst
gestellten Aufgabe wartete auf mich. Ich ging nach links zur Wand,
dann in Richtung Buffet und stieß gegen die Schlafzimmertür. Ich
hatte sie, als ich ein Tuch oder einen Schal suchte, offen gelassen. Vor
meinem inneren Bild des Wohnraumes war die Tür jedoch geschlossen. Pech gehabt, Herdenbein! Ich schloß die Tür und ertastete alsbald
das Buffet. Nun stellte ich mich direkt davor. Ich wollte die Uhr sprechen lassen, ohne irgendetwas anderes zu berühren. Vor meinem geistigen Auge sah ich die Pyramide vor mir. Ich streckte meine rechte
Hand aus und ließ sie heruntersinken. Ich berührte das Schlüsselbund.
Wahrscheinlich brauchte man auch als Scheinblinder mehr Übung.
Ich gab es auf!

Ich nahm das Tuch ab, öffnete wieder die Haustür und atmete tief
durch. Das hast du nicht gut gemacht, Herdenbein!

Nachdem ich mich erholt hatte, nicht mein Tun war anstrengend
gewesen, sondern das Nicht-Sehen-Können, wendete ich mich wieder
dem Inneren des Hauses zu. Ich stellte die Stühle so hin, wie sie vor
meinem Dagegenstolpern gestanden hatten und hob auch die herun-
tergefallenen Jeans wieder auf. Als ich jetzt den Wohnraum betrachtete, konnte ich mir meine vorherige Dämlichkeit schon nicht mehr vorstellen. Ich ging zum Buffet und legte das Schlüsselbund wieder an die
richtige Stelle. Da ich die Pyramidenuhr vorher verfehlt hatte, schlug
ich jetzt mit leichter Hand auf die Spitze. Die Uhrzeit wurde angesagt.
Ich verglich sie mit der Anzeige auf meiner Armbanduhr. Sie stimmte!
Anschließend nahm ich das Metronom in die Hand, entriegelte das
Aufzugswerk, und das Knacken des Taktgebers begann. Ich stellte das
Metronom auf das Buffet, der Taktzeiger schwang hin und her und
verursachte ein Geräusch, das lauter war, als ich gedacht hatte. Ich
empfand, daß das Knacken ein unangenehmes Geräusch darstellte.
Schluß damit! Ich verriegelte das Metronom wieder und stellte es an
seinen alten Platz zurück. Sehr merkwürdig!

Ich konnte nach Kiel zurückfahren oder zum Essen nach Grebin. Was wollte ich noch hier? Immer wieder tauchte diese Frage in meinem Inneren auf. Besser noch, was hielt mich hier? Es gab nichts mehr zu tun! Dennoch war da ein Gefühl, – du und dein Bauch Herdenbein! –, das mich am Wegfahren hinderte. Gab's noch etwas zu tun?

Ich könnte den Schuppen kurz inspizieren. Gut! Ich nahm also das Schlüsselbund und ging hinter das Haus. Ich probierte die beiden größten Schlüssel aus und konnte damit auch die Türen öffnen. Im linken Schuppen fand ich Gartenschläuche, Farben, Pinsel, ein Federballspiel und diverse Eimer. Im rechten Schuppen waren Gartengeräte, wie Spaten, Schaufel, Sense, Sägen, sowie anderes Werkzeug untergebracht. Dazu gab es noch viele Kästchen mit Nägeln und Schrauben. Ich verschloß die Schuppentüren und legte das Schlüsselbund ins Buffetregal zurück.

Das war ja höchst erkenntnisreich gewesen, Herdenbein!

Ich schloß das Haus ab und ging hinauf zum Wagen. Ich setzte mich hinein. Ich fuhr nicht weg! Und wieder ging es mir durch den Kopf: ‚Was willst Du hier noch, Herdenbein?‘

Ich hatte seit vier Wochen mein Rauchen reduziert. Nicht aufgegeben! Nur, beim Brüten über alten Akten produziert man mehr Qualm als Ergebnisse. Also wurde im Büro nicht mehr geraucht. Das schaffte ich ziemlich leicht, auch wenn Sie es mir nicht glauben mögen. Nach dem Dienst vergaß ich es dann auch manchmal! Und Thomas Sammlers Pfeife erschien mir oftmals wirklich wie eine Stinkepfeife, also keine Alternative für mich. Jetzt aber griff ich in den Handschuhkasten und holte eine alte, angebrochene Packung Zigaretten hervor samt Feuerzeug und entstieg dem Wagen.

Vor dem Haus, mit herrlichem Blick auf den See, stand eine selbstgefertigte Bank aus gesägtem Fichtenholz. Dahin ging ich, setzte mich und zündete eine Zigarette an.

Ich saß ziemlich unbequem auf dieser Bank. Außerdem brannte die pralle Mittagssonne auf mich hernieder. Es war inzwischen zwei Uhr, wie mir der Blick auf die Armbanduhr verriet. Die große Birke links von mir, bestimmt über vierzig Jahre alt, spendete keinen Schatten mehr, die Sonne war schon zu weit nach Westen gewandert. Ich hätte es auch beschaulicher haben können. Auf der Terrasse, die die gesamte Länge des Hauses einnahm, stand noch ein großer Tisch, an dessen Längsseiten zwei breite Holzsessel plaziert waren. Beide hatten schöne, und wie mir schien, auch bequeme Auflagen. Aber ich blieb auf der Bank sitzen, paffte mehr, als daß ich rauchte und betrachtete den See. Zwischen der Terrasse und dem Ufer lag eine abschüssige Wiese, die teilweise mit Himbeerbüschen bepflanzt war, mittendrin stand ein sehr großer Kirschbaum, bestimmt zehn Meter hoch. Ich fragte mich, wie die Leute an die Kirschen kommen wollten, denn der untere Teil des Baumes war vollkommen astlos. Nun, das war nicht mein Problem!

Ich weiß nicht, ob es der Anblick des Sees war oder die enorme Hitze. Unvermittelt war mir danach, Baden zu gehen. Ja, eine Erfrischung im See würde mir gut tun! Nachdem ich die Zigarette ausgedrückt hatte, ging ich ins Haus. Am Eingang bemerkte ich jetzt erst ein Thermometer. Es zeigte 33°C im Schatten an. Wenn das kein Grund zum Schwimmen ist! Ich denke, Sie können diese Situation sehr gut nachempfinden!

Im Haus legte ich meine Kleider auf dem Schaukelstuhl ab. Da ich am frühen Morgen kein Bad in einem See in Betracht gezogen hatte, fehlte mir nun selbstverständlich eine Badehose. Nun denn, es würde mich schon keiner überraschen. Dachte ich! Ich war schon ein Stück des Weges zum See hinunter gegangen, als ich von einem verrückten Einfall heimgesucht wurde. Ich ging nochmals ins Haus zurück und holte den weißen Seidenschal.

Sie wissen bereits, was ich vorhatte? Richtig!

Es war ein Steg in den See hinausgebaut worden. Übrigens von der gleichen Machart wie die Bank vor dem Haus: Auf langen Fichtenstämmen waren quer dazu etwa ein Meter lange Stämme genagelt worden. Der ganze Steg lagerte auf einem Bock. Als ich am vorderen Ende des Stegs angekommen war, entdeckte ich einen etwa eineinhalb Meter langen Stock, der zwischen die Querstämme gerutscht war. Ich mußte nicht lange überlegen! Das war ohne Zweifel Nastraus Taststock, den ich da gefunden hatte, denn am oberen, dickeren Ende war er abgegriffen, unten jedoch aufgesplittert. Ob die vier Aufrechten den Stock auch gesehen und seine Bedeutung nicht erkannt hatten? Gesagt hatten sie mir nichts davon. Dann wurde mir jedoch klar, daß dieser Stock, ob entdeckt oder übersehen, keine Rolle für Holtz und Kollegen gespielt haben dürfte, denn sie wußten damals ja noch nichts von Nastraus Erblindung. Für sie lag auf dem Steg ein Stock, wenn sie ihn denn gesehen hatten, nichts weiter! Für mich war dieser Stock am vorderen Ende des Stegs ein Hinweis, an welcher Stelle Nastrau in den See gestiegen war. Er ging nicht vom Ufer aus hinein, sondern vom Steg.

Folgen wir ihm! Ich setzte mich auf den vorderen Rand, meine Beine baumelten schon im Wasser, und das rohe Holz pikste meinen blanken Hintern. Ich ließ mich langsam ins Wasser hinab. Nun war mein Hintern auch noch mit Schrammen verziert! Vorsichtig schritt ich in den See hinein. Zuerst berührten meine Füße Sand, dann wurde es furchtbar modderig. Links und rechts stand Schilf, das sich im warmen Sommerwind leicht bewegte.

Vor meinem Experiment wollte ich mich an das Wasser gewöhnen. Die Kühle war angenehm, wurde dann aber ab Schritthöhe doch zur Zitterpartie. Sie kennen das ja! Nachdem das Wasser den Bauchnabel erreicht hatte, warf ich mich, wie es so schön heißt, in die kühlen Fluten. Nun war es wirklich angenehm. Ich paddelte ein wenig herum und kehrte zum Steg zurück.

Im Wasser bleibend, nahm ich den Schal – Sie haben das doch vorher wirklich erraten, oder? –, legte ihn wieder länglich zusammen und dreht mich in Richtung See. Ich band mir den Schal zum zweiten Mal um den Kopf. Danach stapfte ich ungefähr zehn Schritte vorwärts, bemüht, die Richtung zu halten. Jetzt ging ich in die Knie und schwamm los. Von Anfang an, wie schon vorher im Haus, war wieder ein höchst unangenehmes Gefühl des Ausgeliefertseins zu verspüren. Ich schwamm langsamer und bemühte mich, ganz ruhig zu bleiben. Meine Gedanken wurden wieder disziplinierter und meine Schwimmzüge bedächtig. Zug um Zug ging es vorwärts. Als ich glaubte, lange genug geschwommen zu sein, zog ich den Schal vom Kopf runter, so daß er um meinen Hals lag. Es dauerte eine Weile, bis ich mich wieder an das grelle Sonnenlicht gewöhnt hatte.

Ich schaute mich um. Ich war ein ganz schönes Stückchen vom Ufer entfernt, wie weit, konnte ich nicht schätzen. Die Entfernung war aber auch nicht das Entscheidende! Es ging um die Richtung! Und ich war keineswegs geradeaus geschwommen. Im Moment befand ich mich auf der Höhe der Kossauer Badestelle, ich war sehr stark nach links abgedriftet! Das hatte ich auch vermutet! Da ich Rechtshänder war, mußte ich dementsprechend auch mehr Kraft im rechten Arm besitzen, also mußte ich logischerweise einen weiten Linksbogen schwimmen.

Was ich wohl für einen Anblick für die Badenden an der Badestelle geboten hatte? Die mußten doch denken, daß ein Verrückter auf dem See herumschwamm. Mit einem Tuch vor den Augen! Man bedenke! Ich hätte jedenfalls ein solches Urteil gefällt! Vielleicht hatten mich die Badegäste aber auch gar nicht beachtet. Nastrau mußte schließlich auch nicht beachtet oder beobachtet worden sein! Ich schwamm zum Steg zurück und scheuerte mir beim Hinaufklettern auch noch die Beine auf. Ich knöpfte das Tuch auf und wrang es aus. Das macht man nicht mit Seide, oder? Dann hob ich den Taststock auf und wollte justament zum Haus emporgehen, als ich auf der Terrasse des zweiten, grauen Hauses einen hageren Mann sah.

Ich fluchte. Glauben Sie mir, das kommt bei mir nur sehr selten vor, daß ich die Beherrschung verliere. Das hatte noch gefehlt. Wie sollte ich das erklären? Sollte ich mich nackt vor ihn hinstellen und sagen: „Gestatten Sie, Inspektor Herdenbein aus Kiel, ich ahme Herrn Nastrau nach?" Vielleicht noch mit einem leicht angedeuteten Polizistengruß? Die Situation war mir peinlich!

11. Mehr Klarheiten, doch kein Durchblick

So schnell ich konnte, raste ich den Weg empor. Ich schoß beinahe ins Haus hinein und trocknete mich schnellstens mit einem frischen Handtuch aus dem Badezimmer ab. Ich schlüpfte in meine Kleidung, jeden Moment den Hageren erwartend. Es kam jedoch niemand.

Ich setzte mich auf einen Stuhl und wartete. War das der Besitzer des zweiten Hauses? Hatte er meinen Wagen nicht gesehen? War dieser Mensch denn gar nicht neugierig? Ein fremder Wagen mit Kieler Nummer? Ich fand das äußerst merkwürdig! Ich verließ das Haus wieder, ging um die Ecke zur Terrasse und setzte mich auf die Bank. Der Hagere auf seiner Terrasse, die eigentlich mehr ein ausgebauter Hochsitz von etwa zehn Quadratmetern war, stand nicht mehr dort. Ich wartete noch fünf Minuten, dann ging ich den Weg zu meinem Wagen hoch. Hinter meinem Golf stand ein roter Mercedes. Ich bog hinter ihm auf den Pfad ein, der zum zweiten Haus führte. Die Tür war geöffnet. Ich rief, es antwortete niemand, so daß ich das Haus betrat und mich umschaute. Es hielt sich niemand drinnen auf. Mein Weg führte nun zu diesem Hochstand. Man hatte einen prächtigen Blick auf den See und auf das Nachbargrundstück mit dem roten Häuschen! Und dann erblickte ich diesen Mann, etwa dreißig Meter entfernt, wie er, mit einer Badehose bekleidet, durch eine Schonung ging. Ich rief ihn an, keine Reaktion! Das gibt's doch nicht! Ich rief noch lauter, wieder keine Reaktion! Also marschierte ich zurück, bis ich auf einen weiteren Weg stieß, der nach unten führte.

Als ich diesen hageren Menschen schließlich erreichte und grüßte – ja, wer glaubt so etwas! –, reagierte er immer noch nicht. Ich tippte ihm auf die Schulter, er drehte sich um, schaute mich überrascht an und sagte dann: „Sie haben auf diesem Grundstück nichts zu suchen. Verschwinden Sie sofort! Das ist Hausfriedensbruch!"

Mir verschlug es bei dieser unfreundlichen Begrüßung erst einmal die Sprache.

Er war nicht nur hager, sondern klapperdürr. Seine Knochen waren am ganzen Körper zu erkennen. Nur Knochen mit lederner Haut überzogen, beinahe schon gruselig. Er mochte etwa siebzig Jahre alt sein. Seine extrem dünnen Beine und seine dünnen faltigen Arme fielen mir auf. Er blickte mich starr, aus winzigen Augen, an. Er fixierte mich, etwa so wie die Schlange die Maus. Ich war die Maus! Jetzt stierte ich zurück. Ich kann auch stur sein, wenn es sein muß. Sein Gesicht wurde von einer Hakennase gekrönt, aus der Haarbüschel hervorstanden.

„Hören Sie nicht, Sie sollen verschwinden, dies ist ein Privatgrundstück!"

Ich stellte mich vor, und er erwiderte: „Ich kann Sie schlecht verstehen, ich höre schwer!"

Ich mußte mich zurückhalten, um nicht laut hinauszuprusten. Hat man so etwas schon erlebt? Ein Blinder und ein Tauber auf einem Grundstück. Na! Die beiden hätte ich gerne einmal zusammen erlebt! Also schrie ich hinfort.

„Mein Name ist Herdenbein! Ich bin von der Kriminalpolizei Kiel!"

Das nun folgende Gespräch müssen Sie sich etwa folgendermaßen vorstellen: Mitten in einem Wald stehen zwei Männer, die sich darin überbieten, lauter zu schreien als der andere. Und ich meine schreien, denn er redete nun keineswegs leise, sondern brüllte. Trotz aller Schreierei, manches mußte ich dennoch zweimal sagen, bis er es zu guter Letzt verstand.

„Ich bin Dr. Heisterberg! Ich bin der Besitzer dieses Grundstücks! Ich bin gerade aus dem Urlaub gekommen und muß meine neu gesetzten Bäume untersuchen und bewässern!"

„Herr Nastrau ist tot!" sagte ich laut und betont.

„Wissen Sie, ich bin schwerhörig, ich habe mein Hörgerät vergessen!"

Mir schien, daß dieser Dr. Heisterberg nicht nur schwer hörte, sondern auch Schwierigkeiten beim Verstehen hatte.

„Herr Nastrau ist tot!" wiederholte ich.

„So!"

Knapper konnte man nicht reagieren. Ich war verblüfft. Ich hatte im Laufe der Jahre viele, viele Reaktionen auf meine Mitteilung, daß jemand gestorben sei, gehört. Aber nur das Wörtchen ‚so‘! Das war eigentlich keine Reaktion, das war Gleichgültigkeit. Und darüber hinaus setzte er noch eins drauf.

„Ich mochte ihn nie! Als er noch sehen konnte, mochte ich ihn nicht, und als er blind wurde, konnte ich ihn noch weniger leiden. Ich versteh' gar nicht, warum Frau Schlemm – diese feine Frau! – mit so einem zusammenleben mochte."

Nun, das war etwas Neues, was ich da erfuhr. Frau Schlemm und Herr Nastrau waren offensichtlich Lebensgefährten. Trotzdem, er fragte überhaupt nicht, warum Nastrau tot war.

„Seit wann ist Siegfried Nastrau blind?" fragte ich also.

„In diesem Sommer sind es genau zehn Jahre", erwiderte er.

„Sie mochten ihn nicht?"

„Nein! Niemand mochte ihn!"

„Und warum nicht?"

„Der Mann war unmöglich! Der schloß nie das Tor zu! Der machte immer die Pumpe kaputt! Wissen Sie, dann war kein Wasser da! Mittags sägte er Bäume um. Hörte nie richtig zu, wenn ich erzähle!"

Ich muß gestehen, daß ich, bis auf das letzte, nichts verstand.

„Als er dann erblindete, wurde er arrogant. Ging weg, wenn ich erzählte, oder sagte, daß er die Geschichte schon kennt. Der war arrogant!"

„Herr Nastrau ist ertrunken!"

„Ertrunken? Hat er selber Schuld!"

Dieser Dr. Heisterberg zeigte überhaupt kein Mitgefühl, ihn ließ dieser furchtbare Tod kalt. Ich fragte mich, wer hier wohl arrogant sei?

„Was meinen Sie damit, daß er selber Schuld hat?"

„Natürlich hat er selber Schuld. Der ging manchmal allein baden. Schwamm auf den See hinaus und wartete nicht, bis Frau Schlemm auf dem Steg saß oder mitschwamm. Der hat selber Schuld!"

„Frau Schlemm ist die andere Besitzerin des Grundstücks?"

„Ja, eine feine Frau!"

„Er schwamm manchmal ohne Begleitung?" hakte ich nochmals nach.

„In letzter Zeit immer häufiger!"

„Was meinen Sie mit ‚in letzter Zeit'?"

„In den letzten zwei Jahren! Und jetzt muß ich mich um meine Bäume kümmern, die müssen noch begossen werden!"

Ich erinnerte mich daran, daß ich mich verschwommen hatte.

„Ich habe noch eine kurze Frage, Herr Heisterberg!"

„Dr. Heisterberg!"

„Dr. Heisterberg, mich würde Folgendes interessieren. Wenn Herr Nastrau allein schwamm, kam er dann immer hierher zurück?"

„Wo sollte er sonst hinschwimmen?"

„Ich meine, Dr. Heisterberg, er schwamm vom Steg los?"

„Ja."

„Und Herr Nastrau kehrte zum Steg zurück?"

„Ja."

Ich blieb vollkommen verdattert stehen, als er sich nach seinem letzten ‚ja' umdrehte, um sich, mit gebeugtem Rücken, seinen Neuanpflanzungen zu widmen. Ich hätte ihm gern noch ein paar Fragen zu Nastraus Erblindung gestellt. Schließlich schien mir der Mann Arzt zu sein! Das nahm ich, auf Grund seiner Vorstellung, wenigstens an. Einfach merkwürdig! Da dreht der sich doch einfach um und kümmert sich um Bäumchen. Waren ihm seine Mitmenschen egal? War er eventuell ein Menschenfeind?

Plötzlich kam er aus seiner gebeugten Haltung hoch, drehte sich zu mir um und fragte:

„Tragen Sie immer eine Fliege?"

Ich war verblüfft. Mir verschlug es die Sprache. Zuerst zeigte sich dieser Mensch vollkommen desinteressiert am Schicksal eines ihm bekannten Menschen, und nun stellt er mir diese persönliche Frage.

Als sich meine Verblüffung gelegt hatte, antwortete ich ziemlich frech: „Tragen Sie immer *kein* Hörgerät?"

Ich kehrte zurück zum Haus von Nadja Schlemm und setzte mich wieder auf die Bank.

Nastrau schwamm immer zum Steg zurück, obwohl er blind war. Ich war schon beim Hinausschwimmen in die falsche Richtung geraten. Mir fiel dabei ein, daß ich einmal gehört hatte, daß Menschen, die in der Wüste ohne Kompaß umherlaufen, große Kreise beschreiten. Das rechte Bein ist stärker als das linke, also gehen sie niemals geradeaus, sondern immer ein kleines bißchen nach links.

Also bei Nastrau traf das jedenfalls nicht zu.

Ich steckte mir eine Zigarette an, die zweite des Tages.

Die Blätter der Birke gaben ein leises, angenehmes Geräusch von sich. Vom See her hörte ich Bleßhühner und Schilfrohrsänger. Auch das Geräusch eines Automotors war von oberhalb zu hören. Wahrscheinlich hatte der alte Mann seine Bäumchen begossen und fuhr von dannen. Nein, das konnte nicht sein, dazu war das Geräusch zu weit entfernt gewesen. Wahrscheinlich ein Auto auf der Bundesstraße. Gut, daß die Straße so weit entlegen war. Gut für die Idylle!

Und ich saß nun inmitten dieser Idylle, genoß meine Zigarette und blies Trübsal. Das lag – ohne Zweifel – daran, daß ich hier genau genommen nichts zu tun hatte. Nastraus Tod war, was die Fakten anging, ein betrüblicher Unfall. Ich aber saß hier, weil ich einen Mord vermutete.

Jetzt war es raus! Ich glaubte, meinte, vermutete, wünschte und hoffte – wirklich? –, daß das Ertrinken von Siegfried Nastrau kein Unglücksfall war. Da ich jedoch keinerlei Anzeichen für einen Mord sah, saß ich bedrückt – an einem herrlichen Sommer- und Sonnentag – auf einer Bank. Herdenbein, was soll das? Wo bleibt deine Freude am Genießen? Gleichwohl, man kann nicht aus seiner Haut. Nein, wenn ich es richtig bedachte, war ich eigentlich auch froh, daß ich so war, wie ich war! Nur, mich hatten drei Dinge mitgenommen, beinahe schon fertig gemacht: Das blinde Tapern im Haus, das blinde Schwimmen im See und dieser Heisterberg mit seinen knappen und gefühllosen Statements. Ich denke, daß ein wenig Melancholie angemessen ist.

„Ist das wirklich wahr? Herr Nastrau ist tot?"

Ich hatte das Kommen der Frau überhaupt nicht bemerkt. Jetzt stand eine etwa sechzig- bis siebzigjährige Dame vor mir, deren Alter wirklich schwer zu schätzen war. Damenhaft war eigentlich nur ihr Gesicht, das zudem Güte ausstrahlte. Angezogen war diese Dame nämlich ziemlich arbeitsmäßig, sie hatte sozusagen eine Kluft an. Alte Jeans, ein buntes Männerhemd, ein Halstuch und alles sehr, sehr – sagen wir einmal – gebraucht.

„Ja, Herr Nastrau ist tot. Er ist vor drei Tagen beim Schwimmen ertrunken. Seine Leiche wurde vorgestern an der Badestelle in Grebin gefunden."

„Das ist ja furchtbar, der arme Mann!"

„Gewiß, das war ein furchtbarer Tod! Mein Name ist Herdenbein, ich bin von der Kriminalpolizei in Kiel!"

„Annemarie Heisterberg", stellte sie sich vor, „mit meinen Mann haben Sie bereits gesprochen, nicht wahr?"

„Richtig, Frau Heisterberg, wir haben ganz kurz geplaudert."

„Ja, mein Mann hat mir davon berichtet. Wenn er sein Hörgerät vergessen hat, ist es sehr schwierig, ein Gespräch mit ihm zu führen.

Wissen Sie, wir sind gerade aus dem Urlaub zurückgekommen, eine Woche eher als geplant. Mein Mann mußte sofort nach seinen Bäumen sehen. Bäume sind nämlich sein Hobby, verstehen Sie? Ich habe noch die Koffer ausgepackt und bin dann mit meinem Wagen auch hierher gefahren. Und dann höre ich als erstes diese entsetzliche Nachricht."

„Sie mochten Herrn Nastrau?"

„Ja, er war ein sehr lieber Mensch. Sagen Sie, Herdenbein war Ihr Name, nicht wahr? Sagen Sie, Herr Herdenbein, Sie sind von der Kriminalpolizei, nicht wahr? Wissen Sie, das verstehe ich nicht, wenn Herr Nastrau ertrunken ist, war es doch ein Unfall, nicht wahr?"

„Nun, Frau Heisterberg, es war ganz sicher ein Unfall, aber wir ermitteln bei solchen Unglücken des öfteren in verschiedene Richtungen".

„Wissen Sie schon, wie es zum Ertrinken gekommen ist? Sie wissen es, nicht wahr?"

„Sein Herz versagte!"

„Unglaublich! Herr Nastrau war ein solch gesunder Mensch! Daß er etwas am Herzen gehabt haben soll, ist kaum vorstellbar. Wie der gearbeitet hat!"

„Nun, Frau Heisterberg, das ist aber schon zehn Jahre her, schließlich erblindete er."

„Nein, nein! Da befinden Sie sich aber im Irrtum. Herr Nastrau hat auch während seines Blindseins hier geschuftet, ja richtig hart gearbeitet, wie ein Ackergaul!"

„Als er schon blind war?"

„Nun, im ersten Jahr nach seiner Erblindung nicht. Da war er sehr deprimiert. Wir haben uns oft unterhalten. Er wußte nicht, was er noch mit seinem Leben anfangen sollte, nicht wahr? Als er im Jahr darauf wieder nach Plön kam, war er wie umgewandelt. Er konnte wieder lachen. Er fing an, das gesamte Grundstück zu erkunden. Frau Schlemm half ihm dabei, manchmal auch ich. Er stolperte und lachte, er fiel hin und lachte. Er wurde im Laufe des Jahres immer sicherer."

„Herr Nastrau bewegte sich vollkommen allein im Gelände?"

„Er wurde vollkommen sicher! Im Haus, im Wald und auf den Wegen. Wenn er nicht seinen Stock dabei gehabt hätte, und wenn man es nicht gewußt hätte, als Blinder war er nicht sofort zu erkennen."

„Wie groß ist dieses Grundstück?"

„Es ist ein Hektar groß, also zehntausend Quadratmeter."

„Frau Heisterberg, war Herr Nastrau auch allein hier?"

„Aber natürlich! In den letzten Jahren kam es immer häufiger vor, daß Frau Schlemm ihn nur herbrachte, und dann war er zwei, manchmal auch drei Wochen auf sich allein gestellt."

„Und wie kam Herr Nastrau in diesen Wochen beispielsweise an Fleisch oder Frischgemüse?"

„Sie hatten natürlich einiges aus Berlin mitgebracht, nicht wahr? Wenn er dann zusätzlich etwas benötigte, habe ich es besorgt. Und wenn wir über längere Zeit nicht in Plön waren, kam alle zwei Tage ein Feinkosthändler vorbei. Das war alles organisiert. Alles hatte im Haus, vor allem in der Küche, seinen Platz. Herr Nastrau wollte immer alles selber machen. Und es ist ihm auch gelungen. Ich habe ihn dafür sehr bewundert!"

„Sie sprechen sehr lieb von Herrn Nastrau, Frau Heisterberg, darf ich Sie fragen, warum Ihr Mann diese Zuneigung nicht teilt?"

„Ach, mein Mann, das ist ein Broddelheini, wissen Sie, ein Choleriker. Er regt sich über alles auf, über die Fliege an der Wand. Und Herr Nastrau war eher ein legerer Mensch, lässiger, er nahm nichts so genau, er war ganz das Gegenteil von meinem Mann. Der ist nämlich pingelig, müssen Sie wissen, nicht wahr?"

„Ein Beispiel bitte, Frau Heisterberg!"

„Ich könnte Ihnen von hunderten erzählen!" Sie lachte auf.

„Ein Beispiel reicht." Ich mußte auch lächeln.

„Das Eingangstor war ein ewiger Zankapfel zwischen den beiden. Mein Mann legte Wert darauf, daß es immer geschlossen war, auch bei unserer oder Herrn Nastraus Anwesenheit. Herr Nastrau ließ es offen, er vergaß es zu schließen, es war nicht wichtig für ihn. In den letzten beiden Jahren hat er es vielleicht auch mit Absicht offen gelassen. Er war da auch nicht mehr so offen und fröhlich."

Frau Heisterberg hatte letzteres leiser gesprochen. Ich merkte ihr an, daß sie sehr betroffen war.

Ich hatte natürlich noch etwas auf dem Herzen. Eine Frage war mir da hochgekommen, seit ich mit ihrem Mann gesprochen hatte. Ich wartete einen Moment.

„Frau Heisterberg, Herr Nastrau schwamm manchmal allein, ohne Frau Schlemm?"

„Ja, das ist richtig. Frau Schlemm schwamm nicht gerne, vor allem nicht lange. In den ersten Jahren ist sie dennoch beharrlich mit Herrn Nastrau hinausgeschwommen. Später hat sie nur noch auf dem Steg gesessen und auf ihn aufgepaßt."

„Ich meine, Frau Heisterberg, schwamm er auch, ohne daß Frau Schlemm auf dem Steg saß?"

„Ja, das war ganz erstaunlich, und ich habe es auch nicht verstanden! Seit Beginn dieses Jahres schwamm er vollkommen allein hinaus. Ich habe ihn darauf angesprochen, und er hat mir gesagt, daß er nun völlig unabhängig sei. Er lachte dabei."

„Haben Sie ihn denn nicht gefragt, wie er vom See draußen zum Steg zurückfindet?"

„Doch, später habe ich genau das gefragt. Da hat Herr Nastrau wieder gelacht, von seiner Unabhängigkeit gesprochen, mich angeschaut – das kann man eigentlich nicht sagen, nicht wahr? – und mit fester Stimme gesagt: ‚Mit meiner Methode finde ich immer zurück, Frau Heisterberg!' Ja, das hat er gesagt, und jetzt ist er tot, ertrunken. Jetzt hat er nicht mehr zurückgefunden, nicht wahr?"

Beim letzten Satz lag wieder Trauer in ihrer Stimme.

„Seine Methode hat er Ihnen aber nicht preisgegeben?"

„Nein, das hat er nicht getan."

Sie war aufgestanden und schickte sich an, wegzugehen. Als sie schon beinahe um die Ecke des Hauses gegangen war, drehte sie sich nochmals um und sagte: „Manchmal gab es in diesem Jahr merkwürdige Geräusche, wenn Herr Nastrau da war. Aber ich weiß nicht, woher die Geräusche kamen. Es waren auch keine lauten Geräusche, es war nicht wichtig für mich."

Sie machte eine Pause, als ob sie noch etwas sagen wollte. Dann schüttelte sie den Kopf.

„Auf Wiedersehen, Herr Herdenbein!"

„Auf Wiedersehen, Frau Heisterberg. Vielen Dank für Ihre lieben Auskünfte über Herrn Nastrau!"

Sie verschwand endgültig hinter der Ecke des Hauses und ging den Waldweg hinauf.

Erstaunlich, diese beiden entgegengesetzten Einstellungen der Heisterbergs über Siegfried Nastrau!

Ich hätte mir von Frau Heisterberg auch etwas über Nadja Schlemm erzählen lassen sollen. Das fiel mir jedoch erst jetzt ein. Ob ich sie nochmals ansprechen sollte? Ihr Mann kam mir in den Sinn, also entschied ich mich gegen eine erneute Befragung und schloß indessen das Haus ab. Meine Uhr zeigte mir an, daß es inzwischen vier war. Das reichte für den heutigen Tag, zumal ich unbedingt noch den Chef sprechen wollte. Als ich ins Auto gestiegen war, um nach Hause zu fahren,

stellte ich beim Zurücksetzen fest, daß dieser Heisterberg seinen großen Wagen so blöd geparkt hatte, daß ich nur unter großen Schwierigkeiten mein Auto wenden konnte. Ich mochte diesen Heisterberg nicht! Aber das haben Sie in der Zwischenzeit auch schon bemerkt – wie sagte Frau Heisterberg immer so schön –, nicht wahr?
Ich fuhr nach Kiel zurück.

4. TAG

12. Berlin ist eine Reise wert

Da saß ich nun im Zug nach Berlin und schaute aus dem Fenster. Ich hatte kurz erwogen, mit dem Auto zu fahren, stellte mir dann aber fünf Stunden Autofahrt, bei glühender Hitze, als eine Art freigewählten Aufenthalt in der Hölle vor und unterließ es.
Der Intercity fuhr gegen zehn Uhr in Kiel vom Hauptbahnhof pünktlich los und sollte kurz vor fünfzehn Uhr am Zoologischen Garten ankommen. Beinahe fünf Stunden! Schnell ist die Bahn auch nicht! Aber, es gab ein sogenanntes Bordrestaurant, das war gut für mich, dachte ich! Das Abteil, in dem ich saß, blieb bis Wittenberge ziemlich leer. Außer mir waren nie mehr als zwei weitere Fahrgäste anwesend. So hatte ich Beinfreiheit, die ich auch ausnutzte. Die Landschaft rauschte vorüber, schön! Ich war froh über meine Entscheidung, die Eisenbahn gewählt zu haben. Manchmal verharrte mein Blick ein wenig länger bei dörflichen Häusern, sanften Hügeln oder noch nicht abgeernteten Feldern. Dann kehrten meine Gedanken zum gestrigen Tage zurück.
Gestatten Sie mir also eine kurze Rückblende: Als ich meine Wohnung erreicht hatte, meldete sich die Wohnungshüterin der Nadja Schlemm, eine Frau mit Namen Annette Degering. Sie sei eine Freundin. Frau Schlemm sei nicht da, wurde mir bedeutet, sie sei in Italien im Haus einer anderen Freundin und würde auch erst in zwei Wochen zurückkehren. Ich hatte mich mit Herdenbein vorgestellt und angedeutet, daß es Probleme mit dem Plöner Grundstück gäbe. Den Inspektor hatte ich selbstverständlich weggelassen. Ich erkundigte mich, ob sie regelmäßig in der Wohnung sei. Als Frau Degering dieses bejahte, sagte ich ihr nur, daß ich vorbeischauen würde und legte mit einem kurzem Gruß auf. Nur nicht zu viel sagen! Nach Nastrau hatte

sie nicht gefragt, ich meine, wenn es doch Probleme auf dem Grundstück gäbe, hätte dies doch nahe gelegen? Oder?

Als nächstes rief ich den Chef an, allerdings mit einem mulmigen Gefühl im Magen. Es war Sonntag! Doch Jakob Sprenz, der Napoleon der Kieler Mordkommission, war prächtigster Laune. Er hatte davon gehört, daß ich am Sonntag recherchierte und meinte nur, daß wohl der einsame Wolf wieder einmal auf der Spur sei, und er würde vorbeischauen. Der Zwerg war unberechenbar! Manchmal grauenhaft pingelig, dann wieder autoritär und nun doch beinahe schon einfühlsam. Vielfach redete er einfach Stuß, den man nicht ernst nehmen konnte, über den man hinwegsehen mußte. War er indessen in herrschaftlicher Geberlaune, dann unterstützte er jeden von uns bis zur Selbstverleugnung

Mir fiel noch etwas ganz anderes ein. Der Feinkosthändler!

Ich rief bei Heisterbergs in Plön an. Gott sei Dank war sie am Telefon und nicht der alte Broddelheini – das hatte sie gesagt! Ich bat sie um die Adresse oder Telefonnummer des Feinkosthändlers. Sie hatte die Telefonnummer parat und nannte sie mir. Also setzte ich, immer noch im Slip, meine Telefonorgie fort. Ich hatte heute wirklich Glück. Der Mann meldete sich, ich stellte mich vor. Dann fragte ich ihn, ob er in den vergangenen Tagen beauftragt worden sei, regelmäßig bei Nastrau vorbeizuschauen. Er verneinte. Ich dankte.

Endlich fertig mit dieser Telefoniererei – ich hasse Gespräche mit Unsichtbaren!

Ich zog mich an – keine Fliege! – und genoß mein Coq au Vin bei einer Flasche gekühltem Chablis auf meinem – Sie wissen's schon! Richtig! – Balkon. Ich mußte mich – bei aller Lust am langsamen Schmausen – beeilen. Der Chef kam, und der war nicht nur ein alter Pottkieker sondern auch ein Ich-Muß-Mal-Probieren-Mensch. Der nahm sich sofort etwas vom Teller. „Nur mal eben probieren!" Schmatzte dann anerkennend und verdrehte dabei die Augen. Er gab sich den Anschein, etwas vom Kochen zu verstehen. Hach! Der Mann war ein lukullischer Banause. Jawohl! Ich sage nur: Rouladen! Jawohl, Rouladen waren für ihn das höchste der Gefühle. Ich hatte ihn, das ist aber schon Jahre her, einmal – die Betonung liegt auf einmal! – zum Essen eingeladen: Suppe, Vorspeise, Hauptgericht, Dessert. Dazu gab's noch einen tollen Wein. Die Vorbereitungen hatten Stunden gedauert. Er hatte alles gegessen, die Augen verdreht und sich zum Schluß wohlig zurückgelehnt. „Wissen Se, Herdenbein", hatte er dann bedächtig abgeschlossen, „det war allet janz wunderbar. Se ham jut gekocht, aber, janz ehrlich, Rouladen mag ich am liebsten!" Sprenz ist sozusagen ein Anti-Gourmet! Und den Säuen wollte ich mein Coq au Vin nicht vorwerfen. Aber er ließ sich recht viel Zeit. Ich konnte alles wegräumen und abspülen. Ich liebe Ordnung! In meiner Wohnung – besonders in der Küche –, in Kleidungsfragen und beim Auftreten.

Als er schließlich kam, erlebte ich den Zwerg in phantastischer Laune. Das kam bei ihm höchst selten vor. Nörgelei, Besserwisserei, Meckerei, Unberechenbarkeit und Arroganz waren seine eigentlichen Spezialitäten. Und nun so etwas! Gut so! Ich wollte etwas von ihm, und da konnte seine gute Laune nur förderlich sein.

Er machte es sich im Sessel auf dem Balkon bequem. Ich hatte ihm ein Wein- und ein Wasserglas hingestellt, dazu eine Flasche Mineralwasser. Ich schenkte ihm ein. Er trank das Wasserglas halb leer und kippte dann seinen Chablis hinein. Das durfte doch alles nicht wahr sein! Eine Chablis-Schorle! Du lieber Himmel! Gold mit Blei vermischt! Da bekommt man doch die Krätze!

Ich berichtete ihm ausführlich: Von meinem Kirchgang, dem Besuch in der Polizeiinspektion Plön, meinen beiden Versuchen als Blinder, von Heisterberg und seiner Frau. Ich ging explizit auf Nastraus Blindsein ein und wie er damit umging. Als ich geendet hatte, schaute mich der Chef an, wiegte seinen Kopf hin und her, nickte und sagte dann sehr betont und teilweise Schriftdeutsch, was bei ihm auf höchste Konzentration schließen ließ:

„Herdenbein, Sie glauben, daß Siegfried Nastrau nicht nur so ertrank!"

„Ja, Chef!"

„Sie glooben, dasser ermordet wurde?"

„Ja, Chef. Ich kann das nicht beweisen! Wie Sie ganz richtig vermuten, ich habe so ein Gefühl. Ein Gefühl, daß Nastraus Ertrinken gewollt war, daß nachgeholfen wurde. Irgendwie!"

„Wat bestärkt Se, Herdenbein, in diesem Jefühl?"

„Der Mann war vollkommen unabhängig. Der Mann bewegte sich auf seinem Grundstück wie ein Sehender und nicht wie ein Blinder. Nastrau machte oft allein Urlaub, manchmal verbrachte er dort vierzehn Tage und mehr."

„Det is wirklich erstaunlich!"

„Dazu kommt, Chef, daß er eine Methode entwickelt hatte, ohne Hilfe zu schwimmen und sicher zum Steg zurückzukehren."

„Nur beim letzten Mal nich!"

„Richtig! Frau Schlemm bringt ihn zum Grundstück und fährt anschließend nach Italien. Kaum ist sie fort, ertrinkt Siegfried Nastrau. Sehen Sie, und das finde ich merkwürdig! Auch die Nachbarn sind im Urlaub. Und jetzt kommt's, Chef". Ich machte eine Pause. „Der Feinkosthändler, der Nastrau beliefert, wenn sonst niemand da ist, war überhaupt nicht informiert worden! Das kann ein Zufall sein, muß es aber nicht!"

„Da ham Se ja richtig jearbeetet, Herdenbein!"

„Ja, und ich finde, der Merkwürdigkeiten sind zu viele!"

„Wat ham Se vor?"

„Ich würde morgen gerne nach Berlin fahren!"

„Ick denke, Frau Schlemm is in Italien?"

„Das ist richtig! Aber es gibt da eine Frau, die jeden Tag kommt und nach dem Rechten schaut. Ich denke, sie wird die Pflanzen begießen und den Briefkasten leeren oder so. Diese Frau, eine gewisse Annette Degering, die zugleich eine Freundin von Nadja Schlemm ist, möchte ich gerne einmal interviewen. Vom Tod Nastraus habe ich ihr nichts gesagt. Ganz nebenbei möchte ich mir auch gerne die Wohnung anschauen. Wo hat Nastrau gelebt, und wie hat er sich dort eingerichtet?"

„Wir könnten die Berliner Polizei um Amtshilfe bitten, Herdenbein!"

„Und was wollen wir denen sagen, Chef? Gucken Sie sich mal die Wohnung einer Wasserleiche an? Konkretes haben wir nicht, Chef, alles ist noch viel zu vage!"

„Se ham Recht, Herdenbein! Fahrn Se nach Berlin und recherchieren Sie, die Akten können warten."

„Okay, Chef!"

„Und, Herdenbein, denken Se beim Hotel und beim Essen an die Leute, die in Kiel Ihre Spesenabrechnung bearbeeten!"

Der Chef trank seinen letzten gemischten Chablis aus, und ich begleitete ihn zur Wohnungstür.

Das war ja prächtig gelaufen! Ich wusch die Gläser, trocknete sie ab und stellte sie fort.

Als letztes schaute ich im Arbeitszimmer in den Fahrplan der Bundesbahn und stellte den Wecker.

Ein gutes Gefühl, ein Gefühl von Richtigkeit, ein Gefühl, daß ich auf dem richtigen Wege sei, ließ mich einschlafen.

Nun saß ich im Zug nach Berlin und hoffte, daß meine Vermutungen, Ahnungen oder Gefühle bestärkt werden würden. Ich hatte keinen genauen Plan. Ich wollte die Wohnung kennenlernen. Vielleicht ergab sich zudem ein bißchen aus dem Gespräch mit dieser Annette Degering, aber etwas Genaueres konnte ich mir in dieser Hinsicht noch nicht vorstellen. Ich war froh, daß ich den gestrigen, heißen Sonntag nicht auf der faulen Haut liegend in Kiel verbracht hatte. Ein wenig Sonntag war schließlich auch bei mir gewesen. Von den Erkenntnissen, die das Gespräch mit den beiden Heisterbergs gebracht hatte, und meinen beiden unbeholfenen Versuchen, mich in die Rolle Siegfried Nastraus hineinzuversetzen, einmal abgesehen, waren doch aber auch der Gottesdienstbesuch am Morgen und das Baden im See am Nachmittag als ein sonntägliches Vergnügen anzusehen.

Glauben Sie mir, wenn ich es recht betrachte, arbeite ich eigentlich am Sonntag sehr gerne. Es gibt weniger Verkehr. Ich komme also schneller an mein Ziel. Die Leute sind meistens zu Hause – ich treffe sie also an, gewöhnlich zu ihrem Mißvergnügen. Und in der Regel kann ich dann an einem solchen Sonntagabend feststellen, daß ich mich, bei allem Engagement, trotzdem erholt habe. Der Chef sieht diese Sonntagsarbeit nicht gerne, einmal davon abgesehen, falls Holland wirklich in Not sein sollte. Er spricht dann von unchristlichem Gewusele am Sonntag. Nun ja, er mäkelt gerne. Soll er doch! Ich mache, was ich für richtig halte. Ich muß wahrscheinlich nur noch sechs Jahre arbeiten, soll er doch meckern. Ich kann stur sein – wie Sie merken – und setze mich durch. Wenn ich dann ausgleichend an einem stinknormalen Wochentag frei mache, hat das für mich obendrein den Vorteil, daß ich in aller Ruhe viele, viele Geschäfte abbummeln kann. Ende der Privatphilosphie des Herrn Jens Herdenbein!

Ins Bordrestaurant kam ich nicht mehr. Als ich gegen halb eins zum Essen gehen wollte, hatte sich in der Zwischenzeit das Abteil restlos gefüllt. Die Beinfreiheit war dahin, dafür konnte man sich umso mehr freilachen oder kaputtlachen oder totlachen, wie Sie wollen. Ich habe so etwas selten erlebt. Unter den Dazugekommenen war eine überwältigende Frohnatur von ungefähr sechzig Jahren, die schon beim Hereinkommen Heiterkeitsstürme entfesselte. Sie war ungeheuer korpulent, hatte ein rötliches und sehr eckiges Gesicht, wischte sich den Schweiß ununterbrochen mit einem riesigen rotgepunkteten Taschentuch von der Stirn und aus dem Nacken – Stiernacken! – und fing sofort an zu reden. Was heißt hier reden? Wahre Wortschwalle entströmten ihr – alle ohne Punkt und Komma. Wir wurden eingedeckt mit Kaskaden von Worten, Halbsätzen und Sätzen. Es war unermeßlich erheiternd, wie sie redete und was sie erzählte. Sie hatte schon gelacht, als sie das Abteil betrat und sich in den letzten freien Platz zwängte. Sie lachte beim Erzählen und auch, wenn sie einmal schwieg. Dabei konnte man beobachten, wie ihr Geist arbeitete. Sie war voll von Geschichten, und ich hatte den Eindruck, daß sie nicht wußte, mit welcher von den vielen Episoden, die sie kannte, sie uns nun konfrontieren sollte. Wir lachten Tränen, und die Bauchmuskeln begannen zu schmerzen. Die meisten der Geschichten erzählten vom Fliegen, von Flugzeugen mit Defekten, von Stewardessen, von Beinahe-Abstürzen und dem Essen an Bord von Flugzeugen. Einige ihrer Erzählungen waren überhaupt nicht komisch, sie war indessen immer in der Lage, sie so zu erzählen, daß man vor Lachen prusten mußte und sich die Schenkel klopfte. Ich hatte die ganze Zeit über ein Taschentuch in der Hand, um meine Tränen abzuwischen. Sie stieg in Berlin-Spandau aus, und wir Übriggebliebenen – beinahe hätte ich gesagt: wir Überlebenden – konnten uns bis zum Einlaufen des Zuges im Bahnhof Zoologischer Garten erholen.

Ich war das letzte Mal vor etwa zehn Jahren, zusammen mit meinem Freund Thomas Sammler, in Berlin gewesen, also lange vor der Wiedervereinigung. Die Veränderungen waren offensichtlich. Der Bahnhof Zoo – früher eher ein Schmuddelplatz – erstrahlte in frischem Glanz. Neue Geschäfte waren vorhanden, alles war sauber und sehr hell. Thomas und ich waren zu einem Gourmet-Wochenende nach Berlin gefahren, damals hatte seine Frau noch nicht den augenblicklichen Megärenzustand angenommen. Wir hatten in einem Restaurant in Frohnau gespeist, das zwei Sterne des Michelin-Führers aufwies. Wir waren damals einen Batzen Geld losgeworden. Nun, man machte so etwas ja nicht jeden Tag. Sechs-Gang-Menü plus Wasser, plus Wein, plus Kaffee, da mußten wir ganz schön in die Tasche greifen, aber es hatte sich gelohnt!

Ich war froh, neuerlich in Berlin zu sein! „Berlin! Du hast mich wieder!" dachte ich voller Emphase.

Auf dem Bahnhofsvorplatz angekommen, stieg ich in ein Taxi und nannte dem Fahrer die Adresse. Wir benötigten zehn Minuten. Ich bezahlte und entstieg dem Taxi. Vielleicht hatte ich Glück und würde vor keiner geschlossenen Tür stehen. Das Glück war mir nicht hold!

Das Haus in der Binger Straße stammte aus den vierziger Jahren und war renoviert worden. Zehn Parteien bewohnten das Haus, wie ich dem Schild im Eingangsflur entnehmen konnte. Siegfried Nastrau und Nadja Schlemm wohnten im ersten Stock. Mein wiederholtes Klingeln – alte und große Berliner Messingklingel –, sehr laut und schrill, bewirkten kein Sesam-Öffne-Dich. Es war niemand in der Wohnung, die Tür blieb verschlossen. Dafür öffnete sich jedoch die Tür in meinem Rücken, und eine tiefe Baßstimme erklang. Ich dreht mich um. Eine Frau, sie mochte um die fünfzig sein, füllte die Tür aus. Nicht in der Breite, wohl aber in der Höhe – ich gebe zu, daß ich ein wenig übertreibe. Die Größe der Frau und ihre tiefe Stimme überraschten, auch dieses grobschlächtige, beinahe schon männliche Gesicht, mit den sehr kleinen Augen – nein, stechend waren sie nicht. Sie bedeutete mir, daß die Wohnungsinhaber verreist seien. Auf meine Frage nach der Frau, die den Briefkasten entleere und die Blumen goß, erfuhr ich, daß Annette Degering jeden Tag gegen achtzehn Uhr erschien. Das war doch etwas! Ich bedankte mich und stand wieder vor der Tür.

Ich war froh, daß ich auf meinen Dienstreisen immer nur ein kleines Köfferchen dabei hatte, genau genommen war es nur ein etwas größerer Aktenkoffer. Da ich den Taxifahrer bezahlt hatte, stand ich jetzt natürlich allein vor der Tür. Aber ich hatte kurz vor dieser Straße eine U-Bahn-Station gesehen. Ich taperte los und siehe, da war sie: Heidelberger Platz.

Ich weiß nicht, ob es Ihnen so wie mir ergeht. Ich genieße die Großstadt, den Verkehr – wenn ich nicht selber fahren muß – auf den Straßen, das Gewusele auf den Bürgersteigen, den Geruch! Ich mag das! Häufiger komme ich natürlich nach Hamburg. Ich finde es vollkommen in Ordnung, wenn man bei Großstädten vom pulsierenden Leben spricht. In Kiel pulsiert das Leben auf keinen Fall. Ich war froh, hier zu sein! Dann das Beförderungsangebot: die U-Bahnen, Busse und S-Bahnen. Herrlich! Und morgen würde ich ins KaDeWe gehen. Jawohl! Ich begab mich in die Tiefe, ein schmiedeeisernes Tor war weit geöffnet, es folgte ein langer Gang. Ich machte mich, nachdem ich einen Fahrschein an einem Automaten erstanden hatte, an einem U-Bahn-Plan sachkundig. Wo war ich, wo wollte ich hin? Mein Ziel war die Knesebeckstraße, also mußte ich bis zum Kurfürstendamm fahren. Der gelbe Zug kam, und ich fuhr die vier Stationen – einmal mußte ich umsteigen – bis zum Ku'damm.

Als ich wieder emporstieg, empfing mich nicht nur gleißendes Sonnenlicht, sondern auch das schon eben beschriebene pulsierende Leben. Ich stand an der Ecke Kurfürstendamm und der Joachimstaler Straße. Um mich herum brauste es, hupte es, quietschte es, lärmte es, roch es, duftete es und brabbelte es in allen Sprachen. Herdenbein, hier bist du richtig! Ich schlenderte in Richtung Knesebeckstraße, obwohl der Blick auf die Uhr gezeigt hatte, daß ich gar nicht so viel Zeit hatte. Ich wollte die Degering auf keinen Fall versäumen! Kurz und gut, ich erreichte nach Überqueren der Uhlandstraße und weiterem genußvollen Schlendern mein Hotel in der Knesebeckstraße, das ich heute morgen, kurz vor Verlassen meiner Wohnung, von meiner Ankunft in Kenntnis gesetzt hatte. Thomas und ich hatten hier vor zehn Jahren genächtigt. Das heißt, nächtigen ist wohl nicht ganz der richtige Ausdruck, denn die Nächte im Hotel waren doch recht kurz gewesen.

Nach der Anmeldung an der Rezeption und der Mitteilung, daß ich mit dem in der Uhlandstraße haltenden Bus direkt zur Binger Straße fahren könnte, entschwebte ich mit dem Fahrstuhl auf mein Zimmer. Ich erfrischte mich schnell und legte mich einen Augenblick auf das Bett. Die kurze Ruhepause tat gut. Dann meldete sich mein Magen. Ich hatte seit dem Frühstück nichts mehr zu mir genommen. Das eingeplante Essen im Zug war ja durch den Unterhaltungskünstler ausgefallen. Ich mußte unbedingt etwas auf die Schnelle bekommen, und da gibt's in Berlin nur eins: Currywurst. Meine Erinnerungen an die Currywürste des letzten Berlinbesuches waren überzeugend. Und ich kann Ihnen verraten, genau gegenüber vom Hotel hatte ich eine Curry-Wurst-Bude gesehen. Also, auf denn!

Die Currywurst an dem Imbißstand gegenüber entsprach genau den Erinnerungen; auf die Pommes verzichtete ich. Schließlich sollte der Tag von einem guten Essen gekrönt werden, und ich wollte nicht schon jetzt satt sein. Als ich die scharf gewürzte Wurst mitsamt dem Brötchen – heißt hier Schrippe – verzehrt hatte, ging ich zum Bus. Im Nu war ich wieder in der Binger Straße. Ich betrat zum zweiten Mal das Haus, klingelte und hörte Schritte nahen.

Eine Freundin

Ich wollte sehr vorsichtig vorgehen, beispielshalber meine Identität möglichst spät preisgeben. Ich wollte viel über Nadja Schlemm und Siegfried Nastrau erfahren, ohne vom Tod des letzteren zu berichten. Ich wollte, mit anderen Worten, viel herausfinden und wenig sagen. Manchmal, das wußten Sie immer schon oder haben Sie jetzt in Erfahrung gebracht, können Kleinigkeiten von Bedeutung sein. Nehmen Sie beispielsweise den Feinkosthändler, der nur einmal erwähnt wurde und dessen Existenz doch wahrscheinlich von größerer Wichtigkeit ist. Hätte ich Frau Heisterberg nicht wegen der Problematik der Versorgung Nastraus mit frischem Gemüse oder Fleisch angesprochen, wäre dieser Händler nie in Erscheinung getreten. Nun stellte sich jedoch bei meinem Telefonat mit ihm heraus, daß er überhaupt keinen Auftrag, Siegfried Nastrau zu versorgen, erhalten hatte. Eine Kleinigkeit nur! Und Heisterbergs waren bei der Abfahrt Nadja Schlemms noch im Urlaub. Auch nur eine Kleinigkeit! Aber Sie merken – wahrscheinlich früher als gedacht –, wenn man Frau Schlemm etwas Böses unterstellen wollte, könnte man es jetzt bereits tun. Zwei Geringfügigkeiten nur, aber immerhin. Wenn ich boshaft wäre, könnte ich zum Beispiel zu diesem Zeitpunkt behaupten, daß der Feinkosthändler überhaupt nicht benötigt wurde, weil Siegfried Nastrau gar nicht so lange leben würde.

Deshalb sollte Frau Degering reden, ich wollte zuhören und dann meine Schlüsse ziehen.

Und ich bitte Sie, bedenken Sie eines: Genaugenommen war ich eigentlich als Privatmensch hier, denn zu ermitteln gab es überhaupt nichts! Dienstlich war Jens Herdenbein, KHK, – jetzt habe ich doch tatsächlich, ohne offizielles Anliegen, meinen Dienstgrad kundgetan, das wollte ich doch eigentlich nicht mehr! – also gar nicht hier. Von einer Legalität meines Auftretens kann keine Rede sein. Das erwähne ich nur nochmals so ganz nebenbei, damit Sie vollkommen klarsehen.

Die Tür wurde weit geöffnet, und Annette Degering stand vor mir, ich nahm an, daß sie es war. Sie war eine etwa fünfundvierzigjährige Frau, sehr schmale Figur, gut aussehend, mit modischer Bubikopffrisur. Sie war geschmackvoll angezogen: schwarzes Trägerkleid, weißer Gürtel, weiße Bluse. Ich mußte sie überrumpeln!

„Mein Name ist Jens Herdenbein, und Sie sind bestimmt Frau Degering! Ich bin ja so froh, daß ich Sie angetroffen habe. Ich bin extra aus Plön, das heißt genaugenommen aus Kiel, nach Berlin gekommen, um mit Ihnen zu sprechen. Sie wissen sicherlich, wo sich Frau Schlemm gerade aufhält und wie ich mit ihr schnellstens in Verbindung treten kann? Sie können sich überhaupt nicht vorstellen, wie froh ich bin, daß ich Sie angetroffen habe. Ich wüßte gar nicht, was ich sonst hätte unternehmen sollen."

Ich sprach ohne Punkt und Komma. Sie sollte zuerst einmal nicht zum Reden, geschweige denn zum Fragen kommen und keineswegs zum Nachdenken. Und ich fuhr im selben Tempo fort.

„Wissen Sie, Frau Degering, manchmal ist es sehr schwer, zu Ergebnissen zu kommen, und deshalb bin ich auch so erfreut, daß ich nicht vergebens nach Berlin gereist bin. Aber wollen wir nicht in die Wohnung gehen, die Mitbewohner des Hauses müssen nicht alles erfahren, was ich so daherrede oder was Sie sagen!"

Sie war überrascht. Schaute mich mit großen Augen an und gab mir die Hand. Oh, war das unangenehm! Eine kalte, feuchte Hand. Und dann war ich im Flur. Und ich redete weiter,

„Ah, hier wohnt also Frau Schlemm. Sehr geschmackvoll dieser große Spiegel in der Wandnische und die Glasleuchter an der Wand. Wirklich sehr geschmackvoll. Herr Nastrau wohnt auch hier, nicht wahr?"

„Leider!"

Das kam sehr spontan, beinahe schon explosionsartig. Es war das erste, was sie überhaupt gesagt hatte. Und es war ein Urteil, das sie gesprochen hatte, ein negatives Urteil über Siegfried Nastrau. Sie mochte ihn nicht, und sie konnte ihre Abneigung nicht zurückhalten. Was war Nastrau für ein Mensch gewesen? Jetzt gab es schon zwei Zeitgenossen, die mit ihrer Abneigung nicht hinter dem Berg zurückhielten: Heisterberg, − Entschuldigung, ich meine natürlich Dr. Heisterberg! − und Annette Degering. Vielleicht mochte Nadja Schlemm ihren Lebensgefährten auch nicht? All das ging mir blitzartig durch den Kopf. Ich ging indessen nicht auf das „leider" ein, denn ich hatte bemerkt, daß sie sich im gleichen Moment, als ihr das Wort entschlüpft war, leicht auf die Unterlippe biß und die Hand zum Mund führte. Sie hatte ‚leider' nicht sagen wollen, es war ihr herausgerutscht!

„Ich würde mir sehr gerne die Wohnung ansehen, Frau Degering! Ist das möglich?"

Jetzt wurde sie allerdings doch hellhörig. Sie stellte sich abwehrend vor die Tür, die wohl zum Wohnzimmer führte. Allerdings war ich ja schon im Flur!

„Ich weiß nicht, wer Sie genau sind und was Sie eigentlich wollen! Ich kann Sie nicht einfach in eine fremde Wohnung hineinlassen! Sie haben mir am Telefon nur angedeutet, daß es Probleme in Plön gibt und schon stehen Sie vor der Tür!"

„Im Flur, Frau Degering, im Flur. Ich heiße, wie schon gesagt, Jens

Herdenbein und möchte, daß Sie mir eine Frage beantworten und mir die Erlaubnis geben, die Wohnung zu besichtigen."

„Sind Sie von der Polizei, Herr Herdenbein?"

Jetzt hatte sie es ausgesprochen! Überrumpeln war also nicht mehr! Nun mußte die direkte und selbstverständlich freundliche Methode angewendet werden.

Ich kramte aus meiner Innentasche des Jacketts meinen Polizeiausweis hervor und zeigte ihn vor. Ob es wirkte? Sie las.

„Inspektor Herdenbein, haben Sie einen Durchsuchungsbefehl für diese Wohnung?"

Das kommt vom Fernsehen! Die Leute schauen sich zu viele Kriminalfilme an und wissen Bescheid.

„Ach, Frau Degering", rief ich bewußt entrüstet aus, „ich will die Wohnung keineswegs durchsuchen" – ich betonte das Wort „durchsuchen" –, „ich will sie mir nur anschauen! Nur kurz anschauen, und dann verschwinde ich wieder!"

Gewonnen! Sie hatte doch wohl noch nicht zu viele Krimis gesehen. Sie fragte nicht nach dem „Warum". Eigentlich hatte ich das nach ihrer Frage zum Durchsuchungsbefehl erwartet, aber sie gab die Tür frei. Jetzt hieß es behutsam sein, nicht, daß sie noch zänkisch wurde.

„Frau Degering", ich blieb noch im Flur stehen, „können Sie mir sagen, wo oder wie ich Frau Schlemm erreiche?"

„Nadja, ich meine Frau Schlemm, ist im Urlaub…!"

„Ist Frau Schlemm Ihre Freundin?" unterbrach ich sie.

„Ja, sie ist meine Freundin. Sie ist in Italien, und Sie können sie nicht erreichen. Ich habe keine Adresse. Sie kommt aber in vierzehn Tagen wieder. Ist es wichtig?"

Auf ihre Frage ging ich vorerst nicht ein.

„Ich würde es begrüßen, wenn wir zuerst einen kleinen Rundgang durch die Wohnung machen! Nur kurz, Frau Degering!"

Sie nickte und ging dann vor mir her. Allerdings nicht ins Wohnzimmer, sondern sie öffnete eine kleine Tür rechts von mir, und wir betraten das Schlafzimmer. Ich war natürlich darauf aus, zu sehen, wie Nastrau hier gelebt hatte. Im Schlafzimmer gab es keinerlei für mich interessante Dinge zu bemerken. Das Schlafzimmer war ein Durchgangszimmer, so daß wir jetzt einen Raum betraten, der als Arbeitszimmer eingerichtet war. Sitzecke, Schreibtisch, Regale an den Wänden. Die Bücher zeigten, daß Frau Schlemm Lehrerin war. Ich vergewisserte mich:

„Frau Schlemm ist Lehrerin?"

„Ja, an einer Realschule!"

Wir kamen auf einen langen Flur. Rechts das Bad, dann eine Abstellkammer, zuletzt die Küche. Nirgends eine Auffälligkeit in bezug auf Nastraus Blindheit. Wie anders sah die Küche in Plön aus! Hier, in dieser Küche, wirtschaftete Frau Schlemm. Wir gingen den langen Flur zurück, an dessen Wänden kleine Stiche hingen und kamen in das Wohnzimmer, das kein Wohnzimmer war!

Der Raum, der ungefähr fünfundzwanzig Quadratmeter groß war, wurden von zwei Dingen dominiert. Zum einen stand dort ein wuchtiger, heller Flügel, dessen Deckel zugeklappt war. Noten waren nicht zu entdecken. Dafür standen zwei vierarmige Leuchter mit Kerzen auf dem Flügel, eine Vase mit einem bunten Strauß Trockenblumen und ein Metronom.

Die zweite Auffälligkeit in diesem sonnendurchfluteten Raum – ein großes Fenster und eine Balkontür waren vorhanden – bestand in einer riesigen Bücherwand, die farblich zum Flügel paßte und keineswegs Bücher enthielt. Ich hatte noch niemals vorher in meinem Leben eine solche Sammlung von CD's gesehen! Denn eine solche füllte dieses Regal und ließ nur noch Platz für eine kleine, kompakte Stereoanlage. Bei näherem Hinschauen erkannte ich, daß es sich bei den CD's ausschließlich um eine Sammlung von klassischer Musik handelte. Ergänzt wurde der Raum durch eine gemütliche Sitzgruppe vor dem Balkonfenster.

„Das ist Herrn Nastraus Zimmer?" fragte ich Frau Degering.

Sie nickte. Als ich sie anblickte, konnte ich einen beinahe schon angewiderten Zug in ihrem Gesicht entdecken. Sie mochte Nastrau nicht und seine Musikleidenschaft, denn um eine solche mußte es sich hier handeln: Flügel plus CD-Sammlung.

Ich setzte mich auf die Klavierbank vor dem Flügel, öffnete die Abdeckung und schlug ein paar Akkorde an. Erinnerungen, böse Erinnerungen, an die Kindheit stiegen aus schon zugedeckt geglaubten Tiefen empor. Ich hatte sechs Jahre lang Klavierunterricht „genossen", und glauben Sie mir, es waren sechs höllische Jahre gewesen. Ich war keineswegs unmusikalisch! Ich mochte – und mag noch immer – klassische Musik, aber der Zwang! Der Zwang machte meine Finger nicht geschmeidiger, sondern steifer. Ach ja! Aber das ist vergangen, eine andere Geschichte! Wie gesagt, ich schlug ein paar Akkorde an, Frau Degering stand dabei und schaute mich an. Sie dachte ohne

Zweifel an Nastrau. Ich schaute mich um, suchte Noten – welche Anwandlungen man manchmal bekommt! – und fand keine. Natürlich! Warum sollten hier, in Nastraus Zimmer, Noten herumliegen! Schaffte ich es, dem Flügel etwas Einfaches zu entlocken? Auswendig? Mir fiel nur der „Fröhliche Landmann" ein, und so klimperte ich drauf los. Es war nur ein Klimpern, stockend, fehlerhaft, ohne richtigen Takt. Herdenbein, was ist mit dir los? In einer fremden Wohnung überkam mich erstaunlicherweise ein Ehrgeiz, den ich in mir nicht mehr vermutet hätte. Eine solche einfache Weise konnte ich nicht mehr aus dem Gedächtnis spielen? Ich setzte das Metronom, auf das mein Blick fiel, in Gang, verlangsamte die Geschwindigkeit und versuchte von Neuem zu spielen. Auch mit dem Metronom wurde mein Klavierspiel nicht besser. Plötzlich wurde mir die Absurdität meines Tuns gegenwärtig. Ich hörte auf, klappte den Deckel zu und stand abrupt auf.

„Schauen wir uns noch das letzte Zimmer an, Frau Degering." Wir gingen durch zwei geöffnete Flügeltüren in den angrenzenden Raum. Dieses Gemach unterschied sich vom relativ leeren Musikzimmer durch die ungeheure Anzahl von Büchern. Zwei braune, jeweils dreisitzige Sofas standen sich vor dem hohen Fenster gegenüber. Zwischen ihnen ein runder Glastisch. Vor den übrigen drei Wänden standen Bücherregale, die beinahe bis zur Decke reichten. Das mußten Tausende von Bänden sein! Ich hatte bisher eine solche Ansammlung von Publikationen nicht gesehen! Ich stand staunend davor. Es war still, bis auf das Klacken des Metronoms, das ich nicht ausgestellt hatte.

„Ich nehme an, dies ist Frau Schlemms Zimmer?"

„Ja, Frau Schlemm liest sehr viel."

Ich setzte mich auf eins der Sofas, Annette Degering nahm auf dem anderen Sofa Platz. Sie saß dabei auf der vorderen Kante, in Hab-Acht-Stellung. Ich betrachtete immer noch bewundernd diese herrliche Büchersammlung. Hier wohnten zwei Sammler! Einer hortete Klassik-CD's und der andere Bücher!

„Frau Degering, Sie haben mich vorhin gefragt, ob es wichtig sei, daß ich die augenblickliche Adresse von Frau Schlemm erführe. Es ist wichtig! Es ist sehr wichtig!"

„Ich weiß nur, daß Nadja in dem italienischen Haus einer Freundin, die in Hamburg wohnt, Urlaub macht."

„Haben Sie diese Adresse in Hamburg?"

„Nein! Ich weiß nur ihren Namen. Katalina Goronzi."

„Katharina Goronzi?"

„Nein, Katalina."

„Sie mögen Frau Schlemm?"

„Ja, wir sind seit über zwanzig Jahren befreundet."

„Herrn Nastrau mögen Sie nicht besonders?"

„Haben Sie mir das angemerkt?"

„Ja, das war nicht zu übersehen!"

„Wer mag Siegfried schon?"

„Nun, ich denke Frau Schlemm mag ihn. Schließlich leben sie zusammen!"

„Ja...", sie machte eine lange Pause, „da mögen Sie Recht haben."

Mir schien der richtige Zeitpunkt gekommen zu sein, um den Tod Siegfried Nastraus zu verkünden.

„Herr Nastrau ist tot!"

Annette Degering starrte mich an. Es war vollkommen still. Auch das Metronom hatte sein unangenehmes Klacken aufgegeben, da dessen Uhrwerk abgelaufen war.

„Herr Nastrau ist ertrunken!"

Sie sagte immer noch nichts. Sie knetete ihre Hände, und als ich in ihr Gesicht blickte, sah ich, daß sie weinte. Still, ganz leise weinte sie, rollten Tränen über ihre Wangen. Das überraschte mich nun doch. Ich sagte nichts. Ich war erstaunt. Das hätte ich bei ihrer Abneigung gegenüber Nastrau nicht erwartet! Es verging eine lange Zeit, in der nicht gesprochen wurde. Nun, in solchen Momenten erscheint es einem immer so, daß die Zeit langsamer vergeht. Dann setzte sich Annette Degering wieder aufrecht hin, sie war nach meinen Eröffnungen etwas zusammengesunken, jedoch immer noch in der Aufbruchshaltung.

„Ich mochte Siegfried nie. Er hat mir Nadja, nachdem sie sich kennengelernt hatten, ein Stück weit weggenommen. Und ich mochte ihn, im Laufe der Jahre, immer weniger. Er wußte das. Ich hab ihn oft zum Teufel gewünscht, wie man so etwas denkt, wenn man jemanden nicht mag. Aber, das ist furchtbar! Ertrunken!"

Sie schwieg wieder. Dann bat ich sie um ein Glas Wasser, und sie ging in die Küche. Ich holte langsam mein Notizbuch aus der Innentasche und schrieb den Namen Katalina Goronzi auf. Dann steckte ich das Büchlein wieder zurück. Frau Degering kam mit einer Flasche Mineralwasser und zwei Gläsern zurück. Sie schenkte uns ein, und wir tranken schweigend.

„Wir möchten natürlich gerne wissen, wann Frau Schlemm und Herr

Nastrau nach Plön gefahren sind. Und wann Frau Schlemm weiter nach Italien fuhr?"

„Das kann ich ihnen sagen. Herdenbein war ihr Name?"

„Ja!"

„Heute haben wir Montag. Also, die beiden sind am letzten Donnerstag nach Plön gefahren. Und am Abend dieses Donnerstages hat mich Nadja zu Hause angerufen."

„Aus Plön?"

„Nein, da war sie schon in Frankfurt. Sie wollte dort übernachten und am nächsten Tag bis nach Camaiore weiterfahren."

„Das ist aber eine ganz gehörige Strecke. Camaiore liegt bei Pisa, oder so?"

„Ja! Nadja fährt sehr gerne mit dem Wagen und mit Vorliebe schnell!"

Ich hatte mein Büchlein wieder hervorgeholt und bei den letzten Mitteilungen Notizen gemacht.

„Frau Degering, erzählen Sie mir etwas über Frau Schlemm und Herrn Nastrau."

Sie begann zu erzählen. Wie sich die beiden kennengelernt hatten. Von der Himmel-Hoch-Jauchzenden Liebe. Wie Nastrau erblindete und wie sich sein Verhalten und sein Charakter veränderten. Sie erwähnte auch, daß Siegfried Nastrau keine Angehörigen hatte. Sie sprach aus ihrer Sicht. Ob alles seine Richtigkeit hatte, wagte ich zu bezweifeln. Obwohl Nastrau schwierig geworden war, wie sie immer wieder bemerkte, hatte sich Nadja Schlemm aufopferungsvoll um ihn gekümmert. Es hatte, bei allen Schwierigkeiten, Harmonie und Liebe zwischen ihnen geherrscht. Das stand natürlich im Gegensatz zu ihrer vorherigen und spontanen Äußerung: ‚Wer mochte Siegfried schon?' Doch über Tote sagt man ja angeblich nichts Schlimmes!

Als ich auf die Uhr im Bücherregal schaute, war es bereits kurz vor acht. Ich stand auf, bedankte mich für ihre freundliche Mitarbeit und gab ihr mein Kärtchen, das meine private Telefonnummer und meine Dienstnummer aufwies. Falls ihr noch etwas Wichtiges einfallen sollte, bat ich sie, mit mir Kontakt aufzunehmen. Sie begleitete mich hinaus. Als wir durch das Musikzimmer kamen, nahm ich das Metronom in die Hand und klemmte den Zeiger wieder ein. Ordnung muß sein, aber das habe ich ja schon einmal gesagt. Ich drehte mich nochmals zur CD-Sammlung um. Ja, Ordnung muß sein, und dieses Arrangement war hier auch im höchsten Maße hilfreich! Alle CD's standen dem

Alphabet nach geordnet in den Regalen, das wiederum in Kästchen unterteilt war. Oben links fing es mit Abel, Carl Friedrich an, dann Adam, D'Albert, die drei Bachs, zuerst Carl Philipp Emanuel, dann Johann Christian, und es folgte Sebastian. Rechts unten endete die Sammlung mit Wagner, Weber, Weill und Zimmermann. Dabei war, wie mir auffiel, jedem neuen Komponisten ein anderes Kästchen zugeteilt worden, so daß die einzelnen Fächer verschieden groß waren, je nach Umfang der Sammlung.

„Die Komponisten sind nach dem Alphabet geordnet, und es gibt für jeden ein eigenes Fach!" bemerkte ich laut.

„Und die Reihenfolge der Komponisten und ihrer Werke wußte er auswendig", ergänzte Frau Degering. „Es durfte niemand außer ihm an das Regal gehen. Diese CD muß er zuletzt gehört haben", sie zeigte auf eine Pappkarte zwischen zwei CD's eines Komponisten namens Glass.

Wir gingen zur Haustür.

„Frau Degering, ich habe noch eine Frage. Sie sind mit Frau Schlemm befreundet, hatte Herr Nastrau auch Freunde?"

„Wenn ich mich richtig erinnere, nur einen!"

„Und wissen Sie den Namen, oder haben Sie eine Adresse, eine Telefonnummer?"

„Keine Adresse und keine Telefonnummer, aber ich weiß, wie er heißt. Warten Sie einen Augenblick, gleich fällt mir der Name ein: Rainer Koslowski!"

Ich schrieb auch diesen Namen auf. Wir verabschiedeten uns, und ich stieg die zwei Treppen hinunter. Katalina Goronzi müßte im Telefonbuch Hamburgs zu finden sein, der Name schien mir nicht sehr häufig vorzukommen. Und Rainer Koslowski würde ich hier auch finden.

Ich stand wieder auf der Straße und ging dann langsam in Richtung Heidelberger Platz. In meinen Gedanken war ich jedoch noch beim letzten Gespräch, so daß ich erst vor dem Eingang der U-Bahn bemerkte, daß ich doch viel günstiger mit dem Bus zum Hotel fahren konnte. Kehrt und marsch! Erst, als ich an der Bushaltestelle ankam und auf das Eintreffen des Busses warten mußte, wurden meine Gedanken wieder zukunftsorientierter. Ich würde als erstes im Hotel einen Versuch unternehmen, den Freund von Siegfried Nastrau zu erreichen. Anschließend wollte ich mich um ein vernünftiges, nein köstliches, Abendessen kümmern. Schließlich kam der Bus und schaukelte mich gemütlich bis zur Uhlandstraße, in die Nähe meines Hotels.

An der Rezeption fragte ich nach einem Restaurant, in dem ich gediegen speisen konnte. Wie nicht anders zu erwarten – ich hätte es mir aber auch denken können! – wurde mir das hoteleigene mit blumigen Worten empfohlen. Warum eigentlich auch nicht? Ich konnte wählen zwischen dem eigentlichen Restaurant, das sehr vornehm und gleichzeitig gemütlich eingerichtet sei, oder der rustikalen Pinte, mit Blick auf die Straße und den sommerabendlichen Spaziergängern. In beiden Lokalen würden selbstverständlich die gleichen Speisen gereicht. Ich ließ mir einen Tisch in der Pinte reservieren und begab mich auf mein Zimmer.

Bevor ich telefonierte, war eine ausgiebigere Erfrischung notwendig. Ich duschte mit größtem Wohlbehagen, Sie wissen schon, diese Klebrigkeit ist mir zuwider, und gönnte mir eine Abendrasur. Ich nahm mir neue Wäsche aus dem Köfferchen und kleidete mich an, mit Fliege! Jetzt fühlte ich mich wieder in bester Verfassung, und ein gewisser Tatendurst überkam mich. Als ich das Telefon in die Hand nahm, stellte ich bekümmert fest, daß mir die Telefonbücher fehlten. Ich war indessen in gelassener Stimmung und ließ keinen Ärger aufkommen. Also, runter zur Rezeption. Die freundliche Dame, die mich schon bei der Auswahl der Restaurants beraten hatte, zeigte auf zwei kleine Räume im Hintergrund, die zum Telefonieren gedacht waren. Dort ging ich hin. Hier handelte es sich aber keineswegs um Telefonzellen, sondern um behaglich ausgestattete Räume, die auch ein längeres Gespräch in größter Bequemlichkeit ermöglichten. Wie so oft lagen Glück und Pech dicht beieinander. Die Telefonnummer Rainer Koslowskis fand ich sofort, allerdings wurde – trotz mehrmaligen Anläutens – nicht abgehoben. Ich würde es zu einem späteren Zeitpunkt ein weiteres Mal versuchen. Können Sie mir sagen, zu welcher Nachtzeit es unschicklich ist, Fremde anzurufen? Ich wußte es nicht! Schicklichkeit hin, Schicklichkeit her! Ich würde es einfach nach meinem Abendessen noch einmal probieren, es darauf ankommen lassen, eventuell einen Fauxpas zu riskieren. Ich schrieb mir die Nummer auf und ging in die Pinte. Der für mich reservierte Tisch stand am Fenster, mit dem mir versprochenen herrlichen Ausblick auf das abendliche Flanieren. Das war nun wirklich sehr zuvorkommend!

Der Tisch war – auch im Hinblick oder trotz des Pinten-Charakters dieses Raumes – erstaunlich geschmackvoll eingedeckt. Eine hellbraun getönte Decke lag auf dem Tisch, die Stoffserviette dazu passend, neben einem Rosenthal-Geschirr von dezentem Design. Sie müssen nun nicht etwa denken, daß Sie in mir einen Experten in Sachen Geschirr vor sich haben! Weit gefehlt! Es ist eine meiner Marotten, daß ich bei Tellern undsoweiter, die ich besonders schön finde, in einem unbeobachteten Augenblick das gute Stück wende und mir den Boden betrachte. Ich bin demzufolge kein Kenner, sondern ein Wender! Daß das Besteck eine ideale Abrundung des ganzen Tisches darstellte, sei nur am Rande erwähnt. Das berühmte I-Tüpfelchen, oder die Vervollkommenung der Tischdekoration war eine kleine Porzellanvase, in der – wenn ich mich nicht gänzlich irre – eine Bourbonenrose (!) steckte.

Ich saß am Fenster, in einer Ecke, und hatte einen guten Überblick. Gegenüber der Fensterfront, an der ganzen Längsseite des Raumes, befand sich eine Theke. Barhocker standen davor. Es gab außer meinem Tisch noch vier weitere, dazu zwei Stehtische, an denen man jedoch keineswegs stehen mußte, auch hier waren Barhocker vorhanden. Auf der anderen Seite des Raumes, mir gegenüber und abgetrennt durch ein Holzgeländer, standen noch zwei Tische, die größeren Gesellschaften Platz boten, allerdings im Augenblick unbesetzt waren.

Eine freundliche Bedienung kam, brachte die Speisekarte und fragte mich nach meinem Getränkewunsch. Ich bestellte ein Bier. Während das Bier gezapft wurde, studierte ich die Karte. Eine gute Karte, denn es war eine übersichtliche! Übersichtliche Karten zeugen vornehmlich davon, daß auf frische Zubereitung großen Wert gelegt wird. In diesem Hotel sicherlich eine Selbstverständlichkeit. Da ein Bier seine Zeit brauchte, lief mir schon beim Betrachten der Karte das Wasser im Mund zusammen. Sie erinnern sich, daß lediglich eine Currywurst – wenn auch eine vorzügliche – den Hunger eines ganzen Tages stillen mußte! Jetzt ging es allerdings nicht um das Stillen des Hungers; jetzt sollte genossen werden. Als das Bier kam, war auch mein Studium beendet, und ich konnte meine Bestellung aufgeben.

Ich war guter Laune, obwohl ich zugeben muß, daß ich an Fakten, die auf einen eventuellen Mord an Siegfried Nastrau schließen ließen, wenig aufweisen konnte. Aber das Gefühl - Sie wissen es, und ich weiß es - war das Bestimmende in meinem Tun, nicht die wenigen Tatsachen. Es gab einige Menschen, die Nastrau nicht mochten – kein Grund für einen Mord! Die Methode des Ertrunkenen, trotz seines Blindseins sicher zu schwimmen, hatte versagt. Das war doch kein Grund, gleich an einen Mord zu denken! Der Feinkosthändler war nicht informiert worden, das konnte Vergeßlichkeit gewesen sein. Auch daraus läßt sich noch kein Mord ableiten. Und dennoch!

Meine Suppe kam. Ich hatte eine Creme aus Petersilienwurzeln bestellt. Hatte ich noch nie gegessen! Während ich diese Köstlichkeit goutierte – bei solchen lukullischen Gelegenheiten würde ich am liebsten in die Küche stürmen, um nach dem Rezept zu fragen, was ich natürlich niemals tat! –, beobachtete ich das Geschehen auf der Straße. Nicht, daß irgendetwas Sensationelles oder Auffälliges geschah! Menschen bummelten gemütlich am Hotel vorbei. Paare gingen eingehakt oder die Hände haltend vorüber. Es blieben Leute stehen, um sich die Speisekarte anzuschauen oder einen Blick in die Pinte zu werfen. Man war luftig, sommerlich gekleidet, manche dabei voller Eleganz, andere wiederum auffallend farbig. Mir gefiel das! Ich saß hier gern und stellte mir einen Augenblick vor, jeden Abend diesen Platz einzunehmen zu können.

Aber Herdenbein! Glaubst du das wirklich? Muß ich dir erst einen Stoß verpassen? Das wäre doch mit der Zeit langweilig, sehr, sehr langweilig geworden!

Mein Hauptgang kam: Geschnetzelte Kalbsleber an Rosmarin-Jus mit hausgemachten Spätzle und einem schlichten grünen Salat, der mit feinem Essig und Öl angemacht war. Oh! Ich hätte in diesem Gericht versinken können! Die Leber war, wie es sein mußte, zart angebraten. Die Soße war perfekt abgeschmeckt, und der Salat genau so, wie ich ihn liebte. Jedes Häppchen wurde mit Hochgenuß verzehrt. Mit einer gewissen liebevollen Traurigkeit nahm ich die zunehmende Leere auf meinem Teller war. Blank war der Teller. Der Koch – falls er ihn sähe – würde sich freuen. Und ich freute mich bereits auf mein Dessert.

Langsam wurde es draußen dunkler und meine Stimmung noch wohliger. Im Lokal herrschte eine angenehme Atmosphäre, es ging hier lebhaft zu, aber es wurde nicht laut. Die Gäste wurden aufmerksam und freundlich bedient, aber man war nicht servil. Meine freundliche Bedienung hieß Alexandra. Sie hatte mir empfohlen, Sie mit ihrem Namen zu rufen, als ich mit wedelnden Armen mein Dessert bestellen wollte, während sie justament hinter der Theke mit irgendwelchen Getränkeoperationen beschäftigt war. Mit angemessenen Pausen wurden von ihr die einzelnen Gänge serviert. Zum Abschluß des Menüs hatte ich mir exotische Früchte in Marzipancreme bestellt. Da ich schon in der geschnetzelten Kalbsleber versinken wollte, kann ich das jetzt nicht noch einmal wiederholen. Sie wissen jedoch, was ich sagen möchte! Zum Schluß standen noch ein Grappa – ich gedenke deiner, Giovanni! – und ein Espresso vor mir.

Nachdem ich die Rechnung bezahlt hatte und sie zudem quittiert worden war – man kann nie wissen, was in Kiel rückerstattet wird! –, fuhr ich mit dem Fahrstuhl auf mein Zimmer.

Jetzt war Herr Koslowski am Telefon. Ich glaube, daß zweiundzwanzig Uhr dreißig noch eine annehmbare Zeit ist! Ich stellte mich wiederum vorerst nur mit Herdenbein vor und fragte ihn, ob er am nächsten Tag für mich Zeit haben würde. Er schien mir nicht sehr willig zu sein. Erst, als ich ihm andeutete, daß ich ihn wegen seines Freundes Siegfried Nastrau sprechen wollte – am Telefon ließe sich das aber alles nicht so richtig sagen –, verabredeten wir uns am nächsten Abend. Ich gab ihm meine Hotelnummer, da er mir erst am folgenden Nachmittag Zeit und Treffpunkt sagen könne. Ich versicherte ihm, daß ich ab sechzehn Uhr im Hotel sein würde.

Und dann machte ich etwas sehr Merkwürdiges, zumindest war es merkwürdig für mich.

Ich rief in Grebin an.

Als sich Margit meldete, entschuldigte ich mich bei ihr für mein spätes Anrufen. Sie wies mit fröhlichem Lachen meine Entschuldigung zurück und gab mir zu verstehen, daß sie sich über meinen Anruf freue. Ich erzählte von der Fahrt und dem schönen Abendessen im Hotel. Eigentlich redete ich nur Belangloses, denn Annette Degering erwähnte ich überhaupt nicht. Dann wünschte ich ihr eine gute Nacht und legte auf.

Herdenbein, was machst du?

Ich ging schlafen.

5. TAG

13. Berlin macht den Kopf klarer

Als ich am nächsten Morgen aufwachte, ich hatte die Vorhänge nicht vor das Fenster gezogen, die Sonne schien mir direkt ins Gesicht, fiel mir sofort der Traum ein. Es war ein intensiver Traum gewesen, und ich erinnerte mich noch genau mehrerer Details.

Ich stand in einem düsteren Raum, von dem jedoch keineswegs etwas Bedrohliches ausging. Mitten im Raum stand ein Tisch, der von einem weißen Tischtuch bedeckt war. Im Zentrum des Tisches stand ein Metronom. Es war still in diesem düsteren Raum. Nur durch meine Willensanstrengung konnte ich das Metronom in Bewegung versetzen. Es klackte sehr schnell hin und her. Ich konnte die Beschriftung genau erkennen, das Metronom war auf einen Takt von einhundertneunzig Schlägen pro Minute eingestellt: Presto! Dann begann sich das Metronom zu vergrößern. Es wuchs in die Höhe, und die Taktschläge verlangsamten sich: Largo, fünfzig Schläge pro Minute. Der Körper des Taktgebers wurde nun immer undeutlicher, bis er vollkommen verschwunden war. Auch der Zeiger veränderte sich. Er wurde zu einem Pendel, wie es Edgar Allan Poe beschrieben hatte. Auch der Raum hatte sich in der Zwischenzeit vergrößert. Ich schaute in die Höhe und war erstaunt über die Ausmaße von Raum und Pendel. Als mein Blick langsam wieder abwärts wanderte, konnte ich erkennen, daß der Tisch verschwunden war und an seiner Stelle ein Anzahl von Menschen standen. Ich konnte niemanden von ihnen erkennen. Ihre Gesichter waren weiß und bauschig wie Watte. Über ihren Köpfen zog das Pendel, leicht zischend, seine Bahn. Auch jetzt fühlte ich keinerlei Bedrohung, nicht für mich, nicht für die Personen, die unter dem Pendel standen. Dann stellte ich fest, daß sich die Anzahl der Menschen verringerte. Jetzt konnte ich sie zählen, es waren fünf. Wo waren die anderen geblieben?

Als ich wieder zur Menschengruppe schaute, waren es noch drei, dann zwei und zuletzt nur noch einer. Sie lösten sich einfach auf. Ich staunte. Plötzlich wußte ich, warum sich die Anzahl der Menschen immer mehr verringerte. Der düstere Raum hatte sich im Laufe der Zeit immer mehr erhellt. Dort, wo das riesige Pendel aufgehängt war, strömten Sonnenstrahlen herein. Und in jenem Augenblick, wo ein Sonnenstrahl einen Menschen traf, löste sich dieser auf. Der jetzt mächtige Sonnenstrahl traf die letzte übrig gebliebene Figur und ließ auch sie verblassen. Dann wanderte der Strahl auch zu mir. Einen kurzen Moment fürchtete ich mich vor der Auflösung, dann wachte ich auf.

Kein unangenehmer Traum! Etwas beklemmend, was das schwingende Pendel anging, aber mit positivem Ausgang. Lichtstrahlen, Sonnenstrahlen – das Gefühl sagte mir: Lebensstrahlen –, die Menschen zu sich ziehen. Ins Licht, ins Leben hinein! Wie eine Erlösung erschien mir das Ende. Hier wurde ein Metronom zum Pendel à la Poe. Es schwingt über Menschen, senkt sich aber nicht. Es ist bedrohlich in seiner Größe und Bewegung, aber nicht in seiner Wirkung.

Ich liebte Träume, war aber bei diesem Traum froh, daß das Pendel so harmlos war.

Nach meiner Morgentoilette begab ich mich in den Frühstücksraum und genoß es, ein schier unübersehbares Buffet mit morgendlichen Köstlichkeiten plündern zu dürfen. Ich ließ mir Zeit, denn ich hatte Zeit. Das sind die Vorteile solch inoffizieller Ermittlungen, wie ich sie gerade betrieb. Man konnte sich die Zeit selber einteilen, und wenn man getrieben wurde, dann lag es an einem selbst. Hier saß mir der Chef nicht im Nacken. Für die Arbeit am letzten Sonntag konnte ich mir jetzt einen mehr oder minder freien Tag gönnen, ihn zumindest nach eigenem Gusto gestalten. Dieser Morgen in Berlin ließ sich auf jeden Fall gut an. Ich beendete mein frugales Frühstück mit einem zweiten Glas Orangensaft und begab mich noch einmal auf mein Zimmer. Es war in der Zwischenzeit zehn Uhr geworden, und zu dieser Zeit konnte man den Chef immer in seinem Büro erreichen. Als ich daran gedacht hatte, daß mir der Chef nicht im Nacken saß, war mir etwas eingefallen. Er konnte etwas für mich tun. Ich hoffte also auf seine gute Laune, wie er sie am vorgestrigen Abend gezeigt hatte.

„Mordkommission Kiel, Sprenz!"

„Einen guten Morgen, Chef, hier spricht Herdenbein aus dem schönen Berlin!" Das war der Test, ob seiner guten Laune.

„Fliegenbein! Se machen sich een paar schöne Urlaubstage in Berlin, uff Staatskosten, wat?"

„Natürlich, Herr Sprenz, dafür bin ich doch bekannt!"

„Sie, Herdenbein, Se hätt'n schon jestern mal anrufen können!"

„Hätte ich, Chef, aber ich hatte zu viel zu tun. Sie wissen ja, Laufereien, Telefonate, Ermittlungen undsoweiter."

„Mann, Herdenbein, wie ick Ihr'n Worten entnehme, sind Se in juter Stimmung!"

„Bin ich, Chef, es geht vorwärts."

„Warn Se inner Wohnung?"

„War ich!"

„Und de Fakten, Herdenbein?"

„Richtig, da sind wir schon beim Thema. Ich habe da eine Spur. Ich benötige dabei ihre Hilfe. Könnten Sie veranlassen, daß die Kollegen in Frankfurt ermitteln, ob Nadja Schlemm in der Nacht von Donnerstag auf Freitag in Frankfurt oder Umgebung in einem Hotel oder ähnlichem übernachtet hat?"

„Mach ick, Herdenbein! Se verdächtijen Nadja Schlemm?"

„Ich will einmal so sagen, Chef, das könnte eine Spur sein. Ich glaube immer weniger, daß Nastrau nur einfach so ertrunken ist. Ich vermute inzwischen, daß mehr dahintersteckt."

„Erledije ick für Sie. Nochwat, Herdenbein?"

„Ich treffe mich heute abend mit einem Freund des Ertrunkenen. Ich hoffe, mehr über Nastrau zu erfahren. Ich rufe dann abends nicht mehr an. Aber ich komme morgen nach Kiel zurück und werde Sie dann informieren, Chef. Tschüß!"

„Warten Se, Fliegenbein!"

„Ja?"

„Herr Herdenbein! Jetzte mal janz ernste. Wahrscheinlich leben Se in eenem Luxushotel und speisen dreimal am Tach könichlich..."

„Und abends habe ich eine sündhaft teure Maitresse! Wollten Sie etwas sagen, Chef?"

„Se verstehen schon, Herdenbein, ohne Mord keene Spesen! Dann zahln Se selber!" Mit einem dröhnenden Lachen beendete er das Gespräch.

Ich stellte fest, daß seine gute Laune schon mehrere Tage andauerte. Vielleicht benötigte er sie auch noch länger, denn eines Erfolges war ich mir keineswegs gewiß.

Kurz erwog ich, diese Katalina Goronzi in Hamburg anzurufen, aber meine Stimmung war so gut, daß ich sie mir nicht dadurch vermiesen lassen wollte, daß niemand den Hörer abnahm. Ich würde es heute nachmittag versuchen.

In der Eingangshalle des Hotels hinterließ ich einen Zettel mit dem Namen von Frau Goronzi und bat den freundlichen jungen Mann in der Rezeption darum, die Telefonnummer bei der Auskunft zu erfragen. Die prompte Erledigung wurde mir selbstverständlich zugesagt.

Als ich nun das Hotel verließ, stellte ich fest, daß es nicht so schwül war wie in den vergangenen Tagen. Mein leichtes Jackett trug ich über dem Arm, und so schlenderte ich, ganz Tourist, los. Ich wollte ein wenig am Kurfürstendamm schnuppern, dazu war es gestern ja nicht mehr gekommen, und die Tauentzienstraße bis zum Wittenbergplatz entlangbummeln. Und – jetzt werden Sie wahrscheinlich neidisch! – in die allseits berühmte Schlemmerabteilung gehen, Sie wissen ja schon! Ich war in höchst guter Stimmung!

Ich bummelte nun den Ku'damm entlang. Ich blieb vor Geschäften stehen und schaute mir die Auslagen an. Schuhe für 350,– DM hatte ich mir noch nie gekauft! Ich stellte es einfach fest, ohne Bedauern! Es gab wirklich schöne Sachen hier! Die schönste Sache indessen war, daß ich hier sein konnte! Als ich an der Ecke Joachimstaler Straße einen Zeitungskiosk sah, kaufte ich mir eine Ansichtskarte plus Briefmarke. Mir waren plötzlich die schweißgebadeten, um den Schluensee stapfenden Plöner Kollegen eingefallen. Ich setzte mich, auf der anderen Straßenseite, ins Café Kranzler – das ist verdammte Touristenpflicht! – und schlürfte einen Kaffee. Ich starrte dabei die Vorbeiflanierenden an, die – logischerweise – wiederum mich begutachteten. Dasselbe geschieht ja auch im Zoo bei den Affenkäfigen! Wobei man, im Gegensatz zum Zoo, beim Café Kranzler natürlich nicht weiß, aber Sie wissen schon, was ich meine.

Auf die Karte – Berlinansicht plus „träumender" Pandabär – an Lehmbrook, Holtz, Graumann und Twiete schrieb ich ziemlich prophetisch: „Noch wird geträumt, bald arbeiten wir wieder zusammen – ohne Seeumrundung! Fliegenbein". Ich hoffte, daß sie sich über die Karte freuen würden.

Es war furchtbar! Als ich auf die Uhr schaute, stellte ich voller Entsetzen fest, daß die Zeit dahingerast war. Was wollte ich mir nicht noch alles anschauen, von der Schlemmerabteilung einmal abgesehen? Es war schon nach zwölf! Ich bezahlte meinen Kaffee und ging zum Breitscheidplatz. Sie wissen vielleicht, daß dort jener wunderbare Brunnen steht – von den Berlinern liebevoll „Wasserklops" genannt –, der an sich schon wert genug ist, daß man sich ein Stündchen bei ihm aufhält, ihn umrundet, die Treppen hinab – und hinaufsteigt, die Vielzahl der Figuren betrachtet oder ihre Bedeutung zu erahnen versucht. Fröhliches Wassergeplätscher, Katarakte, mit Wasser spielende Kinder – manche Alten taten desgleichen – gab es zu sehen. Die „vergoldeten" kleinen und großen Gestalten, an den verschiedensten Stellen des Brunnens angebracht, waren es wirklich wert, länger betrachtet zu werden. Welch Einfallsreichtum des Künstlers! Ich verweilte. Setze mich irgendwo an den Brunnenrand, spielte – und wurde wieder zum Kind – auch mit dem Wasser. Vom unteren Teil des „Wasserklopses" betrat ich das Europacenter. Wir, Thomas und ich, hatten vor über zehn Jahren diese Besichtigungstour selbstverständlich schon einmal gemacht. So gab es manches, das jetzt von mir in diesem Center wiedererkannt wurde. Das waren logischerweise die Geschäfte, aber natürlich auch jene über drei Stockwerke emporwachsende große Wasseruhr mit ihren Röhren und Kolben und ihrer gelbgrünen Flüssigkeit. Ich entdeckte auch Neuigkeiten, zum Beispiel das Café im Zentrum mit den Wasserspielen. Ich fuhr die Treppen rauf und runter und hätte am liebsten noch länger ausgeharrt. Ein ganzer Tag in Berlin – was sage ich da? Ein Tag am Ku'damm und auf der Tauentzienstraße – ist einfach zu kurz, abgesehen davon wartete ein wenig Arbeit auf mich. Trotz größten Bedauerns – Sie erkennen hier in mir den Provinzler! – steuerte ich die Tauentzienstraße an und damit das KaDeWe.

Thomas und ich waren damals für drei Tage nach Berlin gekommen. Das heißt, es waren keine vollen drei Tage gewesen. Wir waren mittags in Kiel losgefahren und hatten am Abend einen Tisch in Frohnau bestellt. Wir hatten dieses Zwei-Sterne-Lokal in vollen Zügen genossen. Schon Wochen vorher hatten wir begonnen, davon zu schwärmen und uns dann entschlossen, aus Träumen Wirklichkeit werden zu lassen. Am nächsten Tag fürchteten wir uns vor einem kulinarischen Abstieg, bis uns die Befürchtungen von einer Dame am Frühstückstisch genommen wurden. Sie hatte uns geraten, in die Lebensmittelabteilung des KaDeWe zu gehen. Welche Untertreibung! Unter einer Lebensmittelabteilung verstanden wir beide etwas anderes. Und wir hatten auch sehr schnell entdeckt, was sie eigentlich mit ihrer Empfehlung meinte: Die vielen kleinen, sagen wir einmal, exquisiten ‚Genußecken‘ innerhalb dieser größten Feinkostabteilung Europas. Zuerst waren wir aus dem Staunen nicht herausgekommen. Als wir uns beruhigt hatten, gerieten wir beinahe darüber in einen Streit, wo wir uns lukullisch niederlassen sollten. Schließlich siegte die Vernunft, indem wir zwei, uns höchst begehrliche „Weiden" abgrasten.

Trotz der mir immer mehr schrumpfenden Zeit schaufensterte ich die Tauentzienstraße entlang. Erreichte dann das Kaufhaus und begab mich in die Höhen Lukulls. Meine Vorstellungen waren mir dabei heute sehr deutlich: Hummer sollte es sein. Ich hatte noch nie Hummer gegessen! Und Sie? Wenn ja, wissen Sie ja schon, was mich, den völlig ahnungslosen Genießer, erwartete. Es fing ganz harmlos an. Ich bekam problemlos an der Hummertheke einen Platz, sah bei dem von mir links sitzenden Nachbarn einen Hummer und bestellte nur einen halben. Das war gut so! Ich hätte mir nicht nur die Größe seines Hummers ansehen sollen, sondern auch das Werkzeug – die Kenner, beziehungsweise Könner verzeihen mir bitte diesen Ausdruck! –, das dazu geliefert wurde. Als mein halber Hummer kam, mitsamt dem „Werkzeug", also Zange und den anderen mir bekannten und unbekannten Utensilien, brach mir der Schweiß aus. Schuster bleib bei deinen Leisten, fiel mir ein. Ich starrte auf mein Mittagessen und trank, meiner Unvollkommenheit gedenkend, einen Schluck vom mitbestellten, hauseigenen Champagner. Ich mußte recht stier auf meinen Teller geschaut haben, denn mein Nachbar zur Linken räusperte sich, meine Situation absolut durchschauend, und demonstrierte mir lächelnd – sicherlich seiner Erstbegegnung mit einem Hummer erinnernd – eine Kurzunterweisung hinsichtlich der Zerlegung eines Hummers. Ich schaute, kapierte, prostete ihm zu und konnte den Ausflug in die Welt mir bisher unbekannter Genüsse – genießend und nicht zu unbeholfen - zu einem ordentlichen Ende führen. Wie prosaisch ausgedrückt, doch wieviel Wohlbehagen stellte sich in meinem Inneren ein!

Trotz eines gewissen Zeitdrucks – ich wollte um vier Uhr wieder im Hotel sein – entschied ich mich, den gleichen Weg nochmals zu Fuß zurückzulegen. Ich benutzte jetzt die gegenüberliegende Straßenseite. Guckte weiterhin vergnügt in jedes Schaufenster, nun jedoch nicht mehr im Kurschritt, sondern etwas kräftiger ausholend. Auch das längere Verweilen meines Blickes in den Auslagen der Geschäfte wich mehr einem schnellen Ach-Was-Gibt's-Denn-Da-Zu-Sehen. Mit einer Ausnahme! Als ich an einem Herrenausstatter vorbeigaloppierte, mußte ich meinen Schritt verlangsamen und mich dann umdrehen. Ich hatte in der Auslage Fliegen gesehen. Ich konnte einfach nicht widerstehen und betrat das Geschäft. Die mich interessierende Auswahl war überwältigend. Hatte ich nicht vorher davon gesprochen, daß ich mir noch niemals Schuhe für 350,– DM geleistet hatte? Nicht, daß Sie denken, ich hätte mir für die gleiche Summe Fliegen gekauft! So verrückt war ich selbstverständlich nicht. Nur, geschenkt erhielt ich in jenem Geschäft auch nichts! Zwei Fliegen am Ku'damm gekauft, da wird das Portemonnaie schon dünner! Aber mich machte es glücklich. So ist es, Herdenbein kann man mit Fliegen beglücken. Lachen Sie nicht, sondern überlegen Sie lieber einmal, welche Kauzigkeiten Ihnen inne wohnen!

So kam ich kurz nach vier Uhr im Hotel an, trank noch einen Espresso in der Pinte, holte mir die in Auftrag gegebene Hamburger Telefonnummer in der Rezeption ab und fuhr dann hinauf in mein Zimmer.

Ich öffnete das Fenster und setzte mich in einen Sessel, der davor stand. Das Telefon hatte ich vom Schreibtisch mitgenommen und auf den kleinen Tisch vor dem Fenster gestellt. Als ich feststellte, daß ich fortwährend das Telefon anstarrte, kam ich zu der Überzeugung, vor dem Telefonat mit Koslowski noch in Hamburg anrufen zu können. Ich wollte möglichst wenig sagen, und so wandte ich die gleiche Methode wie bei Annette Degering an. Die Verbindung klappte, Frau Goronzi meldete sich, ich stellte mich ohne Dienstgrad vor, fragte Sie, ob sie ein Haus in Italien hätte und ob Frau Schlemm jetzt dort sei. Sie bejahte alles, ohne zum Fragen zu kommen. Ich bat sie, ihr am nächsten Tag, nachmittags, einen Besuch machen zu dürfen. Sie war sichtlich überrascht, hatte aber nichts dagegen. Ich sagte: „Tschüß", und legte auf. Gut! Das war erledigt. Mochte die Frau Katalina Goronzi grübeln, was einen gewissen Herdenbein zu ihr treibe.

Ich hatte wirklich nur kurz telefoniert, doch just während dieser kurzen Augenblicke war auch Koslowski aktiv gewesen. Kaum hatte ich aufgelegt, klingelte das Telefon.

„Herdenbein!"

„Ja, hier ist Koslowski. Ich hatte versprochen, noch einmal anzurufen. Herr Herdenbein, es gibt gewisse Schwierigkeiten. Trotz aller Bemühungen, es gibt Probleme. Ich könnte mich eigentlich nur mit Ihnen treffen, wenn es wirklich dringend erforderlich ist. Sie haben gesagt, es ginge um meinen Freund Siegfried, und am Telefon könne man das nicht bereden. Vielleicht könnte man es doch? Wissen Sie, ich bin Sänger an der Deutschen Oper, Chorsänger, ich habe heute abend Vorstellung!"

„Herr Koslowski, am Telefon geht es wirklich schlecht!"

„Und wenn ich darauf bestehe?"

„Wie Sie wollen! Herr Koslowski, es ist nicht nur dringend, sondern auch tragisch! Ihr Freund Siegfried Nastrau ist tot, er ist ertrunken. Ich möchte mit Ihnen sehr gerne über Herrn Nastrau sprechen."

Am anderen Ende der Leitung war Stille. Menschen, die vom Tod eines Angehörigen oder eines Freundes erfahren, verstummen. Das ist eine Erfahrung, die ich in all den Jahren meines Dienstes gemacht habe. Da wird nicht aufgeschrien oder getobt. Heftige Gefühlsausbrüche sind sehr, sehr selten. Dieses stumme, leise Weinen von Frau Degering war zum Beispiel typisch. Auch jetzt, die Stille bei Koslowski. Ich wußte, daß er schluckte. Männer mögen nicht so leicht weinen wie Frauen. Ich ließ ihm Zeit. Als Koslowski sich wieder meldete, klang seine Stimme wie geknebelt, und ich wußte, daß er sehr schnell auflegen würde.

Er sagte mir, daß er sich nach meiner Mitteilung außerstande sähe, heute abend singen zu können, daß er sich vom Dienst befreien lassen wolle und daß er mich gegen zwanzig Uhr in einer Weinstube in der Nähe des Savignyplatzes erwartete. Er gab mir die genaue Adresse und legte auf.

Es ist immer furchtbar, auch für mich, von einem Todesfall Mitteilung zu machen. Und dann noch am Telefon! Auch ich wurde still. Von draußen drangen nur sehr entfernte Geräusche ins Zimmer.

Plötzlich erinnerte ich mich eines winzigen Details bei der gestrigen Wohnungsbesichtigung. Als ich Annette Degering vom Tod Nastraus erzählte, war es auch ganz still geworden. Ganz still! Das Metronom hatte aufgehört zu schlagen. Das Aufzugswerk war abgelaufen, und es wurde still. Totenstill! Tod! Und Frau Heisterberg hatte von einem Geräusch erzählt. Und auf dem Grundstück am Schluensee gab es ein Metronom. Wenn nun die sichere Methode von Siegfried Nastrau darin bestanden hätte, daß er beim Schwimmen auf das Metronom hörte? Er könnte es mit zum Steg genommen haben, es dort anstellen und dann schwimmen. Er würde während des Schwimmens immer dieses knackende Geräusch hören und wieder zum Steg zurückfinden! Ja, so könnte es gewesen sein! Man müßte herausfinden, wie lange so ein Metronom läuft, ehe es sein Knacken einstellt.

Und jetzt fiel mir auch wieder der Traum ein. Das Metronom, das zum Pendel wird. Im Traum wurden es immer weniger Leute. Durch den Sonnenstrahl, ich weiß, aber es war das Pendel des Todes, wie Poe es beschreibt. Ich hatte schon im Traum beides kombiniert: Das Metronom und den Tod, das Metronom wird zum Tod, da es seine Funktion nicht mehr erfüllt. Sehen Sie, ich rieb mir bei diesen Gedanken die Hände, und nun gibt es die berühmten zwei Möglichkeiten. Erstens: Nastrau ist nachlässig und vergißt das Metronom aufzuziehen, bevor er schwimmen geht. Zweitens: Jemand hält das Metronom an. Im ersten Fall hätten wir es tatsächlich mit einem Unglücksfall zu tun, im zweiten Fall wäre es Mord, da ein Vorsatz vorliegt. Ich könnte mit meinem vagen Gefühl, das ich die ganze Zeit gehabt hatte, das sogar der Chef manchmal akzeptiert, richtig gelegen haben.

Das mußte erstmal in mir sacken, und ich stellte das Nachdenken ab. Das kann ich! Ich legte mich aufs Bett und ließ ganz einfach diesen schönen Tag Revue passieren. Ich spazierte gewissermaßen nochmals im Geiste durch Berlin und zwar detailliert.

Irgendwann erhob ich mich von meinem Bett, stellte das Telefon an seinen alten Platz auf den Schreibtisch zurück, holte mir das letzte frische Hemd aus dem Köfferchen und begab mich ins Bad. Ich wusch mich, rasierte mich, besprengte mich mit einem duftenden Wässerchen und zog Hemd und Fliege an. Das Fenster ließ ich offen, als ich mein Zimmer verließ. Ein fröhlicher Abend würde es nicht werden, vielleicht aber erkenntnisreich für mich und tröstlich für Koslowski, weil er von seinem Freund berichten konnte. Das hoffte ich zumindest.

Bevor ich losging, orientierte ich mich an einem Stadtplan in der Rezeption. Das war ja überhaupt kein weiter Weg von meinem Ausgangspunkt bis zum Savignyplatz! Ein gemütlicher Spaziergang stand mir bevor.

Ich ging los. Als ich den Kurfürstendamm erreichte, stellte ich fest, daß riesige Massen von Spaziergängern, auf beiden Seiten der Straße, die Fußwege beherrschten. Ich reihte mich ein. Herrlich! Dieses rege Leben! Diese Vielfalt von Menschen, alt und jung, aus verschiedenen Ländern. Als ich, mit vielen anderen Menschen, an der nächsten Ampel warten mußte – links auf dem Mittelstreifen konnte ich die berühmte Mengenlehre-Uhr sehen –, umgab mich ein schier babylonisches Sprachengewirr. Wenn ich in einem Restaurant saß, bevorzugte ich Ruhe, aber hier draußen war gerade diese Mischung von Autoverkehr, lärmenden Motorrädern, Pfeifen, Zurufen und dem Reden miteinander, rundherum, dieser lebensfreudige Lärm, Labsal für mich.

Ich bog in die Grolmanstraße ein, die direkt zum Savignyplatz führte.

„Ein Mann betritt den Raum, hätte er die Sägespäne gesehen, würde er noch leben!" Ein Spiel kam mir plötzlich in den Sinn, das vielleicht vor zwanzig Jahren en vogue gewesen war. Ich hatte es jedenfalls immer gerne mitgespielt. Es ging darum, daß der Spielleiter einen einzigen Satz sagte, der einen Mordfall beinhaltete. Die Mitspieler mußten durch Fragen, die der Spielleiter ausschließlich mit Ja oder Nein beantworten konnte, den Fall lösen. Es ging dabei um die richtige Fragestellung und das Erinnern an die Fragen der Mitspieler. Durch Einkreisen und Kombination kam man schließlich dem Mordfall auf die Schliche. Und jetzt fiel mir, auf dem Weg zum Savignyplatz, das zweite Rätsel ein: „Die Musik hört auf, die Frau stirbt!" Es mußten Antworten gefunden werden auf Fragen wie: wo die Musik spielt, wer die Musik macht, was die Frau vor ihrem Sterben tut, undsoweiter. Die Lösung bestand darin, daß eine blinde Seiltänzerin, von ihrem Mann, dem Zirkuskapellmeister, ermordet wird, indem er die Orchestermusik beendet, bevor seine Frau die sichere Plattform am Ende des Hochseils erreicht. Die Frau stürzt also ab.

Ich schlug mir im Geiste die Stirn. Wenn der Tod Nastraus ein Mord war, dann war er so durchgeführt worden. Das Metronom hatte aufgehört zu schlagen, bevor der Blinde den Steg erreichte! Das ist doch eine schöne und schlüssige Hypothese, oder? Mir wurde an diesem Tag dreimal deutlich, daß es sich um einen Mord – um einen raffinierten Mord! – handeln könnte. Da war der Traum, die Erinnerung an das stehengebliebene Metronom in Nadja Schlemms Wohnung und jetzt dieses Spiel aus vergangenen Tagen. Wow! Hoffentlich konnte Koslowski bestätigen, daß Nastraus sichere Methode das Metronom war. Wenn nicht? Nun, dann stand ich mit meiner Mordhypothese im Regen!

Ich erreichte bei diesen Überlegungen den Savignyplatz und fand auch unverzüglich das von Koslowski angegebene Weinrestaurant. Es war kurz vor acht Uhr. Ich betrat die Lokalität.

Das Restaurant war zweigeteilt. Der vordere Raum überzeugte durch Rustikalität: Blanke Holztische, ledergepolsterte Stühle und eine hölzerne Wandverkleidung mit einigen alten Stichen. Der hintere Teil bestand aus Plüsch und Plum, rosafarben, nun, es gibt Menschen, die auch das mögen. Ich entschied mich für das rustikalere Ambiente. Ich fand einen Tisch für vier Personen, ganz in der vorderen Ecke, am Fenster. Außer mir war noch ein Paar in der hinteren Ecke anwesend. Der Tisch, an dem ich mich hinpflanzte, war aus Eiche, hatte einen tiefen Riß in der Länge und war wirklich sauber gescheuert. Der Wirt kam, in der Hand eine in Leder gebundene Karte und begrüßte mich. Eine angenehme Erscheinung, etwas südländisch, mir erschien er ein wenig piratenhaft in seinem Äußeren. Wie ich später erfuhr, war er Franzose, genauer Elsässer, der in Berlin hängen geblieben war.

Die Weinkarte war, wie es sich für ein Weinlokal geziemte, umfangreich und präsentierte einige Gaumenfreuden. Die Speisekarte war desto kürzer. Auf einer Seite wurden die Standardgerichte des Weinlokals angeboten, auf der anderen die Tagesgerichte. Die Karte gefiel mir ausgesprochen gut: Zwei Suppen, drei Vorspeisen – teils kalt, teils warm – und vier Hauptspeisen. Dazu wurden noch ein Dessert und eine französische Käseplatte offeriert. Ich sage immer wieder: Je kürzer die Speisekarte, desto besser das Restaurant! Sie hörten gerade eben den Restaurantkritiker Herdenbein!

Nach einer Weile erschien der Wirt, um meine Bestellung entgegen zu nehmen. Ich liebe Wein, bin aber kein Kenner, also lasse ich mich gerne beraten. Schließlich empfahl mir der Wirt einen Elsässer Riesling, ich sollte es nicht bedauern! Dazu bestellte ich gleich noch eine Flasche Mineralwasser.

Ein Freund

Als ich den ersten Schluck genossen hatte, erschien Koslowski. Ich kannte ihn nicht! Aber der Mann, der da hereinkam, sah aus, als hätte ihn etwas schwer mitgenommen. Also mußte er es sein! Koslowski trug beigefarbene Schuhe mit Lackspitze, eine helle Leinenhose und ein weites, weißes Rüschenhemd. Über seinem Arm hing eine fliederfarbene Schlabberjacke. Er blickte umher.

Ich stand auf, und er steuerte auf mich zu.

Sein erster Satz war ein Frage, die mich sonst amüsiert hätte, mich jetzt aber nachdenklich stimmte. Dieser Mann war noch nicht ganz wieder Herr seiner Selbst.

„Tragen Sie immer eine Fliege?"

„Immer!"

„Auch bei diesen hochsommerlichen Temperaturen?"

„Immer!"

Das ging noch eine ganze Weile so hin und her: Fliege, Sommer, Hitze, Berlin und Kiel, nicht aber Siegfried Nastrau!

Ich bot ihm an, bei meinem Wein und Wasser mitzuhalten. Ihm stand der Sinn jedoch nach frischem Bier. Er kannte sich sehr gut aus, er war schon des öfteren hier gewesen und wußte, daß man in diesem Weinlokal auch ein gutes Bier zapfte.

Wir steckten uns jeder eine Zigarette an, während das Bier noch in Arbeit war. Beide versicherten wir uns, daß wir an sich kaum rauchten, er nicht, weil er Sänger war, ich nicht, weil ich es einfach vergaß. Sein Bier kam, er trank es in einem Zug aus und bestellte sofort das nächste.

Ich wollte ihn zuerst nach der sicheren Methode Nastraus fragen, ohne jedoch das Metronom zu nennen.

„Erzählen Sie mir, Herr Herdenbein, von Siegfrieds Tod!"

„Herr Koslowski, ich habe eine bestimmte Frage auf dem Herzen. Würden Sie, ehe ich auf Ihre Bitte eingehe, so freundlich sein und mir diese zu allererst beantworten?"

„Ja, fragen Sie!"

„Welche, wie mir gesagt wurde, sichere Methode hatte Herr Nastrau, wenn er allein im See schwamm?"

„Er benutzte ein Metronom!"

Da hatten wir's!

„Ja, das haben wir gefunden, allerdings im Haus!"

„Inspektor, dann habe ich jetzt eine ganz andere Frage!"

„Nur zu!"

„Warum haben Sie Nadja Schlemm noch nicht wegen Mordes verhaftet?"

Koslowski hatte die Augen stark zusammengekniffen, desgleichen war sein Mund beinahe geschlossen, als er sehr gepreßt seine Frage stellte.

Ich schaute ihn eine Weile an. Sein Mund und seine Augenlider zitterten vor innerer Anspannung.

„Das ist eine schwere Anschuldigung, Herr Koslowski! Ich muß Ihnen als erstes deutlich machen, daß ich im Augenblick, sagen wie einmal, inoffizielle Ermittlungen durchführe. Noch gehen wir in Kiel davon aus, daß es sich um einen Unfall handelt. Herzversagen!"

„Sie sollten dennoch in Richtung Mord ermitteln, Herr Inspektor!"

„Gut, Herr Koslowski, wir wollen später darauf zurückkommen. Ich werde Ihnen vielleicht doch zu Beginn, so, wie Sie es ja auch gewollt haben, von Siegfried Nastraus Tod erzählen. Inoffiziell! Stört es Sie, wenn ich etwas esse?"

„Nein, überhaupt nicht! Ich sollte eigentlich auch etwas essen, aber ich glaube, ich kann im Moment nichts zu mir nehmen."

„Vielleicht probieren Sie's mit einem Salat?"

Da gerade das zweite Bier für Rainer Koslowski kam, bestellte ich mir die Seelachsröllchen mit Blattspinat und Rösti. Und Koslowski schloß sich an – trotz seiner eben geäußerten Bedenken und also auf meinen Ratschlag eingehend – und orderte für sich einen grünen Salat mit aufgeschnittener Kalbsleber. Hatte ich gestern schon genossen, allerdings mit Spätzle.

Wir tranken unseren Wein respektive das Bier, und ich erzählte ihm vom Fund an der Badestelle, der Suche am See und dem Haus. Die Metronom-Sache ließ ich aus. Ich berichtete ihm von meiner Überraschung, als ich von Thomas Sammler erfuhr, daß Nastrau blind gewesen war, und schilderte ihm meine beiden Versuche, daß Blindsein Nastraus nachzuempfinden. Als letztes sprach ich von meinen Gefühlen – sollte man vielleicht nicht tun! Allerdings, wenn man voll davon ist? –, die mich schon recht frühzeitig auf den Gedanken gebracht hatten, daß man auch etwas anderes als einen Unfall annehmen könnte. Ich erwähnte in diesem Zusammenhang gleichfalls die große Bestimmtheit, mit der sich Siegfried Nastrau gegenüber Frau Heisterberg in bezug auf sein Schwimmen geäußert hatte. Und ich führte auch die absolute Sicherheit an, die ihn befähigte, sich auf dem Waldgrundstück gefahrlos zu bewegen. Koslowski nickte zuweilen mit dem Kopf, schüttelte ihn auch, trank sein Bier aus, bestellte ein neues und freute sich, daß auch andere, wie Frau Heisterberg, liebenswert und anständig über seinen Freund gesprochen hatten.

Als schließlich, ich war mit meinem Bericht gerade fertig geworden, das Essen kam, hatte sich Rainer Koslowski soweit erholt, daß er seine Kalbsleber an (!) Salat tatsächlich essen konnte und mir nun von Nastrau erzählte.

Sie hatten sich in der Oper kennengelernt. Koslowski war als Chorsänger eingestellt worden, und Siegfried Nastrau arbeitete als Korrepetitor. Ich mußte mir diesen Beruf erklären lassen: Nastrau erarbeitet mit den Sängern deren Partien, wenn nicht mit dem Orchester geprobt wurde. Die gleiche Aufgabe verband ihn mit dem Chor.

„Wissen Sie, Herr Herdenbein, er war ein phantastischer Korrepetitor. Er hatte ein wunderbares Gehör, entdeckte die kleinsten Fehler beim Singen und konnte dann so menschlich, so einfühlsam und dennoch bestimmt die Schwächen beseitigen. Jeder mochte ihn, wir alle vom Chor und auch die Sängerinnen und Sänger vom Ensemble."

„Sie haben sich dann im Laufe der Zeit mit ihm angefreundet?"

„Das ging sehr schnell. Bei einem Mittagessen in der Kantine stellten wir fest, daß wir auch Theaterfreaks waren. Das waren tolle Zeiten! Wenn ich abends keine Vorstellung hatte, machten wir die Theater unsicher, vor allem die Off-Theater. Und irgendwann, nach einer solchen Vorstellung, rückte er damit heraus, daß er früher einmal selbst Theater gespielt hatte. Wissen Sie, Amateurtheater. Und dann kam er damit heraus, daß er wieder auf der Bühne stehen wollte. „Mach mit, Rainer!" sagte er zu mir. Und ich ließ mich überreden. Wir spielten zehn Jahre lang zusammen. Wir hatten eine tolle Truppe auf die Beine gestellt. Alles Amateure, aber alle mit Witz und Spieleifer. Übrigens, so hat Siegfried dann auch Nadja kennengelernt. Sie stieß eines Tages zu uns, und dann, na, wie so etwas eben läuft!"

„Haben Sie sich mit Frau Schlemm gut verstanden?"

„Mhm, anfangs schon!"

„Später nicht mehr?"

„Als sie erfuhr, daß ich schwul bin, ging sie auf Distanz. Das war vor fünfzehn Jahren! Damals outete man sich noch nicht! In der Theatergruppe wußte das jeder, es wurde akzeptiert und damit basta!"

„Frau Schlemm akzeptierte Ihre Homosexualität nicht?"

„Nein! Wie ich schon gesagt hatte, sie ging auf Distanz. Wissen Sie, Herr Herdenbein, es war nicht nur so, daß sie mein Schwulsein ablehnte, sie ging auch räumlich auf Distanz. Das heißt, beim Spielen wollte sie mir nicht mehr nahe kommen. Sie wollte mich nicht mehr berühren. Ich spreche nicht vom Küssen oder Streicheln oder etwas Ähnlichem, sondern, ich meine, daß sie mich nicht mehr anfassen wollte. Das ging natürlich nicht! Ich weiß nicht, was in ihr vorging! Es war einfach unmöglich! Sie bekam von allen, auch von Siegfried, ganz schön was zu hören."

„Was sie aber nicht beeindruckte oder sogar umstimmte, in ihrem Verhalten zu Ihnen?"

„Überhaupt nicht! Sie übernahm einfach keine Rollen mehr. Kam auch nicht mehr zu den Proben. Bearbeitete Siegfried zu Hause, bis er eines Tages auch nicht mehr mitspielte. Über kurz oder lang löste sich dann die Theatertruppe auf."

„Ihre Freundschaft hat das nicht behindert?"

„Kaum! Es gab Auseinandersetzungen, aber die haben unsere Freundschaft nicht getrübt. Wir haben uns zudem beinahe täglich in der Oper gesehen. Unsere Freundschaft begann erst dann auf Sparflamme zu kochen, als er erblindete. Das war die Stunde der Nadja Schlemm! Er brauchte sie. Nicht nur, weil er plötzlich blind war, sondern vor allem psychisch, moralisch. Er war in der ersten Zeit vollkommen fertig. Das können Sie sich vorstellen! Und er wurde in der Folge natürlich stark abhängig von ihr!"

„Wie kam es dazu, daß Herr Nastrau erblindete?"

„Er bekam eine Angiomatosis retinae cystica!"

„Wie heißt das?"

„Angiomatosis retinae cystica!"

„Das geht Ihnen aber leicht über die Lippen!"

„Als er erkrankte, waren wir alle so entsetzt, daß wir wohl automatisch den Namen dieser Krankheit erlernten."

„Und was ist das für eine Augenerkrankung, Herr Koslowski?"

„Genau kann ich Ihnen das nicht sagen, ich bin kein Fachmann. Aber da sind wohl Blutungen im Auge und noch andere Störungen, die dann zur Netzhautablösung führen."

„Das ist ja furchtbar!"

„Ja! Es war ganz furchtbar. Vor allem, es ging rasend schnell – es dauerte nicht einmal ein Jahr –, und man konnte ihm nicht helfen."

Wir waren mit dem Essen fertig geworden und bestellten nochmals

Getränke nach, das heißt, ich ließ mir nur noch Mineralwasser kommen. Koslowski erzählte weiter. Siegfried Nastrau mußte seinen Beruf aufgeben, den er über alle Maßen liebte. Damals fing er an, seine Schallplatten durch CD's zu ersetzen. Er spielte stundenlang Klavier oder hörte seine Musik an. Das Regal für die CD's wurde nach seinen Vorstellungen angefertigt. Jede CD bekam ihren Platz, und Nastrau lernte sie, im wahrsten Sinne des Wortes, blind greifen. Die Musik, die immer schon eine große Bedeutung im Leben von Nastrau gespielt hatte, wurde jetzt in der Stadt, hier in Berlin, sein Lebensinhalt. Nicht nur, daß er Klavier spielte und seine Sammlung anhörte. Er verlangte auch, daß Nadja ihn in die Oper oder ins Konzert führte. Nadja Schlemm dagegen, die durchaus musikbegeistert war, fing an, seine Musikbesessenheit zu hassen. Andererseits war sie auch nicht bereit, die Freunde Nastraus, die sich unbedingt um ihn kümmern wollten, mit dieser Aufgabe zu betrauen. Sie wollte ihn in ihrer Abhängigkeit halten, auch als sie langsam begann, unter seiner Besessenheit zu leiden. Eine wirkliche Unabhängigkeit von ihr erlangte er nur in Plön auf dem Grundstück am See. Und diese Souveränität wurde vollkommen, als er gelernt hatte, sich sicher zu bewegen, um gelegentlich auch ganz alleine Urlaub machen zu können. In Plön wurde Nastrau zu einem völlig anderen Menschen. Er fühlte sich eins mit der Natur. Für ihn bedeutete das Grundstück die totale Abschalte, wie er sich auszudrücken pflegte. Selbst die Musik spielte hier keine Rolle mehr. Das Radio stellte er nur zu den Nachrichten an. ‚Das ist Unabhängigkeit, die ich brauche‘, war sein regelmäßiger Kommentar.

„Wenn Herr Nastrau seinen Beruf nicht mehr ausüben konnte, also seit ungefähr acht Jahren, dann war er auch finanziell von Nadja Schlemm abhängig?" fragte ich nach.

„Nein, nein, das stimmt nicht! Er bekam zwar nur eine bescheidene Rente, das ist richtig! In seinem Unglück hatte er jedoch das Glück, wenn man so sagen darf, daß seine Tante in Hannover starb. Siegfried kam aus Hannover. Sonst hatte er keine Angehörigen mehr. Diese Tante vermachte ihm ein Mietshaus und noch beträchtliche Summen. Also, finanziell war er nicht von Nadja abhängig."

„Herr Koslowski! Wenn ich sie richtig verstanden habe, haßte Nadja Schlemm Ihren Freund wegen seiner Musikbesessenheit?"

„Mhm, man muß schon zugeben, daß er ein wenig verrückt war in dieser Beziehung! Aber, was sollte er machen? Er liebte die Musik immer schon, und jetzt – in seiner Blindheit – wurde sie zum Lebensinhalt."

„Sie haben mit ihm sicherlich darüber gesprochen, sah er das auch so?"

„Ja, er stand dazu. Ein Gespräch darüber endete immer mit einer bitterbösen Feststellung von ihm. Er sagte dann: ‚Oder soll ich lesen?'"

„Hatte Siegfried Nastrau niemals das Bedürfnis, die Blindenschrift zu erlernen?"

„Nein! Lesen war nie ein großes Faible von ihm gewesen. Und sich in die Braille-Schrift zu vertiefen, entsprach überhaupt nicht seinen Interessen!"

Wir schwiegen eine Weile. Jeder dachte über das Gesagte nach, und Koslowski erinnerte sich gewiß der letzten Gespräche mit seinem toten Freund. Ein nachdenklicher, ein wehmütiger Zug spielte um seine Lippen. Dann riß er sich aus der Vergangenheit los und fuhr weiter fort.

„Nicht, Herr Inspektor, daß Sie einem Mißverständnis zum Opfer fallen. Nadja haßte ihn nicht nur wegen seiner Musikmanie!"

„Sondern?"

„Im Laufe der Zeit, so erzählte es Siegfried mir, nörgelte sie immer mehr an ihm herum. Sie war oft unwirsch und schalt ihn, er würde immer schlampiger werden."

„Das verstehe ich nicht!"

„Lassen Sie mich das an nur zwei Beispielen deutlich machen, Herr Herdenbein. Eines Tages fragte mich Siegfried, ob er ordentlich rasiert sei. Ich war ganz verblüfft, ich wußte gar nicht, was er wollte. Er wiederholte seine Frage, und ich konnte nur erwidern, daß er gut, vollkommen glatt, rasiert sei, wirklich ordentlich. Da kam er damit heraus, daß Nadja ihn immer öfter der Schlamperei zieh. Er würde sich nicht mehr richtig rasieren. Und sie holte dann den Rasierapparat und rasierte ihn nach. Siegfried, er wollte so weit wie möglich unabhängig sein, lachte bitter auf und sagte mir, daß seine augenblickliche Rasur von ihm stamme. Und ich hätte ja gerade bestätigt, daß er sauber rasiert sei. Er war sich gewiß, daß er sich immer gut rasiere, daß Nadja ihm etwas vormachte. Ihn also bewußt anlog, um ihn zu ärgern, oder ihm seine Unvollkommenheit deutlich zu machen."

„Und das zweite Beispiel?" fragte ich neugierig.

„Sie behauptete, daß sein Schlips nicht richtig gebunden sei, er verschiedene Socken trüge, obwohl sie ihm das richtige Paar hingelegt hätte, alles Dinge, die er natürlich nicht nachprüfen konnte. ‚Sie macht das mit Absicht. ‚Rainer' sagte er zu mir, ‚sie will mich klein kriegen, am liebsten möchte sie mich los sein!'"

„Das hat Frau Schlemm aber nur Herrn Nastrau gesagt?"

„Ja, natürlich! In der Öffentlichkeit machte sie auf Harmonie. Da war sie die treusorgende Gattin, die aufopferungsvoll das eigene Leben hinten anstellt und nur noch für den armen Blinden da ist. Aber immer, wenn ich mit ihm sprach, und in den letzten Jahren immer häufiger, beschwerte er sich. Nein, beschweren ist nicht der richtige Ausdruck, er erwähnte es sehr traurig."

„Aber sie sorgte für ihn!"

„Durchaus, Herr Inspektor, aber nicht so, wie Sie vielleicht jetzt denken! Sie führte durchaus ein eigenes Leben. Sie hatte ihren Beruf, ihre Freunde. Wissen Sie, den größten Teil ihres Lebens verbrachte sie nicht mit Siegfried! Überhaupt nicht! Und da er manchmal auch selber kochte, mußte sie auch nicht unbedingt nach Hause kommen."

„Ich hätte nicht an seiner Stelle sein mögen", bemerkte ich nachdenklich.

„Wahrlich nicht!" bestätigte auch Rainer Koslowski.

Wir versanken beide zum zweiten Mal in Nachdenklichkeit. Ich muß schon sagen, daß mich die Erzählung von Rainer Koslowski gefühlsmäßig stark getroffen hatte. Da findet man einen Toten, einen Ertrunkenen oder Ermordeten, und geht routinemäßig an die Arbeit. Sind Papiere vorhanden, bekommt der Tote auch einen Namen. Das ist die eine Seite der Medaille! Erfährt man dann vom Leben und dem, was zum Tode führte, ist das eine völlig andere Sache. Plötzlich ist die Routine dahin und man ist involviert; mir geht es auf jeden Fall so! Ich weiß nicht, ob ich den toten Nastrau mochte, jedenfalls tat er mir leid. Und Rainer Koslowski tat mir auch leid.

Als ich aufblickte, stellte ich fest, daß mich Koslowski wohl schon eine Weile betrachtet haben mußte.

„Was halten Sie davon, Inspektor, wenn wir aufbrechen? Wir zahlen, und ich begleite Sie bis vor Ihr Hotel. Frische Luft würde mir gut tun."

„Eine prächtige Idee, Herr Koslowski!"

Ich ließ mir die Rechnung aushändigen, und wir gingen schweigend nebeneinander her.

Savignyplatz, Knesebeckstraße, Ku'Damm. Ich war wiederum erstaunt über das pulsierende Leben! Habe ich das nicht schon einmal gesagt? Aber es die Wahrheit! Es war genauso viel Leben und buntes Treiben auf den Straßen, wie heute am Morgen oder auf dem Hinweg zur Weinstube. Wir hatten den Kurfürstendamm überquert und waren vor dem Hotel angekommen. Wir hatten nicht miteinander gesprochen.

„Ich will Sie nicht zum Saufen verführen, Herr Koslowski, aber, trinken wir noch ein Bier?"

„Ein letztes Bier, okay!"

Wir gingen in die Pinte und setzten uns in eine Ecke an der Theke. Meine freundliche Bedienung vom gestrigen Abend war heute abend wohl für den Thekendienst eingeteilt und nahm unsere Bestellung entgegen. Wie war noch ihr Name gewesen? Alexandra, richtig! Koslowski und ich schwiegen vorerst und starrten in das Wandregal mit den vielen verschiedenen Flaschen. Welch eine Auswahl! Erst als das Bier kam, wendeten wir uns zueinander und stießen mit den Gläsern an.

„Sie wissen, Herr Inspektor, daß Nadja Siegfrieds Mörder ist?"

„Herr Koslowski, so gerne ich Ihnen zustimmen möchte, wir wissen es nicht!"

„Ich weiß es!"

„Sie wollen, das es so ist, Herr Koslowski. Sie haben einen langjährigen Freund verloren mit dem sie eng verbunden waren. Sie sind traurig, und sie denken, daß es kein Unfall gewesen sein darf!"

„Sie war es!"

„Ich kann Sie verstehen. Nur, objektiv gesehen, es gibt keine Beweise!"

„Und daß sie ihn loswerden wollte?"

„Das hat Ihr Freund Ihnen erzählt. Ein Beweis ist das nicht!"

„Für mich schon!"

„Sehen Sie, Herr Koslowski, Sie müssen etwas unterscheiden. Wir beide haben Vermutungen, Gefühle, Ahnungen, die in eine bestimmte Richtung weisen. Das verbindet uns, Sie, den Freund, mich, den Ermittler. Was uns trennt, ist, daß ich mich nicht von meinen Ahnungen, Vermutungen und Gefühlen leiten lassen darf. Ich muß nach objektiven Beweisen Ausschau halten."

Also Herdenbein, jetzt mach's mal halblang! Das letzte stimmt ja überhaupt nicht! Wenn du dich nicht von deinen Gefühlen hättest leiten lassen, wärest du gar nicht in Berlin! Das ist mit Sicherheit richtig! Aber, konnte ich das Koslowski sagen? Sollte ich ihm vielleicht falsche Hoffnungen machen? Wenn Nadja Schlemm ein Alibi für die Tatzeit vorweisen konnte, also zum Beispiel für die Übernachtung in Frankfurt, würden alle Verdächtigungen in sich zusammenbrechen.

„Sie haben Recht, Inspektor. Ich konnte Nadja natürlich nicht ausstehen. Ich bin sehr, sehr subjektiv. Vielleicht konnte ich Ihnen dennoch behilflich sein. Wenn ich noch einen Beitrag leisten kann, lassen

Sie es mich wissen. Rufen Sie bei mir zu Hause oder in der Oper an. Ich bin für Sie da! Und wenn es Ihnen möglich ist, bitte, informieren Sie mich."

Er trank sein Glas leer, stellte es auf die Theke und rutschte vom Hocker runter. Ich folgte ihm bis zur Tür, steckte ihm noch meine Karte zu. Wir gaben uns die Hand, er schaute mich sehr traurig an, drehte sich dann um und ging weg.

Ich ging noch einmal zur Theke zurück, setzte mich und starrte in mein noch halb gefülltes Bierglas.

Die Bedienung kam hergeschlendert und schaute mich aufmerksam an.

„Sind Sie traurig oder haben Sie Sorgen?" fragte sie mich.

Der teilnahmsvolle Ton in ihrer Stimme überraschte mich. Ich blickte sie an. Wie alt mochte sie sein? Dreißig bestimmt noch nicht! Sie war hübsch, sie hatte ein pfiffiges Gesicht, manchmal konnte ich einen Anflug von Melancholie in ihren Zügen entdecken.

„Ich habe im Moment keine Sorgen, aber ich bin traurig. Alexandra, nicht wahr?"

„Ah, Sie erinnern sich noch an meinen Namen! Wissen Sie, bei mir ist es umgekehrt, ich bin nicht traurig, dafür habe ich Sorgen."

Sie lachte dabei und strafte damit eigentlich den Inhalt ihres Satzes Lügen.

„Schwere Sorgen?" fragte ich dann doch recht neugierig.

Furchtbar, diese Neugier! Ich frage mich manchmal, bin ich das, Herdenbein, oder ist diese Neugier berufsbedingt?

„Keine schweren Sorgen, nur Alltäglichkeiten! Ich muß abends arbeiten, das gefällt mir überhaupt nicht."

„Und warum arbeiten Sie nicht grundsätzlich nur tagsüber hier?"

Bin ich nicht unmöglich mit meiner Fragerei?

„Ich habe ein einjähriges Kind, dem ich tagsüber natürlich eine Mutter sein möchte."

„Ich verstehe, und im Augenblick hütet der Vater das Kind. Ist es ein Junge?"

„Mit dem Jungen haben Sie richtig geraten. Mit dem Vater liegen Sie daneben, der ist ausgezogen."

„Da haben Sie wirklich Sorgen! Und besteht da die Hoffnung, daß er, ich meine den Vater, zurückkommt?"

Sie hatte begonnen, Gläser abzuspülen. Sie drehte sich bei meinem letzten Satz wieder zu mir um und lachte:

„Den will ich gar nicht wiederhaben!"

Jetzt mußte ich auch schmunzeln, denn ihr letzter Ausruf war beinahe schon explosionsartig erfolgt. Gut so! Mit einer solchen Einstellung konnte es nur aufwärts gehen. Ich sagte ihr das auch und wünschte dann eine gute Nacht. Als letztes bezahlte ich das Bier und trank den Rest des Glases leer.

Als ich die Pinte verließ, rief sie noch hinter mir her: „Wissen Se, ick bin hier jeborn, mir bringt so schnell nischt um!"

Ich fuhr hoch zu meinem Zimmer.

Warum hatte ich mich, nach diesem Abend, auf das Gespräch mit der Bedienung eingelassen? Weil sie hübsch war? Weil ich neugierig war? Weil ich den Polizisten in mir nicht abschalten konnte? Nein, bestimmt nicht! Nun, ich vermute, daß wohl der Wunsch nach Ablenkung dahinter steckte. Koslowski! Nastrau! Die tiefe Freundschaft zwischen den beiden Männern hatte mich traurig gestimmt. Und, ich muß es zugeben, auch das Schicksal von Siegfried Nastrau!

Herdenbein, dachte ich, du gibst zu sehr Deinen Gefühlen nach!

Ich putzte mir nur noch die Zähne und stellte meinen Wecker, um nicht meinen Zug zu versäumen. Ich schlief sofort ein.

6. TAG

14. Reisen schafft Durchblick

Im Hinblick auf die Ermittlungen in Richtung Mord war ich kaum ein Stück weiter gekommen. Gut, da waren Verdachtsmomente, aber keineswegs irgendetwas Griffiges. Einen Mord konnte ich dem Chef also nicht liefern. Und wie hatte er so schön schlicht am Telefon gesagt? „Ohne Mord, Herdenbein, gibt's keine Spesen!" Ich überlegte, ob ich im Speisewagen des IC zu Mittag essen sollte, ohne Spesenvergütung.

Ich hatte gut geschlafen. Kein Traum! Ich erinnerte mich jedenfalls keines Traumes. Als der Wecker piepte, war ich sofort wach. Ich bin eigentlich dankbar für diese elektronischen Wecker. Erstens kann man die Weckzeit genauer einstellen, das empfinde ich als Vorteil. Was ich zudem als noch weitaus angenehmer wahrnehme, ist, daß die modernen Wecker nicht mehr ‚schrillten‘. Früher wurde ich dadurch immer so abrupt aus dem Schlaf gerissen, man stand beinahe senkrecht im

Bett – im höchsten Maße unangenehm! Jetzt wurde man durch das Piepen vom Schlaf sanft ins Bewußtsein hinübergeführt. Ich wurde dementsprechend, dezent und pünktlich, geweckt und war ausgeschlafen. Und das trotz des nicht geringen Alkoholkonsums am gestrigen Abend. Ich war also völlig klar, auch nicht mehr traurig, und freute mich auf mein Frühstück. Ich wusch und rasierte mich mit Bedacht, packte meine wenigen Sachen ein und bezahlte an der Rezeption die Rechnung. Erst dann führte mich mein Weg in den Frühstücksraum.

Normalerweise kann ich, wie Sie bei den schon von mir erwähnten Morgenabläufen in meiner Wohnung bemerkt haben werden, morgens kaum etwas zu mir nehmen. Lieber esse ich ungefähr zwei Stunden nach dem Aufstehen eine Stulle, was ich dann aber auch häufig in der Hektik der Tagesarbeit – nicht bei diesen unsäglichen Büroarbeiten! – vergesse. Heute hatte mich jedoch schon wieder – Sie erinnern sich noch an den gestrigen Morgen? – diese unbändige Lust zu einem herzhaften Frühstück gepackt. Vielleicht lag es an Berlin, vielleicht auch am Hotel. Ich trank zuerst ein Glas Orangensaft, dann noch ein zweites. Ich holte mir zwei Toastbrote und Spiegeleier mit Speck. Schön, wenn man das Gelbe vom Ei ansticht und es verläuft zwischen den Speckscheiben. Ausgezeichnet! Der Kaffee – er verdiente, prämiert zu werden! – wurde frisch gebracht. Zwei Tassen reichen mir am Morgen. Zum Abschluß gönnte ich mir noch ein drittes Glas Orangensaft. Herdenbein im Saftrausch!

Ein letztes freundlichen Winken in der Rezeption, und ich verließ das Hotel.

Da ich noch mehr als eine dreiviertel Stunde Zeit hatte und der Platz im Zug reserviert war, ging ich zu Fuß. Ich beglückwünschte mich wieder einmal selbst, daß ich auf diesen Kurzreisen nie einen großen Koffer mitnahm. Demzufolge konnte dieser morgendliche Spaziergang ohne große Schlepperei vonstatten gehen. Ich folgte der Knesebeckstraße in Richtung Norden bis zur Kantstraße. Wie schon gestern morgen oder auch am Abend – ich muß es einfach nochmals erwähnen! –, faszinierten mich die eilig dahinschreitenden Menschen, die einem Ziel zustrebten, und daneben die bummelnden Müßiggänger, die alle Zeit der Welt zu haben schienen. Leider verfügte ich nicht über diesen gesegneten Zustand an temporärer Muße! Ich konnte deshalb auch nicht – das wäre nur ein kleiner Umweg gewesen – an der Ecke Uhlandstraße und Kurfürstendamm gegenüber dem Maison de France ein Päuschen einlegen und in dem hübschen Eckcafé einen Espresso einnehmen. Schade! Also wanderte ich stracks weiter die Knesebeckstraße hinauf, bis ich zur Kantstraße kam. Ich hatte noch soviel Zeit, daß ich einen Blick auf das neuerbaute elfstöckige Haus einer Versicherung am Kant-Dreieck werfen konnte. Krönung dieses Hauses war ein riesiges, dreieckiges, bewegliches Aluminiumsegel, das die Windrichtung anzeigte. Im Inneren des Segels verbargen sich Vorrichtungen, die ein Putzen der Fenster dieses Hochhauses ermöglichten. Auch verblieben mir noch einige Minuten, um die prachtvolle Fassade des Theaters des Westens anzuschauen. Dann hieß es jedoch: 'Herdenbein, spute dich!' Ich erreichte meinen Zug, beziehungsweise meinen Platz, fünf Minuten vor der Abfahrt. Es war genau neun Uhr zwanzig.

Mein Berlinaufenthalt schien mir doch recht erfolgreich und zugleich exzellent gewesen zu sein. Wie hatte ich vorgestern, bei meiner Ankunft, noch ausgerufen? ‚Berlin, du hast mich wieder!' Man sollte sich versetzen lassen. Nun ja!

Bis auf eine Mitreisende war das Abteil leer. Vielleicht reiste niemand am Mittwoch nach Hamburg? Auch in Nauen, Wittenberge und Ludwigslust stieg niemand dazu. Zu einer Unterhaltung mit jener mitreisenden Dame kam es nicht. Meinen fröhlichen Morgengruß hatte sie ignoriert. Als ich, nach Verlassen Berlins, eine kleine Plauderei beginnen wollte, schaute sie nur mißbilligend auf meine Fliege und blieb stumm. Ich hätte zu gerne gewußt, was sie gedacht hatte! Nun, jeder hat das Recht auf keine Unterhaltung. So blieb auch ich stumm und dachte an meine Berliner „Erfolge". Ich war nicht nur froh über die Gespräche mit Frau Degering und Rainer Koslowski, die immerhin einigen Aufschluß gegeben hatten. Die zwei Tage in Berlin hatten mir einfach wohl getan. Nach dem wochenlangen Bearbeiten staubiger Akten − dieser völlig stupiden und meist erfolglosen Arbeit − hatte mich diese quirlige Stadt wieder mit Leben erfüllt. Herdenbein war wieder ante portas! Freudig, zukunftsorientiert, gefühlsbetont, arbeitsam und dennoch genießend! Das ist der richtige Herdenbein.

Ich danke dir, Berlin!

Später, es war inzwischen Mittagszeit geworden, entschied ich mich − und das sollte sich als eklatanter Fehler erweisen − doch für den Speisewagen. Spesen hin, Spesen her! Man muß auch Laster haben! Mein Laster war das Essen. Ich meine damit gutes Speisen! Also hinfort mit dem Geld. Zahlte ich eben selber! Und das Hotel? Hatte ich nicht wunderbar geschlafen? Und hatte ich nicht in der ersten Nacht einen inspirierenden Traum gehabt? Manchmal kosten eben auch Inspirationen Geld. Eben! Also würde ich dafür eigenständig bezahlen! Ich wollte bis Hamburg Hbf. fahren und mir dann ein Taxi bis Wandsbek nehmen. Ich hatte also noch eine gute Stunde Zeit für das Mittagessen. Als ich den Speisewagen betrat, erwartete mich beinahe gähnende Leere. Sollten mittwochs wirklich nur wenige Reisende unterwegs sein? Ich konnte folglich einen mir genehmen Platz wählen. Der Ober kam augenblicklich und reichte mir die Speisekarte. Ich ließ mir zuerst einmal ein Mineralwasser bringen und studierte dann die Karte. Was mir als erstes auffiel, waren die gepfefferten Preise. Hollah, da kostete ja schon die Suppe ein Vermögen. Nicht, daß Sie jetzt denken, daß ich bei den Preisen an die auszufallenden Spesen dachte! Nicht die Spur! Aber das war hier denn doch reichlich maßlos! War ich in einem Edelrestaurant gelandet? „Erleben Sie Gourmetfreuden und genießen Sie die vorbeirauschende Landschaft. Ihre Deutsche Bahn AG macht's möglich!"

Suppe, Hauptgang und Nachspeise schienen mir nicht drin zu sein. Wirklich, ich dachte nicht an die Spesen! Das Mineralwasser war gekommen und bestach durch seinen lauen Esprit. Ich nippte an dieser eingeschlafenen Sprudeligkeit und hätte gewarnt sein müssen! Wenn schon das Wasser nichts war, welche Qualität sollten dann erst die Speisen aufweisen? Ich entschied mich für ein Waldschnitzel mit Pommes frites, samt einem gemischten Salat. Ich meinte, da könnte doch kein Koch der Welt etwas dran versauen. Mutmaßte ich! Wenn ich es recht überlegte, bestellte ich es jedoch hinsichtlich seines Namens. Ich kenne Schweineschnitzel und Kalbsschnitzel, auch jene unsäglichen Jäger- und Zigeunerschnitzel, aber ein Waldschnitzel, was ist das? Nicht wahr, das wissen Sie auch nicht? Auch Sie können sich nichts unter einem Waldschnitzel vorstellen? Lassen Sie das Wort einmal auf der Zunge zergehen: Waldschnitzel! Nun sind wir beide, Sie und ich, gespannt, oder?

Der gemischte Salat kam und entpuppte sich als Zweikampf zwischen Gurke und Tomate. Dieser Zweikampf fand unter einer rötlichweißen Soße statt. Nach einem ersten Probieren ließ ich die beiden Gegner alleine weiterkämpfen, trug also nicht mehr zu ihrer beider Vernichtung bei.

Und jetzt! Oh du große Waldschnitzelüberraschung! Du entpupptest dich als paniertes Jägerschnitzel mit einer dicken Blubbersoße, in der gummiartige Dosenchampignons enthalten waren. Die Menge der

Blubbersoße war so gewaltig, daß die möglicherweise in der Küche noch knusprigen Pommes frites auf dem Weg zu mir schon kräftig durchgeweicht worden waren. Mir fiel meine Kindheit ein. Als Kinder sagten wir zu Matsch „Potten", ich glaube, in Berlin heißt das Pampe. Wenn ich dreckig nach Hause kam, weil ich im Matsch gespielt hatte, rief meine Mutter immer aus: „Oh, du oller Pottenkleer!" Hier, bei meinem Essen im Speisewagen wurde ich wieder – zwangsweise, bitte schön! – in meine Kindheit zurückversetzt: Ich wurde zum Pottenkleer. Unlustig fuhr meine Gabel durch Soße, zerschnittenes Fleisch und Gummibärchen – Entschuldigung! ich meine natürlich Gummipilzen – hin und her. Ein paar Bissen fanden den Weg in meinen Magen, den Rest ließ ich stehen und spülte nochmals kräftig mit der Lauheit nach.

Der Ober, der meinen Teller schließlich abräumte, vermied die Frage, ob es mir gemundet hätte. Das größte an diesem Essen der minderen Art war dann auch die Rechnung. Ich bezahlte und gab dem armen Tropf von Kellner dennoch ein Trinkgeld. Ich war schon gestraft, sollte er auch noch bestraft werden? Allerdings konnte ich mir nicht die Bemerkung verkneifen, daß er sich von meinem Trinkgeld auf keinen Fall ein von der Bahn befördertes Mineralwasser gönnen sollte. Etwas peinlich berührt – dabei konnte er doch gar nichts dafür! – grinste er.

Wir liefen im Hamburger Hauptbahnhof ein.

Ich packte meinen kleinen Koffer und stieg vom Bahnsteig die Treppen zur Haupthalle empor. Der Bahnhof hatte sich, seit ich ihn das letzte Mal gesehen hatte, zu seinem Vorteil verändert – genau wie ich es in Berlin im Bahnhof Zoologischer Garten empfunden hatte. Es war renoviert worden, alles war hell und sauber; viele Geschäfte waren in der Halle eröffnet worden. Ich benutzte den Ausgang Richtung St. Georg, das war die Kirchenallee, und schritt leichtfüßig – wahrscheinlich, weil ich nur spatzenhaft gegessen hatte – zum Taxenstand. Nachdem ich das erste Taxi bestiegen hatte, teilte ich dem Fahrer die Adresse in Wandsbek mit, und schon brauste er los. Nicht etwa wie Twiete, aber doch mit gehörigem Tempo.

Ich wollte genauso wie bei Annnette Degering vorgehen. Frau Goronzi sollte von mir mit einem Wortschwall überfallen werden, der sie so überrumpelte, daß ihr keine Möglichkeit zu eigenem Denken gegeben wurde. Dabei gedachte ich zu Beginn viel Nichtssagendes vom Stapel zu lassen und erst zum Schluß, wenn es sich überhaupt nicht mehr vermeiden ließ, zum Kern der Sache zu kommen. Dachte ich!

Aber ich kannte Katalina Goronzi nicht!

Unweit einer U-Bahn-Station bogen wir von der Hauptstraße ab und kamen in ein Viertel kleinerer und größeren Einfamilienhäuser, die sich allesamt durch ein adrettes Aussehen hervortaten. Wir hielten, ich entlohnte den Fahrer, der sich durch eine angenehme Plauderei ausgezeichnet hatte, und erhielt die Rechnung.

Noch eine Freundin

Ich stand vor einem zweistöckigen Einfamilienhaus mit kleinem und gepflegtem Vorgarten. Trotz der nun schon seit Wochen andauernden Hitze sah ich keine vertrockneten Blumen, und der kurzgeschorene Rasen leuchtete saftiggrün.

Ich läutete. Sie hatte mich schon erwartet oder gerade durch irgendein Fenster hinausgeblickt. Die Tür öffnete sich, und von diesem Augenblick an hatte ich zuerst einmal nichts mehr zu sagen.

„Sie sind dieser Herdenbein! Na! Auf Sie habe ich gerade gewartet! Sie unmöglicher Mensch! Sie überfallen nichtsahnende Frauen, hauen ihnen Tote um die Ohren und durchstöbern fremde Wohnungen! Ohne Hausdurchsuchungsbefehl! So einer sind Sie, und das lassen Sie sich gleich von mir gesagt sein, Sie sind einer von der übelsten Sorte! Das ist ja unverschämt, hinterhältig und unwürdig, wie Sie sich aufführen! Aber nicht mit mir! Sie! Sie, Inspektor! Ich sage Ihnen, was ich zu sagen habe und sonst nichts! Und dann, wenn ich am Ende angekommen bin, scheren Sie sich gefälligst zum Teufel! Wo Sie auch hingehören! Jawohl, zum Teufel! Sie können hereinkommen!"

Ich brauche Ihnen nicht zu sagen, wie verdattert ich war. Meine Strategie war im Eimer. Mehr noch! Sie schlug mich mit den Waffen, die ich gedacht hatte, anwenden zu können. Aber, mich haute das nicht um! Ich hatte auch solche Situationen schon erlebt. So mußte ich eben umdisponieren. Ich würde mich zurückhalten, alles über mich ergehen lassen, bis das Pulver verschossen war. Aber ihr Pulver war, wie ich gleich merken sollte, noch lange nicht verschossen! Sie schoß sogar, wenn sie gar nichts sagte!

Katalina Goronzi war eine etwa fünfundvierzigjährige Frau. Graue Haare, wahrscheinlich gefärbt, die ihr gut zu Gesicht standen. Sie ging regelmäßig zum Friseur. Sie sah gut aus! Sie hatte ein fein geschnittenes Gesicht, sehr ebenmäßig, mit sehr lebendigen Augen und der Farbe ihres kurzgeschorenen Rasens. Die Ohren waren zierlich, nicht zu klein, an denen große Klunker hingen. Sie war von kleiner Gestalt, ich schätzte sie auf eineinhalb Meter, und pummelig, dabei keineswegs unflott! Bekleidet war sie mit einem beigefarbenen Leinenkleid – ideal bei dieser Hitze – und flachen selbigfarbenen Tretern.

Sie war von der Haustür hinweggerauscht und hatte mich draußen stehen lassen. Also trat ich auch hinein und verschloß hinter mir die Tür. Sie war ins Wohnzimmer gegangen, und ich folgte ihr. Sie empfing mich mit blitzeschleudernden Augen, die sie manchmal zusammenkniff. Sie taxierte mich, versuchte mich einzuordnen. Sie hatte zweifelsfrei mit Annette Degering gesprochen, sie vielleicht angerufen und so von meinem Erscheinen in der Wohnung Nadja Schlemms erfahren. Vielleicht hatte mich auch die Degering angelogen und mir sehr bewußt die Telefonnummer der Hamburger Freundin vorenthalten. Das konnte ich mir allerdings zu diesem Zeitpunkt weniger vorstellen! Sie hatte sich auf einen Sessel gesetzt, also setzte ich mich auch, auf das Sofa. Wir saßen uns gegenüber.

„Sie stellen keine Fragen! Herr Herdenbein!" Wie sie Herdenbein aussprach!

„Ich beantworte nämlich keine Fragen! Ich habe mit dem Unfall nichts zu tun und überhaupt!"

Ich schwieg. Sollte sie doch reden, wenn ich schon keine Fragen stellen durfte. Ich überlegte, wie lange wußte sie schon vom Tod Nastraus? Hatte sie es schon vorgestern erfahren oder erst gestern? Hatte sie sich etwa auf mein Kommen vorbereitet? Ich hätte mein gestriges Telefongespräch mit ihr doch nicht so knapp führen sollen. Vielleicht wäre ihrerseits eine Bemerkung gefallen, die mir ein wenig von ihrem Wissen offenbart hätte. Aber was soll's! Ich konnte warten.

„Zeigen Sie mir zuerst einmal ihren Dienstausweis!"

Ich kam ihrem Wunsche nach und zeigte ihr die Dienstmarke und den Dienstausweis. Wenn sie schon so genau war, wollte ich es auch sein. Ich schwieg weiter.

„Nadja Schlemm hat nichts damit zu tun!"

Ich schwieg,

„Ich meine, Nadja ist meine Freundin, meine beste Freundin. Ich kenne sie gut, sehr gut. Ich kenne sie seit beinahe vierzig Jahren!"

Ich schwieg. Das fing gut an! Besser hätte ich es mit der Überrumpelungstour auch nicht machen können! Womit hatte Nadja Schlemm

122

nichts zu tun? Hatte irgend jemand behauptet, daß Frau Schlemm etwas mit Nastraus Tod zu tun hatte? Hatte ich schon etwas Diesbezügliches gesagt? Nein, überhaupt nicht! Und auch gegenüber Annette Degering hatte ich keine entsprechende Bemerkung gemacht!

„Sie war gar nicht in Plön, als Herr Nastrau ertrank!"

Nun, jetzt kam's heraus! Frau Degering hatte geplaudert. Durfte sie ja auch! Frau Goronzi war informiert. Sie hätte eigentlich besser schweigen sollen! Denn was machte sie da? Sie verteidigte ihre Freundin, obwohl niemand einen Vorwurf erhoben hatte, geschweige eine Anklage vorlag. Ich frage Sie, warum verteidigt man jemanden? Es gibt zwei Gründe: Man weiß etwas über eine Person und möchte sie in bestem Licht erscheinen lassen, oder man traut jemandem zumindest eine bestimmte Tat zu und versucht, ihn durch die Verteidigung zu schützen! Was traf hier, bei Frau Katalina Goronzi, zu?

„Sie müssen wissen, Herr Herdenbein", jetzt klang mein Name aus ihrem Mund ganz anders, beinahe beschwörend, „Nadja war in Frankfurt, jawohl, in Frankfurt!"

Ich wußte, was gleich kommen würde. Und Sie? Erraten Sie's auch?

„Sie hat mich nämlich angerufen, am Abend. Nein, am späten Abend! So gegen zehn Uhr. Aus Frankfurt."

Hatte ich es nicht vermutet? Sie auch, klar!

„Ich habe mich noch gewundert, daß sie schon so weit gekommen war. Na, andererseits fährt sie gerne Auto!"

Das hatte Annette Degering beinahe gleich bekundet.

„Wann ist Herr Nastrau denn ertrunken?"

Sie war, mit dem was sie sagen wollte, am Ende angelangt. Das Pulver war eher verschossen, als ich vermutet hatte. Sie konnte mir nichts mehr von sich aus mitteilen. Alles was sie gesagt hatte, war mir – wie Sie ja auch wissen – bereits bekannt. Jetzt erhoffte sie sich durch eine präzise Zeitangabe von mir über Nastraus Tod eine Bestätigung dessen, was sie ausgeführt hatte, zu erhalten. Also, entweder wußte sie noch etwas über oder von Nadja Schlemm, das sie momentan zurückhielt oder sie traute ihr zu, die Hand bei Nastraus Tod doch im Spiel gehabt zu haben. Ob sie gerade jetzt auch bei diesen Überlegungen angelangt war, die ich gerade angestellt hatte?

Ich schaute sie an. Die Augen blitzten immer noch, aber Blitze wurden nicht mehr geschleudert.

„Frau Goronzi! Wenn ich keine Fragen stellen darf, warum sollte ich denn Ihre beantworten?"

„Ach! Jetzt kommen Sie mir auf die Tour, aber bei mir nicht! Man wird doch wohl wissen dürfen, wann Herr Nastrau ertrunken ist?"

„Haben Sie, Frau Goronzi, Ihre Informationen von Frau Degering, haben Sie mit ihr telefoniert? Oder hat Frau Degering angerufen?"

„Das ist doch wohl völlig egal!"

„Für mich ist das nicht egal, woher Sie Ihre Informationen haben! Hat Sie Frau Degering angerufen?"

„Nein! Ich habe mit ihr telefoniert!"

„Warum?"

„Warum?"

„Ja, warum? Wieso haben Sie Frau Degering angerufen, und wann?"

„Na, hören Sie mal, Inspektor, ich kann doch jeden anrufen, den ich will!"

„Das können Sie, sicherlich!"

„Ja, und was soll dann Ihre Frage, Herr Herdenbein?"

Jetzt war wieder dieser aggressive Ton da, wenn sie den Namen Herdenbein aussprach. Mir machte dieses Wortgeplänkel übrigens Spaß. Bald würde ich meine Fragen loswerden können.

„Aber liebe Frau Goronzi, Sie haben..."

„Nennen Sie mich nicht liebe Frau Goronzi! Ich bin nicht Ihre liebe Frau Goronzi!"

„Entschuldigen Sie, liebe Frau Goronzi. Entschuldigung! Entschuldigung! Das rutschte mir einfach raus!"

„Das rutschte Ihnen einfach so raus. Sie scheinen sich über mich lustig machen zu wollen! Mit mir nicht!"

„Also, nochmals Entschuldigung! Ich wollte sagen, Frau Goronzi, Sie haben doch mit dem Fragen begonnen!"

„Jetzt verstehe ich gar nichts mehr!"

„Ich fragte Sie, warum und wann haben Sie Frau Degering angerufen?"

„Nur so! Das hatte keinen besonderen Grund. Wir telefonieren manchmal miteinander. Wir sind befreundet."

„Haben Sie am Montag oder am Dienstag in Berlin angerufen?"

„Also gut! Frau Degering rief mich am Montag an und hinterließ eine Nachricht auf meinem Anrufbeantworter. Ich rief dann am Dienstag zurück."

„Frau Degering hatte Ihre Telefonnummer?"

„Sonst hätte Sie mich wohl kaum anrufen können!"

Ah! Die liebe, sanfte, weinende Annette Degering, fuhr es mir durch den Kopf! In Wirklichkeit war sie ein kleines Biest. Ich weiß nicht, ob Sie sich noch daran erinnern können? Ich hatte sie nach der Adresse von Katalina Goronzi gefragt, nicht nach der Telefonnummer! Die Adresse wußte sie nicht auswendig, also besaß sie sie nicht! Frau Degering hatte also nicht einmal gelogen! Hoho, das mußte ich mir merken!

„Und am Dienstag haben Sie dann erfahren, daß Siegfried Nastrau ertrunken ist."

„Ja."

„Hat sie sein Tod erschüttert?"

„Nein, ich mochte ihn nicht besonders."

„Wie Frau Degering!"

„Genau! Aber wer mochte ihn schon?"

Da war es schon wieder! Das kommt uns doch langsam bekannt vor, oder?

„Nun, ich kenne drei, die ihn mochten!"

„Und wer sollte das gewesen sein, Herr Inspektor?"

„Herr Koslowski, Frau Heisterberg und Frau Schlemm!"

„Ha!"

„Was heißt das?"

„Nichts, gar nichts! Wann ist er denn nun ertrunken?"

„Am Donnerstag der letzten Woche um achtzehn Uhr."

„Sehen Sie, Inspektor, das habe ich doch gleich gesagt. Nadja hat nichts damit zu tun!"

„Frau Goronzi, natürlich hat Frau Schlemm damit nichts zu tun! Der einzige, der das behauptet, und nun schon zum zweiten Mal, sind Sie, Frau Goronzi!"

Jetzt hatte ich den Namen Goronzi so ausgesprochen, wie sie vorher meinen Namen,

Sie biß sich auf die Unterlippe. Sie merkte, daß sie zuviel des Guten gesagt hatte. Jetzt schwieg sie. Man merkte ihr an, wie es in ihrem Kopf brummte, wie es herumrumorte. Sollte es! Mich interessierte Nadja Schlemms Planung in bezug auf Plön und Italien.

„Frau Goronzi, ich möchte von Ihnen etwas ganz anderes wissen. Das hat mit dem Tod Nastraus überhaupt nichts zu tun."

Sie sehen, daß ich manchmal ganz schön untertreibe!

„Ich möchte von Ihnen erfahren, seit wann der Italienurlaub geplant war? Ob Frau Schlemm allein fahren wollte, oder ob Herr Nastrau sie begleiten sollte? Ob Frau Schlemm und Herr Nastrau des öfteren getrennt Urlaub machten. Ich meine, wenn Herr Nastrau in Plön war, fuhr Frau Schlemm häufig allein irgendwo hin? Das interessiert mich!"

„Ach so etwas wollen Sie wissen, und ich hatte gedacht...!"

Das letzte ließ sie unausgesprochen. Sie war sichtlich erleichtert. War sie vorher verkrampft gewesen, entspannte sie sich nun. Dabei hatte sie ihrer Freundin wahrlich keinen guten Dienst erwiesen. Zuerst ihr gereiztes Auftreten mir gegenüber und dann ihr völlig übers Ziel hinausschießendes Eintreten für Nadja Schlemm. Das war ja schon praktisch ein Bärendienst, den sie ihrer Freundin erwiesen hatte!

„Also, Frau Goronzi, seit wann war der Urlaub geplant, und wer wollte nach Italien fahren?"

„Herr Nastrau fuhr nie mit nach Italien. Er konnte da ja nichts anfangen, Sie verstehen, wegen seiner Blindheit."

„Gut! Und seit wann war dieser Italienaufenthalt geplant?"

„Seit Weihnachten. Wir wollten zusammen fahren, Nadja und ich. Wir machen meistens gemeinsam Urlaub. Also, ich meine gemeinsam, wenn Nadja nach Italien wollte. Sie müssen wissen, daß wir dann zu meinem Haus in Montebello fahren."

„Montebello liegt bei Camaiore?"

„Ja, nicht weit davon entfernt, in den Bergen. Ganz idyllisch und recht einsam. Man kann sich dort sehr gut erholen."

„Aber Sie sind nicht mitgefahren, Frau Goronzi?"

„Nein! Schon Ostern meinte Nadja, daß sie vollkommen abschalten müsse. Sie wollte deshalb in den Sommerferien allein nach Montebello fahren. Wir haben noch des öfteren darüber gesprochen, aber sie war so fertig, daß sie sich nicht umstimmen ließ."

„Wissen Sie, warum Frau Schlemm so fertig war?"

„Das ist doch klar!"

„Mir nicht!"

„Nastrau machte sie fertig!"

„Siegfried Nastrau machte Frau Schlemm fertig?"

„Ich meine damit nicht, daß er sie schlug oder sie anschrie, sondern die Umstände, das ganze Leben mit ihm und so."

Finden Sie nicht auch, daß Katalina Goronzi ihre Freundin ganz schön in ein Schlamassel hineinredete? Aus ihrem letzten Satz ließ sich ein herrliches Motiv ableiten!

„Sie meinen damit, daß Frau Schlemm allein sein wollte, sich nicht noch um Herrn Nastrau kümmern wollte?"

„Ja! Richtig! Das meine ich!"

„Machten die beiden oft getrennten Urlaub?"

„In den letzten Jahren immer häufiger. Herr Nastrau wollte immer nach Plön auf das Grundstück. Je öfter er dort hinwollte, desto langweiliger wurde es Nadja. Und in der letzten Zeit war er ja auch in der Lage, allein zu bleiben! Jedenfalls sind wir dann nach Montebello gefahren oder haben gemeinsam Städtereisen unternommen."

„Dann hat Frau Schlemm Herrn Nastrau meistens nur nach Plön hingebracht?"

„In den letzten Sommern ist sie auch schon mal vierzehn Tage oder drei Wochen dageblieben. Aber außerhalb der Sommerferien hat sie ihn grundsätzlich nur hingebracht. Sie blieb dann noch einen oder zwei Tage da, kaufte für ihn ein und richtete das Haus so, daß er sich zurechtfand. Wissen Sie, es mußte immer alles an seinem Platz sein. Er mußte natürlich alles an der richtigen Stelle vorfinden."

„Ja, das ist klar. Dann würde mich noch folgendes interessieren. Wenn Frau Schlemm alles vorbereitet hatte und wieder wegfuhr, wie kam dann Herr Nastrau an frische Lebensmittel, Fleisch, Obst und Gemüse?"

„Ach, das war ganz einfach geregelt. Meistens waren die Heisterbergs ja da. Sie kennen Dr. Heisterberg?"

„Ich habe Herrn Heisterberg kennengelernt und auch seine Frau."

„Nun, die beiden sind zu ihm gegangen und haben gefragt, was er benötigte. Sie haben es ihm dann am selben oder nächsten Tag gebracht."

„Und wenn die beiden Heisterbergs nicht in Plön waren, wie zum Beispiel in diesem Jahr?"

„Dann kam immer ein Feinkosthändler vorbei, der vorher informiert wurde."

„Das wissen Sie ganz genau, Frau Goronzi?"

„Natürlich weiß ich das ganz genau. Würde ich es sonst sagen? Abgesehen davon haben wir noch darüber gesprochen."

„Sie haben vor der Italienreise noch mit Frau Schlemm telefoniert?"

„Nein! Sie war doch noch vorher hier."

„Nachdem sie Herrn Nastrau nach Plön gebracht hatte?"

„Nein, da ist sie doch direkt von Plön bis Frankfurt gefahren."

„Frau Goronzi, Sie haben doch eben gesagt, daß Frau Schlemm noch vorher hier war. Sie sagten: Sie war doch noch vorher hier."

„Ja! Bevor sie nach Plön fuhr! Sie brauchte doch den Schlüssel für das Haus in Montebello. Und da war sie noch vorher bei mir."

„Mit Herrn Nastrau?"

„Mit Herrn Nastrau! Aber der blieb im Wagen sitzen. Der mochte mich nicht."

„Genauso wie Sie ihn nicht leiden konnten!"

„Richtig! Nadja und ich haben uns vielleicht eine viertel Stunde unterhalten, und derweil blieb er im Wagen sitzen."

„Zurück zum Feinkosthändler. Darüber wurde gesprochen?"

„Unter anderem! Ja! Nadja erwähnte, daß Heisterbergs erst später aus dem Urlaub zurückkommen würden. Aber für Nastrau sei gesorgt, denn sie hätte schon in Berlin diesen Feinkosthändler informiert und würde deshalb auch nicht noch extra zu ihm hinfahren müssen."

Das war es! Es hatte sich gelohnt, Frau Goronzi aufzusuchen. Der Feinkosthändler war nach eigener Aussage nicht beauftragt worden, Herrn Nastrau mit frischen Lebensmitteln zu versorgen. Da hätte man noch annehmen können, daß Frau Schlemm in der Eile, in der sie sich befand, angeblich oder auch nicht, den Auftrag vergessen hatte. Nun sind wir aber gerade dahin informiert worden, daß sie den Feinkosthändler gar nicht aufsuchen mußte, da sie die Beauftragung an denselben schon telefonisch aus Berlin erledigt hatte. Was nicht stimmte und den Schluß nahe legte, daß Nastrau ihn, nach Nadja Schlemms Vorstellungen, überhaupt nicht mehr benötigte. Das war ein großer Fehler, Frau Schlemm!

Zur Sicherheit wollte ich diesen Mann heute abend nochmals befragen.

Ich war zufrieden. Ein bißchen Annette Degering, ein wenig Rainer Koslowski und nun noch eine Kleinigkeit von Katalina Goronzi. Eins kam zum anderen. Keine Beweise, sicherlich! Aber ein Unfall wurde immer unwahrscheinlicher. Oder, was meinen Sie?

Meine Laune, nach dem Stimmungstief der Mahlzeit (Mahlzeit?) im Zug, hatte sich erheblich gebessert. Beinahe hätte ich wieder liebe Frau Goronzi gesagt. Ich konnte es mir geradewegs noch verkneifen!

„Das war alles, Frau Goronzi, mehr wollte ich überhaupt nicht wissen! Ich verstehe nicht, warum Sie anfangs so aggressiv waren?"

„Ach, ich hatte mir vorgestellt, seit Sie angerufen haben, daß Sie mich verhören wollen, Herr Inspektor."

„Verhören! Wie sich das anhört? Man verhört doch nur Menschen, wenn ein Verbrechen vorliegt, oder?"

„Ja, da haben Sie recht, Herr Herdenbein."

„Sehen Sie, Frau Goronzi, wir haben ein wenig geplaudert. Wir sind der Wahrheit ein bißchen näher gekommen. Und jetzt glaube ich, daß Sie zufrieden sind, und ich bin es auch, und damit verschwinde ich."

Ich hatte mich vom Sofa erhoben, sie auch, und ich vermeinte ein kleines Lächeln bei Frau Goronzi zu entdecken. Wir verabschiedeten uns, und ich trat in den sommerlichen Nachmittag hinaus. Ich hatte auf dem Herweg eine U-Bahn-Station entdeckt, wollte die Taxikosten sparen und schritt munter voraus. Das ist der Vorteil, wenn man nur ein kleines Köfferchen mit auf die Reise nimmt. Verdammt noch mal! Das Köfferchen! Es stand neben dem Sofa. Ich drehte wieder um und ging das kleine Stückchen zurück. Na gut, daß ich das noch gemerkt hatte! Ich läutete, die Tür wurde geöffnet, und Frau Goronzi schaute mich erschrocken an.

„Ich habe meine Tasche neben dem Sofa stehen lassen", erklärte ich ihr.

Sie begab sich ins Haus und brachte mir die Tasche. Als sie mir dann das Köfferchen in die Hand drückte, händigte ich ihr noch meine Visitenkarte aus.

„Also nochmals, auf Wiedersehen, Frau Goronzi! Übrigens, daß ich das nicht vergesse: Sie können selbstverständlich Frau Schlemm in Italien anrufen und ihr von unserem Gespräch berichten. Es gibt nichts, was verheimlicht werden müßte, oder?"

Ich ließ sie verblüfft stehen und ging nun endgültig zur U-Bahn.

Trotz der Hitze fühlte ich mich wohl und schritt, wie schon beim ersten Versuch vorher, munter drauf los. An der U-Bahn angekommen, kaufte ich mir einen Fahrschein und fuhr zum Hauptbahnhof zurück. Einen Zug nach Kiel auszugucken, machte keine Schwierigkeiten. Wie überhaupt nach dem vermaledeiten Mittagessen alles prima gelaufen war. Zwar hatte mich im ersten Augenblick Frau Goronzis verbaler Überfall aus dem Konzept gebracht – ich halte das Heft schon gerne selbst in der Hand –, andererseits hatte ich mehr erfahren, als ich gehofft hatte.

Ein wenig Zeit bis zur Abfahrt des Zuges hatte ich noch. Meine Fahrkarte – oder heißt das jetzt bei der Bahn auch Ticket? – war bis Kiel gültig, so daß ich nicht noch nach einer solchen anstehen mußte. Ich suchte eine Telefonzelle auf und rief zuerst Thomas Sammler an, dann den Chef, um mich mit beiden am Abend zu verabreden. Anschließend begab ich mich in eins der kleinen Cafés in der Haupthalle des Bahnhofs und ließ mir einen Espresso kommen. Schön, daß man dieses Getränk jetzt überall erhält. Dazu aß ich einen Liebesknochen. Sie lachen? Sie kennen keinen Liebesknochen? Sie können sich nicht vorstellen, was ein Liebesknochen sein könnte? Außen ist er schön braun und innen weich, mit einer Füllung, die leider manchmal auch matschig ist. Hier hatten wir es mit einem Objekt der nicht matschigen Art zu tun. Sie wissen immer noch nicht, was ein Liebesknochen ist? Nun, man sagt wohl auch Eclair dazu. Ich finde jedoch die Bezeichnung Liebesknochen origineller. Man hat eben so seine Eigenheiten. Ich sowieso! Ich trank noch einen Espresso! Das könnte auch eine Macke sein, vor allem wenn ich Ihnen verrate, daß ich ihn unwahrscheinlich süß mochte. In manchen Cafés gibt es keine Zuckerdosen und man erhält den Zucker portioniert. Ich bestelle mir dann sofort ein zweites Tütchen oder einen zweiten Würfel nach, manchmal drei. So schmeckt er mir am besten! Lachen Sie ruhig! Sie wissen inzwischen, daß ich sehr genießen kann und Genuß etwas sehr Individuelles ist. Das konnte ich auch hier in der Bahnhofshalle beobachten. Das Durcheinander, das Gewusele störten mich nicht. Ich beobachtete und – Sie wissen es bereits – fühlte mich wohl dabei. Nicht zuzuhören, keine Fragen zu stellen, nicht aufzupassen ist in höchsten Maße erholsam. Der Liebesknochen war gegessen, der Espresso getrunken, und so begab ich mich auf den Bahnsteig. Jetzt hatte ich meinen kleinen Koffer nicht vergessen! Der Zug wartete bereits auf mich, so daß ich einstieg und mir einen Platz suchte.

Anders als am Morgen war der Zug jetzt proppedicke voll. Ich mußte durch einige Wagen gehen, bis ich einen leeren Platz fand. Ich mag keine Großraumwagen! Und wo fand ich den letzten freien Platz? Richtig! So ist das Leben, man kann nicht alles haben! Vor allem kann man sich nicht immer wohlfühlen, wo kämen wir denn dahin? Ich würde es überstehen!

Ich kehrte in Gedanken zum nachmittäglichen Gespräch zurück. Hörte Katalina Goronzi sprechen, ihre anfänglichen wütenden Attacken, ihr späteres Einlenken. Ich hörte nochmals den von ihr abgebrochenen Satz. Und ich sah, wie sie im Laufe des Gesprächs immer entspannter wurde. Dann kam mir noch einmal die Sache mit dem Feinkosthändler in den Sinn. Prima!

Ich hätte mir ja die Telefonnummer von jenem Haus in Montebello geben lassen können. Normalerweise wäre es vielleicht sogar meine Pflicht gewesen, Frau Schlemm über den Tod ihres Lebensgefährten zu unterrichten. Ich hielt es demgegenüber für sinnvoller, wenn sie von der Freundin die Todesnachricht erhielte. Das war nicht so offiziell!

Oder hatte sie bereits angerufen? Wahrscheinlich nicht! Ich schätzte, daß Frau Goronzi mein Erscheinen abgewartet hatte. Sie würde nun spätestens am Abend in Italien anrufen! Auf jeden Fall mußte Nadja Schlemm darauf reagieren.

Wie würde sie darauf reagieren? Ich vermutete, daß sie sich zu allererst einmal über diese Nachricht freuen würde. Natürlich nicht beim Telefongespräch! Sie mußte sich selbstverständlich auch gegenüber ihrer Freundin bedeckt halten. Aber nach dem Gespräch hätte sie die Freude über den Tod von Siegfried Nastrau genießen können. Hätte? Ja, wenn da nicht meine Untersuchung wäre! Ich schätzte Frau Schlemm als klug ein. Immerhin hatte sie, und davon war ich jetzt fest überzeugt, geschickt den Tod Nastraus inszeniert. Aber es gab eine Untersuchung. Ein Inspektor war extra nach Berlin gefahren, hatte Annette Degering gesprochen, die Wohnung in Augenschein genommen und mit der Hamburger Freundin konferiert. Sie würde unsicher werden. Das hoffte ich jedenfalls! Vielleicht würde sie Fehler machen. Zwei hatte sie schon gemacht. Das Metronom hätte nicht im Haus stehen dürfen. Sie hätte es auf dem Steg liegen lassen sollen! Und sie hatte es versäumt, den Feinkosthändler mit einem Auftrag zu versehen. Daß ich von diesen beiden Fehlern bereits wußte, konnte sie natürlich nicht ahnen. Sie würde sich jedoch fragen, was diese ganze Untersuchung für einen Sinn hatte, wenn Siegfried Nastrau doch ertrunken war? Sie würde sich noch mehr Fragen stellen, sie würde anfangen zu grübeln. Sie würde sich fragen, ob sie vielleicht doch einen Fehler gemacht hat. Ihre Unsicherheit würde sich vergrößern, und dann war es aus mit der Ruhe in Italien. Ich vermutete, daß sie bereits morgen nach Deutschland zurückkehren würde. Ich sollte Recht behalten.

Vielleicht würde ich meine Spesenabrechnung doch noch machen können. Herdenbein! Wie kannst du jetzt an so etwas denken? Du steigst ja in wahre Niederungen der Profanität hinab! Denken Sie genauso? Naja, mal sehen, was der Chef zu allem sagen würde.

Als ich wieder aus meinen Gedanken auftauchte, stellte ich fest, daß Großraumwagen auch einen Vorteil haben. Da ich am Mittelgang saß, konnte ich meine Beine bequem ausstrecken. Nicht daß ich besonders lange Beine hätte, dennoch hatte es sich beim Nachdenken ergeben, daß sie sich einen freien Platz auf dem Gang gesucht hatten. Vielleicht hilft eine bequeme Körperhaltung auch dem Denkvermögen?

Ich schaute aus dem Fenster. Wie weit waren wir inzwischen gekommen? Ah ja, der Zug lief gerade in Neumünster ein, wir hatten also schon lange Quickborn und Bad Bramstedt hinter uns gelassen. Ich liebe es, in Gedanken versunken zu sein, um dann bei der Rückkehr in die Gegenwart festzustellen, daß ich meinem Ziel wieder ein schönes Stück näher gerückt bin; auch, wenn in diesem Fall das Ziel nur ein Hauptbahnhof war.

Ich war recht gespannt, was mich am Abend in Kiel erwartete. Ich hatte ja sowohl dem Chef als auch Thomas gesagt, daß ich sie beide zusammen sprechen wollte. Sie sollten meine geringen Beweise und vielen Vermutungen anhören und falls ich mich zu weit in meinen Schlußfolgerungen verrannt hatte, auf den Boden der Tatsachen zurückbringen. Zwei sind immer besser als einer! Ich hatte beiden jedoch am Telefon bedeutet, daß ich mich nicht in irgendeiner Kneipe wiederfinden wollte. Ich hatte auch kurz das verhunzte Mittagessen angesprochen und meinem Wunsch nach einem schönen abendlichen Essen Ausdruck verliehen. Darum meine Spannung, was die beiden daraus machen würden. Wenn ich Pech haben würde und der Chef seinen lukullischen Vorstellungen bei Thomas genug Nachdruck verliehen hatte, gäbe es heute abend in einem guten deutschen Restaurant ein Rouladenessen. Nochmals Pech für Herdenbein. Allerdings war auch Thomas kein Freund jener – von Sprenz geliebten – Hausmannskost!

Der Zug lief im Kieler Hauptbahnhof ein, und ich gönnte mir heute zum zweiten Mal ein Taxi. Ich wollte noch ein wenig Ruhe haben, zu Hause, in den geliebten vier Wänden; natürlich meinte ich auch meinen Balkon. Mein Briefkasten quoll zwar nicht über, aber er war ganz schön angefüllt. Ich leerte ihn. Es war wirklich ärgerlich: Alles Reklame! Eine dumpfe Hitze schlug mir entgegen, als ich die Wohnungstür aufgeschlossen hatte und den Flur betrat. Normalerweise kümmert sich während meiner Abwesenheit meine Nachbarin zur Linken um die Wohnung. Sie leert den Briefkasten, lüftet die Zimmer und gießt meine Balkonblumen. Die armen Balkonblumen! Ich hatte vergessen, ihr Bescheid zu sagen! So stürzte ich – ich wollte noch ein wenig Ruhe haben! – auf den Balkon und betrachtete die traurige Pracht. Kein Exitus dabei, aber die Geranien waren von der Marke „Trauergeranie". Ich nahm folglich die Gießkanne und gab den Blumen vom köstlichen Naß. Nach dieser lebensfördernden Arbeit öffnete ich alle Fenster in sämtlichen Zimmern und versuchte, mittels eines Durchzuges die dumpfe Luft aus den Räumen zu entfernen, was bei der noch immer stehenden Hitze draußen auf gewisse Schwierigkeiten stieß. Aber man bemüht sich ja! Eigentlich hatte ich vorgehabt, zuerst zu duschen, das konnte jetzt aber auch noch warten.

Ich suchte dafür die Nummer des Feinkosthändlers und rief ihn an. Ich erwischte ihn, und er bestätigte ein zweites Mal, daß er von Frau Schlemm keinen Auftrag erhalten hatte, Herrn Nastrau mit frischen Lebensmitteln zu versorgen. Er hatte auch mitnichten von ihr einen Anruf aus Berlin erhalten, bestätigte er auf meine diesbezügliche Nachfrage. Erledigt! Nun leerte ich auch noch das Köfferchen, und dann konnte ich mich endlich unter die Dusche stellen! Wahnsinn, was diese häuslichen Wasserfälle alles bewirken konnten. Als ich mich abtrocknete, fühlte ich mich verschönt, verjüngt und faltenlos.

Ich mischte mir in der Küche ein Glas Orangensaft mit Mineralwasser und setzte mich, nur mit Shorts bekleidet, auf den Balkon. Mir schien es fast, als hätten sich meine Trauergeranien auch schon erholt. Ich streckte meine Beine aus und schlürfte mein Mixgetränk. Erholung, Friede, Einsamkeit und Ruhe, was wollte ich mehr? Ich schloß meine Augen, versuchte nicht zu denken und ruhte in mir selbst. Ich glaube, wenn es später Abend gewesen wäre, hätte Morpheus mich umfangen.

Von der Megäre zur Freundin

Irgendwann klingelte dann das Telefon. Ich hätte noch länger so ausgestreckt ruhen können! Doch ich erhob mich und holte mir das Telefon auf den Balkon. Dann erst nahm ich den Hörer ab. Es war Thomas.

„Herdenbein, guten Abend!"

„Na, du alter Weltenbummler, bist du wieder im Lande?"

„Wie du siehst, beziehungsweise hörst, Thomas Sammler!"

„Wie war es in Berlin, Fliegenbein! In Hamburg warst du zu kurz angebunden, hast nichts gesagt. Nun, sag schon, hast du gut gespeist, gut getrunken, warst vielleicht sogar besoffen, eh?" dröhnte Thomas.

„Du kennst mich ja, Thomas, ich bin ein grundsolider Mensch, der nie über die Stränge schlägt."

Am anderen Ende der Leitung hörte man Thomas, wie er versuchte, einen Erstickungsanfall in den Griff zu bekommen. Ich mußte auch lachen.

„Es war alles wunderbar! Du kannst dich ja noch an unser ‚Berliner

Wochenende' erinnern, ich habe es sozusagen aufgefrischt. Ku'damm, Tauentzienstraße, KaDeWe, Europacenter, aber das weißt du ja alles selbst. Ich habe zweimal sehr gut gegessen, man kann schon sagen vorzüglich gespeist, und ich habe selbstverständlich auch eine obligatorische Currywurst gegessen!"

„Phantastisch! Das nächste Mal komme ich wieder mit nach Berlin!"

„Du kommst mit nach Berlin? Ein ganzes Wochenende, was? Da mußt du dir zuerst eine andere Gattin anschaffen, mein Lieber. Die läßt dich nie drei Tage weg!"

„Ach! Sprichst du vielleicht von Karin! Die läßt mich garantiert für drei Tage nach Berlin. Vor allem, mein lieber Jens, wenn du dabei bist."

„Da muß sie sich aber noch gewaltig ändern!"

„Sie hat sich verändert! Bestimmt! Und sie ist dabei, sich noch mehr zu ändern."

„Karin und ändern? Das will ich sehen!"

„Das kannst du sehen, Jens Herdenbein, heute abend."

„Wieso?"

„Du bist eingeladen zum Essen."

„Bei dir?"

„Bei mir! Und Karin hat gekocht!"

„Karin hat gekocht, wenn ich komme?"

„Ja! Und sogar dein Lieblingsgericht!"

Mir verschlug es die Sprache. Das gab's doch gar nicht! Ich hielt zuerst einmal inne. Auch Thomas schwieg.

„Mein Lieblingsgericht? Was ist denn mein Lieblingsgericht, deiner oder deiner Frau Meinung nach?"

„Na, das was sie in früheren Zeiten immer für dich gekocht hat. Eingelegte Heringe mit Krususkartoffeln!"

„So, da hat sie, nachdem ich dich aus Hamburg angerufen habe, schnell Heringe eingelegt?"

Sie merken, daß ich immer noch recht skeptisch war!

„Nein, die hat sie schon am gestrigen Tage gekauft, ausgenommen und eingelegt."

„Für mich?!"

„Für uns, Jens! Ein Versöhnungsessen, gewissermaßen."

„Wer versöhnt sich?" Ich konnte es immer noch nicht glauben.

„Nun", Thomas machte eine gewichtige Pause, „Karin mit dir, du mit ihr, wir versöhnen uns quasi alle miteinander!"

Was sollte ich nun dazu sagen? Was war da vorgegangen? Welche entscheidenden Veränderungen hatten sich während meiner Abwesenheit ergeben? Ich war nochmals sprachlos.

„Allerdings ist auch der Jakob Sprenz dabei", fügte Thomas hinzu.

„Der stört mich nicht, bei dem Essen. Reichen denn die Heringe für vier Personen? Vielleicht sollte Karin für den Chef lieber noch eine Roulade braten?"

Thomas bekam den zweiten Lachanfall. Er kannte selbstverständlich die Geschichte mit den Rouladen.

„Herdenbein! Sei in einer dreiviertel Stunde hier. Und komm zu Fuß, es gibt Doppelkorn dazu!"

Er hängte auf, und ich zog mich an. Im Flur prüfte ich vor dem Spiegel den Sitz meiner Fliege, dann machte ich mich auf den Weg.

Ich spazierte sehr gemächlich von meiner Wohnung zum Düsternbrooker Weg, so daß ich zur rechten Zeit ankam.

Wäre ich frühzeitiger von diesem Sinneswandel Karins informiert worden – ich konnte es mir immer noch nicht vorstellen –, hätte ich Blumen mitgebracht. Hätte, hätte, hätte! Selbsteingelegte Heringe mit Krususkartoffeln war in den alten Zeiten, als wir noch zu dritt herumzogen, wirklich mein Lieblingsgericht bei den Sammlers gewesen. Irgendwann hatte sie mich damit überrascht. Sie konnte wunderbar Heringe einlegen, die Karin. Sie waren immer ein Gedicht aus Geschmack und Zartheit, die Heringe! Zeitpunkt und Zutaten wurden von ihr ideal eingehalten, und was dann dabei herauskam war, wie ich schon gesagt habe, ein Gedicht! Ach ja, die Krususkartoffeln. Ich weiß nicht, warum sie so heißen! Karin behauptete, daß der Name aus Pommern stammt. Es handelt sich bei den Krususkartoffeln um eine Variante von Kartoffelbrei. In den fertigen Brei kommen zum Schluß knusprig gebratene Zwiebeln, die untergerührt werden – das ist alles! Was heißt das, das ist alles! Die beiden Komponenten, ihre eingelegten Heringe und diese Kartoffelbreivariante, ergaben eine einfache aber köstliche Speise. Fort mit dem Hummer vom KaDeWe! Fort mit den Kompositionen neuer deutscher Küche! Fort mit dem französischen Schnickschnack und der italienischen Pasta, so gut sie auch sein mochten! Ich weiß, daß Sie mir das jetzt nicht abnehmen. Stimmt! Manchmal neige ich zu maßlosen Übertreibungen. Also machen wir es wieder gut: Her mit den... Na, Sie wissen schon!

Als ich vor Thomas Sammlers Haus ankam, stand der Chef schon da. Was für ein Bild! Zugegeben, es war immer noch heiß, dieser Sommer hatte es in sich. Er stand mit Shorts vor der Tür und trug ein farbenprächtiges Hawaiihemd. So weit, so gut! Ich will mich ja jetzt nicht mokieren! Aber können Sie sich vorstellen, wie seine dürren Beine aus den Shorts herausstakten und in riesigen Schuhen endeten? Dann trug er dieses blumige Hemd – trotz seines immensen Bauches – über den Shorts, so daß ein luftiger Durchlaß entstand. Es war zum Piepen! Es klingt vielleicht merkwürdig für Sie, doch in diesem Augenblick mochte ich ihn unheimlich gern.

Also nochmals! Da stand Jakob Sprenz in Shorts vor der Tür der Sammlers und wartete. Und er hielt hinter seinem Rücken ein Blumenstrauß versteckt. Gelbe, langstielige Rosen. Teerosen! Welch eine Zufall, das waren ja meine Blumen, die ich vergessen hatte! Es reichte gerade zu einem „Hallo, Chef!", als die Tür aufging und Karin Sammler erschien. Der Chef zückte seinen Blumenstrauß und gab ihn Karin, allerdings war jetzt eine Rose weniger drin! Wie heißt es so schön? Gelegenheit macht Diebe! Auch ich konnte eine Rose überreichen. Karin, die Megäre, lachte, wie ich sie schon lange nicht mehr lachen gehört oder gesehen hatte. Sie hatte meinen Trick natürlich von der Haustür aus bemerkt. Doch ich glaube, sie lachte weniger über den Diebstahl, als über den Anblick, den wir beide boten. Der kleine Jakob Sprenz in seinen farbenfrohen Shorts und ich daneben mit meiner umgebundenen Fliege. Wahrscheinlich war das eine so unmöglich wie das andere. Ich konnte Karin also auch eine Blume überreichen, die sie lachend entgegennahm. Der Chef stutzte, schaute auf seinen Strauß in Karins linker Hand, warf seinen Kopf zu mir herum – beinahe wären ihm die Haare, die er wieder in kunstvoller Frisur um den kahlen Schädel geschlungen hatte, über die Ohren gefallen –, schaute dann wieder zurück zu Karin und erblickte eine einzelne Teerose in ihrer rechten. Ich weiß nicht, ob er die Angelegenheit durchschaute, denn Karin bat uns herein. Thomas erschien, aus dem Keller kommend, die Hände voller Bierflaschen, was ein zivilisiertes Händeschütteln unter Männern erheblich erschwerte, beziehungsweise in diesem Fall unmöglich machte. Unter reichlich windigen Erklärungen des Chefs, warum er zum Abendessen in Shorts erschienen war, erreichten wir die Terrasse. Der kommt aber auch manchmal mit Erklärungen rüber! So sprach er jetzt davon, daß er sich schon den ganzen Tag über wie ein schlesisches Schwitzeschwein gefühlt hatte – was immer das auch sei!

Während Karin in der Küche die Blumen in eine Vase verfrachtete, alle!, und die Krususkartoffeln holte, der Duft der gebratenen Zwiebeln war auch auf der Terrasse zu verspüren, drückte uns Thomas je eine

Flasche eines bekannten norddeutschen Bieres in die Hand. Wir nahmen uns die Gläser vom festlich (!) gedeckten Tisch – Stoffservietten und Silberleuchter! – und schenkten ein. Unser Durst war allerdings so allmächtig, daß wir nicht etwa warteten, bis wir ein gepflegtes Bier im Glas hatten, wir schütteten beinahe die erste Gläserfüllung in uns hinein, alle sodann ein behagliches Stöhnen ausstoßend. Der erste Schluck ist immer der beste. Welche Weisheit! Als Karin erschien, setzten wir uns. Die Gläser wurden jetzt angemessener gefüllt. Wie kleine Jungen beobachteten wir uns gegenseitig, wer der Schöpfer der schönsten Bierkrone sei. Sagen wir mal so, der Chef verlor.

Der Duft aus der großen Schüssel mit der Kartoffelbreispezialität wurde immer verlockender. Die eingelegten Heringe schwammen in einer Sahne-Zwiebel-Soße, deren Zusammensetzung und Würzung Karin niemals verraten würde. Sie schwammen in einer großen, graublauen Terrine aus dem Kannebäckerland, wo das rustikale und berühmte Westerwalder Steinzeug hergestellt wird. Endlich kam das befreiende Wort, die Dame des Hauses wünschte guten Appetit. Während Thomas einem jeden von uns eine mehr oder minder große Ladung des Kartoffelbreis mittels einer Kelle auf den Teller klatschte, was auf der Stelle ein Kopfschütteln seiner Frau hervorrief, zelebrierte uns Karin gewissermaßen den Hering neben die Kartoffeln. Jeder bekam von ihr auch noch ein Kellchen Soße zugeteilt. Und das alles mit einem durchaus freundlichen und, wie mir schien, auch ehrlichen Lächeln. Was war mit ihr geschehen? Welche Zaubermittel hatte Thomas angewandt, um seine keifige Frau zu verändern? Ich sollte es später noch erfahren!

Nun wurde aber zuerst einmal tüchtig gespachtelt. Krususkartoffeln und Heringe waren in Hülle und Fülle vorhanden und der Bierkeller Thomas Sammlers – wie ich wußte – gefüllt. Ein nie versiegender Quell im Keller unter der Terrasse! Nach der ersten Abteilung eilte Thomas in die Küche und holte aus dem Tiefkühlfach die schon angekündigte Flasche ·mit dem Doppelkorn. Eine Reminiszenz an frühere Zeiten. Selbst Karin, die alles Harte an Getränken verabscheute, nippte an ihrem Glas, als wir uns zuprosteten. Wir bedienten uns jetzt selbst. Die Kartoffelbreivariation zu beschreiben ist unmöglich, sie war einfach vortrefflich. Die Heringe waren über jeden Zweifel erhaben und sagten alles über die hervorragende Leistung Karins auf diesem Gebiet. Ein jedes Mal, wenn die Teller wieder leer gegessen waren, eilte Thomas in die Küche, um uns den tiefgekühlten Doppelkorn zu kredenzen. Ich muß allerdings zugeben, daß ich nicht der wahre Freund eines solchen Getränkes bin und nach der zweiten Runde dankend ablehnte. Karin lächelte mich dabei an. Was hatte sie nur? Nachdem wir zum dritten Mal unsere Teller mit Karins Köstlichkeiten gefüllt hatten, dauerte es länger, bis wir uns zum Boden vorgegessen hatten. Das ist das Betrübliche bei einem solchen hervorragenden Essen, wenn alles wirklich rundherum köstlich schmeckte, irgendwann ist einfach Schluß.

Die Gespräche bei Tisch drehten sich zu Beginn vor allem um das anhaltend schöne Wetter. Der Sommer 1995 in Schleswig-Holstein schlug alle Rekorde hinsichtlich seiner Dauer wie auch temperaturmäßig. Aber wir waren alle Freunde höherer Temperaturen, ein verregneter Sommer in unserer Gegend ist grauenhaft. Ich hatte selbstverständlich von Berlin berichtet, was den touristischen Teil anging. Auch die Lachparade auf der Hinfahrt war von mir erwähnt worden und jenes merkwürdige Essen auf der Rückfahrt. Die kriminalistischen Teile meiner Reise hatte ich zuerst einmal zurückgestellt. Der Chef mußte auch während des Essens vom Dienst sprechen und glaubte, beim Aktenstudium unerledigter Fälle auf eine interessante, vielversprechende Spur gestoßen zu sein. Ich wußte von meinen Studien der vergangenen Wochen, daß diese vielversprechenden Spuren zu neunundneunzig Prozent im Sande verlaufen. Beim Chef etwa nicht, frage ich Sie?

Thomas und Karin hatten am Montag und Dienstag einen Kurzurlaub auf Sylt gemacht. Na, da mußte aber etwas Außergewöhnliches geschehen sein! Davon erzählten sie am Tische jedoch nichts. Später, als das Essen beendet war, deckten wir gemeinsam den Tisch ab. Als Karin und der Chef gerade in der Küche hantierten, vertieft in ein ominöses Gespräch, nahm mich Thomas zur Seite und erklärte das überraschende Verhalten Karins. Allerdings erst, als ich seine Frage, ob Nastrau ermordet worden sei, bejaht hatte.

Wer oder welche geheimnisvollen Kräfte hatten Karins Veränderung bewirkt? Die Antwort lautete: Siegfried Nastrau, respektive Nadja Schlemm!

Da staunen Sie? Ich auch!

Seit Thomas den Ertrunkenen obduziert hatte, eigentlich schon seit jenem Zeitpunkt, als seine Frau mich angerufen hatte, kreisten die häuslichen Gespräche der beiden um Siegfried Nastraus Tod. Beide waren fest davon überzeugt, daß er ermordet worden sei, von seiner

Frau oder Lebensgefährtin, wie auch immer. Ihre Gedanken bewegten sich – im Anschluß an diese Festlegung – immer um die Frage, was in einer Ehe ablaufen konnte, daß zum Schluß für einen der Partner nur noch der Ausweg in einem Mord bestand. Sie waren dann auf ihre Ehe zu sprechen gekommen, unter anderem auch auf die von ihr sabotierte Freundschaft zu mir. Sie hatten ihre Probleme analysiert, die sich daraus entwickelten Schwierigkeiten erkannt und waren bei ihren Spaziergängen auf Sylt zu dem Ergebnis gekommen – im Hinterkopf immer die Hypothese von der Ermordung Nastraus –, daß es bitter an der Zeit war, ihrer Ehe neue, oder doch andere, Akzente zu verleihen. Und nun war die Konsequenz ihrer Erörterungen, wie ich überraschenderweise erleben durfte, sogleich in die Praxis umgesetzt worden. Thomas gab mir noch den freundschaftlichen Rat, wohlwollend meine Schultern beklopfend, daß ich mich fürs Erste irgendwelcher dummer Bemerkungen Karin gegenüber – ich sei schließlich bekannt dafür – enthalten sollte.

Als der Chef und Karin aus der Küche zurückkehrten, zwinkerte sie mir zu. Hollah! Kühn, wie ich war, zwinkerte ich zurück! Wir entschlossen uns, ins Wohnzimmer hinüberzuwechseln. Der Behaglichkeit wegen, wie ich anfügen muß, denn ich hatte keine Lust, bei dem nun anstehenden Gespräch noch länger auf bequemen – aber immerhin doch Stühlen – zu sitzen. Karin wollte auf der Terrasse bleiben, der Chef und ich bedeuteten ihr jedoch, daß wir nicht auf ihre Gegenwart und eventuell auch auf ihre Intuitionen verzichten wollten. Wir machten es uns also auf Sesseln und Sofa bequem, nachdem Thomas nochmals für Nachschub – wir wollten alle beim Bier bleiben – gesorgt hatte. Karin holte aus dem Buffet Zigaretten. Drei verschiedene Packungen, ich staunte!

Alte Zeiten wurden mir wieder gegenwärtig. Früher hatte Karin eine Gästekartei geführt. Darin enthalten waren die Vorlieben eines jedes Gastes: Rauchte er, und wenn er rauchte, welche Sorte; welches war seine Lieblingsspeise, was konnte er überhaupt nicht ausstehen. Sie sorgte damit, rein äußerlich, schon für einen gewissen harmonischen Ablauf eines Abends, einer Festlichkeit oder einfach einer Plauderei. Und jetzt hatte sie ihre Kartei zweifelsfrei wieder aufleben lassen. Vor uns drei Zigarttenrauchern lag jedenfalls die jeweilige Lieblingsmarke. Karin lächelte den Chef und mich an, und wir bedankten uns artig für diese zusätzliche Aufmerksamkeit. Thomas stopfte sich umständlich eine Pfeife. Nachdem er dieses Ritual zu seiner Zufriedenheit beendet hatte, konnte es losgehen.

Das heißt, ich sollte noch etwas über Karin Sammler einfügen. Mein letztes Zusammentreffen mit ihr geschah am letzten Freitag in der Frühe. Sie erinnern sich? Vor ihrem Haus! Sie gab mir die kurzen Aufzeichnungen von Thomas! Da stand sie mit zerwuselter Frisur, im Morgenrock und war stinksauer auf mich. So hatte ich sie eigentlich immer in Erinnerung. So war sie eben! Es mag hart klingen, aber immer etwas schlampig, sowohl frisurmäßig als auch in Kleidungsfragen. Von ihrer Stimmung gegen mich einmal vollkommen abgesehen! Und nun diese Veränderung! Sie war freundlich, konnte lächeln und zwinkerte mir überdies schelmisch zu. Zu Karins Outfit lassen Sie mich nur eins sagen, es mußten von den Sammlers auf Sylt die Boutiquen geplündert worden sein! Das war, trotz Thomas' Erklärung, alles sehr erstaunlich. Gut so!

Ich berichtete den dreien ausführlich von meiner Berlin-Mission, vermied jedoch jegliche Bewertung. Ich beschrieb ihnen die Wohnung des Ertrunkenen und seiner Lebensgefährtin samt der immensen CD-Sammlung. Ich gab das Gespräch mit Annette Degering wieder, auch ihre negative Bemerkung über Nastrau, und vergaß auch nicht, ihr stilles Weinen zu erwähnen. Dann schilderte ich mein Treffen mit Rainer Koslowski und die damit verbundene andere Sichtweise der Dinge. Ich beendete meinen Bericht mit dem Zusammentreffen, oder dem Zusammenstoß, mit Katalina Goronzi. Sie hörten genau zu und unterbrachen mich nicht, wenngleich auf allen drei Gesichtern gleichzeitig ein breites Grinsen erschien, als ich von meiner mißlungenen Methode bei der Goronzi berichtete. Zum Schluß schilderte ich ihnen meinen Traum und verband damit den Hinweis auf das Metronom in der Wohnung sowie auf dem Grundstück. Ich beendete meinen Bericht mit Koslowskis Bestätigung, daß das Metronom der Schlüssel zu Nastraus selbständigem und ungefährdetem Schwimmen gewesen war. Dann faßte ich zusammen:

„Siegfried Nastrau ist ertrunken, trotz seiner Methode. Vielleicht auch gerade deshalb? Frau Schlemm haßte Nastrau auf Grund der eben angeführten Aussagen. Frau Schlemm hat zwei Fehler gemacht, sie hat den Feinkosthändler nicht informiert, weil sie den Tod ihres Lebensgefährten eingeplant hatte, und sie hätte das Metronom auf dem Steg stehen lassen sollen. Ich weiß, das sind alles keine Beweise, aber ich werden Frau Schlemm überführen."

„Herdenbein, Se ham wat verjessen! Die Recherchen der Kollejen in Frankfurt und im janzen Frankfurter Raum, in allen Hotels, ham erjeben, det Frau Schlemm dort nich übernachtet hat. Jut wat? Noch 'en Punkt für Sie!"

„Eine erfreuliche Mitteilung, Chef, das könnte einmal von Wichtigkeit sein!"

„Schön, Herdenbein, dassich oochmal wat für Se tun konnte. Aber wat anneret, dieses Metronom, ick weeß watt en Metronom is, aber welche Rolle spielt denn det?"

„Das wollte ich dich gerade auch fragen, Jens", hakte Thomas nach.

„Gut! Ihr müßt wissen, daß Siegfried Nastrau sehr darauf bedacht war, unabhängig zu sein. Seine Erblindung machte ihm im ersten Jahr sehr zu schaffen".

„Ich kann dir übrigens einiges von seiner Augenkrankheit berichten", unterbrach mich Thomas.

„Ich weiß, Thomas, Angiomatosis retinae cystica!"

Thomas schaute mich an, wie sagt man noch, wie ein Auto. Eine solche Verblüffung hatte ich noch nie in seinem Gesicht gesehen. Dabei muß ich nun, ich verrate das aber nur Ihnen, eingestehen, daß ich dieses verblüffte Gesicht von Thomas vorausgesehen hatte, und während der Zugfahrt nach Hamburg – eine Unterhaltung mit der Dame war ja nicht zustande gekommen – des öfteren in mein Büchlein geschaut hatte, um den Namen dieser Augenkrankheit auswendig zu lernen. Das Gesicht Thomas' war die Anstrengung wert gewesen. Auch der Chef guckte voller Verwunderung. Karin grinste, ich denke, daß sie sich an die vielen Streiche in den damaligen guten Zeiten – die ja nun wieder auferstehen sollten – erinnerte.

„Nun mal weiter, Herdenbein", drängte der Chef.

„Gut! Bei meinem sonntäglichen Besuch auf dem Grundstück bin ich – mit einem Seidenschal vor den Augen – auf den See hinausgeschwommen. Nach einiger Zeit habe ich das Tuch abgenommen und fand mich weit abseits vom Steg wieder. Nastrau dagegen ging mit dem Metronom zum Steg, prüfte, ob es aufgezogen war oder zog es jetzt erst auf und setzte es in Gang. Er schwamm auf den See hinaus, hörte das Klacken des Metronoms und fand folglich immer den Weg zum Steg zurück."

„Sie müssen prüfen, Herdenbein, ob das Metronom noch aufgezogen ist!"

„Richtig, Chef! Ich werde morgen auf das Grundstück fahren. Ich werde Holtz mitnehmen und die Restzeit stoppen. Und ich werde noch ein weiteres tun. Ich nehme das Metronom mit nach Kiel und lasse es auf Fingerabdrücke untersuchen. Wenn die letzten, guterhaltenen Fingerabdrücke von Nadja Schlemm sind, hat sie den Taktgeber auch zuletzt in der Hand gehabt. Nur ein kleines Indiz, zugegeben, aber Stück um Stück wird sich die Schlinge um Frau Schlemm enger ziehen."

„Du bist fest davon überzeugt, daß die Schlemm ihn umgebracht hat?"

„Thomas, sagen wir es einmal so, es erscheint mir immer unglaublicher, daß dieser Mann, bei seiner Pingeligkeit, durch einen tragischen Unglücksfall ums Leben kam!"

„Das wird aber schwer zu beweisen sein!"

„Thomas, du kennst mich, ich lasse mir schon etwas Überzeugendes einfallen."

„Das glaube ich dir gerne", nickte Thomas zustimmend, während der Chef broddelte: „Das hoffe ich!"

„Als ich nach Berlin fuhr, war ich mir unsicher, jetzt bin ich es nicht mehr."

„Aber viel hamse nicht inner Hand, Herdenbein!"

„Chef! Alles wird darauf ankommen, wie Nadja Schlemm reagiert und ob ich etwas finde, womit ich sie in die Enge treiben kann. Sie ist sehr geschickt vorgegangen, aber nicht wie ein Profi. Das ist unsere Chance. Sie hat Fehler gemacht, die der Vermutung, daß sie einen Mord begangen hat, immer mehr Gewicht verleiht. Ich denke, auf Grund des Charakterbildes, das ich bisher bei ihr - durch die Aussagen von Freund und Feind − entdeckt habe, daß sie kalt geplant hat. Bei der Durchführung ihres Vorhabens ist sie jedoch von Emotionen geleitet gewesen. Dazu kommt noch die Vergeßlichkeit, siehe Feinkosthändler, der nicht informiert worden war, und die Unlogik bei der Mitnahme des Metronoms sowie eine falsche Planung ihres Alibis. Die Frage ist, wie wird sie sich verhalten, wenn sie in Kiel auftritt oder wieder am Schluensee ist?"

„Was hammse vor, Herdenbein?"

„Das ist mir noch nicht ganz klar, Chef, das ist noch etwas unausgegoren. Aber, wenn Nadja Schlemm vor mir steht, weiß ich es. Wahrscheinlich brauche ich deinen Bruder, Thomas."

„Ich habe keinen Bruder! Du meinst vielleicht meinen Cousin?"

„Richtig, das war dein Cousin. Der war doch Rettungsschwimmer, oder?"

„In der Tat! Der ist in seiner Freizeit Rettungsschwimmer bei der DLRG!"

142

„Und Taucher?"

„Und auch Taucher, was hast du vor?"

„Es ist, wie schon gesagt, noch zu unausgegoren, um es zu erklären. Aber es hat mit der Überführung von Nadja Schlemm zu tun".

„Was ich noch nicht verstehe, Jens, wie hat diese Frau Schlemm den Mord durchgeführt?" fragte Karin. „Ist das eine längere Planung gewesen?"

„Ich kann da natürlich nur Vermutungen anstellen. Aber wenn ich die Aussagen von Katalina Goronzi heranziehe..."

„Sag mal, Jens", unterbrach mich Thomas, „hat diese Katalina Goronzi irgendwie ein chinesisches Aussehen?"

Alle starrten ihn an, alle mit verdutzten Gesichtern.

„Ein chinesisches Aussehen?"

„Na, ich meine nur, weil sie doch Katalina heißt, müßte sie nicht Katharina heißen?"

Ich muß ihnen verdeutlichen, daß Thomas drei Fehler hat, was Witze angeht. Erstens kann er keine erzählen, zweitens sind sie zumeist äußerst zweideutig oder drittens so plump, wie Sie es gerade mitbekommen haben.

Also starrten Karin und ich ihn an, mit leicht verzogenen Mundwinkeln, während der Chef zuerst überhaupt keine Reaktion zeigte – unter Stirnrunzeln nachdachte – und dann wie ein Walroß losprustete. Er wieherte und wieherte, konnte sich kaum mehr beruhigen und zog dann ein großes Taschentuch aus seinen zweifelhaften Shorts hervor, um sich die Tränen zu trocknen.

„Mein Gott, Thomas!" rief Karin aus, aber Jakob Sprenz brauchte noch eine ganze Weile, bis er sich endlich wieder beruhigt hatte und ich weiter erzählen konnte.

„Also! Ich denke, daß Nadja Schlemm schon vor Ostern genauere Überlegungen angestellt hat, denn sie sagte einen schon länger geplanten gemeinsamen Urlaub mit ihrer Hamburger Freundin ab. Angeblich, weil sie zu erschöpft war oder weil sie fertig war. Nastrau mache sie sozusagen kaputt. Ich denke, daß sie zur Tatzeit – vor allem nach der Tat – niemandem gegenübertreten wollte, auch nicht ihrer Freundin. Sie fuhr also am Donnerstag letzter Woche mit Nastrau nach Hamburg und holte sich dort den Schlüssel für das Anwesen in Italien ab.

Laßt mich an dieser Stelle meine Schilderung kurz unterbrechen. Das war auch schon nicht gut von ihr geplant! Sie hätte sich den Schlüssel schicken lassen sollen, um am Mordtag – wenn ich das so sagen darf – vollkommen Herr über die Zeit zu sein. Das aber nur nebenbei.

Sie kommt mit Nastrau am Schluensee an, richtet das Haus ein, stellt alles an die richtige Stelle, macht mit Nastrau noch einen Rundgang und verabschiedet sich von ihm. Da sie mittags noch in Hamburg waren, ist es jetzt ungefähr zwei Uhr, wahrscheinlich etwas später. Sie fährt weg und kehrt zu Fuß zurück. Die Frage, wo sie den Wagen möglichst unentdeckt abstellen konnte undsoweiter, lasse ich jetzt einmal beiseite. Sie kehrt also zurück und muß warten, bis Nastrau zum See geht. Nun, da es sehr heiß war, konnte sie sich absolut sicher sein, daß er baden gehen würde. Sie muß ziemlich lange warten, denn wir wissen von der Obduktion, daß er gegen achtzehn Uhr ertrunken ist. Sie beobachtet ihn. Ich frage mich, was geht jetzt in ihr vor? Erhöhter Herzschlag? Oder wird sie unruhig, weil alles solange dauert?

Nastrau, stell' ich mir vor, sitzt auf der Terrasse. Er genießt den Tag, das Alleinsein, seine Unabhängigkeit. Jetzt steht er auf, geht ins Haus, zieht die Badehose an und das Metronom auf. Er geht mit seinem Taststock den Weg zum See hinunter, kommt auf dem Steg an, prüft nochmals das Metronom und setzt es in Gang. Largo, langsamer Takt. Er kühlt sich, gewissenhaft wie er ist, zuerst ab, dann schwimmt er auf den See hinaus. Nadja Schlemm steht in der Zwischenzeit auf dem Steg. Nachdem sie sieht, daß er weit genug hinausgeschwommen ist, nimmt sie das Metronom in die Hand und stellt es ab. Sie zieht sich bis zu den Büschen am Seeufer zurück, und jetzt muß sie abwarten. Sie muß darauf warten, daß er absäuft. Ich sage das einmal so brutal. Sie muß sich seines Ertrinkens sicher sein, eher kann sie nicht gehen. Da frage ich mich jetzt wieder, was geht in ihr vor?

Jetzt hört Nastrau das Geräusch des Metronoms nicht mehr. Er horcht. Er dreht um. Er wird unruhig. Er horcht wieder. Er wendet den Kopf, schon hat er nicht mehr die richtige Richtung. Er schwimmt, vielleicht auf den See hinaus. Vielleicht ahnt er sogar, was vorgegangen ist. Vielleicht schreit er auch um Hilfe. Niemand hört ihn, denn an der Badestelle Kossau ist Jubel, Trubel, Heiterkeit. Er gerät in Panik, er bekommt einen Herzschlag und ertrinkt.

Nadja Schlemm beobachtet das alles vom Ufer aus. Sie geht ins Haus, stellt das Metronom an seinen Platz, läßt das Haus offen und verschwindet. Sie geht zum Wagen zurück und muß sich zuerst einmal beruhigen. Das stelle ich mir jedenfalls vor. Dann fährt sie los. Irgendwo übernachtet sie und ruft ihre beiden Freundinnen in Berlin und

Hamburg an – sie benötigt ein Alibi! –, um ihnen mitzuteilen, daß sie schon in Frankfurt sei. Das ist aber gar nicht möglich! Von Plön bis Frankfurt benötigt man, freie Fahrt vorausgesetzt, bestimmt fünf Stunden, dann wäre es aber schon Mitternacht. Das Alibi ist falsch!"

Es war eine ganze Weile still. Wir schenkten uns Bier nach und schwiegen.

„Klingt überzeugend", meinte Thomas.

„Find ich auch", meinte Karin.

„Aber keine Fakten, die zu 'ner Festnahme ausreichen!" kommentierte der Chef, womit er Recht hatte.

Und diese Feststellung von Jakob Spenz war es, die mir im Gedächtnis blieb. Die, auf meinem Weg nach Hause – der Chef hatte mir angeboten, mich zu fahren, ich meinte jedoch, daß ein wenig frische Luft mir gut tun würde – immer wieder durch meinen Kopf ging. Das war der Satz, der letzte, an den ich dachte, bevor ich einschlief.

7. TAG

15. Ein kulinarisches Desaster

„Keine Fakten, die zu einer Festnahme ausreichen", damit wachte ich auch auf. Nicht, daß Sie nun denken, daß ich sorgenvoll aufwachte. Keineswegs! Ich wußte, daß mir der rechte Einfall schon zu gegebener Zeit kommen würde. Ich blieb noch im Bett liegen. Da es gestern sehr spät geworden war, mein nächtlicher Spaziergang hatte auch noch dazu beigetragen, wollte ich den Tag langsam angehen lassen. Ich würde nach Plön fahren und die Dinge auf dem Grundstück am Schluensee erledigen, die für den erfolgreichen Abschluß dieser üblen Mordgeschichte von Wichtigkeit waren. „Keine Fakten, die zu einer Festnahme ausreichen". Das wollen wir doch einmal sehen! Also noch einmal eine Rückblende:

Nach dem Statement des Chefs hatten wir wieder geschwiegen. Es war klar, daß jeder von uns, nach meiner Rekonstruktion des Mordes, seinen Gedanken nachhing. Die drei stellten sich das Ertrinken Nastraus vor oder wie Nadja Schlemm seelenruhig zusah. Seelenruhig oder eiskalt mußte selbstverständlich nicht stimmen, vielleicht hatte sie ja auch Herzrasen oder biß sich in die windenden Hände, wer weiß!

145

„Woher kanntest du Nastraus Augenkrankheit?" unterbrach Thomas unser gemeinsames Schweigen.

„Sein Freund, Rainer Koslowski, hat davon gesprochen. Natürlich nur, wie die Krankheit hieß, medizinisch erklärt hat er sie mir nicht. Ich denke aber, daß du das kannst."

„Wie hieß diese Krankheit?" fragte Jakob Sprenz.

„Angiomatosis retinae cystica", erwiderte Thomas, „eine böse Krankheit!"

„Vielleicht erklärst du uns das etwas genauer", Karin schaute ganz wißbegierig.

„Aber so, daß ich es auch verstehe", setzte der Chef fort.

„Gut, ich werde es versuchen! Es handelt sich um eine tumorartige Fehlentwicklung der Kapillaren, die zum Beispiel die Retina befällt."

„Herr Sammler!" unterbrach der Chef; im Ton ganz Vorgesetzter.

„Ja, ja, ich weiß schon", entschuldigte sich Thomas. „Kapillaren sind ganz feine Blutgefäße, und die Retina ist die Netzhaut des Auges. Kann ich jetzt weiter fortfahren?"

Alle nickten. Ich war ganz froh, daß der Chef immer so direkt ist. So mußte ich meine Unwissenheit nicht deutlich werden lassen. Wobei ich ganz ehrlich bekennen muß, daß ich die Obduktionsberichte von Herrn Dr. Thomas Sammler erst dann immer richtig verstand, wenn ich eine Rücksprache mit ihm gehalten hatte. Aber manchmal mag man ja auch nicht fragen, so wie in diesem Moment.

„Interessanterweise erkranken in der Regel beide Augen. Ihr müßt euch das folgendermaßen vorstellen. Im Frühstadium der Erkrankung wird ein stark gestautes Gefäßpaar, der Laie spricht allgemein von Adern, durch einen Gefäßknoten, sagen wir einmal, kurzgeschlossen. Dann kommt es zu retinalen Blutungen, also Blutungen in der Netzhaut, verbunden mit einem Auftreten von weißen Exsudaten, das ist Blutserum. Im Endstadium löst sich die Netzhaut ab."

„Und der Mann ist blind!" bemerkte der Chef in seiner unübertroffenen Logik.

„Noch etwas!" Thomas wurde jetzt ganz aufgeregt.

„Als Siegfried Nastrau gefunden wurde, waren seine Augen geschlossen. Wir haben dem keine Bedeutung beigemessen. Warum sollten seine Augen nicht geschlossen sein? Nun hinterläßt diese Augenkrankheit aber sichtbare Spuren in Form von deutlichen Narben, die man beim Betrachten der Augen als Reflex erkennen kann. Wir hätten also, wenn Nastraus Augen offen gewesen wären oder wenn wir, aus

146

welchem Grund auch immer, seine Lider geöffnet hätten, sofort bemerkt, daß er blind war. Also ich hätte es sofort bemerkt, da bin ich mir ziemlich sicher."

„Was uns verblüfft hätte", gab ich zu bedenken, „aber im Moment auch nicht weitergeholfen hätte."

„Das mag sein", gab Thomas zu.

„Noch einmal zum Metronom", Karin beugte sich vor und zündete sich eine Zigarette an. „Ich sehe immer den Siegfried Nastrau vor mir, wie er das letzte Mal zum Steg hinuntergeht. Wißt ihr, dieses Bild hat sich bei mir direkt eingebrannt."

„Aber Karin, das war ausschließlich meine Sicht der Dinge. Es könnte – nur in der Theorie, denn Nadja Schlemm war ein Eile – auch so gewesen sein, daß sie ihn zum Steg hinunter begleitet hat. Rein theoretisch!"

„Gut Jens, mir geht es auch gar nicht um den letzten Gang von Nastrau, sondern um das Metronom. Nur mal angenommen, nicht wahr? Theoretisch! Könnte dieser Nastrau nicht auch einmal vergessen haben, das Metronom aufzuziehen?"

„Ja, das ist mir auch immer wieder durch den Kopf gegangen. Ich bin aber dennoch zu dem Schluß gelangt, daß diese Vorstellung unmöglich ist."

„Aber rein theoretisch?"

„Naja, man kann es nicht völlig außer acht lassen. Dennoch, alles was ich über die Persönlichkeitsstruktur von Nastrau erfahren habe, sagen wir einmal von Freund und Feind, deutet darauf hin, daß ihm eine solche Nachlässigkeit vollkommen fremd gewesen sein muß. Ich schließe Vergeßlichkeit aus!"

„Und wenn nun Frau Schlemm behaupten sollte, daß er das Metronom hin und wieder nicht aufgezogen hat?"

„Dann werde ich beweisen, auf Grund der letzten Fingerabdrücke, daß Nastrau mit intaktem - hier also mit aufgezogenem – Metronom zum See marschiert ist und sie die letzte war, die es dann noch in der Hand gehabt hatte."

Ich muß zugeben, daß diese Beweisführung nicht gerade hundertprozentig war, aber manchmal muß man sich auch an Strohhalme halten. Abgesehen davon sollte man dem Kommissar Zufall auch eine Chance geben. Oder sind Sie anderer Meinung?

Das Gespräch plätscherte anschließend keineswegs nur so dahin. Wir nahmen uns noch mal den Charakter von Nastrau vor. Wir versuchten, Nadja Schlemm zu verstehen. Nicht den Mord, sondern ihre Situation und die daraus resultierenden Überlegungen, die sie schließlich zu der Überzeugung gelangen ließ, daß die geplante Tat - wir gingen inzwischen vom Fakt aus! – der einzige Ausweg aus ihrer Lage sei. Wir stellten Nastraus Wunsch nach Unabhängigkeit den Verpflichtungen der Schlemm ihm gegenüber entgegen. Kurzum, wir versuchten, uns in die Seelen der beiden hineinzuversetzen. Jeder hatte eine Meinung, eine Idee, einen analytischen Ansatzpunkt beizusteuern. Die Beitragsanteile eines jeden von uns waren recht ausgewogen. Lediglich beim Metronom prallten die Meinungen heftig aufeinander. Der Chef und ich waren der Überzeugung, daß Nastrau den Taktgeber, auf Grund seiner Persönlichkeit, auf jeden Fall aufgezogen hatte, die beiden Sammlers hatten da ihre Bedenken und sprachen von Schusseligkeit, die doch jedem Menschen, ab und an, eigen sei.

Dann schlug sich Thomas plötzlich gegen die Stirn und sagte:

„Wie konnte ich das nur vergessen! Im Bericht habe ich mich darüber detailliert ausgelassen, und nun denke ich erst jetzt daran."

„Mach es nicht so spannend, Thomas", rief ich, plötzlich wieder sehr munter.

„Nun, bei der Obduktion habe ich entdeckt, daß manche der Herzkranzgefäße Nastraus nicht so waren, wie sie eigentlich sein sollten. Nichts Schlimmes! Einen Herzinfarkt, auch einen kleinen, hat er nicht erlitten. Aber eine schwerwiegende Aufregung könnte bei ihm eher zu einem Kollaps geführt haben, als bei einem anderen Menschen."

„Vielleicht hat Siegfried Nastrau seiner Lebensgefährtin nach einem Arztbesuch davon erzählt", meinte Karin.

„Vielleicht hatter auch manchmal schwer jeatmet", setzte der Chef diesen Gedankengang fort, „oder er faßte sich manchmal ans Herz!"

„Okay, vielleicht sind diese ‚vielleichts‘ alle richtig, vielleicht auch nicht!" erwiderte ich lachend.

„Jens, weißt du, ob Nastrau Raucher war?"

„War er bestimmt! Im Regal, auf dem Wochenendgrundstück, lagen Aschenbecher und Zigaretten, und zwar in dieser gewissenhaften Ordnung. Ich glaube, neben dem Metronom oder neben dieser sprechenden Uhr. Aber ich denke, Nastrau ist nicht gestorben, weil er Raucher war, oder weil seine Herzkranzgefäße gewisse Verengungen aufwiesen. Das mag alles eine Rolle gespielt haben! Es mag auch sein, daß Nadja Schlemm all dieses mit in ihr Kalkül aufgenommen hat, das Entscheidende aber bleibt nämlich, Siegfried Nastrau – mittels eines Metronoms – umzubringen. Rauchen hin, Herzkranzgefäße her!"

„Richtig, Herdenbein, richtig! Sie sind aufem richtigen Weg!" Bei diesen aufmunternden Worten erhob sich der Chef. Wir anderen folgten ihm.

Voll des Lobes über das deftige und vortreffliche Essen verabschiedeten wir uns von Karin und Thomas. Ich riet, künftige Dienstbesprechungen immer in diesem geselligen Rahmen durchzuführen. An der Haustür, der Chef stand schon draußen, umarmte mich Karin, drückte mich fest an sich, um sich dann doch noch etwas fragend zu vergewissern, ob es mir auch wirklich gefallen hätte. Sie meinte natürlich nicht das Essen. Ich streichelte ihr über die Haare und küßte sie. Wer hätte das gedacht?

Der Chef bot mir an, mich nach Hause zu fahren. Ich zog es jedoch vor, noch ein wenig frische Luft schnappen und lehnte ab. Ein wenig verunsichern wollte ich ihn trotzdem noch.

„Gut, daß Sie mit dem Auto da sind, Chef!"

„Mann, Herdenbein, glooben Se, ick kannich mehr jehn? Meenen Se, ick habe zuville jetrunken?"

„Nein, Chef, ich meine nur wegen Ihrer Shorts, die passen so gut zu den Rouladen!" Ich sagte es und drehte mich um.

Aus den Augenwinkeln sah ich, wie er vor seinem Auto stand, seine Shorts betrachtete und noch kurz nachdachte. Dann schüttelte er den Kopf und stieg in seinen Wagen, während ich mich auf Schusters Rappen machte. Was mir übrigens sehr gut tat!

Ich stand auf. Lange genug im Bett gelegen hatte ich ja nun. Aber heute sollte für mich Sonntag sein: Plön, Grundstück, See, Badehose, so hatte ich mir das vorgestellt. Harmonie auf der ganzen Linie. Und so stand ich nun auf. Allmählich! Warum eilen? Ich öffnete das Schlafzimmerfenster, ging dann ins Wohnzimmer, um die Balkontür weit aufzumachen. ‚Es ströme frische Luft durch die dumpfen Gemächer', ging es mir durch den Kopf. Ich stellte die Kaffeemaschine an, nur zwei Tassen sollten durchlaufen, denn ich wollte in Plön frühstücken. Erst dann suchte ich das Badezimmer auf. Ich putzte die Zähne und betrachtete mich dabei im Spiegel. Haben Sie das auch schon einmal versucht? Da kommt man gleich in eine sehr gute Stimmung! Die Grimassen, die man da zähneputzenderweise produziert, versetzen einen sofort in beste Laune. Probieren Sie es doch selbst einmal! Dann rasierte ich mich lange, bekämpfte sozusagen jedes Barthaar, bis Wangen und Kinn so glatt und blank waren wie der oft zitierte Kinderpopo. Eine ordentliche Portion Rasierwasser — Sie riechen aber gut, Herdenbein! – wurde verbraucht, und ich war zufrieden. Ein letzter Blick wurde in den Spiegel geworfen – Herdenbein, Sie sehen aber gut aus! –, und ich schlenderte zur Küche, um den inzwischen durchgelaufenen Kaffee zu trinken, mit Milch und sehr süß. Sie erinnern sich an die Beschreibung, wie ich Espresso trinke? Gut! Ich schlenderte weiter zum Balkon. Blauer Himmel und laue Luft. Genauso muß es morgens sein, so liebe ich es, später konnte es meinetwegen heißer werden. Ich liebe warme Tage! Ich trank noch die zweite Tasse Kaffee, dann erst zog ich mich an. In Anbetracht der zu erwartenden Hitze verzichtete ich heute auf das Jackett, schließlich war ich ja durch die Fliege – die ich nicht entbehren mochte – vollkommen adrett angezogen.

Nachdem ich das Fenster und die Balkontür eingehakt hatte, plazierte ich meine Papiere samt Dienstausweis, Schlüssel für das Schluenseegrundstück, Zigaretten, Taschentüchern, diversen Plastiktüten und meiner Badehose in einer mittelgroßen Tasche und verließ die Wohnung. Der Wagen stand noch im Schatten, so daß ich angenehm temperiert losfahren konnte. Ich nahm die direkte Strecke von Kiel nach Plön über Raisdorf und Preetz. Keine Umwege heute – über Land und so!

Vor dem Frühstück, das ich ja in Plön in irgendeinem Café einnehmen wollte, fuhr ich zur Dienststelle der Polizei in der Hamburger Straße. Der Dienststellenleiter Henner Jürgens war vorne im Büro. Nach einem kurzen Nachdenken erkannte er mich, und wir begrüßten uns. Er fragte mich, ob ich in meinen Ermittlungen hinsichtlich der Wasserleiche weitergekommen war, und ich konnte ihm die betrübliche Mitteilung machen, daß sich der Unfall zu einem Mord gemausert hatte. Kurz, im Überblick, berichtete ich ihm von den Recherchen und bat ihn, mir heute und in den nächsten Tagen einen Plöner Kollegen zur Seite zu stellen. Das wäre kein Problem, wer von den Vieren, die ich schon kannte, es denn sein sollte. Ich überlegte, und Henner Jürgens forderte mich auf, hinter den Tresen zu kommen, mich zu setzen und mir Zeit zu lassen. Für die Aufgabe an diesem Nachmittag hätte es selbstverständlich jeder von den Vieren sein können, denn ich brauchte im Prinzip nur einen Zeugen, und da ist jeder Kollege recht. Was mir Sorgen bereitete, waren die folgenden Tage. Da ich selber noch nicht genau wußte, was ich eigentlich wollte, fiel mir die Auswahl schwer.

Dann schloß ich zuerst einmal das Jüngelchen, Twiete, aus, der war mir zu jung. Vielleicht brauchte ich jemanden, der selbständig eine Entscheidung treffen konnte, und das traute ich Twiete nun doch nicht zu. Dann fiel die Entscheidung ganz schnell. Mir kam da ein Gedanke in bezug auf Nadja Schlemm, und damit war mir auch schon klar, wer mir zur Seite stehen sollte: Holtz. Der gutaussehende Holtz konnte genau der richtige sein. Ich machte Henner Jürgens diesen Vorschlag, gleichzeitig andeutend, daß unter Umständen seine ganze Viererbande zum Einsatz kommen könnte. Das stellte sich auch als unproblematisch dar, da die Plöner Dienststelle scheinbar ein riesiges Kollegenreservoir zur Verfügung hatte. Gut so! Holtz sollte um fünfzehn Uhr am Eingang des Grundstücks auf mich warten. Ich verließ die Dienststelle und stieg wieder in den Wagen.

Ich hätte natürlich den Wagen hier stehen lassen können. Da ich nach dem Cafébesuch indessen zur anderen Seite Plöns hinausfahren mußte, wollte ich mein Auto schon an der richtigen Stelle geparkt wissen. Ich fuhr los, einmal westlich um Plön herum, und suchte dann einen geeigneten Parkplatz. Das ist im Hochsommer nicht ganz einfach, am Markttag beinahe unmöglich. Heute war kein Markttag, also hatte ich nach einigem Suchen – ich kenne mich in der Stadt ein wenig aus – Erfolg. Ich parkte den Wagen am nördlichen Eingang der Fußgängerzone, in der Lübecker Straße. Dort stehen einige, wenige Parkplätze zur Verfügung. Der vorderste war noch frei.

Ich parkte vollkommen akribisch meinen Wagen auf der dafür vorgesehen Fläche ein. Das muß man, denn sonst gerät man in Plön in Teufels Küche. Nicht, daß Sie vielleicht glauben, die Polizei wäre hier außergewöhnlich streng. Nein! Der Polizei in Plön wurde die genaue Überwachung der Parkplätze abgenommen. Dafür hatte die Stadtverwaltung zwei Sheriffs eingestellt, die von einer dummdreisten Genauigkeit waren, daß es schon schmerzhaft war. Ich hatte sie bei meinen beiden letzten Aufenthalten kennengelernt und war zweimal abkassiert worden. Nicht, daß wir uns mißverstehen! Wenn ich eine Ordnungswidrigkeit begangen habe – das kommt auch bei Inspektoren der Kriminalpolizei vor! –, zahle ich anstandslos. Aber ach! Diese beiden Plöner Knöllchengeier, aufgestiegen von unbedeutenden Entpackern in einem Supermarkt zu hoheitsvollen Überwachern von Parkplätzen, waren mit Zentimetermaß und Stoppuhr bewaffnet unterwegs, um bei der kleinsten Unregelmäßigkeit oder Abweichung von der Norm den Colt zu zücken. Bei der ersten unheilvollen Begegnung

stand die Stoßstange meines Autos ein wenig über der weißen Boden-
markierung. Zwanzig Mark! Ich kam gerade hinzu, wies auf die Nichtig-
keit meiner Zuwiderhandlung hin, vergebens! Der Sheriff starrte mich
an und ließ sich auf kein Gespräch ein. Eine Eiche ist gesprächiger!
Junge, Junge, wenn ich daran denke! Beim zweiten Mal kam ich fünf
Minuten zu spät. Meine Parkscheibe war gewissermaßen abgelaufen.
Der Sheriff klemmte, jetzt war es der andere, das Knöllchen gerade
hinter den Scheibenwischer. Mit treuem Blick zeigte ich auf die Uhr.
Der Mann war genauso unerbittlich und erbarmungslos wie sein
Kollege. Ich mußte das Geld überweisen. Herrliche Zeiten waren das,
zu denen noch die Polizei dieser Aufgabe nachging! Die Polizei, dein
Freund und Helfer! Mit denen konnte man noch reden, die wußten,
was ein Ermessensspielraum war. Freunde und Bekannte aus Plön
haben mir später davon berichtet, daß sie die gleichen Schwierigkeiten
mit diesen Obersheriffs hatten, daß auch die Stadtverwaltung von der
Problematik wußte und durchaus bereit war, eine − sagen wir einmal,
bei einer Übergenauigkeit der Sheriffs - Ordnungswidrigkeit zurückzu-
nehmen. Aber ich wußte das nicht! Also aufgemerkt, Herdenbein! Parke
grundsätzlich so pingelig ein wie ein Korinthenkacker. Pardon! Für das
Knöllchengeld gehst du jetzt frühstücken!

Ich ging zum Markt − hatte das Auto nochmals umrundet, wie der
Fuchs den Kaninchenbau − und suchte ein Café. Und jetzt begann
− vielleicht waren es die Gedanken an die Sheriffs, vielleicht auch die
Hitze - mein Gehirn auszusetzen. Nicht völlig, nur in einem bestimmten Teilbereich! Es war jener Bereich, der mit dem Essen zu tun hatte.
Sie wissen, wie gerne ich speise und daß ich gerne gut esse! Doch von
diesem Zeitpunkt an ging alles schief. Ich entdeckte ein Café, direkt am
Markt und steuerte hinein. Immer noch in Gedanken, setzte ich mich
ans Fenster, ohne das Lokal zu begutachten, was sonst immer eine der
ersten Obliegenheiten ist, der ich mich hingebe. Ich hörte eine Stimme, die mich nach meinen Wünschen fragte, aber ich war eben etwas
neben mir und bestellte ein normales Frühstück mit Ei. Das Café lag
etwas tiefer als die daran vorbeiführende Straße, so daß mein Blick-
umfang etwas eingeschränkt war. Ich konnte lediglich Füße, Beine,
Röcke und Hosen erkennen. Die obere Hälfte − für mich die interes-
santere Hälfte! - der Menschen fehlte. Wir konnte man sich nur hierher
setzen? Das wußte ich auch nicht! Aber, ich saß hier gut temperiert
und freute mich auf mein zweites Frühstück.

„Hier ist dein Frühstück, Opa!"

War ich gemeint? Ein Frühstück landete vor mir auf dem Tisch. Ich hob den Kopf, ich wendete den Kopf, ich bekam große Augen. Seitlich von mir stand ein Mädchen mit einem Nichts von Rock, das sich leicht zu mir runterbeugte und dessen Oberbau beinahe aus dem tiefausgeschnittenen Pullover herausfiel. Unter ihrem Gesichtsputz mochte sie sehr gut aussehen, das war aber nicht genau auszumachen. Sie grinste, nicht unfreundlich aber doch sehr frech und verschwand in den hinteren Räumlichkeiten des Cafés. Dort tummelte sich ein Haufen junger Menschen beiderlei Geschlechts, die alle zu mir rübergrinsten. Und stellen Sie sich unter Tummeln vor, was Sie wollen, es trifft schon zu! Sie waren nicht nach meinem Geschmack gekleidet, wissen Sie, zu offenherzig und zu eng. Andererseits war ich – mit meiner Fliege zum Beispiel – nach ihrem Geschmack gekleidet?

„Laß es dir schmecken, Opa!" riefen sie mir ermunternd zu.

Ich nickte und winkte mit der Hand, was ein großes Gaudium bei ihnen auslöste.

Ich machte mich über das Frühstück her. Ich schenkte mir den Kaffee ein und probierte ihn ohne Milch und Zucker. Das mußte zehnfach gebrannter Hochlandkaffee sein mit der Garantie auf sofort einsetzende Magenbeschwerden, wenn nicht Magendurchbrüche. Viel Zucker und viel Milch halfen, aus der ätzenden Lösung einen trinkbaren Kaffee, nein, eine trinkbare Flüssigkeit zu machen. Dazu gab es ein Ei, daß sich, als ich die Schale entfernt hatte, quasi als Gips-Unterlegei für Hennen entpuppte. Es war aber mit festzustechender Hand und guten Zähnen durchaus noch zu verzehren. War das Ei hart wie Stein, so entsprachen die beiden Brötchenhälften dem anderen Extrem. Wie konnte man am Morgen schon über so labbrige Brötchen verfügen, wie machten die das? Die eine Hälfte war mit einer Wurstscheibe belegt, die schon bessere Tage gesehen hatte, jetzt aber traurig herunterhing. Ja, wie schmeckte das Brötchen? Sagen wir einmal, daß Pappe dagegen einen Wohlgeschmack aufweist. Und die Wurst? Sie war eine geschmackliche Mischung aus fettiger Salami und erdiger Leberwurst. Ich hatte Hunger, ich aß, und ich lebte! Die käsebelegte Brötchenhälfte kitzelte meinen Gourmet-Gaumen auch nicht. Nur schnell hinfort damit. Was dich nicht umbringt, das macht dich stark, dachte ich! Mutig rührte ich auch noch eine zweite Tasse mit Flüssigkeit an, die ich dann mit kleinen Schlückchen – man darf einem sechsundfünfzig Jahre alten Magen nicht zu viel auf einmal zumuten – in mich aufnahm. Ich holte anschließend aus der Tiefe der Tasche meine Zigaretten und zündete mir eine an. Gemütlich rauchend, verrenkte ich ein zweites Mal meinen Hals und schaute wieder aus dem Fenster.

„Hat es geschmeckt, Opa?" fragte das oberweitenverlierende Mädchen.

„Ein solches Frühstück hatte ich bisher noch nie!" orakelte ich.

Als ich die Zigarette aufgeraucht hatte, legte ich das Geld auf den Tisch, samt üppigem Trinkgeld und stand auf. Das Mädchen kehrte zurück. Sie sah auf das Geld und sagte dann erstaunt und mit ehrlichem Gesichtsausdruck, der war jetzt tatsächlich zu erkennen:

„Das ist aber zuviel!" Den Opa hatte sie jetzt weggelassen

„Das Trinkgeld ist für den Winter, für einen neuen Pullover. Tschüß!"

Ich stand wieder im Sonnenschein. Der Magen knurrte auch nicht mehr, und den „Opa" will ich einmal vergessen.

Ich ging zum Wagen zurück. Schon von weitem lugte ich, ob nichts Auffälliges an der Windschutzscheibe zu bemerken wäre. Nein, sie war knöllchenfrei. Welch schöner Morgen! Ich setzte mich ins Auto, wendete und fuhr zu den Heisterbergs. Ich wollte mich bei ihnen nochmals der auffälligen Genauigkeit Siegfried Nastraus vergewissern. Hoffentlich war nur sie da und nicht dieser furchtbare, grummelige Greis! Zuerst fuhr ich an der Straße, in der die Heisterbergs wohnten, vorbei. Als ich schon am Ortsende von Plön angekommen war, bemerkte ich meinen Irrtum und wendete den Wagen. Ich fuhr jetzt langsamer die Strecke zurück und siehe da, etwas versteckt führte eine ungepflasterte Straße – mehr ein Weg – überwiegend aus Schlaglöchern bestehend, einen Berg – innerhalb dieser Stadt! – hinauf. Dann sah ich das Namensschild und parkte vor einer Garage, da ich keine andere Möglichkeit entdeckte, meinen Golf abzustellen. Es wird doch hoffentlich nicht gerade in diesem Moment jemand an seinen Wagen wollen? Meine Befragung würde jedenfalls kurz ausfallen müssen. Vorsichtshalber plazierte ich unter der Windschutzscheibe ein Schild, das meinen Wagen zur Kripo Kiels zugehörig auswies. Besser ist besser, vielleicht waren die beiden Sheriffs auch hier auf ihrem Kriegspfad.

Ich stieg die Treppen zu einem schönen, etwa in den sechziger Jahren erbauten, bungalowartigen Haus empor und klingelte. Frau Heisterberg öffnete, schaute mich im ersten Moment etwas überrascht an, erkannte mich aber dann und bat mich hinein. Wir gingen durch recht verwinkelt angeordnete Flure und Zimmer – hier mußte eine labyrinthfreudiger Architekt, verbunden mit dem Hang zu kindlicher Irreführung am Werk gewesen sein – und gelangten schließlich zu einer

154

Terrasse hinter dem Haus. Die Frage nach einem kühlen Getränk bejahte ich. Frau Heisterberg verschwand in ihrem Irrgarten, und ich setzte mich auf einen der, mit bequemen Polstern versehenen, Korbstühle. Ein wunderschöner Garten umgab die Terrasse. Rundherum erblickte ich eine üppige Vegetation, beinahe schon urwaldmäßig, dennoch gepflegt. Ich erkannte Hibiscusbüsche, Rhododendron, Magnolien und andere, mir unbekannte, Gewächse, teilweise noch blühend. Zwischendurch waren Ziergräser plaziert, in einigen Fällen von imposanter Größe. Auch einige Hängepflanzen hingen, in diversen Behältnissen untergebracht, von den wenigen Bäumen und vom Hausdach herunter. Es herrschte Harmonie, und ich glaube, daß dieser Gleichklang auch auf den Beschauer überging. Frau Heisterberg kehrte zurück und stellte auf den mit einer Glasplatte versehenen Rohrtisch zwei Gläser ab.

„Erfrischen Sie sich, Herr Inspektor!"

Sie hatte Orangensaft mit Mineralwasser gemischt, und zwar genau in dem Verhältnis, wie ich es bevorzugte.

„Ich will Sie nicht lange stören, Frau Heisterberg, ich habe eigentlich nur eine Frage."

„Sie stören mich überhaupt nicht, nicht wahr. Ich bin Rentnerin! Rentnern sagt man gewöhnlich nach, daß sie nun überhaupt keine Zeit mehr haben, nicht wahr", lachte sie auf und zwinkerte. „Ich habe Zeit. Soviel, wie Sie wollen."

Wir tranken beide von unserem Erfrischungsgetränk.

„Sie haben hier ein wahres Paradies, beinahe schon einen Urwald. Es fehlt nur noch das laute Gezwitscher exotischer Vögel!"

„Dieser Garten hier ist auch mein ganzer Stolz. Man muß seine Ideen umsetzen, nicht wahr?"

„Seit wann arbeiten Sie an diesem Schmuckstück?"

„Wir haben das Haus seit 1965. Ich kümmere mich um diesen Garten, während mein Mann lieber auf dem Grundstück am Schluensee herummuddelt. Sie wissen, die Bäume!"

„Zum Grundstück will ich heute Nachmittag auch noch."

„Dann werden Sie wahrscheinlich meinen Mann antreffen. Wollen Sie ihn auch sprechen?"

„Nein, es genügt, wenn Sie mir eine Auskunft geben. Vor allem glaube ich, daß Sie Herrn Nastrau besser kannten als Ihr Gatte, oder?"

„Das kann man wohl sagen!"

„Frau Heisterberg! Mich interessiert nochmals die Genauigkeit von

Herrn Nastrau. Sie haben, als wir uns das erste Mal trafen, bereits darüber gesprochen. Also für mich ist Siegfried Nastraus Gründlichkeit, seine Akkuratesse, von größter Wichtigkeit. Was können Sie mir darüber erzählen?"

„Oh, wo soll man da anfangen, nicht wahr?"

„Irgendwo! Erzählen Sie einfach!"

„Wenn ich mich recht erinnere, war Herr Nastrau auch schon als Sehender immer sehr genau. Damals hatte er oberhalb des Hauses einen Gemüsegarten angelegt. Es gab dort aber nicht nur Beete, sondern auch einen Kreuzgang, wie im Kloster, so daß er überall gut hinkommen konnte. Immer wenn er auf dem Grundstück war, wurde Unkraut gejätet, der Boden aufgelockert, gedüngt. Nun, er machte eben all das, was in einem Gemüsegarten an Arbeit anfällt. Sein Werkzeug war picobello sauber und die Beete ebenfalls, nicht wahr."

„Wurde auch bei anderen Dingen seine Ordnungsliebe so deutlich?"

„Tja, was machte er noch? Ach ja! Bevor er hier das erste Mal auftauchte, gab es keine Wege, na, außer dem vom Eingangstor zum Haus. Er legte überall Wege an, stellte niedrige Zäune auf und befreite das gesamte Grundstück von Brennesseln. Sie müssen wissen, daß das Grundstück von Frau Schlemm eine einzige Brennesselwüste war. Wenn Frau Schlemm zum Baden an den See ging, kam sie nicht nur erfrischt zurück, sondern übersät mit Bläschen von den Nesseln. Nicht wahr? Das wurde im Laufe der Jahre von Herrn Nastrau geändert, da war er natürlich noch nicht blind!"

„Was haben Sie, Frau Heisterberg, an Akkuratesse entdeckt, als er dann blind war?"

„Im ersten Jahr nach seiner Erblindung saß er nur immer so da, auf der Terrasse. Er grübelte und tat nichts. Im folgenden Jahr war er völlig verändert. Er sprühte vor Aktivität. Er saß auf der Terrasse und ließ sich von Frau Schlemm, von Freunden, die zu Besuch kamen oder auch von mir alles genau beschreiben. An welcher Stelle stand dieser Baum und jenes Gebüsch? Wo fing der Zaun, der nach unten zum See führte, an? Er fragte zum Beispiel auch nach der Richtung und Entfernung des Brunnens. Niemand wußte am Anfang, was das sollte. Immer wieder wurden diese Fragen gestellt, nicht wahr? Später merkte dann jeder, welchen Sinn seine gezielten Fragen hatten. Das ganze Gelände, wissen Sie, das ganze Grundstück, vom Tor bis zum See, vom Knick bis zum Zaun, war in seinem Kopf gespeichert, in seinem Gehirn wie eingebrannt."

„Erklären Sie mir das an einem Beispiel, Frau Heisterberg."

„Er fragte beispielsweise nach dem Komposthaufen. Man erklärte ihm die Lage, und er ging los, mit seinem Taststock, wie er den nannte. Wenn er stolperte, lachte er und ging zurück. Dann dasselbe noch einmal. Herr Nastrau übte die Wege solange ein, bis er sie – das klingt jetzt komisch – wie im Schlafe entlanggehen konnte. Zwei Jahre brauchte er, dann bewegte er sich vollkommen frei im ganzen Gelände. Und später ging er ja dann auch noch alleine schwimmen, nicht wahr?"

„Sie wußten doch nicht, Frau Heisterberg, worin seine Methode bestand? Erinnern Sie sich noch, daß er gesagt hatte: ‚Mit meiner Methode finde ich immer zurück, Frau Heisterberg'?"

„Ach, Sie haben das behalten, Herr Inspektor?"

„Ja, ich habe das nicht nur behalten, sondern immer wieder darüber nachgedacht. Jetzt kenne ich seine Methode. Herr Nastrau stellte ein Metronom auf den Steg."

„Das Geräusch!"

„Richtig! Das Geräusch, von dem Sie gesprochen haben. Es war das Klacken eines Metronoms, das ihn beim Schwimmen sicher zum Steg zurückführte."

„Und dann ist er doch ertrunken, nicht wahr?"

Ich überlegte kurz, ob ich ihr die Wahrheit sagen sollte, doch dann ließ ich es lieber sein. Ich hätte sie bitten müssen zu schweigen. Ach, das komplizierte einfach nur! Wir schwiegen einen Augenblick, dann erhob sie sich und nahm die Gläser mit. Sie kehrte nochmals mit gefüllten Gläsern zurück. Wir tranken.

„Dann war da ja auch noch seine Genauigkeit, oder auch seine Pingeligkeit, wie man so will, Herr Inspektor, im Haus. Sie haben das ja selber schon gesehen, nicht wahr? Alles steht an seinem vorgeschriebenen Platz. Nichts wurde je verändert. Er fand sich absolut im Haus zurecht. Ein Griff, und er hatte das, was er wollte. Im Haus stolperte er nicht, bewegte sich vollkommen sicher, stieß nicht einmal irgendwo an. Er wischte problemlos Staub, und es gab dann auch keinen Staub im Haus, nicht wahr? Er hantierte sicher mit dem Staubsauger, und wenn Sie je gesehen hätten, wie er in der Küche kochte, wären Sie aus dem Staunen nicht mehr herausgekommen! Er verwechselte nicht die Gewürze! Nie war etwas verkocht! Dazu nahm er dann seine sprechende Uhr mit in die Küche. Es war schon irgendwie vollkommen, wie er das alles machte. Wie er sein Leben meisterte."

Ich nickte und schwieg. Sie sagte auch nichts mehr und kehrte wohl in die Vergangenheit zurück. Wehmut legte sich über ihr Gesicht. Gleich würde sie anfangen zu weinen, das wollte ich nicht!

„Frau Heisterberg! So wie Sie Herrn Nastrau kennen, sein Leben auf dem Grundstück, seinen Charakter, seine Genauigkeit, können Sie sich da vorstellen, daß er einmal vergessen haben könnte, das Metronom aufzuziehen?"

„Unmöglich!" Das platzte nur so aus ihr heraus, „nein, das wäre ihm nie passiert! War das Metronom nicht aufgezogen?"

„Das muß ich noch prüfen, Frau Heisterberg, ich bedanke mich sehr für das Gespräch. Sie haben mir sehr geholfen. Ich möchte mich nun von Ihnen verabschieden."

Wir standen auf, und sie brachte mich durch das Gewirr der Gänge und Zimmer zur Haustür. Da war ich nun doch etwas länger als geplant geblieben. Wir gaben uns die Hand.

„Hat sich Frau Schlemm schon gemeldet?"

„Nein! Ich habe gestern mit ihrer Freundin gesprochen, sie ist noch in Italien. Aber ich denke, sie wird heute oder morgen zurückkehren. Vielen Dank, Frau Heisterberg!"

Ich ging zum Golf und stieg ein.

Ich fuhr in die Stadt zurück, da sich in mir ein Hungergefühl bemerkbar machte. Nun, das pappige und magenzerfressende Frühstück hatte auch nicht viel zur Kräftigung beigetragen. Manchmal sind Zufälle schon erstaunlich, denn ich konnte denselben Parkplatz ergattern wie am Morgen. Auch die Prozedur des Einparkens und des Steht-Er-Auch-Richtig war die gleiche. Ich machte mich auf den Weg zum Marktplatz. Ich hatte, als ich das Café verließ, eine mir verheißungsvoll erscheinende Reklame an einem Kiosk gesehen. Und was war das für eine Verheißung? Eine Plöner Spezialität! Für Delikatessen bin ich immer zu haben! Andererseits hätten mir natürlich Bedenken kommen sollen, daß diese Spezialität Plöns gerade durch einen Kiosk angeboten wurde. Diese Bedenken tauchten jedoch nicht bei mir auf, warum nicht, weiß der Teufel, und so rannte ich das zweite Mal an diesem Tag in ein lukullisches Verderben. Vielleicht war es die Hitze, vielleicht auch das Alter, auf jeden Fall setzte wieder dieser schon beschriebene Teilbereich meines Gehirnes aus! Was das Auge sah, wurde nicht registriert, was die Nase roch, wurde nicht richtig wahrgenommen. Vielleicht war es auch einfach nur meine Gier nach einer Spezialität! Ich bestellte sie: „Fünf Plöner". Ich legte das Geld auf die dafür vorgesehene Schale und betrachtete die Nikolaikirche. Schlicht und einfach: Backstein. „Bitte, Ihre Plöner!" ließ sich eine Stimme hinter mir vernehmen. Ich nahm eine Pappe in Empfang, auf der sich ein Haufen Senf, eine durchgeschnittene Scheibe Toast und fünf kleine Würstchen den Platz teilten. Auch eine Serviette wurde mitgereicht, sowie ein Pappstreifen. Mit dem letzteren sollte man die heißen Würstchen greifen, was ich nicht befolgte. Ich mußte das furchtbar heiße Würstchen sofort wieder auf die Pappe fallen lassen. Daran erkennen Sie meine Intelligenz zu diesem Zeitpunkt! Ein schmaler Pappstreifen, und ich weiß nicht, wozu er dient! Das Zweifelhafte dieser Spezialität wurde mir dann aber doch langsam deutlich, als ich das erste Würstlein – jetzt mit dem Pappstreifen! – hochnahm und eine Unmenge Fett auf die Pappe niedertropfte - nein, besser, niederfloß. Ich weiß nicht, wie die kleine Wurst schmeckte, obwohl ich bis zur dritten kam, denn der Fettgeschmack war derart überdeckend, daß der Eigengeschmack dieser Spezialität im Dunkeln verborgen blieb. Auch die Kombination mit Senf konnte die Penetranz des Fetts nicht vertreiben. Also warf ich den Rest in den Abfallbehälter und trollte mich. Böse, ja hinterlistige Gedanken durchwaberten mein Gehirn. Das Gewerbeaufsichtsamt oder die Gesundheitsbehörde erstanden vor meinem geistigen Auge. Dann aber sagte ich mir: „Herdenbein, du hast einen schlechten Tag erwischt. Herdenbein, du bist unaufmerksam, also grolle nicht!" Ich ging zum Auto zurück, nicht ohne vorher in einer Konfiserie ein halbes Pfund bester Pralinen gekauft zu haben. Die wollte ich jedoch erst am Nachmittag essen, denn mein Mund war augenblicklich noch voller Fettgeschmack. Pfui Teufel!

Ich fuhr zum zweiten Mal an diesem Tag, jedesmal eine betrübliche Erfahrung in Sachen Ernährung hinter mir lassend, aus der Stadt heraus, und zwar in Richtung Lütjenburg. Ich erreichte schnell die Abfahrt zur Badestelle und fing an, in meiner Tasche nach den Schlüsseln zu kramen, als ich sah, daß das Einfahrtstor weit offen stand. Heisterberg, also der Dr. Heisterberg, war immer noch da und begutachtete seine Bäumchen. Ich nahm mir vor, mich überhaupt nicht um ihn zu kümmern. Da war ich allerdings auf dem Holzweg!

Ich fuhr vorsichtig durch das Tor und lenkte dann den Wagen, nach der Weggabelung, auf den linken Weg, der zum Haus von Nadja Schlemm führte. Zehn Meter nach der Gabelung hielt ich den Wagen an, nahm meine Tasche und stieg aus. Wieder entdeckte ich, daß es sich um ein herrliches Grundstück handelte. Links vom Weg standen vereinzelte Lärchen, es folgte eine Lichtung, daran schloß sich ein Fichtenwald an, der, wie ich wußte, bis zum See hinunterführen mußte. Rechts vom Weg waren noch ehemalige Gemüsebeete zu erkennen, und vorne, gleich hinter der Wegbiegung, war das kleine, rote Haus zu erkennen. Die frische, abgasfreie Luft tief einsaugend, kam ich am Haus an. Nun mußte ich doch noch einmal in der Tasche kramen, um die Schlüssel zu finden.

Ich schloß das Haus auf, ein wenig dumpfe Luft kam mir entgegen, so daß ich ein Fenster öffnete, um einen Luftaustausch in die Wege zu leiten. Bis zum Eintreffen des Kollegen Holtz hatte ich noch Zeit. Vorab wollte ich mich einen Augenblick erholen, dann würde ich auf Nastraus Spuren durch den Wald gehen.

Ich setzte mich auf die Bank vor dem Haus und schaute mich um. Ich stellte fest, daß es immer wieder etwas Neues zu entdecken gab. Als ich das letzte Mal hier gesessen hatte, war mir zwar die riesengroße Birke aufgefallen, nicht aber, daß unterhalb dieser Birke ein genauso großer Tulpenbaum stand. Jetzt sah ich ihn. Und hinter dem Tulpenbaum, so wurde ich jetzt gewahr, gab es eine Pergola, an der sich Je-Länger-Je-Lieber und Knöterich rankten. Die Pergola war links und rechts von Rosenbeeten eingerahmt. Wirklich hübsch, was ich da jetzt erst entdeckte.

Es war schön – so in Betrachtung versunken – zu fühlen, wie der Körper allmählich auftankte.

„Sie befinden sich auf fremdem Boden! Verlassen Sie sofort dieses Grundstück! Wenn Sie nicht auf der Stelle verschwinden, benachrichtige ich die Polizei!"

Heisterberg! Ich hatte ihn, in Betrachtung versunken, nicht bemerkt, wie er den Weg heruntergekommen war. Der Mann dachte nicht! Sah er nicht, daß die Tür sperrangelweit offenstand und das Haus gelüftet wurde? Konnte er nicht erkennen, daß ich einen Schlüssel besitzen mußte? Erkannte er mich nicht wieder?

„Hallo, Sie da, ich spreche mit Ihnen! Stehen Sie auf und verlassen Sie augenblicklich das Grundstück!"

„Ich führe hier eine Untersuchung durch, Herr Heisterberg."

„Ich verstehe Sie nicht, sprechen Sie lauter!"

Er hörte nicht nur schwer, es machte ihm auch nichts aus. Er war total vergreist. Arme Frau Heisterberg!

„Schalten Sie lieber Ihr Hörgerät ein, Herr Heisterberg."

„Was haben Sie gesagt?"

„Sie sollen Ihr Hörgerät einschalten", schrie ich jetzt, so laut ich konnte.

Er nestelte an seinem Ohr herum, während ich nach meiner Tasche langte, die Zigarettenpackung herausholte und mir demonstrativ eine Zigarette anzündete. Ich mochte ihn nicht. Aber das werden Sie auch schon gemerkt haben. Er schaute mich entgeistert an und kam noch einen Schritt weiter auf mich zu.

„Ich werde der Polizei von Ihrem unbefugten Eindringen Mitteilung machen!"

Jetzt hatte ich die Nase voll.

„Ich bin die Polizei!", schrie ich so laut, daß er vor Schrecken – das Hörgerät mußte jetzt eingeschaltet sein! – ein Stückchen zurückwich.

„Nicht so laut!" kreischte er zurück.

„Ich bin Kriminalhauptkommissar Herdenbein von der Kriminalpolizei in Kiel!" schrie ich weiter, „und Sie behindern mich bei meiner Arbeit! Hier finden Ermittlungen statt!"

Ich holte meinen Dienstausweis aus der Tasche, stand auf und hielt ihn dicht vor sein Gesicht.

„Und jetzt verschwinden Sie, Herr Heisterberg, und lassen mich in Ruhe, verstanden?"

Er starrte immer noch auf meinen Ausweis, dann murmelte er was von „ungeheuerlich" vor sich hin und zog sich zurück. Endlich! Der war in seine Schranken verwiesen worden. Ein entsetzlicher Kauz. Ein unangenehmer Mensch!

Ich verstaute den Dienstausweis wieder in der Tasche. Da ich nun schon einmal aufgestanden war, konnte ich auch gleich weitermachen. Ich drückte die Zigarette aus, dann ging ich den Weg hoch zu meinem Wagen und wieder zurück. Zwischendurch verschloß ich immer wieder kurz meine Augen, um einige Meter blind meines Weges zu gehen. Anschließend suchte ich die kleinen Wege im Lärchen- und Fichtenwald auf und ging dort genauso vor. Im Wald war es bedeutend schwerer, einige Meter mit geschlossen Augen zu gehen, ohne zu stolpern oder gegen einen Baum zu prallen. Nastrau mußte ein phänomenales Gedächtnis besessen haben, daß er diese Strecken unfallfrei, nur aus dem Gedächtnis gehen konnte.

Ich ging hinunter zum Steg. Der Weg war ziemlich gerade, jeweils links und rechts standen niedrige Zäune, an denen Nastrau mit seinem Taststock entlang gehen konnte. Dann bog der Weg, schon ziemlich nahe dem Ufer, nach rechts ab. Als Weg und Zaun endeten, blieb ich stehen. Mich zum Steg hinwendend, entdeckte ich, daß ich genau im rechten Winkel zu ihm stand. Phantastisch! War Nastrau hier angekommen, mußte er sich nicht mehr nach Zäunen richten, sondern gelangte frei auf den Steg. Der Mann hatte viel nachgedacht, ehe er sich in die „Wildnis" begab! Und er mußte wie ein Wahnsinniger geübt und immer wieder geübt haben, bis er die Sicherheit erlangt hatte, die ihm von allen Seiten nachgesagt wurde. Ich konnte nicht sagen, ob ich Siegfried Nastrau mochte, ob er mir sympathisch war! Sicherlich hatte er, bedingt durch seine Erblindung, Macken oder war zu einem schwierigen Menschen geworden! Aber, ich bewunderte ihn! Er war mit seiner Erblindung fertig geworden, hatte, wie man so schön sagt, das Leben gemeistert.

Auf dem Rückweg nach oben zum Haus nahm ich nicht den Weg, sondern ging links durch das Gelände. Vorbei am Brunnen, der mit einer dachpappenbeschichteten Holzplatte abgedeckt war, und vorbei an der riesigen Kirsche, die nicht abzuernten war, weil im unteren Bereich keine Zweige mehr vorhanden waren. Aber das wissen Sie noch! Ich war an der Pergola angekommen und betrachtete die Rosenbeete. Beide waren tipp topp gepflegt. Wie bewerkstelligte Nastrau diese Gepflegtheit? Kniete er sich nieder, fühlte das Unkraut und entfernte es dann? Was hatte er von den Rosenbeeten, er konnte sie doch überhaupt nicht sehen! Genoß er die Rosenbeete trotzdem? Vielleicht den Duft? Ich roch an den einzelnen Rosen. Nun, einige wenige verströmten tatsächlich einen herrlichen Duft, die meisten nicht! Ich ging an den Rhododendronbüschen vorbei und gelangte wieder zum Haus. Als ich auf die Uhr schaute, war es viertel nach drei. Holtz! Wo war er? Ach, der Gute, der wartete wohl noch am Tor. Ich ging hinauf. Von Heisterberg war weit und breit nichts zu sehen. Aber am Tor stand Holtz, geschniegelt und gebügelt, aber ohne Jacke. Sieh an, ein Fortschritt!

„Mein lieber Herr Holtz, Sie hätten doch nicht warten müssen. Sie hätten doch zum Haus herunterkommen können. Wissen Sie, ich war in Gedanken vertieft und habe gar nicht mehr an die Zeit gedacht."

„Das macht ja nichts, Chef!"

„Kommen Sie, Herr Holtz! Wir wollen ein wenig experimentieren, und da brauche ich Sie als Zeugen."

„Was sind das für Experimente, Chef?"

„Das hat alles mit dem Metronom zu tun! Sie haben ja gewiß in der Zwischenzeit schon erfahren, daß Nastrau höchstwahrscheinlich ermordet wurde. Und dabei spielte das Metronom eine nicht unwichtige Rolle."

Ich erklärte ihm die Sachlage, und wir gingen ins Haus.

„Als erstes benötigen wir Fingerabdrücke von Nadja Schlemm. Wo würden Sie welche vermuten, Kollege Holtz?"

Holtz schaute sich im Wohnzimmer um und ging dann zum Regal.

„Nastrau wird kaum gelesen haben, Chef, also finden wir wohl an den Büchern die besten Fingerabdrücke."

„Richtig! Und welches nehmen wir dann? Fassen Sie es mit diesem Tüchlein an."

Ich hatte inzwischen zwei Taschentücher und die Plastiktüten meiner Tasche entnommen.

Holtz griff nach einem Buch mit dem Titel „A Passage to India", untersuchte es und gab es mir.

„Warum gerade dieses Buch?"

„Nun", antwortete Holtz bedächtig, „es ist von einer Hochglanzfolie umgeben, und es sieht aus, als wenn es gelesen worden wäre."

„Wow! Holtz! An Ihnen ist ein Kriminalist verloren gegangen. Genau richtig! Und vielleicht noch ein zweites Buch, nur zur Sicherheit!"

Während ich das erste Buch in einer Plastiktüte verschwinden ließ – ich hatte es selbstverständlich auch nicht angefaßt –, suchte Holtz nach einem zweiten. Schließlich gab er mir dann ein Bändchen, auch in Folie eingeschlagen, das zur Vogelbestimmung gedacht war. Es kam in die zweite Tüte.

„So! Jetzt können wir ziemlich sicher sein, daß wir die Fingerabdrücke von Nadja Schlemm haben. Wissen Sie, Kollege Holtz, warum das so wichtig ist?"

„Nein, Chef!"

„Ich gehe davon aus, daß Nadja Schlemm die letzte war, die das Metronom angefaßt hat. Also müßten logischerweise ihre Fingerabdrücke am deutlichsten sein."

„Und wenn sie das Metronom abgewischt hat?"

„Das hat sie nicht! Sie hat den Tod Nastraus mit angesehen. Sie ist zumindest verwirrt gewesen. Mord ist ein hartes Geschäft! Sie hätte das Metronom auf dem Steg stehen lassen müssen. Das hat sie nicht getan, weil sie verstört war. Darum denke ich, daß ihre Abdrücke die letzten waren und gut erhalten sind. Mit dem Metronom müssen wir also ganz vorsichtig umgehen!"

„Alles klar, Chef!"

„Gut! Dann müssen wir jetzt zwei Dinge prüfen. Wie weit kann man das Metronom auf dem See hören und zweitens, wie lange läuft das Metronom noch?"

„Und wenn es abgelaufen ist?"

„Machen Sie mich bloß nicht schwach, Holtz! Wenn das Metronom abgelaufen ist, bin ich Neese, wie der Berliner sagt. Dann bricht meine Beweisführung stark in sich zusammen. Also bloß nicht unken!"

„Ich hab's auch nur so gemeint, Chef!"

„Ist ja in Ordnung! Fassen Sie das Metronom nur oben am Zeiger an und packen es dann in die dritte Plastiktüte."

Während Holtz, mit Fingerspitzengefühl, das Metronom einpackte, legte ich meine Kleider ab und schlüpfte in die Badehose. Wir gingen dann gemeinsam zum See hinunter, bis wir ganz vorn auf dem Steg standen. Ich stieg ins Wasser.

„Jetzt packen Sie das Metronom wieder aus, nur mit den Fingerspitzen am Zeiger!"

Holtz hielt das baumelnde Metronom in der Hand, blickte suchend umher, um es dann abzusetzen.

„Warum haben Sie das Metronom gerade da hingestellt?" fragte ich neugierig.

„Hier liegt zwischen den Holzstämmen ein Keil!" antwortete Holtz.

In der Tat! Das war bisher niemandem aufgefallen. Potztausend! Nastrau hatte einen Keil derart zwischen den Holzstämmen eingeklemmt, daß eine kleine, dennoch vollkommen ebene Fläche entstanden war. Dieser Mann war wirklich erstaunlich!

„Nachdem ich mich etwas abgekühlt habe, Herr Holtz, setzen Sie das Metronom in Gang. Dann schauen Sie auf Ihre Armbanduhr, wir müssen die Zeit stoppen."

Ich war richtig aufgeregt. Ich bespritzte mich mit Wasser und lief in den See hinein, bis ich kaum noch Grund unter den Füßen hatte.

Langsam schwamm ich nun auf den See hinaus. Hinter mir hörte ich das regelmäßige Klacken des Metronoms. Einstellung: Largo. Ich schwamm mit ruhigen Stößen. Wenn in diesem Moment das regelmäßige Geräusch abbrach, war ich sozusagen eingebrochen. Aber das Metronom schlug weiter. Wie weit Nastrau auf den See hinausgeschwommen war, wußte ich natürlich nicht. Das Klacken wurde zwar mit der Entfernung zum Ufer leiser, aber es war unüberhörbar. Von der Badestelle her waren Stimmen zu hören, manchmal auch Lachen, dennoch, das Klacken wurde richtig penetrant über das Wasser zu mir getragen. Ich wendete und schwamm zum Ufer zurück. Beim Zurückschwimmen schloß ich jetzt die Augen. Ganz ruhig schwamm ich, konzentrierte mich auf das Geräusch, das immer näher kam, immer lauter wurde – so kam es mir jedenfalls vor. Als ich sodann die Augen öffnete, war ich nur noch vierzig Meter vom Steg entfernt. Es hatte geklappt! Selbst ich, der ich im Gebrauch des Metronoms beim Schwimmen ungeübt war, hatte die Richtung eingehalten. Als ich am Steg ankam, stoppte Holtz das Metronom und verstaute es in der Tüte.

„Wie lange bin ich geschwommen?"

„Beinahe eine halbe Stunde, Chef, genau achtundzwanzig Minuten!"

„Gut! Gehen wir zum Haus und lassen das Metronom bis zum Ende ablaufen."

Ich trocknete mich mit einem der Handtücher aus dem Hütte ab, während das Metronom – auf dem Tisch vor dem Haus stehend – wieder klackte. Nach zehn Minuten kehrte Stille ein. Ich zog den Taktgeber, geschützt durch ein Taschentuch, wieder auf und stellte ihn an. Holtz und ich gingen gemeinsam Nastraus Wege ab und hörten unentwegt das penetrante Geräusch. Einmal sahen wir Heisterberg auf seiner Empore stehen, der von dort aus nach dem Metronom auf dem Tisch lugte.

Das Metronom, in der Einstellung Largo, lief genau dreiundfünfzig Minuten. Achtundzwanzig plus zehn sind achtunddreißig, bis dreiundfünfzig sind es fünfzehn. Demnach war Siegfried Nastrau an seinem Todestag fünfzehn Minuten lang geschwommen, als Nadja Schlemm das Metronom stoppte.

Ich erklärte Holtz meine Vermutungen. Zudem deutete ich an, daß ich ihn wahrscheinlich am übernächsten Tag nochmals benötigte. Holtz wollte Genaueres wissen. Ich lachte, da ich mir selber noch nicht über meine weitere Vorgehensweise im Klaren war. Das bedeutete, daß ich Holtz auf später vertrösten mußte. Er gab mir zu verstehen, daß es ihm Spaß bereitete, mir zu helfen, mit mir zusammen zu arbeiten. Prima! Ich verstaute die, inzwischen einigermaßen getrocknete, Badehose in der Tasche. Ich sah nach, ob die drei Tüten mit den Büchern und dem Metronom auch tatsächlich vorhanden waren, dann schloß ich die Haustür ab, und wir gingen nach oben zu meinem Wagen.

Mir fiel ein, daß ich beim Tor, als ich Holtz abgeholt hatte, kein Polizeifahrzeug gesehen hatte.

„Sind Sie mit dem Bus hergefahren, Holtz?"

„Nein! Die Kollegen haben mich auf ihrer Fahrt nach Rantzau hier abgesetzt. Sie meinten, ich würde schon wieder zurückkommen."

„Na klar! Fahren wir nach Plön zurück."

Heisterbergs Fahrzeug stand noch da. Er war immer noch dabei, seine Bäumchen aufzupäppeln. Gut so, da mußten wir uns nicht um das Tor kümmern. Ich fuhr langsam rückwärts, um zu wenden. Das durfte doch alles nicht wahr sein! Heisterberg hatte seinen Wagen derart unmöglich geparkt, unmöglicher ging es nicht mehr! Obwohl Platz genug da gewesen wäre, hatte er seinen Mercedes so abgestellt, daß ich mehrere Male rangieren mußte. Man nennt so etwas Gutsherrenmentalität! Schließlich hatte ich es geschafft. Wir fuhren nach Plön zurück, und ich konnte Holtz an seiner Dienststelle absetzen. Ich ließ den Wagen davor stehen, ich wollte in der Stadt nicht nochmals einen Parkplatz suchen. Zweimal Glück gehabt, reicht. Man muß das Glück, auch bei der Parkplatzsuche, nicht herausfordern! Unbändiger Hunger hatte mich auf der Fahrt zur Dienststelle übermannt. Ich konnte nicht bis Kiel warten, ich mußte hier etwas essen. Sie merken schon, daß ich auf dem besten Wege war, ein drittes Mal in mir selbst gestellte Fallen zu tappen. Was ich auch prompt tat!

Ich ging durch die Fußgängerzone. Am Anfang der Straße fand ich ein italienisches Restaurant, da hätte ich hineingehen sollen. Warum tat ich es nicht? Ich sah auch ein einladendes Bistro, dennoch ging ich weiter. Auf der rechten Seite der Fußgängerzone gab es ein Lokal mit italienischen sowie balkanesischen Spezialitäten. Ich schritt vorüber. Direkt am Markt, jetzt wieder links, offerierte ein Restaurant Fischspezialitäten; auch das ignorierte ich. Im Anschluß daran entdeckte ich das ominöse Café vom Morgen und den Spezialitäten-Kiosk.

Verwirrt meinte ich, daß es für mich in Plön nichts zu essen gäbe. Man wollte mich verhungern lassen! Die Stadt mag mich nicht! Oh, Herdenbein, du mußt leiden! Ich hatte heute doch erst so wenig zu mir genommen, und das Wenige war zudem so schlecht gewesen! Nochmals, armer Herdenbein! Ich tat mir sooo leid! Plötzlich dachte ich, Herdenbein, bist du blöde? Du hast heute Nachmittag so gute Arbeit geleistet, auch mit deinem Kopf. Nun denk' doch mal nach! Ja, richtig, das sollte ich wirklich! Und? Befolgte ich meinen Rat, den ich mir doch schließlich selber gegeben hatte? Nein! Nun, was tat ich? Wie eine Art himmlischer Errettung erschien mir da diese Imbißkette, vor der ich unerwartet stand. Ich mußte nicht verhungern! Herdenbein, geh nicht hinein! Herdenbein, gleich fällst du vor Hunger um! Tjatjatja, das wird eine Enttäuschung, Herdenbein! Wieso, da sitzen doch auch andere Menschen und essen!

Und dann stand das halbe gebratene Hähnchen schon vor mir. Ein angenehmer Duft zog in meine Nase. Aus meiner geistigen Umnebelung – oder, wie würden Sie das nennen? – trat ich erst in jenem Augenblick heraus, als ich in den Schenkel des Hähnchens biß und beinahe die gesamte Haut, die keineswegs kroß war, unter meinem Kinn hing. Ich entfernte das labbrige Zeug von Mund und Kinn und plazierte es am Rande des Tellers. Nackt und bloß lag das halbe Tier vor mir. Leichenblaß, irgendwie tot! Zweiter Versuch! Meine Zähne vergruben sich im weißen Fleisch und zogen daran. Ich habe gute Zähne, und so war es mir möglich, ein Stückchen von dem trockenen, faserigen Fleisch abzuziehen. Ich kaute. Ich kaute immer noch. Ich kaute immerzu. Es kam das entsetzliche Gefühl auf – eine Art Horrorvision! –, daß ich von nun an mein ganzes weiteres Leben an diesem Fleischstück kauen müßte. Nein! Zum Teufel damit. Ich kippte alles in den Abfallbehälter – das war schon das zweite Mal an diesem Tage! – und dachte an meine Vorräte im Kühlschrank.

Auf dem Rückweg zum Auto kam ich – welch Segen! – an einem italienischen Eiscafé vorbei. Ich kaufte mir drei Kugeln Eis. Wunderbar! Als ich meinen Wagen erreichte, die letzte Eiskugel – Malaga – hatte am köstlichsten geschmeckt, war auch der Geschmack des Gummiadlers verschwunden. Heute hatte ich keinen guten Tag erwischt, zumindest im Hinblick auf die Speisen. Und wie, um diese Behauptung unter Beweis zu stellen, zeigte das auch die Tüte mit den exquisiten Pralinen, die im heißen Wageninneren zu einer undefinierbaren Masse zusammengeschmolzen waren. Ach, hätte ich sie doch mit auf das Grundstück genommen, so wie es geplant gewesen war! Wo waren meine Gedanken?

Ich fuhr etwas unwirsch nach Kiel zurück.

Kurz vor Kiel fiel mir dann die Maxime für mein weiteres Leben ein: „Nie mehr billig essen!" „Wer billig ißt", und ich meine hier billig im Gegensatz zu preiswert, „ißt letztlich teuer!"

Ich fuhr gleich durch bis zur Bezirkskriminalinspektion Kiel – so heißt sie tatsächlich! – und fand doch tatsächlich noch einige fleißige Menschen vor, die das Labor bevölkerten. Ich übergab ihnen die beiden Bücher und das Metronom und machte ihnen deutlich, worauf ich wert legte.

Sie versprachen, sich sofort an die Untersuchung zu begeben. Ich sollte am nächsten Morgen nur gleich auf meinen Schreibtisch schauen.

Gutgelaunt verließ ich das Dienstgebäude. Der Pförtner, als er meiner ansichtig wurde, drückte den elektrischen Türöffner, und ich stand wieder im hellen Sommerlicht. Die Kaserne, wie ich die Kriminaldirektion zuweilen – mit einem bissigen Unterton – nannte, war ein Backsteinbau aus dem letzten Jahrhundert. Ein mächtiger Brocken war dieses Gebäude, nur die Fenster mit ihren Rundbögen lockerten die Fassade etwas auf.

Auf dem Weg zu meiner Wohnung blitzte es plötzlich in meinem Gehirn auf, und mir fiel ein Türke ein, der auch noch nach achtzehn Uhr sein Geschäft geöffnet hatte. Ich sollte mich nicht getäuscht haben. Es war nur ein kleiner Umweg gewesen, der mich aber für die lukullischen Unbillen des Tages entschädigen sollte. Zwischen seinem reichhaltigen Gemüseangebot, alles noch auf der Straße vor seinem Laden aufgebaut, entdeckte ich grünen Spargel. Ich nahm ein Pfund! Dazu kaufte ich noch holsteinische Butter. Aus seinem Käsesortiment sprang mir ein wunderbarer Parmesan in mein Auge, demzufolge wurde auch davon ein Stück erstanden. Auf Fladenbrot verzichtete ich, da er mir ein herrliches Weißbrot anbot.

Als ich dann mein Zuhause in der Gerhardstraße endlich erreichte, war es meine erste Tat, den grünen Spargel zuzubereiten. Ich ließ ihn einmal kurz aufkochen, um dann die Elektroplatte abzustellen. Ich ging unter die Dusche und gönnte mir anschließend eine Abendrasur, inklusive Rasierwasser. Alles nur für mich! Erfrischt und rasiert zog ich mir dreiviertellange Shorts an und ein weites, weißes Hemd. Ich testete den Spargel und stellte fest, daß er genau die richtige Bißfestigkeit hatte. Ich legte ihn alsdann in kaltes Wasser, das ich alle fünf Minuten erneuerte, um ihn abzukühlen. Als ich mit dem Ergebnis zufrieden war, legte ich ihn noch zusätzlich in den Kühlschrank. Dazu gesellte ich eine Flasche Chablis. Ich rieb den Parmesan. Es geht nichts über ein Stück Parmesan, das man selbst reibt. Probieren Sie es aus, und Sie werden feststellen, daß Sie einen Geschmack kennenlernen, den Sie bei abgepacktem Parmesan immer vermißt haben! Gerade wollte ich die Butter in einem Tiegel schmelzen lassen, als das Telefon klingelte. Das mußte der Chef sein! Konnte der nicht bis morgen früh warten? Ich hob ab.

„Herdenbein! Ick habe eben erfahrn, det Se noch bei mir im Amte warn, und da sind Se nich vorbeijekommen?"

„Ach! Sie waren noch im Dienst? Damit hatte ich nicht mehr gerechnet, Chef!"

„Nun machen Se mal halblang, Herdenbein, man will doch informiert sein."

„Gut! Das versteh ich, Herr Sprenz! Was wollen Sie denn von mir erfahren?"

„Wie ham Se det eigentlich jemeint, Herdenbein, mit die Shorts und de Roulade?"

„Deshalb rufen Sie an? Also, das erkläre ich Ihnen morgen!"

„Nun, sagn Se, Herdenbein, wat ham Se in Plön erreicht?"

„Das war ein voller Erfolg! Der Kollege Holtz und ich haben herausgefunden, daß Siegfried Nastrau nach einer viertel Stunde Schwimmens ermordet wurde. Wir haben die Restzeit auf dem Metronom geprüft. Ich bin selber geschwommen, zum Klacken des Metronoms. Und ich habe zwei Bücher und das Metronom ins Labor geschafft, damit alles auf Fingerabdrücke von Nadja Schlemm untersucht wird."

„Jut jemacht, Herdenbein!"

„Noch etwas, Chef! Ich bin ziemlich sicher, daß die letzten Fingerabdrücke, also die deutlichsten, von Nadja Schlemm stammen. Die Männer vom Labor sind bei der Untersuchung, und der Bericht liegt morgen auf meinem Schreibtisch."

„Jut jemacht, Herdenbein!"

„Ich bin um zehn Uhr im Büro, Chef. Gute Nacht!"

„Ja, jute Nacht!"

Na, das war ja kurz gewesen. Eigentlich nicht die Art vom Chef.

Auf zum krönenden Ausgleich eines Tages voller lukullischer Desaster!

Während die Butter schmolz, öffnete ich die Flasche Wein. Roch am Korken, schnupperte schon mal am Flaschenhals und schritt, mitsamt dem aus dem Kühlschrank herausgezauberten Spargel, auf den Balkon. Dort schenkte ich mir ein Glas ein und probierte. Wunderbar! Nachdem ich auch den Parmesan, das Weißbrot und die geschmolzene Butter auf den abendlich friedlichen Balkon gebracht hatte, ging es los. Die erste Portion Spargel wurde auf dem Teller positioniert, die heiße Butter darüber geträufelt und mit einer kleinen Ladung Parmesan versehen. Oh ja! Das verstand ich unter einem guten Essen! Ich genoß den gebutterten Spargel, den parmesanierten Spargel und das Brot und den Wein. Ich mußte wirklich tagsüber verrückt – im Sinne des Wortes! – gewesen sein! Die zweite Portion konnte ich noch mehr auskosten. Herdenbein, wie hast du's gut!

Ich muß gestehen, daß ich recht gerne koche, falls ich Zeit habe. Ich brutzel' gerne etwas für liebe Freunde, aber genauso gerne koche ich für mich allein! Wissen Sie, das Essen, also das selbst geschöpfte Essen, hat für mich nichts mit Ernährung zu tun. Das ist gegebenenfalls ein Nebenprodukt. Probiere ich etwas Neues aus, eine Kreation also, die dann auch noch gelungen ist, oder greife auf eine alte Idee zurück, die schon einmal Entzücken hervorgerufen hat, dann stellt sich Gaumenkitzel ein! Außerdem tanke ich beim Speisen auf, schwinge ich mich unter Umständen in geistige Höhen, kommen mir Einfälle, gute Einfälle. Und zuletzt, wenn sich Behaglichkeit eingestellt hat, kehrt in meinen quirligen Geist Ruhe ein. Sie lächeln, weil Sie an den Tag in Plön denken. Da sind Sie allerdings im Recht! Was war mit mir los? Ich stand ja richtig neben mir!

Nun, nach Beendigung meines Nachtmahls blieb ich noch eine ganze Weile still sitzen. Ich war zufrieden. Irgendwann störte mich jedoch das abgegessene Geschirr. Ich wusch es schnell ab, verstaute alles und setzte mich wieder auf den Balkon. Beine lang, die Hände im Nacken. Ja, ich konnte schon genießen, wenn man mich ließ, wenn man mich nicht Opa nannte oder mir irgendwelche obskuren Eßbarkeiten anbot.

Ob die gute Stimmung bei Sammlers noch weiter anhielt? Wie kam ich auf die Sammlers? Weil das gestrige Essen so rundherum gut war? Weil Karin eine Kehrtwende von einhundertachtzig Grad vollzogen hatte? Oder, Herdenbein, bist du einfach neugierig? Ich beschloß meine Neugier zu stillen und Thomas und Karin anzurufen. Ich schaffte das Telefon auf den Balkon, drückte die gespeicherte Nummer der Sammlers und wartete.

„Ja?"

Ich finde es furchtbar, wenn sich die Leute nur mit einer Frage melden und nicht mit ihrem Namen. Man kann sich doch verwählt haben! Und dann redet man drauf los, redet und redet, bis einem schließlich mitgeteilt wird, daß man sich verwählt hat. Geht es Ihnen auch so?

Aber ich hatte natürlich Karins Stimme erkannt.

„Hallo Karin! Ich hoffe, daß ich Euch nicht bei irgendwelchen wichtigen Dingen störe? Hier ist Jens!"

„Jens, grüß dich! Das finde ich wirklich gut, daß du anrufst, ich freue mich!" raspelte sie durch die Leitung.

„Schön, das du am Telefon bist, Karin, ich wollte nur einmal ganz kurz durchrufen. Nur einfach so! Der Abend gestern war wirklich schön. Die eingelegten Heringe, die Krususkartoffeln, alles eigentlich! Wie in alten Zeiten!"

„Oh, Jens, ich…!"

„Laß Karin! Wir reden ein anderes Mal darüber, oder auch nicht, ganz wie uns danach ist. Wichtig ist, daß ich mich gestern sehr wohl bei euch gefühlt habe. Ich finde, es war ein gelungener Abend! Vielen Dank nochmals! Ich werde mich zu gegebener Zeit revanchieren und die alten Zeiten in Form von Schweinefilet in Gurkenrahm auferstehen lassen. Gut?"

„Das ist sehr schön, Jens! Ja! Ich freue mich jetzt schon darauf, Thomas natürlich auch! Sag mal, bist du heute weitergekommen, ich meine in Plön? Oder möchtest du lieber mit Thomas sprechen? Er reinigt gerade in einem Anfall von Arbeitswut seine vierzehn Pfeifen, oder sind's zwanzig?"

„Nein, nein! Laß ihn nur reinigen! Ich bin mit dem heutigen Tag recht zufrieden. Ich war, so denke ich, ganz erfolgreich, ich komme langsam weiter! Auf jeden Fall werde ich mir, in bezug auf Nadja Schlemm, immer sicherer. Ich habe allerdings, wenn ich es einmal so ausdrücken möchte, in Plön ein lukullisches Desaster erlebt. Aber das erzähle ich euch lieber einmal live. Vielleicht irgendwann in den nächsten Tagen, ja?"

„Ruf an, Jens, wenn du Zeit hast. Wir freuen uns, wenn du kommst!"

„In Ordnung, Karin! Bestell' Thomas, daß ich ihn eventuell morgen brauche. Er soll sich die Schlemm anschauen, falls sie morgen schon nach Kiel kommt, womit ich beinahe schon fest rechne. Thomas ist doch morgen in der Pathologie und nicht etwa außerhalb Kiels?"

„Nein, nein! Thomas ist morgen den ganzen Tag in der Pathologie. Er wird dir sicher zur Verfügung stehen. Tschüß, Jens!"

„Tschüß, Karin, und grüß mir Thomas!"

Als ich den Hörer auflegte, mußte ich, wie schon gestern abend, leicht vor mich hinlächeln. Aber was soll's! Manchmal gibt es noch Wunder, und da ich davon profitieren durfte, war es gewissermaßen ein Ereignis, das seine Flügel auch über mich ausbreitete. Ich war zufrieden. Wieder einmal!

Nachdem ich das Telefon zurückgestellt hatte, ging ich ins Bad und bereitete meinen Körper auf die Nacht vor. Ich stieg dann ins Bett und ließ noch einen Augenblick das Licht der Nachttischlampe brennen. Die plötzliche und überraschende Wende im Miteinander von Karin und Thomas ließ mein Herz warm werden. Ich bin ein Romantiker, oder!? Im gleichen Moment erfaßte mich jedoch ein anderes, weitaus unangenehmeres Gefühl. Ich sah Nadja Schlemm vor mir, und in meiner Vorstellung erschien sie mir eiskalt und berechnend. Und was hatte ich in der Hand? Eine sanfte Berührung meines Herzens, wenn ich an die Sammlers dachte und ein Zusammenziehen desselben im Hinblick auf Frau Schlemm. Andererseits, warum sollte sie eiskalt und berechnend sein? Gab es dafür einen Hinweis? Sie hatte sich selbstverständlich über einen längeren Zeitraum Gedanken gemacht. Gedanken, wie sie ihren Lebensgefährten umbringen könnte. Wenn sie auch nicht eiskalt sein mußte, dann war sie aber doch zumindest berechnend. Stimmte das, dann mußte eine harte Nuß geknackt werden! Ich stellte mir vor, daß ich zuerst einmal auf Granit beißen würde.

Ich überlegte, was zu tun sei. Es gab zwei Möglichkeiten, wie so oft im Leben! Ich könnte versuchen, sie knallhart des Mordes zu bezichtigen, um sie zu überrumpeln. Oder, was denken Sie? Dann gab es noch eine zweite Möglichkeit. Ich könnte versuchen, sie weichzukochen. Dazu brauchte ich allerdings etwas Zeit! Hatte ich die? Wenn ich nur etwas mehr über Nadja Schlemm wüßte, mehr als mir bisher von ihr berichtet wurde. Von Außenstehenden gewissermaßen, von Nichtbeteiligten. Ein Königreich für eine objektive Charakteranalyse! Hatte ich aber nicht! Ich mußte warten, bis ich sie kennengelernt hatte. Ich mußte verzögern.

Ich löschte das Licht. Verzögerung war angesagt.

8. TAG

16. Es gibt immer mehrere Wahrheiten

Als ich völlig ausgeruht und schon vergnügt am nächsten Morgen aufwachte, war der erste bewußte Gedanke der der Verzögerungstaktik! Richtig, damit war ich eingeschlafen. Ich schritt auf den Balkon, ließ die frische Morgenluft tief durch meine Lungen streifen und schaute in den blauen Himmel. Was für ein Sommer! Ja, ich mußte Nadja Schlemm hinhalten. Sie durfte nicht wissen, was ich wußte oder doch zumindest ahnte oder vermutete. Ich rasierte mich mit Hingabe und benäßte mich mit einer guten Ladung Rasierwasser. Das Kaffeewasser kochte, und bald zog der Duft frisch gebrühten Kaffees durch die

Wohnung, der, wenn noch vorhanden, den letzten Anflug von Müdigkeit verscheuchte. Ich kochte ein Vier-Minuten-Ei und toastete zwei Scheiben Weißbrot, das ja noch vom grünen Spargel vorrätig war. Beim Frühstück auf dem Balkon kam mir wieder die Verzögerungstaktik in den Sinn. Hinhalten! Warten! Abwarten, wie Nadja Schlemm reagieren würde. Eine zweite Tasse Kaffee und eine Scheibe Weißbrot mit Honig rundeten das Frühstück auf dem Balkon ab. Jetzt erst zog ich mich an. Das Jackett über den Arm gehängt, verließ ich die Wohnung und fuhr mit dem Wagen ins Präsidium.

Es war schon lange her, daß ich vor meinem Schreibtisch gesessen hatte. Die Berge der unerledigten Akten schob ich beiseite. Da lag nun doch der Bericht von Thomas Sammler, sowie mein eigener vom ersten Tag der Untersuchung. Neben den Fotos des Toten, seiner Brieftasche mit dem Personalausweis, den Schlüsseln für das Plöner Grundstück stand das Metronom samt den Büchern, die letzteren Gegenstände wieder in Plastiktüten eingehüllt. Ich schob die Beweisstücke ein wenig zur Seite, jetzt lag lediglich der Laborbericht über die Fingerabdrücke auf Metronom und Büchern vor mir. Wie ich schon vermutet hatte, waren die letzten – und gut zu erkennenden Abdrücke – nicht die des Ermordeten. Aber ich war fest davon überzeugt, daß diese zierlichen Fingerabdrücke nur von Nadja Schlemm stammen konnten. Auf den beiden Büchern war nur eine einzige Art von Fingerabdrücken zu erkennen gewesen, die mit jenen deutlichen auf dem Metronom harmonierten. Das war eine gute und schnelle Arbeit von denen im Labor gewesen. Ich war zufrieden und fühlte mich in meinen Vermutungen bestätigt.

Sie wollen mir widersprechen? Sie haben schon die ganze Zeit darauf gewartet? Gut, gut! Ich verstehe, daß Sie jetzt endlich auch einmal zu Wort kommen wollen. Nun, jetzt haben Sie die Möglichkeit, das ist Ihre Chance!

Sie finden meine ganze Beweisführung äußerst dürftig. Gut, ich gebe Ihnen Recht! Und weiter? Sie finden, daß auch meine Vermutungen auf tönernen Füßen stehen. Gut, da gebe ich Ihnen auch noch Recht. Sie merken, wir sind gar nicht so weit voneinander entfernt, in unseren gemeinsamen Gedanken, respektive Bedenken. Aber was gefällt Ihnen nun ganz konkret nicht? Aha! Die Sache mit dem Feinkosthändler! Das mag sein! Frau Schlemm könnte den Anruf von Berlin aus einfach vergessen haben. In Hamburg, bei ihrer Freundin, war sie dann jedoch der festen Überzeugung, den Anruf getätigt zu haben. Mag sein! Ach, noch etwas? Die Sache mit dem Metronom! Sie glauben, daß Siegfried Nastrau die Mitnahme des Metronoms tatsächlich einmal vergessen haben könnte. Ich bin nicht Ihrer Überzeugung, aber man kann ja durchaus verschiedener Meinung sein. Sie hören ja überhaupt nicht mehr auf! Die Fingerabdrücke beeindrucken Sie keineswegs? Sie sind der Meinung, daß Frau Schlemm kurz vor ihrer Abfahrt aus Plön das Metronom noch in soweit zurecht gerückt hat, daß es Nastrau auf jeden Fall an seinem Platz finden konnte? Und er hat es dann vergessen! Sie haben wirklich eine gute Meinung von Frau Schlemm, und das ehrt Sie! Glauben Sie nicht, daß ich Sie auf den Arm nehmen will! Nein! Ich meine es durchaus ehrlich. Sollte ich Recht behalten, wären Sie jedenfalls ein guter Anwalt für Frau Schlemm. Ich werde Sie im Auge behalten!

Wissen Sie, Ihre Gedanken sind mir selbstverständlich auch schon durch den Kopf gegangen. Meine Beweisführung ist tatsächlich dürftig, und es steht alles auf recht tönernen Füßen, ich gebe es zu. Aber! Und dieses „aber" sollten Sie jetzt nicht zu stark unterschätzen! Wenn Sie Recht hätten, würden wir es mit drei Zufällen zu tun haben. Wäre das nicht zu viel des Guten? Die Vergeßlichkeit beim anstehenden Telefonat kann man durchaus noch annehmen. Aber zudem noch die Fürsorge beim richtigen Plazieren des Metronoms? Und dann noch eine weitere Vergeßlichkeit − die ich beinahe vollkommen ausschließen möchte! − bei Siegfried Nastrau, dem Inbegriff der Genauigkeit, der personifizierten Pingeligkeit? Mir sind das zu viele Zufälle! Also warten wir es gemeinsam ab, Ihre Einstellung kenne ich ja nun!

Ich ging nochmals den Bericht vom Labor durch und telefonierte dann mit dem Chef, damit er auf dem laufenden war. Während ich telefonierte, hatte unser Bürobote − Typ Twiete, das Jüngelchen − auch die Post gebracht und vor mir auf den Tisch gelegt. Ich rief auch noch Thomas Sammler in der Pathologie an, um mich zu vergewissern, daß er den ganzen Tag über erreichbar war. War er!

Ich ging die Post durch. Von der Kriminalpolizei in Frankfurt wurde nachgefragt, ob ihre Ermittlungen − in Sachen Übernachtung im Frankfurter Raum − für uns von Nutzen gewesen waren. Sie brauchten dazu einen ʲschriftlichen Vermerk unsererseits, für die Ablage. Verdammter Bürokratismus! Ein privater Brief war auch dabei, den ich erstmal zurückstellte. Das dritte Schreiben kam aus Hamburg und war ein Dank für unsere Bemühungen bei einer Personenüberprüfung. Das brauchte nicht mehr beantwortet werden.

Die Adresse auf dem zurückgelegten Brief war von zierlicher Hand geschrieben. Der Brief kam aus Berlin. Der Absender, eine Frau, sagte mir nichts. Ich öffnete den Umschlag und las. Donnerschlag! Manchmal hat man Glück! Ich habe Ihnen das schon zu verstehen gegeben. Nicht nur Können und Zufall spielen oft eine Rolle; bei den Ermittlungen muß manchmal auch das Glück mitmischen. Hier mischte es gehörig mit! Damit Sie sich davon selbst ein Urteil bilden können und sich auch in der Lage sehen, mich weiterhin kritisch zu begleiten, hier der Wortlaut:

Sehr geehrter Herr Inspektor!
Ich habe lange überlegt, ob ich Ihnen schreiben soll. Ich bin eine Freundin von Siegfried Nastrau, aber auch eine Freundin von Nadja Schlemm. Ich bin also durchaus beiden verbunden und habe ausgiebig darüber nachgedacht, ob ich Ihnen von einem Vorkommnis, das beinahe schon ein halbes Jahr zurückliegt, berichten soll.
Ich muß gestehen, daß ich nicht mehr wußte, wo mir der Kopf stand, als mich Rainer Koslowski anrief und mir Siegfrieds Tod mitteilte. Wir kennen uns alle von der Theatergruppe her, die Rainer und Siegfried mit ihrer ansteckenden Spielfreude und ihrem Enthusiasmus ausfüllten.
Eigentlich bin ich mit Nadja Schlemm enger verbunden als mit Siegfried Nastrau. Das heißt, wenn ich es genau betrachte, sind Nadja und ich häufiger zusammen, während ich mich mit Siegfried in den letzten Jahren nur selten getroffen habe. Ich schreibe etwas konfus, aber das liegt daran, daß ich mir wirklich nicht darüber im Klaren bin, ob das, was ich jetzt tue, tatsächlich richtig ist. Dieses enge Verbundensein mit Nadja hat in den letzten Jahren, trotz häufigen Treffens, etwas gelitten. Wir haben uns auseinander entwickelt. Die wenigen Treffen mit Siegfried waren dagegen von Harmonie geprägt und gegenseitigem Verständnis.
Das letzte Mal sahen wir uns in einer Kneipe in Charlottenburg.
Ich hatte ihn von zu Hause abgeholt, und mir fiel von Anfang an seine Niedergeschlagenheit auf. Das erstaunte mich sehr, denn in den letzten Jahren erschien er mir immer ausgeglichener und fröhlicher, trotz seiner Behinderung. Als ich ihn im Laufe des Abends auf sein trauriges Verhalten ansprach, widersetzte er sich vehement, mir darüber Auskunft zu geben. Erst später, auf mein wiederholtes und immer insistierenderes Drängen hin, erzählte er mir von einem Erlebnis, das ihn tief bewegte, das er nicht richtig einzuordnen wußte. Ich muß dazu sagen, daß ich ihm nicht geglaubt habe, daß ich abschwächte, daß ich versucht habe, ihn von der Unge-

heuerlichkeit seines Vorwurfs, von dem er ja eigentlich nichts erzählen wollte, abzubringen.

Er berichtete mir, wie schon gesagt, auf Grund des penetranten Drängens, daß seine Lebensgefährtin ihn umbringen wolle. Mir verschlug es zuerst die Sprache. Er versicherte mir, daß er nicht spinne. Sie, Nadja, hätte ihm beim Hinuntergehen auf der Treppe von der Wohnung zur Haustür etwas zwischen seine Füße geschoben, so daß er die Stufen hinuntergestürzt sei und sich arg verletzt hätte. Und nicht nur einmal sei das geschehen, sondern gleich zweimal. Beim letzten Mal hätte sie ihn zwar eingehakt, doch dann beim Sturz losgelassen.

Wie gesagt, habe ich Siegfried nicht geglaubt. Ich habe auch versucht, ihm diese Vorstellung – denn für mich war es eine Wahnvorstellung – auszureden. Ich war sogar, als ich ihn später zu seiner Wohnung zurückbrachte, etwas pikiert und fand ihn unmöglich.

Als Rainer Koslowski jedoch anrief und mir von Siegfrieds Tod erzählte, auch von seinen Verdächtigungen berichtete, fiel mir die Geschichte von den Treppenstürzen wieder ein. Ich habe Rainer davon nichts erzählt. Durch seine Vermutungen, ja Vorwürfe, erschien mir die damalige Erzählung Siegfrieds jedoch plötzlich in einem völlig anderen Licht.

Andererseits bin ich mir im Klaren, daß ich Nadja Schlemm ganz furchtbar belaste.

Ich weiß wirklich nicht, wenn ich diese Zeilen schreibe, ob ich richtig handle. Ich weiß eigentlich gar nicht, was ich tun soll! Ich bin furchtbar traurig über den Tod Siedfrieds und auch über meinen Brief. Ich weiß auch nicht, ob ich ihn abschicken soll!

Heather Post

P.S.: Ich glaube, daß ich mit diesem Brief falsch gehandelt habe.

Ich habe davon geredet, daß ich Glück hatte. Mir war selbstverständlich bewußt, welche Seelenqualen diese Frau Post durchleben mußte. Hin- und hergerissen zwischen zwei Freundschaften, sicherlich von unterschiedlicher Couleur, wußte sie nicht, wie sie handeln sollte. Dennoch, sie war zu einem Ergebnis gekommen, hatte gehandelt, sie hatte den Brief abgeschickt. Sie hatte abgewogen, unter Zweifeln, und sich entschieden. Ich mußte ihr dankbar sein. Meine Vermutungen wurden durch diesen Brief untermauert, einen Beweis – so führen Sie jetzt wieder an – enthielt er natürlich nicht!

Ich legte den Brief zum Laborbericht über die Fingerabdrücke, den Ausführungen Thomas Sammlers über den Tod des Ertrunkenen und jenem Bericht, den ich am ersten Abend der Ermittlungen angefertigt hatte. Himmel und Hölle! Herdenbein, du wirst schlampig! Als ich den Brief auf die vorhandenen Unterlagen legte, wurde mir plötzlich deutlich, daß ich nur einen einzigen Bericht geschrieben hatte. Es fehlten insgesamt weitere sechs! Und der Chef hatte das noch gar nicht moniert! Ich setzte mich an die Schreibmaschine und begann, die fehlenden Berichte zusammenfassend niederzuschreiben. Der Vorteil eines solchen Gesamtberichtes war die Kürze, in der er verfaßt wird. Sprenz würde zwar meckern, aber was soll's! Ich kam zügig voran, obwohl ich telefonisch von Thomas unterbrochen wurde, der mir nochmals seine Hilfe anbot. Auch die Polizeistation in Plön rief an und wollte wissen, ob ich schon über ihren geplanten Einsatz Genaueres wüßte. Ich konnte ihnen leider noch keine positive Auskunft geben, gab ihnen aber zu verstehen, daß ich höchst zufrieden über ihre löbliche Einsatzfreude war. Ich hatte den Bericht noch nicht vollständig beendet, das Zehnfinger-System war mir leider nicht zu eigen, als das Telefon läutete und sich am anderen Ende, so wie ich es erwartet hatte, Nadja Schlemm meldete.

„Herdenbein, Kriminalinspektion Kiel!"

„Hier ist Nadja Schlemm."

Jetzt galt es, Frau Schlemm in Sicherheit zu wiegen. Bloß keinen Fehler machen, Herdenbein!

„Frau Schlemm, ich bin froh, daß Sie so schnell Kontakt mit mir aufgenommen haben. Es tut mir furchtbar leid..."

Es tat mir natürlich nichts leid, wenn ich einmal vom Tod Siegfried Nastraus absah. Aber, was sollte ich sagen. In solchen Situationen gebraucht man gewöhnlich Floskeln, nur, gegenüber einer potentiellen Mörderin fällt mir selbst das sehr schwer. Dennoch! Aufpassen, Herdenbein!

„Danke! Ich bin so schnell ich konnte aus Montebello zurückgekehrt! Katalina Goronzi hat mich angerufen. Sie haben Frau Goronzi ja kennengelernt. Sie hat mich am Abend nach Ihrem Besuch in Hamburg sofort angerufen. Sie haben es ihr ja auch ausdrücklich befohlen. Es war ganz entsetzlich! Wissen Sie, ich habe die ganze Nacht nicht geschlafen. Wie konnte das nur passieren? Ich verstehe das nicht! Siggi und ertrunken, ich kann es einfach nicht glauben. Bitte, verstehen Sie mich, ich weiß es natürlich, aber ich kann es dennoch einfach nicht glauben. Ich bin weggefahren, und alles war in Ordnung. Ich habe Siggi oft allein gelassen! Er kam zurecht. Er benötigte meine Hilfe nicht, er war so selbständig, so sicher. Ich kann es nicht fassen!"

Nadja Schlemm redete und redete. Ich ließ sie reden. Ich wußte jetzt, wie ich sie packen konnte. Man mußte sie reden lassen, man mußte sie gewähren lassen. Sie würde sich selbst die Schlinge um den Hals legen, den Hals brechen, ohne großes Zutun meinerseits. Vielleicht hier mal ein Wörtchen, dort eine kleine Aktion, und am Ende würde sie nicht weiter können, würde zusammenbrechen. Sie würde am Ende sozusagen am Ende sein. Zum Schluß würde sie entweder körperlich oder psychisch zusammenbrechen. Ich mußte eigentlich nur noch wenig tun, nämlich, sie ausschließlich gewähren lassen. Und sie sprach weiter.

„Herr Inspektor! Ihr Name ist mir wieder entfallen!"

„Herdenbein!"

„Herr Inspektor Herdenbein, wie konnte das nur passieren? Sie müssen wissen, Siggi war ein ausgezeichneter Schwimmer. Ich kann mir überhaupt nicht vorstellen, daß er ertrunken sein soll. Wissen Sie, Herr Herdenbein, Siggi lief oft durch den Wald. Sie wissen doch, daß er blind war?"

„Ja, das weiß ich."

„Also! Siggi lief oft durch den Wald und, obwohl er eigentlich absolut sicher seine Pfade fand, stolperte er doch manchmal. Ich meine nur, wenn er gestolpert wäre, und er wäre dabei unglücklich gefallen. Das kann ich mir vorstellen. Er stolpert, schlägt hin, er verletzt sich am Kopf. Niemand ist da, oder jede Hilfe kommt zu spät. Aber beim Schwimmen! Es, es, es, ich kann es nicht verstehen!"

„Frau Schlemm, ich kann mir vorstellen, daß das alles für Sie sehr schlimm sein muß".

War es wirklich schlimm für sie? Spielte sie am Telefon, machte mir etwas vor? Vielleicht war sie eine naturbegabte, exzellente Schauspielerin? Oder sie hatte sehr viel bei der Theatergruppe gelernt? Ich mußte sie sehen. Ich mußte sie vor mir haben, von Angesicht zu Angesicht!

„Sie müssen unbedingt nach Kiel kommen, Frau Schlemm. Wir müssen miteinander reden. Am Telefon ist das alles nichts."

„Herr Herdenbein, ich komme sofort nach Kiel. Ich setze mich sofort in den Wagen und fahre los."

„Das ist gut, Frau Schlemm. Wir sollten miteinander sprechen."

„Sie haben recht, es ist alles so furchtbar am Telefon."

Wenn sie wüßte, daß alles noch viel furchtbarer werden würde, und zwar nicht am Telefon!

„Frau Schlemm, ich sage es Ihnen gleich, falls Sie selbst noch nicht darauf gekommen sind. Es wartet eine unerfreuliche Angelegenheit auf Sie. Sie müssen Ihren Lebensgefährten identifizieren. Das ist Vorschrift. Herr Nastrau hatte keine Verwandten, die wir in der Zwischenzeit hätten benachrichtigen können, und so bleiben nur Sie für diese unangenehme Aufgabe übrig."

„Ja, ich weiß!"

„Frau Schlemm, nehmen Sie sich Zeit, wenn Sie hierher fahren."

„Ja, das mache ich. Ich kann ja nicht mehr zu spät kommen."

„Ich erwarte Sie!"

Nachdem ich ihr noch die Adresse der Kriminalpolizei durchgegeben und den Weg in Kiel dazu beschrieben hatte, hängte ich ein.

Nun, ist Ihnen etwas aufgefallen? Nein? Überlegen Sie? Wirklich nichts? Vielleicht dieses: Nadja Schlemm war nicht stutzig geworden, als ich von der Kriminalinspektion sprach. Wieso landete ein Ertrunkener bei der Kriminalinspektion oder auch Kriminalpolizei? Müßte man da nicht eventuell nachhaken, einen Verdacht schöpfen oder zumindest eine erstaunte Frage stellen? Sie argumentieren, daß Nadja Schlemm vielleicht nervös war. Das war sie auf jeden Fall! Leider haben Sie ja nicht ihre Stimme am Telefon gehört, und Sie müssen mir das einfach abnehmen. Ich hatte aber mehr den Eindruck, daß sie es für selbstverständlich hielt, daß sich die Kriminalpolizei mit dem Tod ihres Lebensgefährten befaßte. Das kann, zugegebenermaßen, von mir falsch interpretiert worden sein. Wir werden sehen!

Ich ging rüber zum Chef, um ihn von der erwarteten Epiphanie Nadja Schlemms zu informieren. Das war ein knappes Gespräch. Der Chef stellte keine Fragen, hatte selbst viel zu tun und forderte mich lediglich auf, ihn auf dem laufenden zu halten.

Als ich zu meinem Arbeitszimmer zurückkehrte, wartete eine Kollege auf mich.

„Du, Fliegenbein, du arbeitest doch an diesem Fall mit der Wasserleiche, oder?"

„Ja, warum?"

„Ich habe eben einen Anruf aus Berlin bekommen. Weil du nicht in deinem Zimmer warst, haben sie den Anruf zu mir durchgestellt."

„Komm, Hannes, mach es nicht so spannend!" Hannes Gabriel

war der Kollege, der eigentlich für Wasserleichen zuständig gewesen wäre.

„Da wollte dich eine Frau sprechen, ich glaube, die hieß Schlimm".

„Schlemm! Hannes! Nadja Schlemm! Du mußt besser zuhören, Hannes!"

„Richtig, die hieß Nadja, das hat sie gesagt."

„Und was wollte sie von mir?"

„Och, von dir wollte sie eigentlich gar nichts".

„Menschenskind! Hannes! Nun komm schon raus damit, was wollte Nadja Schlemm?"

„Unsere Adresse, die hatte sie wieder vergessen, wie sie sagte. Auch die Beschreibung des Weges hierher durch Kiel wollte sie nochmals haben. Hatte sie auch vergessen, wie sie sagte. Ich habe ihr sowohl die Adresse, wie auch die Wegbeschreibung gegeben. Das war doch richtig, oder?"

„Das war völlig korrekt, Hannes, danke!"

Ich setzte mich wieder hinter meinen Schreibtisch. Das gefiel mir ausnehmend gut, daß Nadja Schlemm die Adresse und meine Beschreibung des Weges innerhalb kürzester Zeit vergessen hatte. Sie war zweifellos nervös, vielleicht auch schon verwirrt. Sie durfte – genau wie ich – keinen Fehler machen. Ich stellte mir vor, daß eine Unmenge von Gedanken durch ihren Kopf schwirrten. Sie wußte, daß sie einen Mord begangen hatte. Wußte ich es auch? Im Grunde wußte sie nicht mehr, was sie tun sollte, was richtig, was falsch oder auch erforderlich war. Den Mord durchzuführen war eine Sache. Sie hatte lange Zeit geplant und dann gehandelt. Ich denke jedoch, daß schon der Zeitpunkt, zu dem sie den Mord durchführen konnte, nicht mehr ihrer Planung entsprochen hatte. Siegfried Nastrau war viel zu spät zum Schwimmen gegangen. Sie konnte Plön erst sehr spät verlassen und ihr erstes Ziel – nehmen wir einmal tatsächlich Frankfurt an – nicht mehr erreichen. Ich vermute einmal, abgesehen von ihrem emotionalen Zustand, daß ihr die Tat über den Kopf wächst. Sie wird falsche Entscheidungen treffen. Vielleicht hatte sie schon falsch entschieden!? Zuerst nach Berlin zurückzukehren, mag völlig sinnvoll gewesen sein. Berlin war, nach Italien, ein logischer Anlaufpunkt. Da war sie zu Hause, konnte sich ausruhen, Gedanken fassen und sich zum Beispiel auf das Gespräch mit mir vorbereiten. Es stellt sich jedoch die Frage, ob die Entscheidung, zuerst nach Berlin zu fahren, auch vernünftig war? Nehmen wir doch einmal an, daß sie, gleich am nächsten Morgen, nachdem sie von Katalina Goronzi informiert worden war, nach Kiel aufgebrochen wäre. Da sie so gerne Auto fährt, wäre sie früh gestartet und am Abend in Kiel gewesen, vielleicht noch früher. Da hätte sie vor mir gestanden, und mir wäre voller Verblüffung über ihr noch nicht avisiertes Erscheinen der Mund offen geblieben. Vielleicht wäre dann noch von ihr so ein kurzer und gefaßter Satz wie: „Ich stehe zu Ihrer Verfügung, Herr Inspektor Herdenbein", gekommen. Ich denke, daß sie mich damit zuerst einmal überrumpelt hätte. Eine gewisse Sprachlosigkeit – und die ist bei mir selten! – wäre auf jeden Fall die Folge gewesen. Andererseits kannte ich sie überhaupt nicht, und meine Schlußfolgerungen hinsichtlich ihres ersten Zieles Montebello konnten einfach falsch sein. Ich hoffe, Sie feixen jetzt nicht!

Nach diesen Überlegungen rief ich Thomas an. Das Gespräch wurde dann auch schon etwas ausführlicher als jenes besonders knappe mit dem Chef. Ich wollte seine Meinung erfahren und gab nicht nur detailliert das Telefonat wieder, sondern schilderte auch meine Eindrücke und die später angestellten Überlegungen. Übrigens teilte er Ihre Meinung, daß das Nichtreagieren Nadja Schlemms auf die doch recht spezielle Untersuchungsabteilung der Polizei auf ihre Nervosität zurückzuführen sei. Aber, wir werden sehen!

Ich schrieb anschließend meinen zusammenfassenden Bericht zu Ende, las ihn nochmals durch und legte ihn zu den anderen Unterlagen. Das Schriftliche, besser, das Bürokratische, war erledigt.

Ich wartete auf Nadja Schlemm.

Die würde jedoch erst frühestens in drei Stunden erscheinen, so daß ich zum Mittagessen gehen konnte. Wenn ich im Dienstgebäude arbeite, esse ich zumeist in der Kantine. Es gab zwar schräg gegenüber der Bezirkskriminalinspektion eine Art Bistro, sehr unkonventionell in Ausstattung und Menueangebot, mit jungen und freundlichen Bedienungen – niemand hatte mich dort bisher mit „Opa" tituliert –, das ich zuweilen sehr gerne frequentierte, doch schien es mir heute sinnvoller zu sein, im Hause zu bleiben... Also auf in die Kantine! Wenn Sie nun etwa glauben, daß ich mich über das Kantinenessen der Bezirkskriminalinspektion Kiels auslasse, muß ich Sie enttäuschen. Nicht, daß der Koch ein Freund von mir wäre, oder daß derselbe mich schon einmal aus Todesgefahr gerettet hätte... ich glaube, Sie verstehen mich schon! Ich aß und wurde gesättigt, und ich kann durchaus dazu bemerken, daß es besser war als alles, was ich am Vortage in Plön erhalten hatte. Ich saß in der Kantine allein an einem Tisch. Das war gut so, denn allerlei Gedanken durchwaberten mein Gehirn. Ein Gespräch mit einem noch so lieben Kollegen wäre mir nicht so recht gewesen. Es schmeckte auch gut. Das sage ich jetzt nicht nur so, Sie können mir wirklich glauben. Etwas zu lang gekochte Kartoffeln haben durchaus einen besonderen Reiz, schließlich sind es ja auch keine Spaghetti, die „al dente" zubereitet werden müssen. Auch die Kohlroulade leistete gute Überzeugungsarbeit, vor allem aber ihre Soße, die nicht wußte, ob sie maggisch oder knorrisch sein sollte. Ich ging dennoch wohl abgefüllt und auch befriedigt ins Büro zurück.

Die „Beweisstücke" auf dem Schreibtisch übten zudem eine beruhigende Wirkung auf mich aus, so daß ich mich, in mir ruhend, auf den Sessel niederließ.

Thomas Sammler erschien noch einmal persönlich, nur um mir freundschaftlich mitzuteilen, daß er – obwohl noch in den anderen Abteilungen des Instituts beschäftigt – jederzeit zu meiner Verfügung stehen würde.

Ich lehnte mich zufrieden und behaglich in den Sessel zurück und sah den kommenden Ereignissen sorglos und mit einer gewissen Spannung entgegen.

Ich wartete auf Nadja Schlemm.

Das Telefon läutete.

„Herdenbein, Kriminalpolizei Kiel!"

„Bearbeiten Sie den Fall Nastrau?" ließ sich eine männliche Stimme vernehmen.

„Ja!"

„Meine Name ist Jürgen Büsing, ich rufe aus Berlin an. Ich, das heißt, meine Frau und ich, haben von dem tragischen Tod von Siegfried gehört, von Siegfried Nastrau, Sie verstehen?"

„Ja, ich verstehe Sie vollkommen. Herr Büsing, nicht wahr?"

„Ja! Wir sind vollkommen erschüttert. Wir haben schon vorgestern davon gehört und immerfort darüber gesprochen, meine Frau und ich. Wir haben es zuerst kaum glauben können. Wir sind wirklich erschüttert!"

„Herr Büsing! Sagen Sie mir zuerst einmal, von wem haben Sie die Information über Nastraus Tod erhalten?"

„Von Rainer Koslowski!"

„Gehörten Sie auch zu der Theatertruppe, der Koslowski und Nastrau angehörten?"

„Eigentlich nur zwei Jahre, aber wir waren auf andere Weise mit Siegfried und Nadja verbunden."

„Und welcher Art war diese Verbindung?"

„Wir sind zusammen in unregelmäßigen Abständen Essen gegangen. Wir versuchten, immer neue Restaurants in Berlin zu entdecken. Einmal suchten wir ein Restaurant aus, ein anderes Mal die beiden, immer abwechselnd. Wichtig war, daß wir vorher niemals dort gewesen waren. Wir wollten uns überraschen lassen."

„Also, Herr Büsing, wenn ich Sie recht verstehe, hatten Sie in unregelmäßigen Abständen mit Nadja Schlemm und Siegfried Nastrau Kontakt?"

„Ja, das waren eigentlich unterhaltsame und, was das Essen anging, auch überraschende Abende. Wir haben lange miteinander geredet, über Gott und die Welt. Nun, wie das so üblich ist."

„Herr Büsing! Warum rufen Sie mich an?"

„Nun, wir waren zuerst einmal völlig entsetzt, als wir vom Tod, vom Ertrinken Siegfrieds hörten. Wir haben zwei Tage lang darüber gesprochen. Und im Laufe unserer Diskussionen ist es uns immer deutlicher geworden, daß es dazu kommen mußte."

„Wozu mußte es kommen?"

„Nun, ich muß dazu sagen, daß uns Rainer Koslowski natürlich mit seiner These, daß Siegfried umgebracht worden ist, beeinflußt hat. Wir sind jedoch auch zu diesem Schluß gelangt. Wir haben das letzte Jahr vor unseren Augen abrollen lassen und sind zu der Übereinstimmung gelangt, daß Nadja Siegfried nicht mehr mochte, daß sie das Zusammenleben mit ihm als Qual empfand, daß sie ihn loswerden wollte."

„Das ist eine schwere Anschuldigung, Herr Büsing!"

„Ich weiß das, wir wissen es. Wir haben, wie gesagt, zwei Tage mit uns gerungen. Wir haben schon seit geraumer Zeit immer wieder zu uns gesagt, daß es ein böses Ende nehmen wird zwischen Nadja und Siegfried. Aber wissen Sie, wie man so etwas sagt, ohne daß man tatsächlich glaubt, daß etwas Furchtbares geschehen könnte."

„Sie wollen damit andeuten, daß Sie glaubten, daß es zu einer Katastrophe kommen mußte?"

„Nicht, daß es dazu tatsächlich kommt, wer glaubt so etwas schon. Doch uns schien es so, daß es darauf hinauslaufen mochte."

„Herr Büsing, ich danke Ihnen für Ihre Mitteilung. Sie war durchaus wichtig für mich."

„Wurde Siegfried tatsächlich umgebracht?"

„Das kann ich zu diesem Zeitpunkt wirklich noch nicht sagen, Herr Büsing, aber es spricht einiges dafür."

„Herr Inspektor! Glauben Sie nicht, daß es uns leicht gefallen ist, Ihnen unsere Überlegungen mitzuteilen."

„Ich verstehe Sie vollkommen! Sie hielten es für Ihre Pflicht, und Sie haben mir geholfen. Ich bin Ihnen zu Dank verpflichtet. Danke!"

Es folgte eine kurze Pause, dann wurde eingehängt.

Die Karten für Nadja Schlemm wurden immer schlechter. Beinahe schon stündlich!

Sie winken mit der Hand ab? Sie schütteln mit dem Kopf? Sie fragen nach den konkreten Dingen, den handfesten Beweisen? Ja, ja! Ich weiß, irgendetwas Konkretes fehlte! Vielleicht finden sich auch keine neuen Beweisstücke mehr an. Vielleicht bleiben das Metronom und die Fingerabdrücke die alleinigen Beweismittel, unabhängig von den Aussagen, die wir schon in der Zwischenzeit gesammelt haben! Ja, ja, die vielen „Vielleichte"! Nun, demzufolge war ich ja auch schon zu der Überzeugung gelangt, daß Hinhaltetaktik und Zermürbung den richtigen Weg zur Überführung Nadja Schlemms wiesen.

Ich wartete auf Nadja Schlemm.

Ich schaute zum wiederholten Mal auf meine Uhr. Nach meinen Berechnungen konnte sie jetzt jederzeit eintreffen.

Ich studierte abermalig den Brief von Frau Post und meinen eigenen Bericht; schaute in das Laborprotokoll über die Fingerabdrücke und in Thomas Sammlers Obduktionsreport. Man kommt immer zum gleichen Ergebnis! Alles zusammen genommen hatte ich nicht gerade viel, dennoch glaubte ich recht zuversichtlich, daß ich es damit schaffen würde.

Das Telefon klingelte, und überraschenderweise war nochmals der Herr Büsing aus Berlin am anderen Ende der Leitung. Er gab zu bedenken, daß Nadja Schlemm eiskalt sein konnte, eiskalt handeln konnte: „Wir trauen ihr alles zu. Sie hat auch, um Macht über Siegfried Nastrau auszuüben, die Theatergruppe kaputt gemacht!"

Ich hatte gerade den Hörer aufgelegt und wollte über die Motivation von Büsing und Frau nachdenken, ein weiteres Mal in Kiel anzurufen, als das Telefon wiederum läutete.

Thomas stammelte etwas mir Unverständliches in die Muschel, so daß ich ihn auffordern mußte, sich zu wiederholen.

„Sie ist wunderschön!" verstand ich dann endlich.

„Wer ist wunderschön, Thomas?" fragte ich nach.

„Sie, die Schlemm!"

„Woher willst du das denn wissen, eh?"

184

„Sie sitzt im Nebenzimmer und will Siegfried Nastrau identifizieren."

„Frau Schlemm sitzt bei dir in der Pathologie? Ich warte hier auf sie!"

„Das habe ich auch zu ihr gesagt. Ich habe ihr mehrmals zu verstehen gegeben, daß du auf sie im Kommissariat wartest."

„Und?"

„Sie wollte es hinter sich haben, meinte sie."

„Die Identifizierung?"

„Ja!"

„Gut, ich komme sofort. Ich bin in fünf Minuten da. Daß du mir auf jeden Fall wartest, Thomas!"

„Ja, natürlich warte ich!"

„Thomas! Laß dich nicht bequatschen! Und dein bekanntes weiches Herz machst du augenblicklich ganz hart! Verstanden?"

Ich beendete das Gespräch. Ich glaub' mich tritt ein Pferd! Das durfte doch alles nicht wahr sein! Ich warte und warte auf diese Dame, und sie fährt direkt zur Pathologie. Woher hatte sie die Adresse? Meinen schönen Plan, sie hier zu empfangen und dabei ein wenig auszuhorchen, auf den Putz zu klopfen – nur ganz sanft! –, hatte sie durchkreuzt. Sie will es hinter sich haben! Das gibt's doch gar nicht!

Naja! Andererseits! Wenn man es wollte, konnte man ihre Handlungsweise durchaus nachvollziehen!

Sie ist wunderschön! Wie er das gesagt hatte! Zuerst vollkommen unverständlich und dann so mit Gefühl. Der Mann war hin und weg! Hatte sie ihn becirct, den ersten Sieg errungen?

Aber so nicht mit Herdenbein, mit mir nicht!

Ich ging zum Auto runter, übrigens ganz gemächlich und fuhr zur Pathologie.

Als ich ankam, marschierte ich direkt in das Dienstzimmer von Thomas. Er saß völlig verklärt hinter seinem Schreibtisch.

„Ich weiß, Thomas, sie ist wunderschön!"

„Ja!" hauchte er.

„Wo ist sie?"

„Sie sitzt im Nebenraum, ich habe ihr einen Kaffee bringen lassen."

„Gut! Wir gehen jetzt beide zu ihr, und du sagst kein Wort, verstanden? Du beobachtest sie ganz genau! Okay? Später kannst du mir dann unter vier Augen berichten, was dir aufgefallen ist. Falls dir etwas auffällt! Klar?"

„In Ordnung, Jens!"

Thomas ging vor, öffnete die Tür zu seinem zweiten Dienstzimmer, und wir betraten den Raum.

185

Nadja Schlemm hatte sich eine Zigarette angezündet und saß auf einem der Stühle, die um einen Tisch für Arbeitsgespräche gruppiert waren. Sie saß dort mit übergeschlagenem Bein und starrte aus dem Fenster, den Rücken zu uns gewendet. Als wir das Zimmer betraten, nahm sie das Bein herunter, drückte die Zigarette aus und wandte sich uns zu. Sie war sehr schön!

Thomas hatte durchaus recht! Sie war sogar wunderschön! Ich bedauerte Siegfried Nastrau, daß er diesen Anblick, der sich mir bot, in den letzten Jahren seines Lebens nicht genießen konnte. Ihr Gesicht war von äußerster Gleichmäßigkeit, Ebenmäßigkeit – mir fehlen wirklich die Worte! –, ich hatte soviel Schönheit vorher noch nie gesehen! Davon hatte, und das fiel mir jetzt auf, keiner der Befragten je eine Andeutung gemacht!

Wie schön diese Frau war, können Sie an den vielen Ausrufungszeichen erkennen!

Leicht angedeutete Backenknochen – durch geschicktes Schminken unterstrichen – gaben diesem gleichmäßigen Gesicht Charakter. Die Augenbrauen waren in kühnem und hohem Bogen bearbeitet worden, so daß zusammen mit den Backenknochen ein leicht slawischer Eindruck entstehen mußte. Ihre Lippen waren bordeauxrot geschminkt. Ein goldener Ohrring, in Form eines Birkenblattes, schmückte das rechte Ohr. Am auffälligsten war ihre Frisur. Sie hatte sehr volle blonde Haare, mit diversen roten Strähnen durchsetzt, die zu einer Art Pagenfrisur geschnitten waren. Vorne kurz, hinten lang und sehr weit ausladend zu beiden Seiten dieses wunderschönen Gesichtes.

Bekleidet war sie mit einem dunkelblauen Seidenanzug und einer hochgeschlossenen weißen Bluse mit Stehkragen. Die Trauerkleidung! Als ich mich vorstellte, gab sie mir die Hand, nein, ich muß schon sagen, reichte sie mir auf eigentümliche Weise ihre Hand. Es lag in dieser Geste so etwas wie ein Aufforderung zu einem Handkuß. Erstaunlich! Diese Gestik schien mir irgendwie angesiedelt zwischen hoheitsvoll und arrogant. Ich wußte nicht, ob ich davon angetan sein sollte oder ob sie mich ablehnend berührte!

Thomas und ich setzten uns zu ihr.

Einen Augenblick schwiegen wir alle drei. Sie schaute abwechselnd Thomas und mich an, so, als ob sie uns taxierte. Nun, vielleicht versuchte sie, uns einzuschätzen. Sie war vollkommen beherrscht. Ihre Augen waren eisblau, eiskalt. Und dennoch meinte ich, ein Flackern der Unsicherheit zu bemerken.

186

„Ich will es hinter mich bringen!" sagte sie plötzlich in eigentümlich gepreßter Weise und stand auf.

„Gut, Frau Schlemm! Bringen wir es hinter uns", antwortete ich ihr und stand auch auf. Thomas folgte.

„Herr Dr. Sammler", forderte ich Thomas auf, „wenn Sie so freundlich sein möchten und bitte vorangehen würden!"

„Ja, natürlich!" erwiderte er und setzte sich in Bewegung, während Nadja Schlemm und ich ihm, nebeneinander gehend, folgten.

Es wurde kein Wort gesprochen. Es war wirklich eine sehr merkwürdige Stimmung, wie ich sie nicht vorausgesehen hatte. Wir warteten auf den Fahrstuhl und fuhren dann hinunter. Als wir dann jenen Raum erreichten, in dem gewöhnlich den Besuchern der verstorbene Angehörige zur Identifizierung gezeigt wurde, hielt das Schweigen nach wie vor an. Thomas gab einem Institutsangestellten einige kurze Anweisungen, wenig später wurde Siegfried Nastrau auf einer Bahre hereingerollt. Thomas öffnete den Reißverschluß am Kopfende des sackähnlichen Gebildes, in dem die Leiche aufbewahrt wurde, und schlug einen Zipfel zurück, so daß der Kopf des Toten sichtbar wurde.

Frau Schlemm warf einen Blick auf das Gesicht von Nastrau und nickte. Thomas verschloß die Umhüllung und wies den Assistenten an, die Bahre hinwegzurollen.

Angehörige reagieren klassisch auf zweierlei Weise beim Anblick der Leiche eines ihnen Nahestehenden. Sie bekommen entweder einen Weinkrampf oder beginnen still vor sich hinzuweinen. Ich hatte die ganze Zeit so gestanden, daß ich Nadja Schlemm gut beobachten konnte. Sie gehörte zur zweiten Gruppe. Als Thomas den Zipfel vom Kopf des Toten wegzog, begannen Tränen über ihre Wangen zu rollen. Vielleicht finden Sie mich jetzt brutal, wenn ich sage, daß diese Tränen auf Bestellung kamen, genau zum rechten Zeitpunkt. Das war aber genau der Eindruck, den ich beim Beobachten von Frau Schlemms Gesicht hatte. Sie weinte still und stetig. Bei der Kürze der Identifizierung natürlich nicht lange. Mir kam es vor, daß ein Soll von ihr erfüllt werden mußte. Die Tränen konnten nicht über ihre wahre Gemütslage hinwegtäuschen. Sie weinte nicht über den Tod ihres Lebensgefährten, sie weinte über sich, über ihre Situation!

Wir verließen die Pathologie, und nach einer kurzen Erklärung meinerseits fuhren wir zu dritt in mein Büro.

Hier angekommen, setzten wir uns um einen kleinen Tisch, der in einer Ecke neben dem Fenster plaziert war. Der reichliche – in vielen Monaten angesammelte – Krimskrams wurde schnell von mir entfernt.

Ich ließ eine Kanne Kaffee kommen sowie Tassen, Milch und Zucker.

„Frau Schlemm", begann ich, nachdem der Kaffee eingeschenkt worden war, „Sie müssen wissen, daß bei solchen Todesfällen wie bei Ihrem Lebensgefährten immer Untersuchungen angestellt werden. Wir müssen, auch wenn das für Sie belastend sein sollte, die Umstände, die zum Tod führten, untersuchen. Wir müssen ein paar Fragen stellen."

Ich machte eine kurze Pause, ließ Zuckerstückchen in die Tasse fallen und rührte meinen Kaffee um, nahm zwei, drei Schlucke und setzte meine Erklärungen fort.

„Bei solchen Unglücksfällen müssen Untersuchungen angestellt werden, Befragungen durchgeführt werden. Ich hoffe, daß Sie uns unterstützen?"

„Selbstverständlich!" antwortete sie kühl.

Mein Blick fiel auf den Schreibtisch, und ein nicht geringer Schrecken durchfuhr mich. Für jedermann sichtbar stand dort das Metronom, lagen dort Nadja Schlemms Bücher und die Brieftasche von Siegfried Nastrau. Daß dort die Brieftasche herumlag, war nicht weiter schlimm. Von der Sicherstellung der Bücher und des Metronoms sollte Frau Schlemm aber auf keinen Fall Kenntnis haben. Ich fragte mich, ob sie die Indizien bereits gesehen hatte? Nein, entschied ich für mich, dann hätte sie wahrscheinlich etwas gesagt. Die Dinger mußten weg vom Schreibtisch und zwar schnell! Herdenbein! Oh, Herdenbein! Und dann fiel mir zudem noch ein, daß sie wieder zurück in das Haus gebracht werden mußten. Schließlich, wer sollte Frau Schlemm daran hindern, auf ihr Grundstück zurückzukehren? Meine Gedanken wirbelten, ich gestehe, recht durcheinander.

Dann kam der rettende, wenn auch ziemlich blöde Gedanke.

„Thomas, das Protokoll von der Identifizierung ist nicht unterschrieben worden. Fahre doch mal schnell mit meinem Wagen rüber in die Pathologie und hole das Protokoll!"

„Das hat doch aber…"

„Hole es, Thomas, es ist wichtig!" sagte ich mit Nachdruck und schaute ihn dabei an, als wenn ich ihn fressen wollte.

Er verstand zwar nicht, dennoch erhob er sich, und ich reichte ihm die Schlüssel für den Wagen.

„Frau Schlemm, ich habe mit ihren Freundinnen gesprochen, mit den beiden Heisterbergs und mit Herrn Koslowski."

Als der Name Koslowski fiel, schaute sie mich böse an. Dann bemerkte sie äußerst süffisant:

„Ach! Sie haben mit dem schwulen Koslowski geplaudert?

„Ich weiß einiges über Ihr Leben mit Herrn Nastrau, von seiner Erblindung und seinen anschließenden Bemühungen, ein normales Leben führen zu können. Wenn es Ihnen nicht zu schwer fällt, bitte ich Sie, mir nochmals von seiner Erblindung und seinen darauf folgenden Bemühungen zu erzählen."

Sie wartete einen Augenblick und nickte dann mit dem Kopf.

„Wenn Sie gestatten, Herr Inspektor, werde ich es kurz machen. Sie haben ja wohl das meiste schon in Erfahrung gebracht!" antwortete sie schnippisch mit kleinem Seitenhieb.

Was sie dann wirklich knapp berichtete, war in der Tat nichts Neues. Sie sprach in kurzen Sätzen, sehr beherrscht, und fixierte mich dabei. Nach einer Weile fischte sie aus ihrer umfangreichen Tasche eine Packung Zigaretten heraus und begann zu rauchen. Dabei wurden die Pausen in ihrer Erzählung immer größer. Entweder hatte sie nichts zu berichten oder wollte es nicht. Zwischen ihr und Siegfried Nastrau herrschte Harmonie. Falls doch einmal kleine Unstimmigkeiten auftauchten – und in welcher guten Ehe tauchten die nicht auf! –, wurden sie schnell und problemlos bereinigt.

So war das! Mir erschien es alles etwas zu glatt!

Thomas erschien wieder, schaute mich nochmals verdattert an und legte das Protokoll vor Nadja Schlemm auf den Tisch. Er reichte ihr auch noch einen Kugelschreiber und zeigte auf die Stelle, an der sie unterschreiben mußte.

Ich nutzte diesen Moment, um aufzustehen, zum Schreibtisch zu gehen, eine Schublade aufzuziehen und die Indizien verschwinden zu lassen. Ein Stein fiel mir vom Herzen. Ein böser Fehler war behoben. Recht vergnügt kehrt ich zum Tisch zurück, schenkte mir eine neue Tasse Kaffee ein und steckte mir eine Zigarette an, was, wie Sie ja wissen, im Büro nur sehr selten geschieht. Ich war einfach froh, daß eine dumme Situation bereinigt worden war. Erst als mich Frau Schlemm recht empört anschaute, – wohl bemerkt, sie sagte nichts! – mich und meine volle Kaffeetasse, wurde mir klar, daß auch sie Kaffee nachgeschenkt haben wollte. Dieser Anflug von Arroganz mir gegenüber ließ mich jedoch kalt, und meine gute Stimmung verschlechterte sich keineswegs.

„Sie möchten noch einen Kaffee, Frau Schlemm?" fragte ich lächelnd.

„Ja!"

Kürzer konnte man es nicht ausdrücken!

„Frau Schlemm! Ich würde noch sehr gerne etwas über das Schwimmen von Herrn Nastrau erfahren."

„Siggi und ich schwammen immer zusammen!"

Wie Sie bemerken, wurde sie jetzt noch knapper in ihren Schilderungen.

„Wie ich gehört habe, schwamm Herr Nastrau aber auch alleine, wenn Sie einmal nicht in Plön waren!"

„Das war sehr selten!"

„Das mag ja sein, Frau Schlemm, daß es sehr selten war. Aber es kam vor!"

„Ich habe Siggi immer wieder gesagt, daß er nicht allein schwimmen sollte."

„Also, Herr Nastrau schwamm allein!"

„Ja!"

„Und warum sollte er nicht allein schwimmen?"

„Wenn Siggi allein schwamm, saß ich auf dem Steg, ich konnte ihm zurufen!"

Sie wollte doch partout nicht darauf zu sprechen kommen, daß Nastrau manchmal auch ohne sie schwamm!

„Nein, nein, Frau Schlemm! Ich verstehe unter allein schwimmen, daß Sie gar nicht anwesend sind. Nicht auf dem Steg und nicht auf dem Grundstück. Also nochmals, warum sollte Herr Nastrau nicht schwimmen, wenn Sie abwesend waren?"

„Na, hören Sie mal, Herr Herdenbein!" rief sie empört aus. Dabei entsprach die Nennung meines Namens schon einer Beleidigung. Thomas schaute dabei verdutzt von ihr zu mir.

„Ja, ich höre. Warum sollte er nicht allein schwimmen?"

„Das ist doch klar! Er war blind. Er fand nie zum Steg zurück. Er landete im Schilf. Ich hatte Angst um ihn!"

Kein Metronom wurde erwähnt!

Und ich beließ es dabei. Erzählte nichts vom Geräusch, das Frau Heisterberg gehört hatte und von den Aussagen Rainer Koslowskis. Das war doch ihr Problem, wenn sie sich selbst in eine unwegsame Situation hineinritt!

„Gut! Das verstehe ich! Sie hatten Angst um ihn!"

„Ach, Inspektor, verstehen Sie wirklich?"

Ich überhörte ihren Sarkasmus.

„Sie haben ihn immer wieder gewarnt, allein zu schwimmen?"

„Ja! Stets und ständig!"

„Können Sie sich vorstellen, warum er trotz Ihrer ständigen Warnungen am vorletzten Donnerstag allein schwimmen ging?"

„Nein, das ist mir absolut rätselhaft!" Sie begann leise zu schluchzen.

Ich ließ sie! Ich unterbrach ihr Weinen nicht mit Fragen, indessen bezweifelte ich die Echtheit ihrer Gefühle.

„Können wir dieses Verhör nicht morgen fortsetzen, Herr Inspektor?"

„Frau Schlemm! Nur zur Richtigstellung, dies ist kein Verhör. Wir haben ein paar Fragen, und Sie waren bereit, darauf zu antworten."

„Ja! Aber jetzt reicht es mir!"

„Gut! Erzählen Sie mir dann nur noch ganz kurz von der letzten Reise nach Plön."

Sie ließ sich dazu herab. Blitzte mich an, ließ mich fühlen, daß sie mich nicht mochte. Na, wenn schon! Ich brachte ihr auch keine positiven Gefühle entgegen.

Aber auch bei ihrem letzten Bericht gab es keine Überraschungen. Berlin – Hamburg – Plön! Ein Rädchen griff ins nächste. Alles war perfekt. Sie vergaß nichts.

Ich bedankte mich.

17. Erste Vorbereitungen

„Thomas! Fährst du bitte Frau Schlemm zur Pathologie zurück?"

„Warum denn das?"

„Ihr Wagen steht noch dort. Du weißt, Frau Schlemm ist zuerst zu dir gefahren und nicht zu mir!"

Der Seitenhieb saß, sie schaute mich beinahe wütend an.

„Frau Schlemm! Bleiben Sie heute in Kiel? Wo kann ich Sie erreichen?"

„Nein! Ich fahre nach Plön!"

„Ah ja, auf das Grundstück!"

„Sind Sie verrückt, Inspektor! Entschuldigen Sie! Ich fahre doch nicht auf das Grundstück. Da bringt mich vorerst keiner hin!"

„Frau Schlemm, wir müssen schon noch einmal gemeinsam auf Ihr Grundstück fahren!"

„Ja! Aber übernachten kann ich dort nicht. Ich fahre nach Rathjensdorf und werde im Gasthaus übernachten."

„Gut! Rufen Sie mich an, Frau Schlemm. Geben Sie mir die dortige Telefonnummer, daß ich Sie morgen früh erreichen kann. Versuchen Sie, sich zu erholen. Sie haben schließlich annähernd zwei Tage im Auto verbracht."

Ich streckte ihr die Hand entgegen, die sie jedoch übersah. Sie drehte sich zu Thomas um, und beide verließen mein Büro.

Sofort rief ich in der Bereitschaft an und ließ einen jüngeren Kollegen, der aus Plön stammte und mit dem ich schon einige Male zusammengearbeitet hatte, zu mir kommen.

Ich übergab ihm die Schlüssel für das Haus, das Metronom und die Bücher. Alsdann erklärte ich ihm, was er zu tun hatte, wo er alles plazieren sollte. Ich gab ihm zu verstehen, daß er sehr schnell sein sollte und daß ihn am Tor des Grundstückes der Kollege Holtz erwarten würde.

Ich rief anschließend die Dienststelle in Plön an und hatte Glück. Holtz' Dienst dauerte noch bis in die späten Abendstunden. Ich erklärte ihm die Situation und machte ihm klar, daß er dafür Sorge zu tragen hätte, daß die Gegenstände genau an ihren üblichen Platz hingestellt werden müßten. Und ich erwartete seinen Rückruf.

Ich besprach im Anschluß, nach dem Telefonat mit Holtz, mit Henner Jürgens, dem Dienststellenleiter Plöns, einen Einsatz der Viererbande am morgigen Tage. Für den heutigen Abend bat ich ihn, mir Holtz zu überlassen, um eine Überwachung durchführen zu können. Henner Jürgens sagte mir seine Unterstützung zu und war bereit, augenblicklich die Dienstpläne der neuen Situation anzupassen. Prima Kerl!

Puh!

Sie merken bereits, es beginnt, etwas hetzig zu werden. Nun ja, die Dinge nehmen ihren Lauf und fragen mich nicht, ob ich damit einverstanden bin. Genaugenommen kann ich das überhaupt nicht leiden! Man könnte sogar soweit gehen und sagen, daß ich es hasse, so getrieben zu werden! Ich mußte versuchen, mir den Abend freizuhalten. Der morgige Tag würde ein Hetztag werden, ich sah ihn schon vor mir. Ich überlegte, was heute noch getan werden mußte und was ich auf morgen verschieben konnte.

Ganz wichtig war, ich mußte mir einen Haftbefehl für Nadja Schlemm beim Haftrichter besorgen. Dazu war es allerdings jetzt schon zu spät. Das sollte morgen früh als erstes geschehen. Das Gespräch mit Thomas Sammlers Cousin – ach das habe ich Ihnen ja noch gar nicht mitgeteilt, was da bei mir im Kopf herumflutschte! – konnte erst morgen stattfinden. Ich mußte zuerst Thomas dazu hören. Also gab es nur noch zwei Dinge, die heute erledigt werden mußten: ein Gespräch mit dem Chef und ein weiteres mit Thomas.

Ich rief Thomas in der Pathologie an und bat ihn, nochmals zu mir zu kommen. Er war willig, und ich konnte hier sitzen bleiben. Dachte ich!

Also der Chef. Ich rief ihn an, um von Nadja Schlemm zu berichten. Er wollte mich jedoch persönlich sehen und bestellte mich in seinen Dienstraum. Das war dumm, den ich erwartete natürlich Frau Schlemms Anruf. Ein Blick auf die Uhr zeigte mir jedoch, daß sie noch nicht in Plön oder Rathjensdorf angekommen sein konnte. Ich ging also zum Chef rüber.

Nun kannte ich diesen Zwerg – na sagen wir heute einmal, diesen liebenswürdigen Zwerg – schon geraume Zeit, dennoch war er immer wieder für eine Überraschung gut. Er saß vor dem geöffneten Fenster seines Zimmers und trank ein Glas Sekt. Das hatte ich noch nie bei ihm gesehen. Ich muß ziemlich dämlich geguckt haben.

„Herdenbein! Schaun Se nich so wien Auto, is schon Feierabend!"

„Gibt's einen Grund, Chef, Sekt zu trinken?" fragte ich staunend.

„Wolln Se mittrinken, Fliejenbein?"

„Nein, Chef, im Gegensatz zu Ihnen bin ich noch im Dienst und habe noch viel zu tun."

„Wissen Se, Fliegenbein, warum ick een Glas Schampus trinke? Nee, wat? Ick trink uff Ihr Wohl, Herr Herdenbein!"

Ich schaute weiterhin dumm drein.

„Se ham Erfolg, bei dieser Wasserleiche. Ick trink uff Ihrn Erfolg!"

„Das ist vielleicht noch etwas früh, Chef."

Ich berichtete ihm von den belastenden Anrufen und dem beweisträchtigen Brief. Schilderte das Aussehen und das Auftreten von Nadja Schlemm. Ich erzählte von ihren Aussagen, beziehungsweise dem, was sie partout verschwieg: nämlich der Wichtigkeit des Metronoms. Der Chef nippte an seinem Sekt oder Schampus oder was auch immer und unterbrach mich lediglich durch ein aufforderndes „weiter!".

Anschließend unterbreitete ich ihm meine Strategie. Nadja Schlemm würde eine harte Nuß sein und mußte geknackt werden. Ich hatte vor, die Rekonstruktion des letzten Tages auf dem Grundstück hinauszuzögern. Ich wollte Thomas Sammler als Arzt dabei haben, erwähnte auch die Aufgabe seines Cousins und die Hilfe der Plöner Dienststelle.

Jakob Sprenz nickte und meinte bei der Verabschiedung, daß er nun wirklich überzeugt sei, den Sekt zum richtigen Zeitpunkt getrunken zu haben.

„Machenses gut, Fliegenbein, Sie einsamer Wolf! Sie Fliegenwolf!" kicherte er.

Als ich in meinem Büro anlangte, saß Thomas schon da, und das Telefon klingelte.

Holtz meldete sich. Alles war wie geplant abgelaufen. Nadja Schlemm war nicht aufgetaucht, und das Metronom und die Bücher standen dort, wo sie zu stehen hatten. Ein Stein fiel mir vom Herzen!

Ich teilte ihm mit, daß er an diesem Abend noch zu einer Art Überwachung eingesetzt würde. Da ich jedoch nicht wußte, ob Frau Schlemm in Rathjensdorf unterkommen konnte, würde ich ihn nochmals anrufen. Ich hängte ein.

„Thomas, schön, daß du gekommen bist. Ich mache es kurz. Ich möchte, daß Du übermorgen bei der Rekonstruktion des vorletzten Donnerstages dabei bist, als Arzt sozusagen."

„Ich bin Chirurg und Pathologe, eigentlich nicht der Arzt, den du vielleicht brauchst!" gab Thomas zu bedenken.

„Ich brauche dich, Thomas, verstehst du?"

„In Ordnung!"

Anschließend entwickelte ich ihm gegenüber meinen Plan, seinen Cousin betreffend. Thomas schüttelte fortwährend mit dem Kopf und hatte tausend Bedenken. Er glaubte nicht daran, daß mein Plan durchführbar sei, daß mein Plan aufgehen könnte. Dennoch rief er seinen Cousin an – der hatte Urlaub, welch ein Glück für Herdenbein! – und machte einen Termin für uns aus. Gut so! Die Dinge liefen doch, wie ich geplant hatte! Als wir uns verabschiedeten, hielt er mich fest. Er wollte unbedingt noch darüber aufgeklärt werden, warum er das Protokoll aus der Pathologie hatte holen müssen. Ich erläuterte ihm, welches Entsetzen mich gepackt hatte, als ich die Indizien auf dem Schreibtisch entdeckte, und Thomas freute sich riesig und kindlich, daß mir ein solcher Patzer unterlaufen war. Er war im übrigen der Meinung, daß mich bei seinem Cousin eine gewaltige Überraschung erwarten würde. Er grinste und war dann schon fort.

Ich wartete beinahe eine halbe Stunde, als endlich das Telefon läutete und Nadja Schlemm mir mitteilte, daß sie im Dorfkrug in Rathjensdorf übernachten würde. Sie gab mir auch die Telefonnummer durch, so daß ich sie jederzeit erreichen konnte. Ich hingegen teilte ihr mit, daß ich sie gegen Mittag des nächsten Tages anrufen oder aufsuchen würde, um letzte Fragen zu besprechen, beziehungsweise...aber das wissen Sie ja schon!

Kaum war das Gespräch beendet, läutete ich Holtz an.

„Kennen Sie den Dorfkrug in Rathjensdorf, Herr Holtz?"

„Kenn ich, Chef!"

„Passen Sie auf, Herr Holtz, daß Ihr richtiger Chef das nicht hört!"

„Kann er nicht, der baut die Dienstpläne vollkommen um, damit wir Ihnen morgen zur Verfügung stehen."

Er wollte sich dabei kringelig lachen. Ich entdeckte eine ganz neue Art von Holtz'schem Verhalten!

„Sie kennen also den Dorfkrug! Auch den Wirt?"

„Mit dem bin ich zur Schule gegangen!"

„Okay, Herr Holtz, dann sind Sie genau der richtige Mann für den Job! Sie fahren um neunzehn Uhr dort hin, sagen dem Wirt, daß Sie dienstlich da seien, er solle nicht fragen, Sie könnten nichts sagen, undsoweiter..."

„Und was soll ich dort machen, Chef?"

„Sie essen und trinken nach Herzenslust – auf Kosten des Staates, Herr Holtz! – und beobachten Frau Schlemm."

„Woran erkenne ich denn Frau Schlemm, Chef?"

„Mein lieber Herr Holtz! Nun stellen Sie sich dümmer an, als Sie sind! Sie könnten beispielsweise Ihren Schulfreund fragen, oder? Das brauchen Sie aber nicht! Sie werden sofort entdecken, wer Frau Schlemm ist."

„Da bin ich aber gespannt, Chef!"

„Also nochmals! Sie beobachten Frau Schlemm. Sie wird bestimmt etwas essen oder trinken, oder beides. Falls sie wegfährt, fahren Sie hinterher! Versuchen Sie ganz unauffällig zu sein! Zeigen Sie mir, Herr Holtz, daß an Ihnen ein Kriminalist verloren gegangen ist. Wenn Frau Schlemm in ihr Zimmer geht und dort bleibt, brechen Sie die Überwachung ab und fahren nach Hause. Alles klar?"

„Alles klar, Chef! Wenn sie aber nun wegfährt, während ich gerade esse?"

Ich mußte herzhaft lachen. Das hätte eigentlich auch zu mir gepaßt! Eine grauenhafte Vorstellung! Der arme Holtz würde bei vollgedecktem Tisch verhungern.

„Nun, dann haben Sie Pech gehabt! Oder, Sie kennen den Wirt wirklich so gut, daß er Ihnen das Essen warm stellt, bis Sie wiederkommen! Das wird schon klappen, Holtz! Bestimmt! Und ganz unauffällig! Sie sind ein Gast, klar?"

„Ich bin ein Gast! Ich komme ohne Uniform!"

„Mann, Holtz, das ist doch logisch! Machen Sie's gut. Tschüß!"

Ich hängte ein. Zum Brüllen. Ich sah ihn, wie er da sitzt. Gerade wird sein Essen aufgetragen, vielleicht seine Lieblingsspeise, und just in diesem Moment steht Nadja Schlemm auf und verläßt die Gaststube. Welch ein Horror! Ich mußte schmunzeln.

Mir fiel dann noch ein weiterer Horror ein. Nun, Horror ist vielleicht etwas übertrieben! Ich stellte mir nur die Frage, wo blieb ich eigentlich morgen. Ich meine, den ganzen Tag über. Die Dienststube der Plöner Polizei mußte es nicht gerade sein! Das Café am Markt konnte es auch nicht sein. Lachen Sie nicht, auch wenn Sie dabei an den Opa denken! Wo könnte ich eventuell meine ermatteten Beine ausstrecken, mein müdes Haupt niederlegen? Wo in Plön? Wieso in Plön? Überhaupt nicht in Plön! Die Lösung war Grebin. Wie war das noch gewesen? Die Zimmer in der „Linde" waren vermietet, aber für Verwandte stand ein Bett zur Verfügung. Ich machte mich also zu einem Verwandten und rief Margit an.

„Dorfgasthaus ‚Zur Linde', Grebin, Steinwede!"

„Herdenbein, Jens. Ich bin ein armer Verwandter von Ihnen, Margit! Kann ich morgen das Notzimmer bekommen, für eine Nacht?"

Für einen Augenblick herrschte Stille am anderen Ende, dann prustete Sie los. Irgendwann beruhigte sie sich dann wieder.

„Ach Jens, der alte Herumstreuner! Läßt jahrelang nichts von sich hören und braucht dann das Notzimmer."

Sie lachte wieder.

„Ist das wirklich ein Notfall, Jens?"

„Sagen wir mal so, Margit, es käme meiner Bequemlichkeit entgegen, wenn ich eine Nacht bei Ihnen unterkommen könnte. Ich bin morgen den ganzen Tag in Plön und brauche so eine Art Hauptquartier, eine Anlaufstelle, und da sind Sie mir wieder eingefallen. Pardon, daß ich seit meinem Berlinausflug nichts mehr von mir hören ließ. Ich konnte andererseits ja nicht ahnen, daß Ihre Sehnsucht nach mir so groß war!"

Sie lachte und versicherte, daß ihr Gasthaus „Zur Linde" das ideale Hauptquartier für mich wäre.

Wir plauderten nochmals kurz über Berlin, und auf ihr drängendes Fragen nach dem Fortschritt im Fall der Wasserleiche setzte ich Sie davon in Kenntnis – undetailliert –, daß wir in der Endphase seien.

Gut, das wäre auch erledigt!

Ich hatte dem Chef gegenüber angedeutet, daß Nadja Schlemm eine harte Nuß sein würde, die man knacken müsse. Das heißt doch nichts anderes, daß ich sie knacken müßte, nicht wahr? Ich bin aber immer nur dann ein guter Nußknacker, wenn ich mich absolut wohl fühle. Und wann und wo fühle ich mich am wohlsten? Sie wissen es, ich weiß es!

Also auf zu Giovanni ins „Verdi"!

Ich machte einen Umweg über meine Wohnung, denn zum Wohlsein gehört auch die Frische des Körpers, und die ließ jetzt sehr zu wünschen übrig. Wie ich feststellte, war die Wohnung von meiner Nachbarin gelüftet worden. Sie roch besser – die Wohnung – als ich. Also runter mit den verschwitzten Klamotten und unter die Dusche.

Herrlich war es! Manchmal – müssen Sie wissen! – bin ich mutig. Dann fange ich mit einer heißen Dusche an, öffne den Kaltwasserhahn immer mehr, bis ich klappernd und japsend unter den Wasserstrahlen stehe. Mein Internist hat mir das sogar empfohlen, täglich! Ich gebe zu, daß ich das nicht schaffe, im Winter allzumal nicht. Aber heute war ich, wie schon gesagt, sehr mutig. Ich kam zwar klappernd aus der Dusche, aber wirklich erfrischt und fit!

Rede ich Ihnen eigentlich zu viel vom Duschen, Waschen und Rasieren? In der Tat?

Nun, dann sei Ihnen schon jetzt verraten, daß ich es nur noch zweimal erwähne! Gut so?

Als ich dann ausgehfertig vor dem Spiegel des Flures stand, sah ich einen wohlgelaunten Herdenbein vor mir. Ich prüfte noch ein letztes Mal den optimalen Sitz der Fliege und verließ mit übergehängtem Jackett meine Wohnung.

Als mich das letzte Mal der Weg zu Giovanni führte, war ich gelatscht. Erinnern Sie sich noch? 23° im Schatten, um einundzwanzig Uhr. Am Tag vor der Wasserleiche. Jetzt schritt ich leichtfüßig aus, wenn man das bei meiner Figur, besser gesagt bei meinem Gewicht, noch sagen darf. Aber sagen wir es heute einmal, gell?!

Es war natürlich genauso warm wie damals, nur empfand ich heute die drückende Hitze anders. Nicht gerade angenehm, aber auch nicht eben niederdrückend. Ich war beschwingt und zufrieden, ganz im Gegensatz zum letzten Mal.

Als ich das „Verdi" betrat, stockte ich. Proppendickevoll! Das gab's doch gar nicht! Das hatte ich noch nie erlebt! An der Längsseite des Restaurants hatte Giovanni für eine Gesellschaft sogar die Tische zusammengestellt; da saßen allein zwanzig Personen. Dann fiel mir ein, daß es Freitag war. Ich habe es nicht so mit den Wochentagen, Sie wissen, ich arbeite auch am Wochenende, und da entfällt einem schon mal, ob es nun gerade Sonnabend oder Dienstag ist. Aber da hatte mich Giovanni schon entdeckt, und er schrie mit lautester Stimme durch sein ganzes Lokal den üblichen Begrüßungssatz:

„Il commissario di pubblica sicurezza!"

Er kam mir entgegen, umarmte und küßte mich; das ganze Lokal war augenblicklich auf uns fixiert.

„Giovanni, du bist mir der liebste aller Italiener, sei gegrüßt!"

„Jens, als du das letzte Mal da warst, war auch alles occupato. Setz' dich an die tavola della famiglia."

Er führte mich, eingehängt, zum Tisch vor dem Tresen und drängte mich auf einen Stuhl.

„Una bottiglia di acqua minerale con gas, per favore", bestellte ich in meinem besten Italienisch.

„Selbstverständlich, mein Herr Kommissar", konterte Giovanni lachend.

„Und danach das Übliche, Giovanni!"

„Naturalmente, signor commissario! Das Übliche! Scampi senza riso, pane e un salata mista con Dressing!"

Er lachte sich scheckig, als er wieder einmal die alte Geschichte mit dem Dressing anbringen konnte.

Er grinste auch noch, als er wenige Augenblicke später die Flasche Mineralwasser, ein Glas und einen Korb mit Brot brachte.

„Il vino arriva subito!" lachte Giovanni und verschwand wieder.

Ich schaute mich um. Es war wirklich knackig voll. Ein Gebrumm und Gesäusel überall. Das hätte mir vor eineinhalb Wochen meine Stimmung noch mehr verhagelt, jetzt fand ich dieses pralle Leben anregend. Ich goß mir ein Glas Wasser ein, trank und kaute dazu das frische, selbstgebackene Brot. Die Luft war mit Oregano – und Knoblauchdüften erfüllt. Erfüllt! Man wurde nicht davon erschlagen! Schließlich erschien anstelle von Giovanni, der seinem Koch in der Küche half – logisch bei diesem vollen Haus! –, Carlotta und brachte die Flasche Vernaccia. Sie öffnete sie und ließ mich probieren. Ein Ritual, das bei Giovanni eigentlich überflüssig war. Ich bat sie, Giovanni in der Küche Bescheid zu geben, daß er sich mit meinem Essen ruhig Zeit lassen könnte. Carlotta versprach, es auszurichten. Auch sie war von Hektik ergriffen, denn sie stürzte in die Küche, um sofort wieder zu erscheinen und der zwanzigköpfigen Gesellschaft an den zusammengestellten Tischen die Rechnung zu präsentieren und abzukassieren. Das Gebrummsel und Gesummsel im Raum wurde nochmals lauter. Dann standen jene Abkassierten auf und verließen stimmungsvoll das „Verdi". Schlagartig setzte Stille ein. Erstaunlich wie sich dieser Aufbruch auf die Anwesenden auswirkte. Giovanni erschien, stellte die Tische auseinander und fragte mich mit einer Kopfbewegung, ob ich in der Ecke Platz nehmen wollte. Das wollte ich aber nicht. Ich fühlte mich hier in meinem Winkel am Familientisch vor der Theke wohl. Und wenn ich mich wohl fühle, na, das wissen Sie ja! Ich war so abgelenkt gewesen - angenehm abgelenkt, denn ich beobachte sehr gerne - aber das habe ich ja auch schon gesagt! -, daß ich noch gar nicht dazu gekommen war, mir das Glas vollzuschenken. Ich holte das augenblicklich nach. Ich „schlotzte" - wie die Schwaben sagen - den Vernaccia und ließ meine Gedanken schweifen. Sie flatterten hierhin und dorthin. Eigentlich, wenn ich es recht bedachte, war es mir schon - seit meinem Weggang aus der Wohnung - so ergangen. Hin- und herflatternde Gedanken, hübsch! Einfach nur so! Nichts Dienstliches! An den vergangenen Tag verlor ich nicht einen Gedanken. Auch das Bevorstehende, an den nächsten beiden Tagen, war mir keine Überlegung wert: Schön war es, so frei im Kopf zu sein, nicht bedrängt zu werden und alles gleichgültig - im Sinne des Wortes - dahinfließen zu lassen.

Aus diesem Dahinfließen wurde ich von Giovanni aufgeschreckt. Ich zuckte richtig zusammen, als die Scampis in knoblauchiger Tomatensoße plötzlich vor mir auf dem Tisch standen.

„Buon appetito!" wünschte il padrone, und schon war er wieder in seiner Küche verschwunden.

Ich schaute auf die Uhr. „Sapperlot!" rief ich innerlich aus. Es war zehn Uhr geworden. Beim Dahinfließen der Gedanken war auch die Zeit verflossen. An der Flasche hätte ich die vergangene Zeit auch ablesen können!

Ich machte mich über mein Lieblingsgericht her. Habe ich das schon einmal gesagt? Nein? Gut, ich muß natürlich gestehen, daß ich mehrere Lieblingsgerichte habe. Sie sagen, das gibt's nicht! Man hat nur ein Lieblingsgericht! Gut! Man vielleicht, ich nicht! Ich liebe Scampis! Wenn man sie aus der Schale herauspult, sich das Hemd mit der aufgescheuchten Tomatensoße bespritzt, den Scampi zum Mund führt, hineinbeißt, dann hinunterschluckt, den Wein hinterherschickt! Herrlich! Dazu der gemischte Salat, in Essig und Öl! Giovanni machte – dem Himmel sei Dank! – nicht den Blödsinn mit, diesen bitter schmeckenden Rucola darunter zu mischen. Pfui Teufel!

Es wurde leerer und noch leiser. Giovanni entschuldigte sich, daß er keine Zeit für mich hatte. Und so erfuhr ich, daß er ganz alleine in der Küche hantierte, sein Koch war erkrankt. Er und seine Tochter Carlotta schmissen – wie man zu sagen pflegt – das ganze Ristorante allein: Küche, Theke und Bedienung.

Um elf Uhr war ich dann der einzige Gast. Als schließlich der letzte Besucher gegangen war, hatte Giovanni sofort seiner Tochter bedeutet, das Lokal abzuschließen. Beide saßen dann auch völlig erschöpft bei mir. Üblicherweise hätte Giovanni mich mit einem Redeschwall überschüttet, nach Morden und Mördern gefragt, von sich und seiner in Italien lebenden Frau erzählt. Nun waren sie beide fertig und schwiegen. Wir tranken zu dritt einen Espresso, einen Grappa hatte ich abgelehnt, und die beiden versuchten, sich zu erholen.

Als ich verschwinden wollte, die beiden benötigten wirklich Bettruhe, wurde ich dennoch, man kann schon sagen genötigt, liebevoll genötigt, noch einen Espresso zu trinken und kurz von den letzten acht Tagen zu berichten. So blieb es also doch nicht beim Dahinfließen der Gedanken, und ich erzählte ihnen von Nadja Schlemm und Siegfried Nastrau. Naja, das war auch nicht gerade eine Geschichte, die die beiden aufrichtete. So verabschiedete ich mich, und unter vielen Entschuldigungen Giovannis, der sich als einen schlechten Gastgeber und Freund betrachtete, was ich selbstverständlich entschieden zurückwies, durfte ich schließlich gehen.

Mitternacht! Ich machte, daß ich nach Hause kam, denn durch meine Erzählung, stand mir der nächste Tag, nein, der heutige Tag, nun doch lebhaft vor Augen. Herdenbein! Ab in Morpheus' Arme!

9. TAG

18. Letzte Vorbereitungen

Als der Wecker klingelte, war ich sofort wach. Ich stellte ihn ab, und das morgendliche Ritual begann. Zuerst wurden der Kaffee aufgesetzt und die Fenster aufgerissen. Auf dem Balkon wurde für fünf Minuten frische Luft inhaliert. Es folgte die Inbetriebnahme des Toasters und das Aufsetzen des Eierwassers. Ja, ich bin morgens ein ritueller Mensch. Sonst komme ich nicht richtig in die Hufe, der gewohnte Morgenablauf ist wichtig. Als schließlich das Ei im sprudelnden Wasser lag, konnte ich mich duschen und all jene anderen Dinge betreiben, die einen Mann verschönern. Zwischendurch mußte natürlich das Ei aus dem Wasser genommen werden. Für mich gibt's nichts Schlimmeres am Morgen als ein hartgekochtes Ei. Das Weiße hart, das Gelbe weich, nur so ist ein Ei richtig. Keine Diskussionen!

Als ich endlich verschönt, gesättigt und durch den Kaffee vollkommen munter das Haus verließ, wußte ich, der Tag würde gut werden. Es war neun Uhr.

Ich setzte mich in meinen Wagen und fuhr zum Amtsgericht, einem Neubau in der Deliusstraße. Den zuständigen Haftrichter kannte ich von meinen früheren Ermittlungen. Er war ein im Dienst ergrauter, liebenswürdiger Grantler, der jedoch fuchsteufelswild wurde, wenn man ihm mit einem nicht stichhaltigen Tatverdacht daherkam. Und in genau dieser Situation befand ich mich, aber ich kannte ihn auch!

Wenn er in guter Stimmung war, redete er platt. Er war in sehr guter Stimmung, und also verklüsematüddelte ich ihm den Fall Nadja Schlemm. Er schaute mich lange an und bemerkte dann karg und etwas zweifelnd:

„Is dat allens?"

Ich nickte.

„Dat sall langen, üm ehr in't Kaschott to steken?"

Ich schaute ihn wohl reichlich deppert an, denn er wiederholte:

„Ik wull Se seggen, dat sall langen üm ehr achter Trallen to bringen?"

Ich verstand und nickte.

„Se wüllt mi woll för dumm verköpen, Herdenbein?"

Und nach einer kurzen Pause:

„Se wüllt mi op'n Arm nehmen, Herdenbein?"

Ich schüttelte mit dem Kopf.

„Dat langt ja woll allens nich ganz to, wat?"

Ich nickte.

„Wenn ik Se nich kennen dä, wörn Se leddig utgahn!"

Ich nickte. Man durfte ihm ja nicht widersprechen. Das konnte er auch nicht vertragen! Aber er kramte den Haftbefehl schon heraus, ließ sich nochmals den Namen buchstabieren und füllte den Rest aus: Dringender Tatverdacht undsoweiter... Ich bedankte mich und verschwand so schnell wie ich konnte. Manchmal war der alte Herr nämlich äußerst mitteilungsbedürftig und dafür hatte ich heute morgen keine Zeit!

„Un geevt Se mi Bescheed, Herdenbein!" rief er dann noch recht stimmgewaltig hinter mir her.

Ich setzte mich also wieder in mein Auto und fuhr nach Gaarden-Ost, da ich um zehn Uhr mit Thomas Sammlers Cousin verabredet war, einem gewissen Thorsten Braak, der in der Iltisstraße wohnte. Das war, auf Grund der vielen ausländischen Geschäfte, eine höchst lebendige, farbenfrohe Gegend! Mit dem Nachteil, daß ich nur unter großen Schwierigkeiten einen Parkplatz fand. Naja, Samstagmorgen! Ich ging das letzte Stück des Weges also zu Fuß. Thorsten Braak wohnte in einem beigefarbenen Haus, das rautenförmige Verzierungen aufwies, sehr hübsch! Ich kam dennoch pünktlich an und klingelte.

Thomas hatte recht gehabt, mich erwartete eine Überraschung. Eine sehr große Überraschung! Als Thorsten Braak die Tür öffnete, stand Siegfried Nastrau vor mir. Ich bekam meinen Mund nicht mehr zu! Natürlich sah Herr Braak anders aus! Er war zum Beispiel jünger als Nastrau! Dennoch! Sein Gesicht! Ich mußte ihm zuerst einmal – noch in der Tür – erklären, warum ich ihn so angestarrt hatte. Anschließend gingen wir hinein, und es gab den zweiten Morgenkaffee. Seine Ähnlichkeit war für mich und was ich vorhatte nicht von entscheidender Bedeutung, aber man konnte ja nie im voraus wissen, wie sich manche Dinge entwickeln würden. Während wir den Kaffee tranken, erzählte er mir von seinen Einsätzen als Rettungsschwimmer bei der DLRG und seinem Tauchsport. Das hörte sich alles sehr gut an, besonders, da er ja auch noch Urlaub hatte. Ich habe Ihnen ja schon wiederholt gesagt, daß auch das berühmte Quentchen Glück bei den Kriminalisten eine Rolle spielt. Ich hatte hier Glück, und so konfrontierte ich ihn mit meinem Plan. Er hörte zu, nickte ein paar Mal, zog die Augenbrauen hoch und spitzte den Mund. Als ich geendet hatte, schwieg er einen Moment, um mir dann mitzuteilen, daß er mitmachen würde. Wir machten aus, daß er mitsamt seiner Ausrüstung am Spätnachmittag nach Grebin ins Gasthaus „Zur Linde" kommen sollte.

Wir verabschiedeten uns, und ich machte mich nun endlich auf den Weg nach Plön.

Ich kam auf der Dienststelle der Plöner Polizei in der Hamburger

Straße gegen zwölf Uhr an. Twiete, Graumann und Lehmbrook erwarteten mich, zudem noch eine Überraschung. Denn Holtz hatte von sich aus die Überwachung Nadja Schlemms auch noch am Morgen fortgesetzt, wie die drei Kollegen berichteten. Er hatte sich als Gast im Dorfkrug ausgegeben und war, im Einverständnis mit dem Wirt, zum Frühstück erschienen, just als auch Frau Schlemm erschien. Telefonisch hatte er den Kollegen durchgegeben, daß er sich am Morgen an die Fersen Nadja Schlemms heften wolle, und er würde sich wieder melden. Bravo, konnte man da nur sagen, ein Mann mit Eigeninitiative, ein Polizist mit Kreativität!

Mit Henner Jürgens verabredete ich, daß Holtz nach seiner nächsten telefonischen Meldung von Lehmbrook abgelöst werden sollte. Er sollte dann zu mir nach Grebin kommen. Ich erklärte den drei Polizisten, daß ich in der „Linde" das „Hauptquartier" aufschlagen wollte. Alle Vorkommnisse sollten dorthin gemeldet werden, persönlich oder telefonisch.

„Und was sollen wir tun, Herr Herdenbein?" fragten Twiete und Graumann wie aus einem Munde.

Ja, was sollte ich mit den beiden anfangen? Im Augenblick war Holtz auf dem Kriegspfad und sollte von Lehmbrook abgelöst werden. Eigentlich reichte ja zur Beschattung ein Kollege, zumal Holtz von sich aus aktiv geworden war. Andererseits waren alle, laut Dienstplan, wie sich Henner Jürgens nun vernehmen ließ, mir zugeteilt. So etwas kam selten vor! Diensteifrige Kollegen in Hülle und Fülle.

Aber natürlich!

„Polizeimeister Twiete!" ich gab mir einen dienstlichen Ton, „kennen Sie den Chef oder den Vorsitzenden vom Plöner Angelverein?"

„Jawohl, Herr Inspektor!" kam es genauso dienstlich zurück.

„Wissen Sie auch, wo dieser Mann zu finden ist?"

„Aber natürlich, schließlich bin ich selber Mitglied des Vereins."

„Das trifft sich wunderbar, Herr Twiete. Machen Sie sich auf den Weg zu ihm und bitten Sie ihn, mich heute am frühen Nachmittag in Grebin aufzusuchen. Machen Sie es wichtig, aber erwähnen Sie keine Gründe. Und ich sagte, daß Sie ihn bitten sollen, vergessen Sie das nicht!"

„Soll ich mich sofort auf den Weg machen?"

„Das wäre schön, Polizeimeister Twiete!"

Er salutierte – einfach köstlich! – und verschwand mit sichtlicher Arbeitsfreude.

„Und Sie, Herr Graumann, werden mich begleiten, damit ich nicht so einsam bin", sagte ich mit treuem Augenaufschlag.

„Nein, ehrlich, Sie sollen mich erinnern, falls ich irgendetwas vergessen sollte. Wir müssen Frau Schlemm im Auge behalten, ich muß auch noch mit ihr telefonieren, dann sollte Holtz Bericht erstatten, dann wäre da noch das Gespräch mit dem Vorsitzenden des Angelvereins, und zudem müssen wir noch eine Ortsbesichtigung mit dem Cousin von Herrn Sammler machen."

Graumann merkte sich die Punkte, die ich aufgezählt hatte, seine Stirn zog Falten.

„Dann lassen Sie uns gehen, Herr Graumann, auf zur ‚Linde‘!"

„Sie wollten mit Frau Schlemm telefonieren!"

Graumann hatte wirklich aufgepaßt. Warum sah der Mann nur so grau aus? Dreißig Jahre alt und schon so aschfahl! Und warum ist der Mann nur Polizeimeister?

Ich wählte die Nummer der Rathjensdorfer Gaststätte. Der Wirt nahm den Hörer ab. Ich fragte ihn, ob Nadja Schlemm zugegen sei. War sie! Sie aß gerade. Ich fragte mich, ob sie noch zu Ende essen würde. Ich ließ sie ans Telefon rufen.

Als ich ihr mitteilte, daß unser avisiertes letztes Gespräch samt einer Begehung des Grundstückes am Schluensee erst am nächsten Morgen stattfinden könnte, war zuerst nur tiefes Atmen ihrerseits zu vernehmen. Dann schimpfte sie los, ließ ihrer Erbostheit freien Lauf und wurde immer lauter. Ich mußte den Hörer vom Ohr entfernen, die versammelten Kollegen konnten gewissermaßen mithören, zwar nicht den Inhalt aber doch die Lautstärke. Falls im Dorfkrug Mittagsgäste anwesend waren, bot sich ihnen ein interessantes Intermezzo.

Ich sei unverschämt, sie hätte es satt, in der Nähe des Todesortes von Siggi zu verweilen. Ich könne wohl meine Zeit nicht einteilen, und abgesehen davon sähe sie es auch nicht ein, daß ich so gefühllos über die ihre verfüge. Und dann sei sie auch noch in Trauer, und überhaupt!

Ich entschuldigte mich, machte Unvorhergesehenes für die Verzögerung verantwortlich und versprach ihr, daß morgen Mittag alles vorbei sei. Bin ich nicht ein Optimist?

Sie hatte sich wieder beruhigt. Sie entschuldigte sich widerwillig. Ich sah sie vor mir, wie sie sich in der Gaststube umschaute und all der Gesichter ansichtig wurde, die sich ihr zugewendet hatten.

Sie würde morgen früh zur Verfügung stehen.

Ich machte mit ihr aus, daß ich sie um neun Uhr im Dorfkrug abholen würde.

„Herr Lehmbrook, Sie fahren in den Dorfkrug, wenn Holtz sich meldet, spätestens aber um dreizehn Uhr, und schicken ihn zu mir. Gehen wir, Herr Graumann!"

Ich verabschiedete mich von Lehmbrook und Henner Jürgens, dem letzteren nochmals meinen Dank für seine Unterstützung aussprechend; dann verließen Graumann und ich den Polizeiposten Plön.

Wir fuhren gemächlich durch Plön, dann auf der Bundesstraße weiter bis zur Abzweigung nach Grebin. Graumann hatte die ganze Zeit geschwiegen. Als wir jedoch an jenem Weg, der zur Badestelle führte, an der das alte Ehepaar Nastrau gefunden hatte, vorbeifuhren, meinte er trocken: „Hier hat alles angefangen!" Ich schaute ihn kurz an, sagte aber nichts. Wir fuhren an jenem schönen neuerbauten Hotel in Görnitz vorbei, und ich parkte dann in Grebin vor unserem Ziel.

Erstaunlicherweise schienen keine auswärtigen Gäste in der „Linde" zu sein, denn der Parkplatz war leer.

Wir stiegen aus, und ich schickte Graumann in die Gaststätte, damit er Margit herausbitten konnte. Ich hatte nicht vor, im Beisein der Pensionsgäste mein Anliegen vorzubringen. Wenig später kam Margit, gefolgt von Graumann, heraus. Wirklich, eine tolle Frau! Wie ich schon gesagt hatte, eine Mitvierzigerin, eine frische Erscheinung, wenn Sie mir diesen Ausdruck gestatten. Gekleidet war sie so, wie ich sie beim ersten Zusammentreffen gesehen hatte: Jeans und weiße Bluse; sie wirkte auf mich schlicht aber überzeugend.

„Mein lieber verloren gegangener Bruder!" rief sie, mit weit geöffneten Armen auf mich zu kommend. „Ich freue mich, daß du endlich einmal Zeit findest, deine arme, sich abrackernde Schwester zu besuchen!"

Graumann schaute mit großen Augen auf die Szene, die sich ihm darbot und verstand natürlich nichts. Seine Augen weiteten sich aber noch mehr, als ich auf Margits Vorstellung einging – ging ich wirklich nur darauf ein, oder nutzte ich die Gelegenheit? Herdenbein! Herdenbein! – und wir uns innig umarmten. Sie wuschelte mir dabei meine verbliebenen Haare und küßte mich auf den Mund.

„Komm rein, du armer Kerl", sprach sie weiter, „meine Pensionsgäste haben schon gegessen, die Gaststube ist leer."

Sie hatte mich in der Zwischenzeit eingehakt und zog mich mehr, als daß sie mich führte, in den Gasthof hinein. Graumann war so verdattert, daß er erstmal draußen blieb und wohl angestrengt nachdachte. Drinnen nötigte mich Margit auf die lange Bank längs der Fensterreihe, huschte dann hinter die Theke, um mir ein Alsterwasser zuzubereiten.

„Hat Ihnen meine Begrüßung gefallen, Inspektor, war sie so recht familiär? Ich meine in Anbetracht des Familienzimmers, das Sie frequentieren wollen?"

„Mir hat die Vorstellung ausnahmslos gut gefallen", erwiderte ich, „es war richtig wunderbar, vor allem aber die liebevolle Umarmung!"

„Und was ist mit dem Kuß?" fragte sie weiter.

„Ich finde, daß mit etwas mehr Übung die Sache noch reizvoller wird", erwiderte ich.

Ritt mich der Teufel oder was war mit mir los? Herdenbein, so bist du sonst doch nicht! Das mußte ihre Erscheinung sein!

„Ja, ja, Sie haben keine Übung!" lachte sie und stellte das Alsterwasser vor mir auf den Tisch.

„Wir könnten uns weiter duzen", meinte ich etwas hölzern, nachdem die ersten Schlucke der Erfrischung meine Kehle heruntergeronnen waren.

„Damit bin ich sofort einverstanden", nickte sie mir zu, „daß mit der Übung bedarf vielleicht noch einer Erklärung, nicht wahr?"

Sie setzte sich zu mir. Ich erklärte ihr zwar jetzt nicht die Sache mit der „Übung", jedoch die Situation, in der ich mich befand, und daß ich den Gasthof „Zur Linde" zu einer Art Hauptquartier umfunktionieren wollte. Ich erwähnte Holtz, Braak und den Chef des Angelvereins, die in der nächsten Zeit hier auftauchen wollten. Sie nickte verstehend.

„Dann hol' doch mal deinen Koffer oder deine Tasche aus dem Auto, Jens, und ich zeige dir das Notzimmer für Familienangehörige."

Ich mußte laut loslachen.

„Warum lachst du, Jens? Habe ich etwas Falsches gesagt?"

„Nein! Ich habe nur, bei all meiner Planung, überhaupt nicht daran gedacht, daß ich etwas für die Nacht mitbringen müßte."

„Na, das macht nichts. Für meinen Bruder werde ich schon etwas Geeignetes finden."

Wir standen auf und gingen zum Flur. Im Eingang stand Graumann, mit gespitzten Ohren, der sich nicht in die Gaststube getraut hatte.

„Gehen Sie zur Theke und nehmen Sie sich etwas zu trinken", forderte sie ihn auf, „Sie müssen doch furchtbar durstig sein!"

Wir gingen die Treppe hinauf, sie zeigte mir meine Übernachtungsmöglichkeit, die weit von einer Notaufnahme entfernt war, und wir kehrten in die Gaststube zurück. Graumann hatte sich nicht getraut, irgendein Getränk zu nehmen, und so gab Margit ihm die Cola, die er gerne trinken wollte.

Wir setzten uns draußen unter die Linden.

„Sind eigentlich noch die Flenslers da?" Justament fielen mir die alten Herrschaften ein.

„Nein!" Margit schüttelte den Kopf. „Denen hat der Fund der Leiche mehr zugesetzt, als sie zugeben wollten. Sie sind nur noch mit ihrem Auto durch die Gegend gefahren und haben sich sämtliche Museen von Lübeck bis Seebüll angeschaut."

„Nun, eine Wasserleiche kann einem schon das Leben verbittern", nickte ich.

„Sie sind vorgestern ganz verschämt zu mir gekommen und haben gefragt, ob sie eher abreisen könnten. Reizende Leute, und so lieb! Sie hatten für zwei Wochen gebucht. Selbstverständlich habe ich Ihnen nur den tatsächlichen Aufenthalt berechnet."

Ich sah sie wieder vor mir, Elsa und Heinrich Flensler, und ich hörte ihre Erzählung. Sie hielten sich in den Armen und weinten, als sie Nastrau entdeckt hatten. Welch rührende und traurige Szene!

Da Graumann immer noch reichlich gehemmt an seiner Cola nuckelte und gar nicht aufschauen wollte, bat ich ihn, von der Suche rund um den Schluensee zu erzählen. Hans-Otto Graumann, genannt Hanno, konnte anschaulich beschreiben. Wir erlebten die Mühen der vier Männer eindrucksvoll mit und waren zum Schluß richtig froh, als alle angekommen waren. Nun, das Ende hatte ich ja selber miterlebt.

„Sag einmal, Margit, kann ich hier irgendeinen Raum benutzen, in dem ich, falls Gäste kommen, ungestört reden kann?"

„Du kannst die Gaststube benutzen, Jens, auch den hinteren Teil. Du kannst ins Frühstückszimmer gehen oder gleich links, wenn du reinkommst, in den Saal. Das überlaß ich dir, such dir etwas aus! Heute abend wird in der Gaststube natürlich etwas los sein, aber du hast Ausweichmöglichkeiten."

„In Ordnung, dann laß ich es auf die Situation ankommen und entscheide mich kurzfristig. Ich schaue mir schnell noch einmal die Örtlichkeiten an, ihr könnt ruhig hier bleiben."

Ich ging in die Gaststube, schaute mich um, blickte kurz in den Frühstücksraum. Auf dem Rückweg zu den Linden warf ich auch noch einen Blick in den Festsaal. Jeder Raum war letztlich zu gebrauchen, es kam also auf den Publikumsverkehr an.

Kaum saß ich wieder draußen, Graumann grinste, wahrscheinlich hatte ihn Margit aufgeklärt, hörte ich lautes Reifenquietschen. Ohne mich zur Straße umzudrehen, wußte ich, das konnte nur Twiete sein. So war es auch. Er parkte den Polizeiwagen neben meinem Gefährt und kam lachend heraus. Der Rennfahrer Twiete, das Jüngelchen, hatte seinen Auftrag ausgeführt. Jetzt öffnete sich auch die Beifahrertür, und ein graumelierter Herr stieg, aschfahl im Gesicht, aus. Nun, ich kannte Twietes Fahrweise, er war eben der Schumacher des Nordens.

Beide kamen zu uns, Margit verließ taktvoll die sich auffüllende Runde. Wir stellten uns vor. Der Chef des Angelvereins, Herbert Grün, und um diesen handelte es sich natürlich, hatte zwar graumelierte, volle Haare, war aber höchstens fünfunddreißig Jahre alt. Wenig später erschien Margit wieder auf der Bildfläche und brachte Twiete ein Alsterwasser und dem Oberangler ein Bier. Sie kannte ihn natürlich und wußte, ohne zu fragen, um seine Wünsche.

Ich erklärte ihm, was ich vom Angelverein brauchte. Eine Boje und ein Boot! Oberflächlich ging ich auch auf die Wasserleiche und die sich daraus entwickelten Folgen ein. Er zeigte sich hilfsbereit und wollte selbstverständlich Ruderboot und Boje zur Verfügung stellen.

Also warteten wir auf Thorsten Braak, um dann gemeinsam zum Angelverein zu fahren.

Wo blieb Holtz?

Als Margit wieder erschien, balancierte sie in ihren Händen drei große Holzteller, aufgefüllt mit Holsteiner Mettwurst, Katenschinken, Gurken und Käse. Sie winkte Twiete mit hinein, und beide brachten dann noch Besteck und Teller sowie Salat mit hinaus. Jetzt merkte ich, wie hungrig ich war. Es ging den anderen genauso. Sie schienen alle noch nichts gegessen zu haben. Eine wunderbare Brotzeit im herrlichen Schleswig-Holstein, die durch einen Telefonanruf unterbrochen wurde. Margit rief mich hinein.

„Ein Herr Holtz möchte dich sprechen!", sie gab mir den Hörer.

„Chef? Ich muß es kurz machen, ich habe dolle Schmerzen im rechten Knöchel!"

„Was haben Sie denn gemacht, Holtz?"

„Nachdem Lehmbrook mich abgelöst hat, etwa eine halbe Stunde, nachdem Frau Schlemm ihren hysterischen Anfall hatte, Sie wissen noch? Also, nach der Ablösung wollte ich zur Dienststelle, und dann habe ich mir, ich weiß nicht wie, beim Einsteigen ins Auto den Knöchel verstaucht. Tat furchtbar weh! Ich bin dann nach Hause gefahren, habe mir kalte Umschläge gemacht und im Dienst angerufen. Ich würde gerne etwas verschnaufen. Vor allem aber meinem Knöchel etwas Ruhe gönnen und vielleicht erst am Abend, wenn es Ihnen recht ist, nach Grebin kommen, um Bericht zu erstatten?"

„Ruhen Sie sich aus, Herr Holtz! Und kommen Sie nur dann am Abend in die „Linde", wenn es auch wirklich geht, also ohne Schmerzen! Sonst erscheine ich noch bei Ihnen!"

„Nein, das brauchen Sie nicht, Chef! Es wird schon gehen."

„Also, Herr Holtz, bis heute abend."

Als ich wieder zu den anderen hinaustrat, konnte ich erfreut feststellen, daß Thorsten Braak eingetroffen war. Man hatte sich schon untereinander bekannt gemacht.

Ich berichtete den anderen von Holtzens Mißgeschick, das sie natürlich alle sehr bedauerten.

„Also dann wollen wir einmal", ich erhob mich.

„Ich möchte, daß Sie, Herr Twiete, mit Hanno Graumann zum Grundstück fahren. Postieren Sie sich unauffällig. Falls Frau Schlemm erscheinen sollte, kommen Sie zur Badestelle herunter und signalisieren uns das. Ich möchte nicht, daß Frau Schlemm Herrn Braak, Herrn Grün und mich in der Nähe des Stegs sieht. Fahren Sie sofort los!"

Die beiden bestiegen ihren Dienstwagen, und Twiete „schumacherte" los.

Da Thorsten Braak seine Tauchutensilien in seinem Wagen hatte, setzten Grün und ich uns dazu. Der Chef des Angelvereins dirigierte unseren Rettungsschwimmer und morgigen Schauspieler bis zum Vereinsgelände. Wir parkten. Braak schleppte dann die Sauerstofflasche samt Maske zu einem Schuppen, der anschließend wieder verschlossen wurde. Der Vereinsvorsitzende übergab Thorsten Braak den Schlüssel. Auf unsere erstaunten Blicke hin, gab er zu bedenken:

„Ich bin zwar morgen früh anwesend, aber es kann ja etwas dazwischen kommen. So haben Sie erstmal den Schlüssel und kommen ans Tauchgerät."

Gut! Der Mann denkt mit.

Aus einem weiteren Schuppen holte er dann eine gelbe Boje sowie eine Kette – sie kam mir sehr lang vor – und mehrere Steine aus Beton, an denen Ringe befestigt waren. Gemeinsam luden wir diese Gegenstände in das von Herbert Grün ausgesuchte Ruderboot. Dann stiegen wir dazu und der Vorsitzende ruderte uns in die Richtung des Schlemmschen Grundstückes.

„Nachmittags angelt selten jemand?" fragte ich.

„Selten", erwiderte Grün, „nur jene Angler, die nichts fangen wollen! Die meisten sind am frühen Morgen da oder abends."

„Morgen früh wird aber ohne Schwierigkeiten ein Boot für Herrn Braak und Herrn Twiete vorhanden sein?"

„Selbstverständlich! Dieses hier! Ich kette es an, und Herr Braak wird vorsichtshalber diesen Schlüssel auch noch bekommen. Da die Ruder in der Nacht mit einer Kette an der Rückwand des offenen Schuppens - Sie haben ihn gesehen - gesichert sind, werde ich Herrn Braak dafür auch noch einen Schlüssel geben."

Ich war beruhigt.

Wir waren in etwa kurz vor der Höhe des Stegs angekommen. Wir schätzten gemeinsam, an welcher Stelle die Boje verankert werden soll-te. Das heißt, ich überließ diese Entscheidung Thorsten Braak. Wir ruderten dazu noch ein stückweit auf den See hinaus. Der Steg war jetzt etwa zweihundert Meter entfernt. Wir befestigten die Kette an den Steinen und ließen sie langsam ins Wasser gleiten. Grün beobachtete mit sorgenvollem Blick das andere Ende der Kette. Dann lagen die Steine auf dem Grund.

„Na, da haben wir aber Glück", meinte der Vorsitzende.

Ich schaute ihn fragend an.

„Der Schluensee ist der zweittiefste See in Schleswig-Holstein, bis zu siebzig Meter kann es runtergehen. Wenn wir über einer größeren Tiefe gewesen wären, hätten wir uns eine andere Stelle suchen müssen!"

Während er jetzt die Boje am oberen Ende der Kette befestigte, er-klärte ich Thorsten Braak nochmals den Ablauf des nächsten Morgens. Twiete würde ihn zur Boje rudern. Er konnte unterhalb derselben sein Tauchgerät befestigen und zum Steg schwimmen. Twiete würde mit dem Boot nahe des Schilfgürtels warten. In jenem Augenblick, an dem wir das Haus verließen, sollte Thorsten Braak langsam hinausschwim-men, undsoweiter...

Ich ruderte zurück. Hatte es mir jedoch leichter vorgestellt, denn nach wenigen Ruderstößen rann mir schon der Schweiß. Herbert Grün schau-te recht belustigt zu und fixierte meinen Hals. Ich hatte zwar das Jackett beim Besteigen des Ruderbootes ausgezogen, die umgebundene Fliege erwies sich jedoch als Faktor, der einen Hitzestau unter meinem Hemd verursachte. Mit all jenen unangenehmen Folgen! Aber ich schaffte es!

210

Im vereinseigenen Lokal spendierte uns der Vorsitzende ein Alster-wasser, dann verließen wir das Gelände. Braak hatte auch noch die Schlüssel für die Kette des Bootes und für die Ruder erhalten.

Es war alles vorbereitet.

Mehr konnte ich nicht tun.

Also fuhren wir zum Grundstück, um den beiden observierenden Polizisten das Ende der Aktion mitzuteilen.

Wir fanden Graumann und Twiete mit ihrem Dienstwagen etwas ver-steckt auf einem Acker rechts vom Anwesen der Nadja Schlemm. Ich sagte ihnen, daß alles erledigt sei und sie zur „Linde" zurückkehren sollten. Auch wir fuhren dort hin, wurden auf der kurzen Strecke jedoch noch von Twiete überholt. Ob man ihm vielleicht doch einmal etwas zu seiner Raserei sagen sollte? Nun, ich nicht! Oder doch?

Als wir neben Twiete parkten, stieg dieser aus und ließ ein breites Grinsen sehen.

Herbert Grün verabschiedete sich. Wir machten aus, daß er am nächsten Morgen um neun Uhr am Boot auf Twiete und Braak warten sollte.

Graumann und Twiete schickte ich nach Plön zurück. Graumanns Dienst war für heute beendet. Ich bestellte ihn, zusammen mit Holtz, für neun Uhr zum Dorfkrug. Twiete gab ich den Auftrag, um neunzehn Uhr Lehmbrook abzulösen. Er sollte ein Auge auf Frau Schlemm wer-fen, bis diese zu Bett ging. Dann sollte er noch einen kurzen Anruf hierher tätigen.

„Und seien Sie um neun Uhr am Boot, Herr Twiete. Und keine Ra-serei! Sie sollen morgen rudern und nicht rasen!"

Ich hatte es mir nicht verkneifen können. Das Jüngelchen nickte ver-gnügt und raste mit Graumann und dem Chef des Angelvereins davon.

Braak und ich setzten uns unter die Linden. Margit kam mit Er-frischungsgetränken heraus und fragte, wie es gelaufen war. Wir berich-teten und tranken unser tausendstes Alsterwasser.

„Es ist schön hier", verkündete Braak, „ich bleibe über Nacht".

„Ich habe aber kein Zimmer mehr für Sie!" wandte Margit ein.

„Macht nichts, ich habe auf dem Weg hierher ein schönes Hotel gesehen. Ich fahre hin und frage, ob ich bei denen übernachten kann."

„Haben Sie denn Ihren Kulturbeutel dabei?" fragte ich, an mein eige-nes Mißgeschick denkend.

„Immer!" rief Braak lachend, „man kann nie wissen! Man muß auf alles vorbereitet sein!"

Margit nickte weise mit dem Kopf und schaute mich dabei an.

„Ich muß mich einen Augenblick ausruhen, Margit, ich gehe auf das Familienzimmer."

„Geh nur, Jens! Ruh dich aus. Hat dich irgendetwas Bestimmtes erschöpft?" Sie sah mich fragend an.

„Nein! Das ist die Hitze und, naja, das Rudern, glaube ich. Bis gleich."

„Bis gleich!"

„Falls ich einschlafen sollte, wenn Holtz oder Lehmbrook kommen, wecke mich bitte."

„Wird gemacht!"

Ich ging in den Gasthof und stieg die Treppen hoch. Das Jackett schleuderte ich auf einen Sessel, löste die Fliege und legte mich aufs Bett. Mann, war ich fertig! Das war nicht das Rudern oder die Hitze! Ich wußte, was es war! Ich war schlichtweg aufgeregt.

Erstaunlicherweise schlief ich dennoch ein, sanft und wohlig.

Der Himmel schaute blau zum Fenster herein. Ein wenig Ruhe kann so erquickend sein. Gut, daß du dich entspannt hast, Herdenbein!

Ich stand auf, ließ die Fliege Fliege sein und schlüpfte nur in mein Jackett. Ich schritt die Treppe hinunter und schaute vor der „Linde" nach, ob Braak schon wieder zurückgekehrt war. Das war er, denn sein Wagen parkte gegenüber. Allerdings stand auch ein Dienstwagen auf dem Platz neben ihm. Wieso kam Holtz mit dem Dienstwagen? Ich schaute auf die Uhr. Die war jedoch stehen geblieben und zeigte zwanzig Uhr. Wieso stehengeblieben? Heute nachmittag lief sie doch noch! Dann fiel es mir wie Schuppen von den Augen, und ich stürzte in den Gasthof zurück. Ich hatte zwei Stunden geschlafen, und niemand hatte mich geweckt. Holtz und Lehmbrook waren in der Zwischenzeit eingetroffen.

In der Gaststube, in die ich hineingestürzt war, saßen an den drei Tischen Gäste. Niemand stand hinter der Theke. Der große, runde Tisch hinter der Balkenwand war leer, ich lief in den Frühstücksraum. Holtz, Lehmbrook und Braak saßen zusammen und wurden gerade von Margit bedient. Dann drehte sie sich um.

„Du hast so tief geschlafen, Jens, ich konnte dich einfach nicht wecken. Entschuldige!"

„Ich verstehe überhaupt nicht, daß ich so müde sein konnte", erwiderte ich.

„Wir haben uns miteinander bekannt gemacht", setzte Margit fort,

„und auf dich mit dem Essen gewartet. Es gibt dein Lieblingsgericht, du mein Lieblingsbruder!"

Sie verschwand lachend in der Gaststube, während ich mich zu den drei Männern setzte. Man trank Bier, ich lechzte auch danach. Ich begrüßte Lehmbrook und Holtz.

„Was macht der Fuß?"

„Ich humpel' noch ein bißchen, aber es geht", erwiderte Holtz, um dann fortzusetzen, „ist die Wirtin wirklich Ihre Schwester, Chef?"

„Nein oder ja? Also ich sag mal, sie ist meine Notschwester."

Alle drei starrten mich mit größtem Unverständnis an, und ich ließ es dabei.

„Fangen Sie doch schon einmal an zu erzählen, Herr Holtz, ich bin gespannt. Bis zum Essen wird es noch ein wenig dauern, nehme ich wenigstens an."

„Also", begann Holtz, „große Dinge haben sich nicht zugetragen, und Überraschungen wird es, wie ich glaube auch nicht geben, Herr Inspektor. Ich habe meinen Dienst gestern abend im Dorfkrug damit begonnen, daß ich den Wirt teilinformiert habe. Nur ganz grob! Ich habe mich an einen kleinen Tisch gesetzt und bei der Bedienung ein Essen bestellt. Auf Staatskosten, wie Sie gesagt haben. Dann kam Nadja Schlemm. Ich wußte sofort, und das haben Sie völlig zu Recht vorausgesagt, daß sie es war. Eine tolle Frau! Sie bestellte sich Wein und irgendetwas zu essen. Sie war nervös, guckte immer auf ihre Uhr. Ich dachte schon, daß sie jemanden erwartet. Unser Essen kam ziemlich gleichzeitig. Während ich mein Staatsessen genossen habe, stocherte sie in ihrem nur herum und ließ das meiste davon zurückgehen. Das Eis mit heißen Kirschen aß sie auch nur halb auf. Sie hatte sichtlich keinen Appetit. Sie bestellte noch einen Wein. Dann lief sie auf ihr Zimmer, das außerhalb des Gasthofes lag, so in einer Art Dependance. Ich bin ihr gefolgt. Sie kam jedoch schnell wieder zurück. Telefoniert haben konnte sie nicht, da es auf den Zimmern kein Telefon gibt, wie der Wirt mir erklärte. Dann setzte sie sich, trank, rauchte, nein, sie paffte mehr, sah aus dem Fenster und spielte immerfort mit ihrem Ring am rechten Mittelfinger. So ging das den ganzen Abend. Raus und rein. Zum Zimmer, zum Tisch. Später wechselte sie auf Bier über. Ich habe ihr zweimal zugeprostet, aber sie hat keine Notiz von mir genommen. Um halb elf ging sie dann zur Theke, verlangte einen Korn und kippte ihn runter, dann trank sie noch ein kleines Bier und noch einen Korn, um dann endgültig in ihrem Zimmer zu verschwinden. Ich habe eine halbe Stunde vor der Dependance gestanden und bin dann nach Hause gefahren. Nichts Besonderes, Chef, nicht wahr?"

„Prost, zusammen!"

Mein Bier war inzwischen von Margit gebracht worden. Ich hatte jedoch so intensiv zugehört, daß die Schaumkrone schon wieder in sich zusammengesunken war.

„Also! Zuerst einmal vielen Dank für Ihre Beobachtungen, Herr Holtz. Mein Dank gilt selbstverständlich auch für Ihren zusätzlichen Einsatz am heutigen Morgen. Ich würde indessen nicht zu der Bewertung kommen, daß es nichts Besonderes gab. Es gab etwas Auffälliges!"

„Sie war nervös", konstatierte Holtz.

„Richtig! Sie war in höchstem Maße nervös, und das ist doch ganz brauchbar für uns. Wir wissen jetzt, daß sie voller Unruhe ist. Und wir schließen daraus, daß dafür ein Grund vorhanden sein muß, oder?"

Alle drei nickten!

Dann kam mein Lieblingsessen, zubereitet von meiner Lieblingsschwester.

Maränen mit Bratkartoffeln. Ein frisches Bier wurde denn auch noch nachgeliefert. Wir aßen die herrlich gebratenen Fische und die knusprigen Bratkartoffeln, und außer manchen Beifallsbekundungen für das Essen hörte man erst einmal nichts mehr von uns. Wir schlugen uns wacker, um die große Anzahl der Maränen zu vertilgen, und schließlich konnten wir uns als Sieger betrachten. Außer einem Berg von Gräten waren der Tisch leer und die Mägen gefüllt. Darum wollten wir nun Nadja Schlemm nacheifern und bestellten bei Margit eine Runde Korn. Und da man, wie der Volksmund sagt, auf einem Bein nicht stehen kann, folgte eine zweite Runde dieses Magenaufräumers.

Nach diesem herrlichen Essen servierte uns Margit noch einen frischen Obstsalat mit Sahne. Auch dieser verschwand dann noch – und zwar anstandslos! – in unseren bereits gut gefüllten Bäuchen.

„Für mich ist jetzt der Zeitpunkt gekommen, aufzubrechen", stellte Thorsten Braak plötzlich fest.

„Bleiben Sie ruhig, Herr Braak, hier werden keine Geheimnisse ausgeplaudert", ließ ich ihn wissen.

„Das ist schön! Aber nach diesem Nachmittag und diesem wunderbaren Essen samt Nachtisch und diesen beiden Schnäpsen muß ich ins Bett. Ich bin ein Frühaufsteher, ich gehe deshalb auch immer zeitig ins Bett. Vielen Dank, meine Herren! Ich bin um neun Uhr beim Angelverein. Tschüß!"

„Tschüß!" riefen wir ihm zu.

Er kehrte nochmals zurück, um uns zwinkernd mitzuteilen, daß er beim Bezahlen von der netten Wirtin erfahren hatte, daß wir auf Kosten des Hauses gespeist hätten.

„Ich bin pünktlich um neun Uhr beim Angelverein, gute Nacht!"

„Nochmals tschüß!"

„Chef", setzte Holtz seinen Bericht fort, „es kam mir so wenig vor..."

„Aber Herr Holtz!" unterbrach ich ihn, mit Absicht mißverstehend, „das waren doch Unmengen von Bratkartoffeln und Maränen!"

Alle, außer Holtz, feixten.

„Ich meine doch, was ich im Dorfkrug erfahren hatte."

„Ach das meinen Sie!" setzte ich noch eins drauf.

Nun verstand auch Holtz und verzog auch sein Gesicht zu einem breiten Grinsen.

„Darum kam ich auf die Idee, am anderen Morgen weiterzumachen. Aber ich muß Ihnen sagen, Chef, ich hätte das auch sein lassen können. Ich hab' den Wirt angerufen und mich zum Frühstück angemeldet. Ich saß sogar mit der Schlemm an einem Tisch und habe sie angesprochen. Sie wollte keine Unterhaltung. Sie war genauso nervös wie schon am Abend vorher. Sie lief dann plötzlich, ohne erkennbaren Grund, sehr schnell auf ihr Zimmer. Ich folgte ihr augenblicklich und mußte dabei noch den letzten Bissen im Laufen herunterschlucken. Sie kam wenige Augenblicke später wieder aus der Dependance heraus. Sie ging nun jedoch nicht mehr in das Frühstückszimmer zurück, sondern fuhr mit ihrem Wagen zum Grundstück, ohne es zu betreten. Sie guckte über das Eingangstor, vielleicht so fünf Minuten, und kehrte dann nach Rathjensdorf zurück. Sie trank in der Gaststube einen Kaffee und fuhr anschließend nach Plön hinein. Hier ging sie spazieren, wollte in die Kirche, die aber verschlossen war, und fuhr wieder zurück, um über eine Stunde in ihrem Zimmer zu bleiben. Sie bestellte dann ihr Mittagessen, als Sie gerade anriefen. Sie tobte, aber das haben Sie ja am Telefon mitbekommen. Als das bestellte Essen kam, ließ sie das meiste wieder stehen. Dann erschien der Kollege Lehmbrook und löste mich ab, und ich fuhr nach Hause. Im Auto knickte ich dann um, aber das habe ich schon erzählt."

„Gut, Herr Holtz! Frau Schlemm ist nicht nur nervös, sondern auch noch äußerst ruhelos. Das sind Zeichen von großer Unsicherheit oder sogar noch Schlimmerem. Und das wiederum läßt uns die Ruhe selbst sein."

Lehmbrook berichtete anschließend im Grunde nichts anderes. Frau Schlemm fuhr am Nachmittag zu ihrem Grundstück – lange bevor wir dort ankamen –, ohne es zu betreten. Fuhr nochmals nach Plön, dann nach Lütjenburg, wieder zurück nach Plön zum Baumarkt, der nachmittags natürlich geschlossen hatte (was sie dort wohl wollte?) und kehrte nach Rathjensdorf zurück, um auf ihrem Zimmer zu bleiben. Auf jeden Fall sah Lehmbrook sie nicht mehr, da Twiete ihn inzwischen abgelöst hatte.

Ich schaute auf die Uhr, es war zehn Uhr geworden.

Der Lärm in der Gaststube, der den ganzen Abend über zu hören gewesen war, war verstummt. Margit schaute zu uns ins Frühstückszimmer hinein und kündigte ihr baldiges Dazukommen an. Wir hörten sie an der Theke hantieren, da wir gerade ein paar Schweigeminuten eingelegt hatten. Dann erschien sie mit einem Tablett und vier neuen, frisch gezapften Pilsen.

„Es ist wirklich verblüffend!" murmelte Lehmbrook.

„Was meinen Sie?" fragte ich.

„Der Braak sieht aus wie der Tote."

„Das stimmt!" ließ sich auch Holtz vernehmen, „jünger natürlich, aber unheimlich ähnlich. Unheimlich!"

„Ich war heute morgen genauso verdattert wie Sie", stimmte ich ihnen zu. „Als er die Tür öffnete, bekam ich meinen Mund nicht mehr zu."

„Hat der Braak eine solche Ähnlichkeit mit dem Nastrau?" staunte jetzt auch Margit.

„Ja, es ist wirklich verblüffend", erwiderte ich.

„Wird Frau Schlemm Herrn Braak sehen?" wollte Holtz wissen.

„Nur von hinten, wenn er auf den See hinausschwimmt. So habe ich es jedenfalls geplant."

„Von hinten sieht er ihm auch ähnlich. Er könnte der jüngere Zwillingsbruder sein", bekundete Lehmbrook.

„Na, na!" warf ich ein, „jüngerer Zwillingsbruder! Das ist zuviel der Ähnlichkeit! Ich muß jedoch gestehen, daß es sehr interessant wäre, wie Nadja Schlemm reagieren würde. Sie und Thorsten Braak von Angesicht zu Angesicht!"

Wir sprachen in den folgenden Minuten von privaten Dingen. Warum Graumann immer so grau herumlief, Holtz so schön sei und Twiete sich als Schumacher betätigen mußte. Wir lachten und waren recht ausgelassen.

Zum Schluß war Lehmbrook noch erpicht darauf zu erfahren, was am Nachmittag am See geschehen war. Auch Holtz nickte und wollte informiert werden. Ich erzählte also von der Anbringung der Boje und den Abläufen, die am nächsten Morgen folgen sollten. Holtz bestellte ich für neun Uhr – nur unter der Voraussetzung, daß ihm sein Knöchel keine Schmerzen mehr bereitete – zusammen mit Graumann zum Dorfkrug. Beide leerten dann ihre Gläser und verabschiedeten sich mit einem herzlichen Dank bei Margit.

„Wir sehen uns nach Abschluß des Falles noch mal", ließ ich Lehmbrook wissen, der ja am nächsten Tag nicht dabei sein würde. „Alle zusammen, die ganze Viererbande!"

„Das war eine wunderbare Dienstbesprechung, Chef!", lobte Lehmbrook.

„Ich liebe offizielle Sitzungen, die locker sind", gab ich ihm recht.

„Führen Sie das in Plön ein, Herr Herdenbein!" riet mir Holtz.

Sie lachten und verschwanden, teils schwankend – Lehmbrook –, teils humpelnd – Holtz!

„Du bist sicherlich müde, Jens. Wenn du willst, kannst du auch verschwinden. Auf mich mußt du keine Rücksicht nehmen".

„Ach nee", gab ich Margit zu verstehen, „laß uns noch ein wenig plaudern. Bring uns noch ein Bier. Ein letztes! Abgesehen davon ruft Twiete noch an".

Kaum hatte ich den Satz ausgesprochen, als das Telefon hinter der Theke läutete. Margit, die schon ein neues Bier zapfte, rief mich.

Es war Twiete. Ein sichtlich enttäuschter Twiete! Er hatte sich etwas ganz Tolles vorgestellt bei seiner Observierung von Nadja Schlemm und konnte nun seine Frustration kaum verbergen. Im Grunde war das gleiche abgelaufen wie am Abend vorher oder auch heute, als Holtz und Lehmbrook sie überwacht hatten, nämlich gar nichts! Sie war zwischen Auto, ihrem Zimmer und dem Gastraum hin- und hergetigert. Die Unruhe in Person! Sie hatte wieder das Essen zurückgehen lassen, vergeblich versucht, in einem Buch, dann in einer Zeitschrift zu lesen. Um zweiundzwanzig Uhr war sie in ihrem Zimmer verschwunden, das Twiete noch eine halbe Stunde observiert hatte. Dann war er in den Dorfkrug zurückgegangen, um mit mir zu telefonieren und – nun ja! – um seinen Frust loszuwerden. Armer, enttäuschter Twiete!

Ich bedankte mich für seinen nachmittäglichen und abendlichen Einsatz und wünschte ihm, nicht ohne ihn noch an den Angelverein erinnert zu haben, eine gute Nacht.

Margit hatte während meines Telefonats das Frühstückszimmer für die morgendlichen Gäste gerichtet, zu denen ich nun auch gehören sollte.

Wir saßen in der Gaststube vor unserem Bier.

„Ich bin froh, daß ich mich entschlossen habe, den Tag in Grebin zu verbringen, das vereinfachte alles!"

„Ich bin auch froh, daß du hier bist, Jens."

„Gut, daß du noch das Familienzimmer frei gehabt hast."

„Das habe ich immer für dich frei!"

„Wie meinst du das, Margit?"

„Ich meine, daß du es immer haben kannst, wenn du in Grebin bist."

„Ich bin doch sonst gar nicht hier!"

„Vielleicht in Zukunft mehr?"

Ich weiß, daß Sie schmunzeln. Ich weiß, daß Sie mehr wissen als ich. Aber bei bestimmten Dingen ist man immer der Letzte, der etwas kapiert. Und jetzt war ich eben der Letzte!

Und wissen Sie, was das Schöne ist? Ihnen bleibt nichts anderes übrig, als sich zu gedulden, bis auch bei mir der Groschen fällt.

„Ja! Es ist schön hier!" (Reichlich blöd, nicht wahr?)

Wir nippten unser Bier.

Ich sah sie an. Sie lächelte mich an und hatte dabei die Stirn etwas hochgezogen.

„Meinst du, ich sollte hier öfter einmal ausspannen?"

„Du erhältst dann immer das Familienzimmer, Jens. Ohne Bezahlung!"

„Du magst mich, oder?"

„Ja, ich mag dich, Jens. Und jetzt paß auf! Jetzt sagst du erst einmal gar nichts mehr, sondern trinkst dein Bier aus und gehst schlafen, okay?"

„Wenn du meinst!"

Manchmal ist man einfach beknackt.

Herdenbein, du bist beknackt!

„Meine ich! Ich meine auch, wenn du soviel Spürsinn als Kriminalist hättest wie auf dem Gebiet der Gefühle, würdest du in deinem Beruf noch nicht Kriminalhauptkommissar sein!"

Margit lachte, nahm die Gläser, um sie zu säubern und stand auf.

„Tschüß, Jens, und schlaf gut! Willst du geweckt werden, vielleicht um halb acht?"

Ich nickte und wünschte auch eine gute Nacht.

Ich stieg die Treppe hinauf und ging ins Familienzimmer.

Da lagen nicht nur Handtücher, Waschlappen und Seife bereit. Ich fand auch Zahnbürste, Zahncreme, Kamm und Elektrorasierer. Und auf dem Bett lag ein Schlafanzug. Die Frau war vorbereitet.

Ich meine das ganz seriös!

Als ich endlich im Bett lag, das Licht gelöscht hatte, passierte der Tag Revue. Ich glaube, daß alles richtig gelaufen war und morgen richtig laufen würde. Meine Gedanken huschten über den Tag hinweg und verweilten dann bei Margit.

Warum war ich nur so spröde zu ihr? Sie meinen, sogar abweisend? Das mag auch richtig sein! Also, warum nahm ich sie nicht einfach in den Arm und küßte sie? Oder streichelte ihr übers Haar? Ich war, so erklärte ich's mir wenigstens, verunsichert. Jawohl, verunsichert! Warum nehmen Sie mir das nicht ab? Ich glaube, daß ich immer noch ehegeschädigt bin, besser gesagt scheidungsgeschädigt. Ich kann mir nicht mehr vorstellen, daß mich eine Frau mag, mich liebt! Mich, den Jens Herdenbein, den Polizeibeamten, den sechsundfünfzigjährigen, den Halbglatzenträger, den Mann mit dem Bauchansatz und der stetigen Fliege unterm Kinn.

Kein Selbstbewußtsein! Meinen Sie? Sie nicken? Gut, im Hinblick auf Frauen mögen Sie durchaus richtig liegen. Auf jeden Fall wollen wir uns zu dieser Uhrzeit nicht streiten. Also Schluß jetzt! Ich gebe Ihnen Recht und Sie mir Ruhe!

Oh Herdenbein! Oh Herdenbein!

Dann schlief ich ein.

10. TAG

19. Die Musik hört auf, der Mann stirbt

Ich wachte auf, ohne geweckt werden zu müssen. Es war sieben Uhr. Ich öffnete das Fenster und schaute hinaus. Wie üblich in diesem Sommer, war der Himmel wolkenlos, die Temperaturen zu dieser frühen Morgenstunde noch recht annehmbar.

In Ruhe duschte ich mich und ließ dann die übliche Morgentoilette folgen. Das einzige, was natürlich fehlte, waren die frische Unterwäsche und ein gebügeltes Hemd. Nun, das mochten die Umstände entschuldigen. Noch vor dem von Margit angebotenen Wecken stieg ich die Treppe hinunter.

Beim Hinuntergehen fiel mir etwas ein. Ich wollte noch etwas ändern. Und so machte ich auf dem Weg zum Frühstückszimmer am Telefon hinter der Theke halt. Margit schien in der Küche zu sein. Ich rief die Dienststelle in Plön an und dirigierte Holtz und Graumann um. Sie sollten nicht beim Dorfkrug in Rathjensdorf auf mich warten, sondern vor dem Tor des Grundstücks am Schluensee. So, das war erledigt, auf zum Frühstück.

Margit kam aus der Küche. Sie war sichtlich erstaunt, mich schon, sozusagen vor dem Wecken, zu sehen. Wir begrüßten uns sehr herzlich: Ich muß gestehen, daß ich allerdings etwas verunsichert war. Ich dachte an ihre letzten Sätze vom gestrigen Abend. Sie wies mir einen Tisch im Frühstücksraum zu, noch war ich allein.

Ich trank wie üblich zwei Tassen Kaffee und aß meine zwei Brötchen mit Ei und Marmelade. Langsam füllte sich der Raum. Die Gäste kannten sich und begrüßten sich freundlich. Margit bediente ihre Pensionsgäste mit Humor – schon am Morgen! – und Behendigkeit. Als ich mein Frühstück beendet hatte, setzte ich mich vor dem Gasthaus unter die Linden. Welch schöner Tag und dennoch, welch unangenehme, wenn auch dringliche, Aufgabe stand mir wieder einmal bevor. Sie wissen von mir, daß ich begeistert Morde aufkläre. Die Überführung eines Mörders ist mir aber immer noch, trotz meiner vielen Dienstjahre, ein furchtbarer Greuel.

Ich kehrte nochmals in die Gaststube zurück und wartete auf Margit, die in der Küche rumorte. Als sie herauskam, bedankte ich mich. Für alles! Sie küßte mich und wünschte mir alles Gute für diesen Tag. Ich versprach, sie am Abend anzurufen.

Ich fuhr langsam nach Rathjensdorf. Ich fühlte nochmals in der rechten Außentasche des Jacketts nach, ob die Grundstücksschlüssel vorhanden waren. Sie waren greifbar! Es schien so, als ob ich nervös war. Trotz meines Schneckentempos war ich dennoch eine viertel Stunde eher als verabredet dort. Ich blieb vor dem Gasthaus im Wagen sitzen. Gut, daß ich noch die beiden Kollegen umdirigiert hatte. Kanonen und Spatzen fielen mir ein. Wie hätte das ausgesehen!

Nadja Schlemm mußte mich durch das Fenster des Frühstückszimmers entdeckt haben, denn sie kam heraus und stieg, ohne ein Wort zu sagen, zu mir in den Wagen.

Erst als ich losfuhr – wieder sehr langsam – stellte sie fest, mit einer merkwürdig tonlosen Stimme, daß sie meine Überwachung durchaus bemerkt hätte. Ich antwortete nicht, bestätigte ihre Entdeckung aber durch ein Kopfnicken. Wir fuhren von Rathjensdorf zur Bundesstraße. Nach einer kurzen Fahrt bog ich nach rechts ab, um den Wagen durch die Schlaglöcher des Zufahrtsweges zum Grundstück zu steuern. Auf dem Acker rechts parkten ein Polizeiwagen und das Auto von Thomas. Alle drei, Holtz, Graumann und Thomas, standen vor dem Tor. Ich fuhr direkt zu ihnen, stieg aus, zog mein Jackett an und schloß das Tor auf. Holtz gab ich das Schlüsselbund mit dem Auftrag, das Haus aufzuschließen. Holtz humpelte davon. Genesen war der Mann nicht, aber er wollte dabeisein! Wirklich löblich! Ich bestieg wieder das Auto und fuhr langsam die letzten fünfzig Meter. Frau Schlemm guckte mich mit kleinen Augen an, ohne irgendetwas zur Anwesenheit der Männer zu bemerken.

Wir stiegen dann beide aus und folgten den dreien. Als wir am Haus ankamen, hatte Holtz bereits die Tür geöffnet. Wir gingen hinein.

„Frau Schlemm", sagte ich, „wir sind hier zusammen gekommen, um die letzten Minuten Ihres Lebensgefährten zu rekonstruieren".

Sie sah mich an und schüttelte leicht ihren Kopf. Ich wartete und hob dabei leicht die Augenbrauen an. Dann nickte sie mit dem Kopf.

Ich wußte jetzt, daß sie wußte, was ich wußte.

„Herrn Dr. Sammler kennen Sie bereits. Ich habe ihn als Arzt hierhergebeten. Herr Graumann ist Polizeimeister in Plön und wird eventuell ein Protokoll schreiben. Polizeiobermeister Holtz kennen Sie auch, Sie haben ja durchaus bemerkt, daß ich Sie überwachen ließ."

Ich schaute auf die Uhr. Es war an der Zeit! Der berühmte Zeitpunkt, der über Recht und Gerechtigkeit entscheiden sollte, war gekommen.

„Gehen wir runter zum Steg", forderte ich alle auf.

Ich nahm, ohne daß Nadja Schlemm es bemerkte, das Metronom aus dem Regal, und wir setzten uns in Bewegung. Ich kann nicht behaupten, daß ich mir absolut sicher war, daß das, was jetzt folgen sollte, auch zu einem überzeugenden Ergebnis führen würde.

Ich ging voraus, rechts neben mir Frau Schlemm – wie mir schien – recht unwillig. Es folgten Thomas, Holtz und Graumann. Ich hoffte inständig, daß Thorsten Braak im Wasser war, unseren Abgang vom Haus erkannt hatte und bereits langsam auf den See hinausschwamm. Zu erkennen war es, Büsche und Bäume versperrten vom jetzigen Standpunkt aus den Blick auf den See, jedenfalls nicht.

Nadja Schlemm entdeckte das Metronom in meiner Hand. Ich hätte es in der linken Hand tragen sollen! Andererseits war es auch völlig egal, zu welchem Zeitpunkt sie das Metronom bemerken würde.

„Wieso haben Sie das Metronom mitgenommen?" fragte sie erstaunt.

„Nun, Siegfried Nastrau schwamm doch immer zum Takt des Metronoms. Und eine Rekonstruktion muß schon genau sein, oder?" fragte ich zurück.

Sie sah mich ziemlich erschrocken an. Verstand sie schon? Wußte sie, oder ahnte es jedenfalls, daß es ihr an den Kragen gehen sollte? Eigentlich — und plötzlich wurde ich mir sehr sicher, wahrscheinlich, weil endlich einmal das Metronom zur Sprache gekommen war — stand sie schon bis zum Hals im Wasser. Sie war gar nicht so kalt, wie sie tat! Ihre abweisende Art war ihr Schutzschild.

„Sie haben nie vom Metronom gesprochen", drang sie weiter in mich.

„Das ist richtig! Wichtiger und entscheidend aber ist, Frau Schlemm, daß Sie nie vom Metronom gesprochen haben!"

„Ich wußte nicht, daß es so wichtig für Sie ist!" flüsterte sie ziemlich kleinlaut.

„Frau Schlemm, es ist nicht nur wichtig für mich, es war vor allem lebenswichtig für Siegfried Nastrau, und das wußten Sie auch!"

Sie blickte mich an, und wenn ich ihren Blick nicht ganz falsch deutete, dann war darin plötzlich eine gewisse Hoffnungslosigkeit zu erkennen.

Wir waren beinahe am Steg angekommen.

„Sie wissen von der Bedeutung des Metronoms?"

„Ja! Und Sie haben mir diese Bedeutung verheimlicht!"

Wir betraten den Steg, der, als wir uns alle auf ihm befanden, beträchtlich wackelte. Kaum auszudenken, wenn er in diesem Augenblick in sich zusammmenbrechen würde. Nicht nur wir würden ins Wasser fallen. Aber, er brach nicht zusammen.

Nadja Schlemm war gedanklich derart beschäftigt, daß sie den Schwimmer nicht bemerkte, der jetzt etwa einhundert Meter vom Steg entfernt war und weiter auf den See hinausschwamm. Trotz dieser Entfernung und dann nur den Hinterkopf sehend, mußte ich nochmals feststellen, die Ähnlichkeit mit Nastrau war wirklich verblüffend. Ich mußte sie erst auf den Schwimmer aufmerksam machen.

„Schauen Sie einmal auf den See hinaus, Frau Schlemm".

In diesem Moment stellte ich das Metronom auf jenen bewußten kleinen Keil auf dem Steg und setzte es in Bewegung. Das Klacken war deutlich zu hören.

Sie wußte zuerst nicht, was ich meinte, was ich von ihr wollte. Schließlich schweiften ihre Augen über das Wasser, und sie entdeckte Thorsten Braak. Einen Augenblick war Pause. Ich hielt schier den Atem an. Funktionierte es?

„Siegfried?" rief sie erstaunt aus.

Dann.

„Siegfried!" und jetzt war es ein Schrei.

Wir starrten alle auf den See. Thorsten Braak blickte sich – dem Himmel sei Dank! Über eine solche Situation hatten wir überhaupt nicht gesprochen! – nicht um und schwamm ruhig weiter.

„Siegfried! So tun Sie doch etwas!" Sie hatte sich zu mir gewandt.

Es schien mir so, als ob sie ins Wasser springen wollte. Ich hielt sie fest, meinen Arm um sie legend, als ob ich sie beschützen wollte und drückte sie an mich.

„Siegfried!" schrie sie zum zweitenmal, voller Entsetzen.

Jetzt stellte ich das Metronom ab.

Erst durch die eintretende Stille wurde ihr deutlich, daß der Taktgeber in Betrieb gewesen war. Aber sie erkannte nicht mehr, daß es sich um eine Nachstellung der Situation handelte. Für sie entsprach die augenblickliche Gegenwart den Geschehnissen des Donnerstags der letzten Woche.

Ich sah sie an. Die Augen waren geweitet, der Körper sprungbereit. Sie wollte nicht nochmals dasselbe erleben, was sie erlebt hatte, was sie erleben mußte. Sie sah im Moment den ehemals Geliebten auf dem See kämpfen, mit dem Leben ringen. Denn nach ihren letzten beiden Schreien, die sie von sich gegeben hatte und der dann einsetzenden Stille spielte Braak den Ertrinkenden. Er war beinahe bei der Boje angekommen.

Und ich muß sagen, er spielte phantastisch! Wenn ich nicht gewußt hätte, daß Braak ein ausgezeichneter Rettungsschwimmer war und ein hervorragender Taucher, wäre auch ich auf den Gedanken gekommen, hier ertrinkt ein Mensch. Es sah wirklich so aus, als ob jemand um sein Leben kämpft. Er ging unter und kam wieder hoch. Er rief, was man aber nicht verstehen konnte und versank, die Hände nach oben gestreckt, erneut im Wasser. Als er wiederum auftauchte, fuchtelte er mit den Armen und schrie aus Leibeskräften, um alsdann wieder zu versinken. Als er das letzte Mal sichtbar wurde, schlug er schon – und das war nun in der Tat exzellent gespielt – kraftlos mit den Armen. Dann versank er. Und! Er erschien nicht mehr! Das Wasser beruhigte sich.

Ich wußte, daß er jetzt zur Boje tauchte, an deren Ankerkette sein Atemgerät befestigt war. Braak würde jetzt ungefähr fünf Minuten unter Wasser bleiben und auf das Boot des Angelvereins warten, das in der Zwischenzeit, wie ich durch eine seitliche Kopfbewegung feststellte, schon unterwegs war.

Eine weitere Kopfbewegung von mir, und meine Männer traten näher.

Nadja Schlemm starrte auf das Wasser, das nun vollkommen ruhig geworden war. Ihre Knie wurden weich; ich fühlte, sie fest im Arm haltend, wie sie zusammensacken wollte.

Sie fing an zu weinen. Zuerst ganz leise, dann begann sie zu schluchzen. Ihr ganzer Körper bebte. Sie sprach. Was sie jedoch sagte, war nicht zu verstehen. Jetzt mußte ich sie mit beiden Armen festhalten, sonst wäre sie niedergestürzt. Ich drehte ihren Körper langsam zu mir, so daß ich in ihr Gesicht schauen konnte. Jetzt konnte ich sie verstehen. Erst undeutlich, dann immer besser.

„Warum haben Sie Siggi ertrinken lassen, warum haben Sie ihn ertrinken lassen?"

Sie wiederholte immer wieder nur diesen einen Satz.

„Sie haben ihn ertrinken lassen, Frau Nadja Schlemm!"

Es entstand eine Pause.

Ich wiederholte meinen Satz und akzentuierte noch mehr:

„Frau Schlemm, Sie haben Siegfried ertrinken lassen!"

Eine noch längere Pause folgte, ihr leises Schluchzen verebbte und ging in ein Schlucken über. Sie begann zu zittern.

„Ja! Ich habe ihn ertrinken lassen."

Das weitere, was sie nun wieder, mit beinahe geschlossenem Mund, von sich gab, war nicht zu verstehen.

Ich gab den Männern durch ein Kopfnicken zu verstehen, daß wir wieder hinaufgehen wollten. Zu Thomas gewandt sagte ich, daß er das Metronom mitnehmen sollte. Ich drehte Nadja Schlemm behutsam um, sie dabei festhaltend, und zwang sie, mit mir zum Haus hinaufzugehen. Die Männer folgten. Während des ganzen Weges bebte ihr Körper, wurde von Zuckungen durchgeschüttelt.

Am Haus angekommen, setzte ich sie auf die Bank, zündete eine Zigarette an und reichte sie ihr.

Durch eine leichte Kopfdrehung nach links, den Blick kurz auf den

See gerichtet, konnte ich feststellen, daß sich das Ruderboot der Boje genähert hatte und Thorsten Braak aufgetaucht war. Auch ich zündete mir jetzt eine Zigarette an und setzte mich neben Frau Schlemm. Graumann, Holtz und Thomas standen vor uns.

Niemand sprach. Nadja Schlemm bewegte ihre Lippen; zu hören war indes nichts. Ab und zu sog sie an der Zigarette, ohne jedoch zu inhalieren; sie paffte den Rauch gleich wieder hinaus. Graumann und Holtz starrten Frau Schlemm an, Thomas hatte den Blick gesenkt und schien sehr nervös zu sein. Er fummelte an seiner Jacke herum und suchte seine Pfeife, die er jedoch gar nicht mitgenommen hatte. Während einer ganzen Zigarettenlänge wurde nicht gesprochen. Nach einem letzten Zug ließ Nadja Schlemm die Zigarette auf den Boden fallen und drückte sie bedächtig mit dem Schuh aus.

„Ich möchte etwas trinken!"

Ich stand auf und bedeutete Graumann, mir zu folgen. Im Haus holte ich aus dem Kühlschrank eine Flasche Mineralwasser und aus dem Buffet ein Glas. Ich öffnete beide Schubladen und entdeckte in ihnen Papier und Schreibmaterialien.

„Nehmen Sie etwas zum Schreiben mit, Herr Graumann, und protokollieren Sie. Und bleiben Sie seitwärts neben der Bank stehen!"

Er nickte, und ich ging wieder auf die Terrasse zurück, schenkte ein Glas Wasser ein und reichte es Frau Schlemm. In vielen kleinen Schlucken leerte sie das Glas. Sie betrachtete das leere Glas, gab es mir zurück und blickte mich an. Sie wußte, oder ahnte es jedenfalls, was jetzt folgen mußte.

„Frau Schlemm, ich verhafte Sie wegen Mordes an Ihrem Lebensgefährten Siegfried Nastrau!"

„Ja", antwortete sie schlicht.

Graumann schrieb mit.

„Ich muß Sie, Frau Schlemm, das ist gesetzlich vorgeschrieben, darauf hinweisen, daß Sie von diesem Zeitpunkt an nichts mehr sagen müssen ohne einen Rechtsbeistand."

„Ja, das weiß ich."

„Wenn Sie dennoch etwas sagen möchten, steht Ihnen das selbstverständlich frei."

„Ja", antwortete sie genauso schlicht und tonlos wie schon vorher.

Es entstand wiederum eine lange Pause, in der ich ihr nochmals ein Glas Wasser einschenkte. Dann begann sie zu erzählen. Zuerst sehr stockend, immer wieder entstanden längere Pausen. Ich drängte sie nicht! Das, was sie zu sagen hatte, kam nur schwer aus ihr heraus. Dann – als wäre ein Pfropfen gelöst – sprudelte sie die Ereignisse des Donnerstags, des Mordtages, heraus. Sie wurde immer schneller. Ich hatte den Eindruck, daß beinahe ein Damm brach. Es war für jeden von uns ersichtlich, daß sie sich von einem ungeheuren Druck befreite. Ja, es war eine Befreiung für sie.

Ein Blick zu Graumann zeigte mir, daß er vollkommen konzentriert war und zu protokollieren versuchte.

Ihre Schilderung entsprach im Wesentlichen dem Hergang, wie ich ihn schon beim abendlichen Essen bei Sammlers vermutet und geschildert hatte. Allerdings mit einer Variante im Zeitablauf, die Tat betreffend.

Nachdem beide auf dem Grundstück angekommen waren, richtete Nadja Schlemm das Haus für ihren Lebensgefährten her und verabschiedete sich dann von ihm. Sie fuhr mit dem Auto bis zu einer privaten Müllkippe auf dem Weg nach Kossau, jenseits der Bundesstraße, und kehrte dann zu Fuß zum Grundstück zurück. Sie achtete darauf, nicht gesehen zu werden, was ihr – den eigenen Worten nach – auch gelang. Als sie ankam – und hier hatte ich mich im Zeitablauf geirrt –, war Siegfried Nastrau gerade dabei, zum See hinunterzugehen. Das Metronom und ein Handtuch trug er in der linken Hand, in der rechten befand sich sein Taststock. Nadja Schlemm folgte ihm. Er schwamm auf den See hinaus, beim Klacken des Metronoms! Nachdem er ziemlich weit hinausgeschwommen war – so weit zumindest, wie es Nadja Schlemm für erforderlich hielt –, stellte sie das Metronom ab. Siegfried Nastraus Ertrinken dauerte relativ lange – eine Zeitangabe zu machen, war ihr nicht möglich –, und sie erlebte seinen Tod mit. Mit all jenem Schrecken und Entsetzen, die eintreten, wenn man zwar einen Mord geplant hat, sich aber über den tatsächlichen Ablauf, der letztendlich zum Tode führt, nicht im Klaren ist. Sie wollte ihn loswerden, starb aber beinahe mit ihm. Als Siegfried Nastrau schließlich unterging und nicht wieder auftauchte, rannte sie entsetzt – über den Tod des Lebensgefährten und über sich selbst – zum Haus hinauf. Was sie dort tat, wußte sie nicht mehr, konnte sich daran überhaupt nicht mehr erinnern. Ich denke, daß sie sich zu diesem Zeitpunkt auch nicht daran erinnern wollte. Auch wieviel Zeit vergangen sein mochte, war ihr nicht mehr erinnerlich. Auf jeden Fall, so meinte sie, sei sie vielleicht zweimal zum See hinuntergegangen, hätte über das Wasser gestarrt und sei wieder zum Haus zurückgekehrt. Schließlich siegte die

Vernunft – wie sie glaubte – über die sie überwältigenden Gefühle, und sie ging zum Steg zurück, um das Metronom zu holen – was, wie wir wissen, gar nicht so vernünftig war! – und es auf seinen üblichen Platz zu stellen. Langsam wurde ihr Kopf klarer, sie ließ alles stehen und liegen und begab sich zum Auto. Hier erst registrierte sie, daß es inzwischen neunzehn Uhr geworden war. Von ihrer Planung her war sie viel zu spät dran. Sie fuhr los und stellte fest, daß beim Fahren immer wieder die Szene des Ertrinkens in ihrem Kopf auftauchte. Sie mußte anhalten, sich ausruhen, um dann wieder eine geraume Strecke zurücklegen zu können. Bis Hamburg brauchte sie beinahe zwei Stunden. Sie fuhr noch bis Soltau weiter, dann war ihre Energie verpufft. Sie suchte sich ein Hotel, checkte sich ein und rief ihre beiden Freundinnen an. Um ein örtliches Alibi zu haben, behauptete sie, schon in Frankfurt zu sein. Sie hatte dann nichts mehr gegessen und war sofort ins Bett gegangen und – wie sie sich ausdrückte – bleischwer eingeschlafen. Am nächsten Morgen war sie dann in einer Gewalttour von Soltau nach Montebello gefahren.

Wie gesagt, es sprudelte alles nur so aus ihr heraus. Ich war gespannt, was Graumann mitgeschrieben hatte.

Nachdem Nadja Schlemm geendet hatte, trat eine längere Pause ein. Sie trank noch ein Glas Wasser.

„Herr Inspektor, bringen Sie mich nach Kiel?"

„Ja!"

„Ich will nur noch Ruhe haben!"

„Gut, fahren wir!"

Ich stand auf und schloß das Haus ab.

„Du brauchst mich nicht mehr, Jens?"

„Ich danke dir, Thomas, daß du dabei warst und daß wir dich nicht gebraucht haben."

Thomas drehte sich um, er hatte sich die ganze Zeit über nicht wohl gefühlt und ging zu seinem Wagen.

„Herr Holtz, Sie sollten ab sofort Ihren Knöchel schonen!"

„Das mache ich Chef. Ich fahre sofort nach Hause. Henner Jürgens weiß schon Bescheid. Man muß aber eine Sache zu Ende führen, oder?" Holtz grinste sein breitestes und zugleich charmantestes Lächeln.

„Also, Herr Graumann und Herr Holtz, ich danke Ihnen. Wir sprechen uns später noch einmal. Herr Graumann, faxen Sie mir den Bericht nach Kiel durch, ja?"

Graumann nickte, beide salutierten und verschwanden – der eine eifrig, der andere humpelnd – zum Eingang des Grundstücks.

Nadja Schlemm schaute noch einmal über den See, dann ging sie vor mir den Weg zu meinem Wagen hoch.

20. Herdenbein ist allein

Ich hatte Nadja Schlemm gegen Mittag in der Justizvollzugsanstalt abgeliefert. Die JVA in Kiel war keine Langzeithaftanstalt, sondern beherbergte nur Verurteilte bis zu drei Jahren. Ein grauenhafter Bau aus der Jahrhundertwende! Ein Backsteinbau mit kleinen architektonischen Verzierungen, die keineswegs von der düsteren Pracht abzulenken vermochten. Auch die hellgestrichenen Gitter vor den Fenstern, teilweise mit Rundbögen, ließen das Gebäude nicht anheimelnder erscheinen. Was selbstverständlich auch nicht im Sinne von Architekt und Erbauer gelegen hatte.

Da ich überhaupt keine Lust verspürte, gerade jetzt dem Chef über den Weg zu laufen, ließ ich den Wagen stehen. In bezug auf den Chef eine blödsinnige Entscheidung, denn es war Sonntag. Und wie Sie schon wissen, heiligte Jakob Sprenz diesen Tag. Doch nahm bereits eine aufkeimende Niedergeschlagenheit – welch sprachlicher Widersinn! – von mir Besitz; wie immer nach dem Abschluß eines Falles.

Punktum, ich wollte zu Fuß gehen, ein wenig abschalten, an etwas anderes denken.

Ich ging gemächlich durch den Schützenpark. Schlenderte dann die Eckernförderstraße entlang und bog schließlich über die Schillerstraße zum Schrevenpark ein. Ich suchte mir eine unbesetzte Bank und beobachtete die Vögel – Enten, Gänse und Bleßhühner – auf dem Teich. Es war wenig los im Park. Nun, es war Sonntag und Mittagszeit, da geht man nicht spazieren. Vielleicht zwischen dem Sonntagsbraten und der Kaffeetafel. Mir war es recht so. Vereinzelte Spaziergänger konnte ich auf der anderen Seite des Teiches ausmachen, aber die störten mich nicht bei meinen inneren Betrachtungen. Als ich dann irgendwann glaubte, genug Trübsal geblasen zu haben – merkwürdig, nicht wahr? –, stand ich auf und ging die wenigen Schritte bis zur Kriminaldirektion.

Ich schlich mich auf mein Dienstzimmer und machte die Tür hinter mir zu und die Fenster weit auf. Es müffelte ganz schön hier, das mußte geändert werden. Ich wollte zuerst einmal niemanden sehen und schon gar nicht den Chef. Der gratulierte einem immer so aufdringlich, wenn ein Fall abgeschlossen war. Das konnte ich jetzt nicht ausstehen. Gedanken hätte ich mir allerdings darüber nun nicht machen müssen, denn es war – wie schon gesagt – Sonntag. Und an diesem geheiligten Tag – Originalton Jakob Sprenz – widmete er sich selbstverständlich seiner Familie. Ist ja auch richtig!

Mir fiel Henner Jürgens ein, der sich an diesem Sonntag nicht seiner Familie widmen konnte. Hatte er überhaupt eine Familie? Egal, er hatte jedenfalls Dienst. Ich läutete den Polizeiposten Plön an und ließ mich mit dem Dienststellenleiter verbinden. Als Henner Jürgens sich meldete, sprach ich ihm meinen Dank für die rasche und umfassende Hilfe aus, die er mir hatte zuteil werden lassen. Dienstplanänderung undsoweiter! Ich bat ihn, diesen Dank auch an die Viererbande weiterzugeben und versprach, nochmals vorbeizukommen, um einen Termin für einen Umtrunk auszumachen. Auch dieser noch ausstehende feuchtfröhliche Abend setzte eine Dienstplanänderung voraus.

Als ich den Hörer aufgelegt hatte, schweifte mein Blick über den Schreibtisch. Da lag der ganze Klumpatsch dieses Falles herum. Nacheinander nahm ich mir jedes Teil vor. Ich las meine beiden Berichte, schaute die Fotos des Toten an, studierte nochmals den Obduktionsbericht von Thomas und den Laborbericht über die Fingerabdrücke. Als letztes kam ich zum Brief der Freundin von Nadja Schlemm und Siegfried Nastrau. Langsam hatte sich alles zusammengefügt, beinahe wie von selbst. Die größte Hilfe war dabei ohne allen Zweifel Frau Schlemm selber gewesen. Eine tragische Person! Ein Mensch, der niemals mit seiner Tat hätte leben können. Eine Frau, die froh war, daß alles so schnell vorbei gewesen war. Ich möchte nicht wissen, was in ihr vorgegangen war in jenen Tagen zwischen dieser unglücklichen Tat und ihrem Geständnis. Ihre Ruhelosigkeit während des Aufenthaltes in Rathjensdorf sprach Bände.

Ich ging zur Schreibmaschine und tippte meinen Abschlußbericht. Als ich diesen beendet hatte, suchte ich in der Schublade nach den letzten Zigaretten. Ich stand dann am geöffneten Fenster und blies den Rauch hinaus. Schade, daß keine Möwen kreischten, das hätte so gut zur Stimmung gepaßt! Aber, es konnte mir in meiner Melancholie nicht alles zuteil werden.

Dafür kam das Fax von Graumann aus Plön. Ein Kollege brachte es herüber. Das war eine feine Arbeit von Graumann geworden. Er hatte seine handschriftlichen Aufzeichnungen – und das Protokoll war wirklich vollständig! – in leserliche Form gebracht und nochmals abgetippt. Ich muß gestehen, daß ich beim Durchlesen die Stimme von Nadja Schlemm hörte. Der graue Graumann hatte vorzügliche Arbeit geleistet. Warum ist der nur Polizeimeister? Ob ich mich einmal bei Henner Jürgens erkundigen sollte? Quatsch, Herdenbein! Was geht dich das an? Ich mußte Frau Schlemm natürlich nochmals verhören, oder sagen wir lieber befragen; vielleicht war diese Befragung aber auch überflüssig, und sie erkannte das von Graumann geschriebene Protokoll an.

Ich legte Graumanns Fax zu den anderen Schriftstücken.

Als das Telefon läutete, dachte ich für einen Augenblick an Margit. Blödsinn! Sie hatte überhaupt keine Telefonnummer von mir. Und wenn, wäre es ja auch nicht die Dienstnummer gewesen. Ich würde sie heute abend anrufen. Nein! Es war der Chef, der über seine zahlreichen Kanäle von meinem Erfolg erfahren hatte und selbstverständlich, auch wenn es nun Sonntag war, gratulieren wollte. Wie schon gesagt, diese Gratulationen waren immer sehr eindringlich, beziehungsweise aufdringlich. Man war immer froh, wenn er mit seiner Eloge am Ende war. So blieb ich auch recht still am Telefon, was Sprenz nun überhaupt nicht verstehen konnte. Feiern sollte ich das! Schließlich hätte er ja schon am Freitag auf meinen Erfolg angestoßen, ob ich das denn nicht mehr wüßte? Nun, auch Jakob Sprenz hörte einmal auf, und so hatte ich wieder meine Ruhe und konnte meinen Schreibtisch weiter betrachten.

Kurz bevor ich die Direktion verließ, rief auch noch Thomas an. Er lud mich ein, den Abend mit ihm, oder ihm und seiner Frau, zu verbringen. Ganz wie ich wollte. Ich lehnte ab. Thomas redete und redete. Er würde mich kennen, ich würde, wenn ich an diesem Abend allein bliebe, einen Moralischen bekommen, und das täte mir nicht gut. Ich bedankte mich für seinen freundschaftlichen und besorgten Anruf und winkte erneut ab. Thomas leistete weiter Überzeugungsarbeit. Auch, daß Karin etwas Schnuckeliges für mich kochen wollte, konnte mich nicht aus meiner Reserve hervorlocken. Ich vertröstete ihn auf einen Abend der nächsten Woche. Dabei hatte Thomas durchaus recht! In Hochform war ich nicht gerade. Wie Sie vielleicht auch schon gemerkt haben? Aber so bin ich!

Die Fürsorge, mit der mich die beiden zu umsorgen gedachten, brachte mich darauf, an meine Sorgfaltspflicht zu denken. Ich hatte weder Grün, dem Chef des Angelvereins, noch Braak meinen Dank ausgesprochen. Ohne diese Helfer, beide waren ganz spontan bei der Sache gewesen, hätte ich meinen Abschlußbericht nicht schreiben können. Herbert Grün konnte ich nicht anrufen, da mir seine Telefonnummer nicht bekannt war. Da mußte ich Twiete noch einmal konsultieren, aber Thorsten Braak! Ich war aber auch ein Dämelack! Der absolvierte einen grandiosen Ober- und Unterwasserkampf, und ich Ignorant schüttelte ihm nicht einmal die Hand.

Er war zu Hause! Ich bedankte mich mit reichen Worten − das schlechte Gewissen ließ mich gewissermaßen höchst beredt werden − und gratulierte ihm zu seinem bühnenreifen Beitrag, der maßgeblich zur Auflösung des Verbrechens beigetragen hatte. Thorsten Braak wollte sein Licht unter den Scheffel stellen − „Was habe ich schon Besonderes getan?", sehr löblich! − ich rückte jedoch seinen Einsatz dahin, wohin er gehörte: ins Rampenlicht. Schließlich − Ehre, wem Ehre gebührt! − nahm er ganz bewegt meinen Dank an.

Wir verabschiedeten uns.

Das Gespräch mit Thorsten Braak und die dem Gespräch beinhaltende positive Selbstverständlichkeit des Helfers hatte meiner Melancholie ein wenig den Nährboden entzogen. Ich finde das immer fabelhaft, wenn Menschen ihre Hilfsbereitschaft als etwas Selbstverständliches ansehen!

Unglücklicherweise hielt der Schwund meiner Schwermut nicht lange an, sondern sollte sich bei der nächsten Gelegenheit wieder intensivieren.

Den gleichen Weg, den ich zur Kriminaldirektion gegangen war, wanderte ich zurück. Ich blieb wiederum am Schreventeich sitzen, und als ich schließlich den Schützenpark erreicht hatte, setzte ich mich nochmals auf eine Bank, um nachzudenken.

Ich wußte nicht, ob das, was ich vorhatte, richtig war. Rechtens war es durchaus! Wenn man wollte, könnte man mir sogar ein richtiges polizeitaktisches Vorgehen bescheinigen. Es ging um einen Besuch bei Nadja Schlemm in der Justizvollzugsanstalt. Nicht um ein Verhör, das müssen Sie dabei bedenken! Es ging um einen privaten Besuch. Also, was war richtig?

Auf der Fahrt nach Kiel war es nur zu Beginn sehr schweigsam zwischen uns gewesen. Gegen Ende der Fahrt, als wir uns Kiel immer mehr näherten, fing Nadja Schlemm von sich aus an, aus ihrem Leben zu berichten. Wie sie jahrelang allein gelebt hatte, dann Siegfried Nastrau kennengelernt hatte. Es war die berühmte große Liebe gewesen.

Dann kam seine Erblindung und die, wie sie meinte, zwangsläufige Entfremdung. Man lebte in zwei Welten. Sie in der Welt der Sehenden und Siegfried Nastrau in der Welt der Blinden. Es waren wirkliche Gegensätze entstanden: Hell und Dunkel, Weiß und Schwarz. Ihre Erzählung war nicht von Bosheit oder Haß geprägt, sie erzählte ziemlich sachlich. Obwohl ich aus den Augenwinkeln beobachten konnte, daß ab und an ganz leise Tränen flossen. Und diese Tränen schienen mir andere zu sein, als die bei der Identifizierung der Leiche!

Sie stellte mir auch Fragen. Ab welchem Zeitpunkt ich sie verdächtigt hätte? Ob das Metronom nicht einfach abgelaufen sein könnte? Es waren viele Fragen, und ich beantwortete sie ehrlich. Und jedes Mal, wenn ich eine Frage beantwortet hatte, wandte sie sich mit zu und schaute mich lange an. Sie war wirklich erstaunt. Ich zählte ihre Fehler auf: Der nichtinformierte Feinkosthändler, die falsche Spur in bezug auf Frankfurt. Ich sprach auch vom Gespür Nastraus, daß sie begonnen hatte, ihn zu hassen. Die zwei mißlungenen Mordversuche – naja – in Berlin! Ihre letzten Fingerabdrücke auf dem Metronom, das nicht abgelaufen war und nicht auf dem Steg gefunden wurde.

„Ich habe zu viele Fehler gemacht, Herr Inspektor, nicht wahr?" fragte sie.

„Nein!" lautete meine Antwort, „Sie haben nur einen Fehler begangen, Sie haben den falschen Weg gewählt!"

Sie schaute mich fragend an.

„Sie haben einen Mord begangen. Das ist ein geplantes Verbrechen! Aber Sie sind – in gewisser Hinsicht – keine Mörderin! Sie wollten Herrn Nastrau loswerden, ohne ihn weiterleben. Das hätten Sie auch anders erreichen können. So haben Sie den falschen Weg gewählt."

„Ja, Herr Herdenbein. Es war der falsche Weg. Ich sah keinen anderen Ausweg mehr. Ich konnte nicht mehr mit Siggi leben."

„Frau Schlemm, wenn man jeden umbringt, mit dem man nicht mehr leben kann, wäre die Welt bald entvölkert."

Wir hatten Kiel erreicht.

„Sie können nicht nachvollziehen, Herr Inspektor, was in mir vorging?"

„Es tut mir leid, Frau Schlemm, das kann ich wirklich nicht!"

„Sehen Sie, für mich, so dachte ich wenigstens, gab es nur diese eine Lösung. Ich will versuchen, das deutlich zu machen."

„Ja, Frau Schlemm, ich bitte darum!"

„Ich bin eine Frau, die immer ein sehr selbständiges Leben geführt hat. Leute, die mich nicht sehr mögen, drücken das mit dem Wort „machtbesessen" aus. Aber das stimmt nicht! Ich lernte dann Siggi kennen, und wir liebten uns. Zugegeben, manche Dinge, die Siggi sehr mochte, konnte ich ihm ausreden. Ich denke, daß wir bis zu seiner Erblindung sehr harmonisch miteinander gelebt haben. Das Problem, das mit seinem Erblinden auftauchte, war keineswegs sein Nicht-Mehr-Sehen-Können. Das müssen Sie nicht denken! Die daraus sich für mich rekrutierende Verpflichtung war das eigentliche Problem. Ich mußte bei ihm sein, ich mußte bei Siggi bleiben, immer! Die Moral, die bürgerliche Moral, verlangt, daß man einen Blinden nicht sich selbst überläßt. Und das hieß für mich, daß ich an ihn gebunden war – allezeit! Ich hasse Verpflichtungen, die mir andere aufbürden. Das sind Scheißverpflichtungen! Entschuldigen Sie! Und im Laufe der Jahre entwickelte sich aus der Verpflichtung Siggi gegenüber ein Haß auf ihn. Das waren zuerst Kleinigkeiten, die ich an ihm nicht mehr ausstehen konnte. Ich entdeckte im Laufe der Zeit immer mehr davon. Dann kam seine Musikbesessenheit dazu. Vierundzwanzig Stunden lang immerzu klassische Musik, von der CD, aus dem Radio und auf dem Klavier. Sehen Sie, Herr Inspektor, Siggi zwang mich keineswegs, bei ihm zu sein, ihn zu umtutteln. Das war nicht seine Art! Er wollte ja auch ein Höchstmaß an Unabhängigkeit. Aber immer dann, wenn ich nicht bei ihm war, wenn ich in meinem Freundeskreis verkehrte, stellte sich bei mir das Gefühl ein, daß ich mich um ihn kümmern müsse. Gerade jetzt, in diesem Augenblick, in dem ich nicht zu Hause war. Ich bekam ein schlechtes Gewissen ihm gegenüber. Ich sah in mir einen schlechten Menschen. Und daran war Siggi Schuld. Ich haßte ihn!"

Wir waren inzwischen vor der Justizvollzugsanstalt angekommen.

Sie sah mich lange an.

„Vielleicht, Herr Inspektor, verstehen Sie mich jetzt etwas besser. Da ich Siggi nicht verlassen konnte, sah ich nur den Weg vor mir, den ich dann auch beschritten habe. Und so habe ich den falschen Weg gewählt, wie Sie vorhin sagten."

Ich sagte nichts dazu. Wir stiegen aus, und ich lieferte sie ab.

Sie gab mir zum Abschied die Hand. Als ich mich dann umdrehte um wegzugehen, fragte sie mich: „Besuchen Sie mich, Herr Herdenbein?"

Nun war es an mir, sie fragend anzuschauen.

„Ich meine, nicht zum Verhör! Nur so?"

Ich hatte genickt und etwas von „gegen Abend" gesagt.

Nun saß ich auf der Bank im Schützenpark und es war „gegen Abend".

Ich stand schließlich auf und ging hinein.

Meine Beschreibung des Äußeren der JVA haben Sie vielleicht noch im Sinn. Noch erdrückender wurde es im Inneren. Es war jedesmal das gleiche Gefühl, das mich erfaßte, wenn ich in mich in diesem Gebäude aufhielt: Beklemmung! Und ich konnte doch jederzeit diese Anstalt verlassen!

Es war zwanzig Uhr, als ich mein Heim erreichte. Nach dem Gespräch mit Nadja Schlemm hatte ich die Justizvollzugsanstalt − furchtbares Wort, oder? − verlassen und war zu Fuß gegangen. Etwa nach zwanzig Minuten sah ich vor meinem geistigen Auge meinen Wagen, vor dem Gefängnis geparkt. Ich war schließlich auch per pedes zur Kriminaldirektion gegangen! Also kehrt und marsch. Aber das war nicht schlimm, denn das Gehen tat mir gut!

Nachdem ich den Wagen erreicht hatte, setzte ich mich hinein und fuhr dann über Schützenwall und Knooper Weg zur Gerhardstraße.

Brütende Hitze schlug mir wieder einmal aus meiner Wohnung entgegen. Hier war aus irgendeinem Grunde von meiner − sonst so lüftungsfreudigen − Nachbarin seit zwei Tagen kein Fenster geöffnet worden. Wahrscheinlich war sie über das Wochenende verreist und hatte mich vorher nicht mehr erreichen können.

Ich hatte mich aber auch in der Tat wenig bei ihr sehen lassen. Ein Sträußchen Blumen − als kleine Aufmerksamkeit − wäre durchaus wieder einmal angemessen gewesen! Ja, Herdenbein, deine Vergeßlichkeit! Da gibt es keine Entschuldigung, von wegen: viel Arbeit, keine Zeit, Streß! Man muß Freundlichkeit und Nachbarschaftshilfe auch entsprechend würdigen.

Diesem Herdenbein muß man manchmal einfach die Leviten lesen!

Also lüftete ich, machte Durchzug, riß sämtliche Fenster und die Balkontür auf. Ich entledigte mich meiner Klamotten − welch eine Hitze! −, indem ich sie zunächst einmal auf den Flur fallen ließ, um anschließend zu duschen. Sogar ganz mutig! Sie wissen schon! Nach dieser Erfrischung suchte ich mir ein leichtes Hemd und ein Paar Shorts, so daß ich auch wie ein zivilisierter Mensch auf den Balkon hinaustreten konnte. Die dicke Luft war annehmbarer geworden, und so räumte ich auf, denn ich bin ein ordentlicher Mensch.

Es überkam mich ein plötzliches Hungergefühl. Wann hatte ich das letzte Mal etwas zu mir genommen? Richtig, beim Frühstück! Als ich den Kühlschrank in der Küche öffnete, erwartete mich gähnende Leere, die mich richtig deprimierte. Aber warum, Herdenbein? Was hast du erwartet? Seit Tagen nicht eingekauft, nicht einmal zu Hause gewesen. Trotzdem schade! Ich holte auf jeden Fall die gekühlte Flasche Chateauneuf du Pape hervor und stellte sie auf den Tisch, damit sie ein wenig Temperatur bekam. Ich stelle im Sommer meine Rotweine immer kalt. Also, ich trinke keinen 30° warmen Wein! Sie vielleicht? Anschließend nahm ich die Liste aus der Tiefkühlabteilung. Was hatte ich denn in den letzten Wochen geköchelt und eingefroren? Coq au Vin! Nee, das war nicht für mich, wenigstens nicht heute. Schweinefilet in Gurkenrahm! Nein, danach stand mir der Sinn auch nicht. Rinderfilet in Burgundersoße las ich, und dann hatte ich noch eine Zunge in Madeira vorrätig. Ich weiß nicht, plötzlich hatte ich überhaupt keinen Appetit mehr, mein Hals war wie dicht. Ich packte die Liste zurück und fand im großen Vorratsschrank noch Weißbrot von meinem Spargelessen. Es war reichlich trocken, aber zum Wein noch ganz gut geeignet. Traurig, traurig, traurig!

Nein, keineswegs! Mir fielen die Artischockenherzen ein. Ich erinnerte mich, daß sie neben der Dose mit den Palmenherzen gestanden hatten, an jenem Abend, als Thomas mit der Überraschung aufwartete. Gut, es waren keine frischen Artischocken. Die hätte ich allerdings auch noch kochen müssen, und dazu hatte ich überhaupt keine Lust. Ich öffnete die Dose – jetzt dreht sich Ihnen (das Stichwort ist wieder einmal die „Dose") bereits zum zweiten Mal der Magen um, oder? – und ließ die sechs Artischockenherzen in einem Sieb abtropfen.

Dann zauberte ich wieder meine köstliche Vinaigrette. Erinnern Sie sich noch an die Zutaten? Feines kaltgepreßtes Öl, ein wenig Balsaminen-Essig, Kräuter der Provence und ein Hauch Senf. Mein Kompliment! Sie haben sich die Ingredienzen sehr gut eingeprägt!

Die Sonne war im Untergehen begriffen, als ich endlich zu Potte kam. Weißbrot im Korb und ein Rotweinglas standen auf dem Balkon. Auf einem flachen Glasteller hatte ich die Artischockenherzen in der Vinaigrette angerichtet. Ich öffnete die Flasche. Sie hatte in der Zwischenzeit die richtige Temperatur erreicht, etwas kälter als normal, aber so bevorzugte ich den Rotwein. Eine Schnupperprobe lies mich hoffen, meine miese Stimmung zu vergessen. Ich schenkte ein und probierte, noch im Stehen. Das war ein guter Tropfen! Ein Chateauneuf du

Pape aus dem Jahre 1987! Ich setzte mich in meinen behaglichen Balkonsessel und gedachte abzuschalten und zu genießen. Pustekuchen!

Ich sah Nadja Schlemm mir gegenüber sitzen. Sie kam mir plötzlich so klein vor oder besser gesagt zerbrechlich. Ich weiß nicht, ob das stimmt, aber es war mein Eindruck.

Sie war hereingeführt worden, ich hatte einen Augenblick auf sie warten müssen, ging auf mich zu und griff meine Hand. Sie hatte meine ziemlich große Hand in ihren kleinen Händen, knetete sie, ich bin beinahe versucht zu sagen, zärtlich. Sie blickte mich dann lange an, auch hier möchte ich beinahe lieb sagen. Dann sagte sie etwas, daß mich beinahe umwarf:

„Ich danke Ihnen, Inspektor!"

Ich war verblüfft. Ich hatte in meinen sechsunddreißig Dienstjahren noch von keinem Überführten gehört, daß er sich auch noch dafür bedankte.

Wir setzten uns.

„Sie sehen mich so erstaunt an, Herr Herdenbein! Ich bin Ihnen wirklich dankbar."

„Frau Schlemm, das müssen Sie mir ein wenig deutlicher machen."

„Wissen Sie, Inspektor. Ich habe geglaubt, daß ich Siggi aus meinem Leben entfernen könnte, so wie ich es getan habe. Aber glauben Sie mir, es war schon furchtbar für mich, als wir aus Berlin wegfuhren. Ich sah ihn neben mir sitzen und mußte immer daran denken, was ich vorhatte, was ich ihm antun wollte. Er atmete neben mir, er lebte. Und er wollte leben, er liebte das Leben! Und wir fuhren dahin und mit jedem Kilometer näherte er sich seinem Lebensende. Weil ich es so wollte! Ich habe Ihnen schon von der schrecklichen Tat erzählt, aber durch Sie mußte ich sie nochmals durchleben. Das hat mir, wie man so sagt, den Rest gegeben. Glauben Sie mir, Inspektor, die Tage bis zu Ihrer Rekonstruktion waren ein einziger Horror. Jetzt ist es vorbei. Egal, was mich erwartet, jetzt habe ich Ruhe. Darum danke ich Ihnen."

„Ich freue mich, Frau Schlemm, daß Sie zu dieser Einsicht gekommen sind. Das wird Ihnen in den nächsten Wochen Kraft geben und Stütze sein."

„Ich hätte mit Siggi so nicht weiterleben können, mit dem Mord aber auch nicht. So war es relativ kurz, nicht schmerzlos."

„Ja, ich denke, es war ein würdiges Ende!"

Sie stand auf.

236

„Sie werden mich noch weiter vernehmen?"

„Das kommt auf Sie an, Frau Schlemm. Polizeimeister Graumann hat ein sehr ordentliches Protokoll geschrieben. Sie müssen es durchlesen. Wenn Sie es unterschreiben können, haben Sie nur noch mit Ihrem Rechtsanwalt zu tun, nicht mehr mit mir."

Wir drückten uns die Hände.

„Sie werden am Montag dem Haftrichter vorgeführt. Wir werden uns bei ihm nochmals sehen. Mein Rat, Frau Schlemm, leugnen Sie nichts! Fangen Sie schon morgen an, Ihr zukünftiges Leben zu gestalten."

„Wie lange werde ich ins Gefängnis müssen?"

„Das ist schwierig zu sagen. Fünf, höchstens zehn Jahre!"

Sie drehte sich um und ging hinaus.

Ja, so nahm ich Abschied von ihr. Privat, wenn Sie so wollen.

Es war sehr merkwürdig. Nicht nur, daß sie sich für die Festnahme bedankt hatte, auch die Stimmung war irgendwie schmerzlich. Warum war diese Frau nur auf diesen unsäglichen Gedanken gekommen, mittels eines Mordes zu einer Trennung zu gelangen? Ich stelle mir, das bringt der Beruf so mit sich, natürlich oft die Frage, warum ein Täter gerade diesen Weg beschreitet. Meistens wird die Frage durch das Umfeld des Täters, seine Intelligenz und die Zwänge, denen er unterworfen ist, beantwortet. Das traf bei Nadja Schlemm nicht zu. Es war ein gehobenes bürgerliches Umfeld vorhanden, sie war intelligent und hätte darum auch andere Möglichkeiten gehabt, sich aus den möglicherweise vorhandenen Zwängen zu befreien.

Furchtbar, wenn ein Mensch zum Mörder an seinem Nächsten wird! Noch furchtbarer ist es, wenn man sich vorstellt, daß dieser Nächste einmal der von einem geliebte Mensch war.

Ich stand auf und lief durch die Wohnung. Ich betrachtete meinen Flur, als hätte ich ihn noch niemals vorher gesehen. Die Küche war pikobello sauber, denn ich hatte nach Beendigung meines Nachtmahls selbstverständlich abgewaschen und alles weggeräumt. Das Schlafzimmer sah aus, wie ein Schlafzimmer auszusehen hatte. Im Arbeitszimmer blieb ich vor dem Regal stehen und bestaunte meine Mineraliensammlung, als gehörte sie einem Fremden. Wissen Sie, was ich dann tat? Ich holte aus dem Besenschrank in der Küche einen Staubwedel und begann die Mineralien abzustauben. Etliche! Nicht alle fünfhundert Exponate! Denn in einem Augenblick des Durchblicks durchzuckte mich die Frage: ‚Herdenbein, bist du vom Wahnsinn umzingelt'? Ich kam wieder zu mir und betrachtete ungläubig den Wedel in meiner Hand. Was machte ich da? Was sollte denn das? Ich brachte den Staubverteiler dorthin, wohin er gehörte und schüttelte den Kopf. Ich werd' verrückt!

Doch die Rettung nahte!

Das Telefon klingelte. Wer sollte jetzt noch anrufen? Sollte es doch läuten! Obwohl, wenn es Thomas Sammler war, der ließ bis in die Puppen klingeln. Nicht zum Aushalten, der zwang einen direkt ans Telefon. Also ging ich zum Flur und nahm den Hörer ab.

Es war Margit! Ich entschuldigte mich, daß ich nicht bei ihr angerufen hatte. Ich versuchte ihr meine Stimmung zu erklären und versprach hoch und heilig am morgigen Abend vorbeizukommen, zumindest aber anzurufen.

Ist es nicht schön, wenn man auf einen Menschen trifft, der Verständnis für einen aufbringt?

Durch das Telefonat von Margit kam mir Koslowski in Erinnerung. Ich hatte ihm versprochen, anzurufen, ihn zu informieren. Ich suchte also seine Telefonnummer in meiner Brieftasche und wählte. Koslowski war gerade von der Oper nach Hause gekommen. In groben Umrissen erzählte ich von den letzten Begebenheiten und versprach, etwas detaillierter bei einem erneuten Anruf zu berichten. Ich entschuldigte mich mit meiner augenblicklichen depressiven Stimmungslage und legte den Hörer zurück auf die Gabel.

Ich goß ein Glas Wein nach. Die Flasche Chateauneuf du Pape war halb leer. Oder halb voll? In meiner Stimmungslage war sie halb leer. Es war dunkel geworden, kein Mond schien, die Sterne leuchteten nur blaß.

Ich saß und dachte. Und die Gedanken kreisten um Mord, die Jagd nach dem Mörder, die Zufälle, auf die man angewiesen war. Daß nach einem aufgeklärten Mord der nächste unaufgeklärte folgte und immer so weiter. Sechsunddreißig Jahre machte ich das schon.

Ein Mord ist furchtbar. Seine Aufklärung auch, denn am Ende steht man immer einem gescheiterten Menschen gegenüber.

Man kommt auf merkwürdige Gedanken, finden Sie nicht auch?

Der Anruf von Margit, beziehungsweise ihr Verständnis, hatte meinen Weltschmerz noch einmal vergrößert. Oh, Herdenbein, was bist du für ein blöder Kerl! Hatte ich das heute schon einmal gesagt, oder war das gestern gewesen? Ich wußte es nicht mehr.

Aber vielleicht liegt das ja auch daran, daß ich in der Zwischenzeit einen kleinen Lütütü hatte. Sie wissen was ein Lütütü ist?

Natürlich! Eine Flasche Wein, ein paar Artischockenherzen und ein bißchen Weißbrot sind unter Umständen zuviel, respektive zu wenig.

Nachbemerkungen

Was wäre also jetzt noch anzufügen, wenn der Roman doch schon – endlich/leider? – beendet wurde? Nun, vielleicht, daß alle Figuren fiktiv sind, daß jede Ähnlichkeit mit lebenden Personen weder beabsichtigt war, sondern nur zufällig ist. Im Gegensatz dazu dürfen Sie davon ausgehen, daß die Örtlichkeiten absolut stimmig sind (jedes Blatt hängt dort, wo es beschrieben wurde). Plätze, Straßen, Gebäude und der Steg befinden sich immer noch an Ort und Stelle, so daß Sie, lieber Leser, auf Herdenbeins Spuren wandeln können (Zäune dürfen jedoch nicht – ohne Genehmigung des Autors – überstiegen werden)! Und Berlin ist wirklich eine Reise wert!

Danken möchte ich an dieser Stelle Herrn KHK Köhrsen von der Bezirkskriminalinspektion Kiel, Herrn PHK Pries von der Polizei in Plön und Herrn Dr. Externbrink, die mir sachdienliche Tips zukommen ließen. Nicht vergessen möchte ich Frau Ulrike Schmoll, als Verlagsleiterin, die den Mut hatte, mein Manuskript anzunehmen und Herrn Frithjof Heller, meinen Lektor, der mir bei der „Buchwerdung" schriftlich und telefonisch zur Seite stand. Petra Scheil, die mir eine große Hilfe war, möchte hier nicht erwähnt werden. Ihrem Wunsch sei hiermit entsprochen!

Niels Peter, Berlin, im Mai 1999